황야의 이리

Der Steppenwolf

세계문학전집 **67**

황야의 이리

Der Steppenwolf

헤르만 헤세

김누리 옮김

민음사

소설가로 첫발을 내디딜 무렵의 헤르만 헤세

일러두기

1. 이 책은 *Der Steppenwolf*(Suhrkamp, 1974)를 저본으로 번역했다.
2. 본문의 각주는 모두 옮긴이 주이다.

차례

편집자 서문

　이 책은 '황야의 이리'라고 불리던 한 사내가 쓴 수기를 담고 있다. 그는 스스로 자신을 이렇게 불렀다. 그의 원고에 설명조의 머리말을 따로 붙일 필요가 있는지는 모르겠지만, 어쨌든 이 사내에 대한 추억을 써 나가자면 아무래도 그의 글에 몇 마디 덧붙여야 할 것 같다. 이 사내에 대해서 내가 알고 있는 바는 보잘것없다. 더구나 그의 과거나 신상에 대해선 전혀 아는 게 없다. 그렇지만 그의 개성은 나에게 강렬하면서도 호감이 가는 인상을 남겼던 것이다.

　황야의 이리는 쉰 살에 가까운 사내였다. 몇 년 전 어느 날 그는 가구가 딸린 방을 구하러 내 아주머니 댁을 찾아왔다. 그는 다락방과 그 옆에 딸린 침실을 빌리고, 며칠 후 여행 가방 두 개와 큼지막한 책 상자를 들고 와서는 아홉 달인가 열

달 정도 우리와 함께 살았다. 그는 아주 조용히 외톨이로 지냈다. 그의 방이 내 방과 가까이 붙어 있었던 까닭에 우리는 층계나 복도에서 우연히 마주치는 일이 종종 있었다. 그렇지 않았더라면 우리는 전혀 알지 못하고 지냈을 것이다. 이 사내는 사교적인 사람이 아니었다. 그처럼 끔찍이 사교성이 없는 사람은 본 적이 없다. 그는, 점차 그렇게 불리게 되었듯이, 정말이지 한 마리 황야의 이리였다. 낯설고 거칠고 그러면서도 수줍어하는, 그것도 몹시 수줍어하는 존재, 나와는 전혀 다른 세계에서 온 존재였다. 그가 이러한 기질과 천성 때문에 얼마나 깊은 고독 속에서 살았는지, 또 이 고독을 얼마나 자신의 운명으로 의식하고 있었는지는 물론 그가 여기 남겨 놓은 수기를 보고서야 알았다. 그렇지만 어쨌든 나는 이미 몇 번의 짧은 만남과 대화를 통해 그를 어지간히 알고 있던 터라, 이 수기로부터 얻은 그에 대한 이미지가 우리가 개인적으로 사귀면서 갖게 된 이미지(물론 훨씬 빈약하고 빈틈이 많지만)와 근본적으로 일치한다는 것을 알았다.

황야의 이리가 내 아주머니 댁에 세 들기 위해 처음 우리 건물에 들어선 그때 나는 마침 우연히 그 자리에 있었다. 그는 점심 무렵에 왔다. 접시가 아직 식탁에 놓여 있었고, 사무실로 돌아가기까지 나는 아직 삼십 분쯤 여유가 있던 참이었다. 이 첫 대면에서 그가 나에게 준 야릇하고 아주 모순적인 인상을 나는 지금도 잊지 않고 있다. 그는 유리문에 달린 종을 울린 후 그 문을 통해 들어왔고, 아주머니는 어두침침한 복도에 서서 무슨 일로 왔느냐고 물었다. 그러나 그는, 이 황야의 이리는, 아주머니 말에는 대꾸도 하지 않고 자기 이름조차 말하지 않은 채, 짧게 쳐올린 뾰족한 머리를 탐색하듯이 공중으로 쳐들고 신경질적으로 코를 벌름거리며 이리저리 냄새를 맡고는, "아, 여긴 냄새가 참 좋은데요."라고 말하면서 빙긋이 웃었다. 사람 좋은 아주머니도 덩달아 웃었지만 나는 이 인사말이 아무래도 어색하다고 생각했고, 왠지 그가 마음에 들지 않았다.

"그건 그렇고, 전 당신이 세놓은 방 때문에 왔습니다." 그가 말했다.

우리 세 사람이 다락으로 난 층계를 올라갈 때에야 비로소 나는 이 사내를 좀 더 자세히 살펴볼 수 있었다. 그는 키가 큰 편은 아니었지만, 몸집이 아주 큰 사람 같은 태도로 머리를 놀리며 걸었다. 그는 현대적인 편안한 겨울 외투를 걸치고 있었고, 옷매무새가 조금 흐트러진 것 말고는 대체로 단정한 편이었다. 매끈하게 면도한 얼굴에 짧은 머리는 군데군데 흐릿한 잿빛이 감돌고 있었다. 그의 걸음걸이는 처음엔 좀체 마음에 들지 않았다. 힘겨운 듯한, 마음을 정하지 못한 듯한 걸음걸이였는데, 그건 그의 날카롭고 격정적인 옆모습과도, 그리고 그가 말할 때의 어조와 그 속에 배어 있는 성깔과도 어울리지 않았다. 당시 그가 병중이어서 걷기가 힘들었다는 것은 나중에야 알았다. 그는 아주 이상야릇한 미소를 지은 채(그의 미소도 당시엔 거슬렸다.) 층계며, 벽이며, 유리창이며, 계단참에 놓인 낡고 키가 큰 가구들을 살펴보았는데, 이 모두가 그의 마음에 들면서도 어딘가 우스꽝스럽게 보였던 것 같다. 전체적으로 보아 이 사내는 마치 자기가 다른 세계, 이를테면 해외에서 와서 여기 있는 모든 것이 예쁘긴 하지만 어딘가 우습다고 느끼는 듯한 인상을 주었다. 그는 예의 바르고, 정말이지 사근사근했다고 말하지 않을 수 없다. 그는 집과 방과 방세와 아침 식사 등 모든 것에 아무런 이의도 달지 않고 금방 동의했다. 그렇지만 내 느낌에는 꺼림직하다고 할까 적대적이라고 할까, 어딘가 낯선 분위기가 이 사내를 온통 감싸고 있었다. 그는 방과 작은 침실을 빌렸고, 난방과 수도 사용법과 거주 수칙을 알려 달라 하더니 모든 것에 동의하고 즉석에서 방세를 선불했다. 그렇지만 이렇게 하면서도 그는 온전히 그 자리에 있는 사람 같지 않았고, 자기가 하는 일이 우스꽝스럽다고 생각하는 것 같았다. 본래 맘속으로는 전혀 딴생각하면서, 방을 빌리고 독일 말을 지껄인다는 것이 아주 이상하고 새롭기라도 한 듯 그의 태도에는 진지함이 없었다. 대충 이 정도가 내가 받은 인상이었다. 그것은, 그의 여러 가지 다른 특징들이 상쇄하고 바로잡지 않았더라면, 결코 좋은 인상이라고는 할 수 없었다. 무엇보다도 처음부터 내 마음에 들었던 건 그 사내의 얼굴이었다. 그의 얼굴은 그가 풍기는 낯선 분위기에도 불구하고 내 마음에 들었다. 그건 어딘가 독특하다고 할 수 있는 얼굴이었다. 깊은 슬픔에 잠겨 있으면서도 의식은 맑게 깨어 있는 얼굴, 늘 사색에 잠겨 있는, 이지적이고 잘 다듬어진 얼굴이었다. 보다 공정하게 말하기 위해 덧붙일 게 있다. 그의 태도는 공손하고 상냥했는데 그렇게 하기 위해 애를 쓰는 것 같기는 했지만 거만한 기색은 전혀 없었다. 정반대였다. 그의 태도에는 사람의 마음을 움직이는 무언가, 어떤 간절함 같은 것이 배어 있었는데, 그 이유는 나중에서야 알게 되었지만, 그것 때문에 나는 곧바로 그에게 마음이 끌렸던 것이다.

그가 방을 모두 둘러보고 다른 계약들을 마치기 전에 점심시간이 끝났기 때문에 나는 사무실로 돌아가야 했다. 나는 그를 아주머니에게 맡겨 두고 작별 인사를 했다. 저녁에 돌아왔을 때 아주머니는 그 사내가 세를 들기로 했고 수일 내로 이사 오기로 했다고 말했다. 다만 그의 입주를 경찰에 신고하지 말아 달라는 부탁을 했는데, 병중에 있는 그로서는 이 형식적인 절차들과 경찰서 대기실에서 서성거려야 하는 일 따위가 견디기 힘들기 때문이라는 것이었다. 그때 그 말을 듣고 내가 얼마나 놀랐는지, 아주머니에게 그따위 조건을 받아들여서는 안 된다고 얼마나 주의를 주었는지 지금도 생생하게 기억하고 있다. 수상쩍게 보일까 봐 경찰을 꺼리는 이 같은 태도는 이 사내가 지닌 어딘가 믿음이 가지 않는 낯선 구석과 너무나도 딱 맞아떨어지는 것 같았다. 나는 경우에 따라선 몹시 꺼림칙한 결과를 가져올지도 모르는, 아무튼 어딘가 이상한 이 요구를, 게다가 전혀 알지도 못하는 낯선 사람의 이 무리한 부탁을 결코 받아들여서는 안 된다고 아주머니께 거듭 설명했다. 그러나 이미 아주머니가 그의 뜻대로 하겠다고 동의한 후였다. 아주머니는 인간적이고 친구 같은 가족적인 관계, 혹은 어머니 같은 관계를 맺을 수 없는 사람에게는 한 번도 세를 준 적이 없었는데(이 점을 이전에 세 들었던 사람들 편에서도 충분히 이용했다.) 그러고 보면 아주머니는 어느새 이 낯선 사내의 매력에 완전히 마음을 빼앗겨 버렸음이 분명했다. 그렇게 나는 몇 주 동안 새로 세 들어온 사내에 대해 이런저런 불평을 쏟아 놓곤 했는데 그럴 때마다 아주머니는 온정을 가지고 그를 감싸고돌았다.

경찰에 신고하지 않은 일이 마음에 걸려서 나는 아주머니가 이 낯선 사내에 대해서, 그의 신원과 의도에 대해서 알고 있는 것만이라도 알아내려고 했다. 내가 점심때 자리를 떠난 후 이 사내는 그저 잠시 머물렀을 뿐이지만, 아주머니는 벌써 그에 대한 일을 요모조모 알고 있었다. 그는 우리 도시에 몇 달 머물며 도서관을 이용하고 이 도시의 유물들을 둘러볼 생각이라고 말했다는 것이다. 그가 그렇게 단기간만 세를 내려고 한다는 것이 사실 아주머니의 마음에 썩 내키는 건 아니었다. 그러나 그는, 그의 출현이 좀 이상야릇하긴 했지만, 분명 아주머니의 마음을 사로잡고 있었다. 간단히 말해서, 그는 세 들기로 했고 나의 반대는 너무 늦었던 것이다.

"그는 왜 여기서 좋은 냄새가 난다고 말했대요?" 내가 물었다.

그러자 눈치 빠른 아주머니가 말했다. "내가 잘 알지. 우리 집에선 청결과 질서, 그리고 화목하고 예의 바른 삶의 냄새가 나지. 그게 그의 맘에 든 거야. 그는 이런 생활에 익숙하지 않고, 이런 생활을 해 본 적도 없는 것 같더라."

흠 그럴 수도 있겠지, 하고 나는 생각했다. "그런데 그가 정상적이고 규칙적인 생활에 익숙하지 않다면 어떻게 되겠어요? 그가 지저분한 사람이라 이것저것 다 더럽혀 놓거나, 매일 한

밤중에 곤드레만드레 취해서 집에 돌아오면 어떻게 하시려고 그래요."

"그건 두고 봐야지." 이렇게 말하면서 아주머니는 웃으셨다. 나는 그쯤 해 두었다.

사실 나의 걱정은 기우였다. 세든 사내는 규칙적이고 절제하는 생활을 한 건 아니었지만 그렇다고 우리에게 부담을 주거나 피해를 주는 일도 없었다. 우리는 지금도 기분 좋게 그를 떠올릴 수 있다. 그러나 내면적으로는, 다시 말해 정신적인 면을 말하자면, 사내는 우리 두 사람, 아주머니와 나를 몹시 괴롭혔고 혼란에 빠뜨렸다. 솔직히 말해서 나는 아직까지도 그 사내에게서 헤어나지 못하고 있다. 나는 아직도 밤에 가끔 그의 꿈을 꾸고, 그 때문에, 그런 인간이 존재한다는 사실만으로도 몹시 정신이 혼란스럽고 불안해진다. 어느새 그를 무척 좋아하게 되었는데도 말이다.

이틀 후 짐꾼이 하리 할러라는 그 사내의 물건을 날라 왔다. 아주 예쁜 가죽 가방은 느낌이 좋았고, 크고 펑퍼짐한 여행 가방은 그가 지금까지 거쳐 온 긴 여정을 말해 주는 것 같았다. 여행 가방에 여러 나라, 그것도 바다 건너 나라들의 호텔이며 운송 회사의 빛바랜 상표들이 붙어 있었던 것이다.

곧 그가 나타났다. 이제 내가 이 괴상한 사내를 조금씩 알아 가게 될 시간이 시작된 것이다. 처음에 내 편에서 이 사내와 알고 지내려고 특별히 노력한 건 아무것도 없다. 내가 처음부터 그에게 관심을 가졌던 건 사실이지만 처음 몇 주 동안은 그와 마주치기 위해 혹은 그와 대화하기 위해 일부러 무언가한 일은 없었다. 이건 솔직한 고백인데, 그러면서도 나는 물론처음부터 이 사내를 얼마간은 관찰해 왔고, 또한 그가 없을때 몇 번인가 그의 방에 들어가 순전히 호기심에서 스파이 비슷한 짓을 했다.

황야의 이리의 외모에 대해서는 앞서 몇 가지를 이야기했다. 처음 보았을 때 그는 어떤 대단한 인물, 비범한 재능을 지닌 특이한 인물이라는 인상을 주었다. 그의 얼굴에는 정신적인 인간의 풍모가 넘쳐흘렀고, 지나칠 만큼 부드럽고 활기찬표정 변화는 그가 쉬 감동받고, 지극히 섬세하고 까다로운 정신의 소유자임을 말해 주고 있었다. 그와 이야기할 때, 그리고항상 그런 건 아니지만 그가 일상적인 이야기를 넘어, 특유의낯선 분위기 속에서 개인적인 이야기를 할 때면, 우리 같은 사람은 곧장 그에게 압도당했다. 그는 다른 사람들보다 더 많이생각했고, 지적인 문제에서는 실로 정신적인 사람만이 지닐수 있는 싸늘할 정도의 냉정함과 확고한 생각과 지식을 가지고 있었다. 그는 명예욕이라곤 털끝만치도 없어서, 결코 사람들 사이에서 두드러져 보이거나 다른 사람을 설득하거나 혹은논쟁하여 이기기를 바라지 않는 인간이었다.

나는 그러한 의견 표명 하나를, 사실 그건 의견 표명이라기보다는 하나의 시선이었지만, 기억하고 있다. 그가 여기 머물던 마지막 시기에 있었던 일이다. 전 유럽에 걸쳐 명성이 자자한 유명 역사철학자이자 문화비평가인 한 학자가 시내의 대강당에서 강연회를 가진 적이 있었다. 나는 전혀 내키지 않는

다는 황야의 이리를 설득하여 함께 강연을 들으러 갔다. 우리
는 나란히 앉았다. 강단에 올라 강연을 시작했을 때, 그 연사
는 약간 가식적이고 우쭐대는 듯한 태도로 일종의 예언자를
기대했던 많은 청중들을 실망시켰다. 그가 연설을 시작하면
서 청중들에게 이렇게 왕림해 주셔서 감사하다는 따위의 사
탕발림을 몇 마디 했을 때, 황야의 이리는 나에게 아주 짧은
시선을 던졌다. 그것은 연사의 말을, 나아가 그의 전 인격을
비판하는 시선, 아 정말이지 그 의미에 대해 책 한 권은 거뜬
히 써 낼 만한, 잊을 수 없는 무서운 시선이었다. 그 시선은 연
사를 비판하는 데 그치지 않았다. 그건 저 유명한 인간을 부
드럽지만 강력한 아이러니로 무력화시키고 있었다. 이건 그나
마 최소한으로 표현한 것이다. 그 눈빛은 사실 빈정댄다기보
다는 차라리 슬픈 쪽이었다. 그건 정말이지 아무런 희망도 없
는 심연 속에서 허우적거리는 듯한 슬픈 눈빛이었다. 어느 정
도는 안정된, 습관과 형식으로 굳어져 버린, 조용한 절망의 눈
빛이었다. 절망이 내뿜는 밝은 빛으로 허식에 가득 찬 연사의
인간성을 관통했을 뿐 아니라, 그 순간의 상황을, 청중의 기
대와 기분을, 어딘가 젠체하는 그 강연의 제목을 비꼬아 버린
것이다. 그뿐만이 아니다. 황야의 이리의 눈빛은 우리 시대 전
체를, 바쁘게 돌아가는 모든 부질없는 짓거리들을, 모든 허망
한 노력, 모든 허영을, 망상으로 가득 찬 천박한 정신의 모든
표피적인 장난질을 꿰뚫어 보고 있었다. 아! 불행히도 그 시선
은 더욱 깊어만 갔다. 우리 시대, 우리 정신, 우리 문화의 궁핍
과 절망보다도 더 먼 곳을 주시하고 있었다. 그것은 모든 인간

의 가슴속을 파고드는 시선이었고, 어쩌면 이 세상을 이해하고 있는지도 모르는 한 사상가가 인간의 품격이라는 것에 대해, 나아가 인생의 의미 자체에 대해 품고 있는 회의를 한순간에 웅변적으로 드러내는 시선이었다. '보아라, 이런 원숭이들이 바로 우리의 모습이다. 보아라, 인간은 이런 것이다.'라고 그 시선은 말하고 있었다. 명성도, 지혜도, 모든 정신적 업적도, 숭고하고 위대하고 영원한 인간성을 향한 모든 노력도 와르르 허물어져 부질없는 원숭이 놀음이 되어 버리는 것이었다.

이렇게 말하다 보니 나는 본래의 계획과 의도와는 달리 할러에 대한 중요한 이야기들을 훨씬 앞질러서 거의 다 해 버린 셈이 되었다. 원래 내 의도는 그와 알게 되는 과정을 차근차근 이야기하면서 조금씩 그의 모습을 드러내는 것이었는데 말이다.

어차피 이렇게 앞질러 이야기해 버렸으니, 계속해서 할러의 수수께끼 같은 '이질감'을 이야기하면서, 내가 어떻게 이 이질감의, 이 기이하고 무서운 고독의 이유와 의미를 점차 알아채고 이해하게 되었는지를 낱낱이 보고할 필요는 없을 것이다. 잘된 일이다. 가능한 한 나 자신을 이야기의 전면에 내세우고 싶지는 않으니까. 나는 신앙 고백을 하려는 것도, 소설을 쓰려는 것도, 심리 분석을 하려는 것도 아니다. 나는 그저 증인으로서 "황야의 이리"라는 원고를 남긴 이 기이한 남자의 모습을 어느 정도 묘사해 내고 싶을 뿐이다.

그를 처음 보았을 때, 그러니까 그가 아주머니 댁의 유리문을 열고 들어와 머리를 새처럼 쳐들고 집 안에서 좋은 냄새가

난다고 말했을 때, 이미 사내가 지닌 어딘가 독특한 면이 눈에 띄었다. 그때 내가 처음에 보인 단순한 반응은 불쾌감이었다. 그러면서 내가 느낀 것은(이것은 또한 나와는 달리 전혀 지적인 구석이라고는 없는 나의 아주머니도 완전히 똑같이 느낀 점인데) 이 사내가 병들어 있다는 것, 어딘지 모르게 정신장애이거나 정서장애이거나 아니면 성격장애일 거라는 느낌이었다. 나는 건강한 사람의 본능으로 이에 맞섰다. 그런데 시간이 지남에 따라 이러한 방어 심리는 점차 호감으로 변해 갔다. 내가 호감을 갖게 된 것은 언제나 마음속 깊이 고통스러워하는 이 사내에 대한 동정심이 커졌기 때문이었다. 이 사내가 얼마나 고독했는지, 그의 내면이 어떻게 죽어 가고 있었는지를 나는 곁에서 지켜봐 왔던 터였다. 이 기간 동안에 내가 점차 깨닫게 된 점은 이 사내의 고통스러운 병은 그의 본성의 어떤 결함에서 나온 것이 아니라, 오히려 그의 천부의 재기와 능력이 너무나 풍요로워서 좀처럼 어떤 조화에 이르지 못했다는 사실에 기인한다는 것이었다. 나는 할러가 고통의 천재라는 것을 알았다. 그는 니체가 말한 의미에서 무한하고 무서운 천재적인 고통의 능력을 내면에서 길러 왔던 것이다. 또한 나는 그의 이러한 염세주의의 토대가 세상에 대한 경멸이 아니라 자기 경멸이라는 것도 알았다. 그가 어떤 제도나 인물에 대해 가차 없이 비판할 때에도 항상 자기 자신을 제외하는 일은 없었기 때문이다. 그가 겨누는 화살의 첫 번째 대상은 항상 그 자신이었고, 그가 미워하고 부정하는 첫 번째 인물도 그 자신이었던 것이다.

여기서 심리학적인 설명을 조금 덧붙여야겠다. 내가 황야의 이리의 삶에 대해 아는 바라곤 보잘것없지만, 여러모로 보아 그가 자애롭지만 매우 엄격하고 신앙심이 깊은 부모와 교사들에게 교육을 받았고, 이 교육의 원칙은 '의지의 파괴'였다는 것을 짐작할 수 있었다. 이러한 개성의 부정과 의지의 파괴는 이 학생에게는 성공을 거두지 못했는데, 그도 그럴 것이 그는 너무나 강인하고 굴하지 않는 성격을 지녔고, 너무나 자긍심이 강하고 정신적인 인물이었기 때문이다. 부모와 교사들은 그의 개성을 죽이지는 못하고, 다만 자신을 증오하도록 가르치는 데에만 성공한 셈이었다. 그는 평생에 걸쳐 자신의 천재적인 상상력과 강인한 사고력 모두를 이 순수하고 순결한 대상, 즉 자기 자신을 증오하는 데 바쳤던 것이다. 그는 모든 풍자, 비판, 악의, 그리고 가능한 모든 증오를 무엇보다도 우선적으로 자기 자신을 향해 겨누었던 것인데, 이 점에서 그는 뭐니뭐니 해도 철두철미한 기독교인이었으며 순교자였다. 그는 항상 주변의 다른 사람들을 사랑했고, 그들에게 공정했으며, 그들에게 상처를 주지 않으려고 진지하게 거의 영웅적으로 할 수 있는 모든 노력을 다했다. 그도 그럴 것이 '네 이웃을 사랑하라.'는 계율이 자신에 대한 증오 못지않게 마음속 깊이 주입되어 있었기 때문이다. 이렇듯 그의 생애는 자기 자신을 사랑하지 않고는 다른 사람도 사랑할 수 없다는 사실에 대한 본보기였으며, 자기 증오는 지나친 이기심과 똑같아서 종국에는 끔찍한 고립과 절망을 낳을 뿐이라는 사실을 예시해 주는 것이었다.

이제 내 생각은 좀 뒤로 미루어 두고 몇 가지 사실에 대해 이야기할 차례다. 내가 한편으로는 염탐꾼 같은 짓을 통해, 그리고 다른 한편으로는 아주머니의 말을 듣고서 알게 된 할러와 관련된 첫 번째 사실은 그가 살아가는 방식에 관한 것이다. 그가 책을 많이 읽는 사색형 인간이고 어떤 실제적인 직업도 갖고 있지 않다는 것은 금방 알아챌 수 있었다. 그는 언제나 오래도록 침대에 누워 있었고, 가끔은 정오가 다 되어서야 일어나 잠옷 바람으로 침실에서 거실로 걸어 다니곤 했다. 거실은 창이 두 개인 널찍하고 쾌적한 다락방인데 며칠 지나지 않아 다른 입주자가 살 때와는 영 딴판이 되어 버렸다. 거실은 점차 채워지더니 시간이 지나자 아예 가득 메워져 버렸다. 벽에는 여기저기 그림이 걸렸다. 스케치한 것들이나, 가끔은 잡지에서 오려 붙인 그림들이었는데, 그림들은 자주 바뀌었다. 남부 지방의 풍경이라든가, 분명 할러의 고향인 것 같은, 독일의 한 지방 소도시를 찍은 사진들 따위도 걸려 있었다. 그 사이사이엔 밝은 빛깔의 수채화들이 걸려 있었는데, 그것이 그가 그린 그림이라는 건 나중에서야 알았다. 그리고 한 예쁜 젊은 부인 혹은 처녀의 사진도 걸려 있었다. 한동안 태국풍의 부처 그림이 벽에 걸리더니, 미켈란젤로의 조각 「밤」의 복사본으로, 또 얼마 지나서는 마하트마 간디의 초상화로 바뀌었다. 책은 커다란 책장을 가득 채우고 있었을 뿐만 아니라, 식탁 위, 멋진 고풍 책상 위, 안락의자, 의자, 바닥 할 것 없이 온통 널려 있었다. 책에는 책갈피가 꽂혀 있었는데, 그 위치가 늘 바뀌었다. 책은 꾸준히 늘어났다. 그가 도서관에서 한 꾸

러미씩 가져왔을 뿐 아니라, 소포로 몇 상자씩 배달되는 일도
자주 있었기 때문이다. 이 사내는 아마도 학자인 것 같았다.
온갖 것을 감싸고 피어오르는 담배 연기도, 여기저기 널브러
져 있는 시가 꽁초나 재떨이까지도 학자다운 분위기와 어울렸
다. 그렇지만 대부분의 책들은 학술 서적이 아니었다. 대개는
다양한 시대에 걸친 여러 나라 작가들의 작품이었다. 한동안
은 그가 며칠씩이고 누워 지내곤 하던 안락의자 위에 18세기
말에 출판된 『메멜에서 작센으로 가는 소피의 여행』이라는
제목의 두꺼운 여섯 권짜리 작품이 여기저기 널려 있었다. 괴
테 전집과 장 파울 전집은 자주 들춰 보는 것 같았고, 노발리
스도 마찬가지였다. 레싱, 야코비, 리히텐베르크도 그랬다. 도
스토옙스키도 몇 권 있었는데 갈피엔 무언가 적어 놓은 쪽지
들이 잔뜩 꽂혀 있었다. 수많은 책과 원고 사이에 있는 조금
더 큰 탁자에는 꽃다발이 놓여 있곤 했고, 거기엔 또한 늘 먼
지를 잔뜩 뒤집어쓴 수채화 용품들이 널브러져 있었으며 옆
에는 재떨이가 있었다. 또한, 이것도 빼먹지 않고 얘기해야 되
겠는데, 가지각색의 술병들도 널려 있었다. 둘레를 짚으로 감
싼 술병에는 대개 가까이에 있는 작은 가게에서 사 온 이탈리
아산 적포도주가 채워져 있었고, 가끔은 부르고뉴산 포도주
나 말라가산 백포도주도 눈에 띄었다. 버찌 브랜디가 든 큰 병
이 며칠 새 거의 비워져 있다가는 구석진 곳으로 처박혀 남은
술이 여전히 줄지 않은 채 먼지만 쌓여 가는 것도 보았다. 나
의 염탐꾼 짓을 정당화할 생각은 전혀 없지만, 지적 호기심으
로 가득 차 있긴 하나 정말이지 빈둥빈둥하며 규율이라고는

찾아볼 수 없는 생활의 그 모든 흔적이 처음엔 혐오감과 불신을 불러일으켰다는 것을 솔직하게 털어놓고 싶다. 나는 규칙적인 생활을 하는 시민적인 인간으로 일과 정확한 시간 계획에 익숙해져 있을 뿐 아니라 금주가, 금연가이기도 해서 할러의 방에 있는 저 술병들이 저 화가풍(畵家風)의 무질서보다도 더 마음에 들지 않았다.

이 괴팍한 사내는 잠과 일에서 그런 것처럼 식사나 음주도 아주 불규칙적이고 기분 내키는 대로였다. 전혀 외출을 하지 않고 모닝커피 이외에는 아무것도 먹지 않는 날이 며칠씩 계속되다가도(아주머니는 그가 먹고 남긴 유일한 흔적으로 바나나 껍질이 놓여 있는 걸 본 적이 몇 번 있다고 한다.) 어떤 땐 레스토랑에서 식사를 했는데, 때로는 멋진 고급 레스토랑을, 때로는 교외의 조그만 간이식당을 찾아갔다. 그는 건강해 보이지 않았다. 다리가 신통치 않아서 계단을 오를 때 몹시 힘들어하는 경우가 자주 있었을 뿐 아니라, 다른 부위도 시원찮아 괴로워하는 것 같았다. 한번은 지나가는 말로, 몇 년 전부터 소화 기능이 정상이 아니고 잠도 제대로 자지 못한다고 말한 적도 있다. 나는 그것이 무엇보다도 음주 탓이라고 생각했다. 그 후 한두 번 그가 아는 음식점에 함께 갔을 때, 그가 얼마나 기분 내키는 대로 포도주를 마셔 대는지 지켜볼 수 있었다. 하지만 나도, 그리고 어느 누구도 그가 완전히 취한 모습을 본 적은 없었다.

우리가 처음으로 좀 더 친밀하게 만난 날을 잊을 수 없다. 그때까지 우리는 셋집의 바로 옆방 사람들이 통상 서로 아는 정도로만 알고 지내던 터였다. 어느 날 저녁 일을 마치고 집에 돌아오는 길에 2층과 3층 사이의 층계참에 그가 앉아 있는 것을 보았다. 나는 깜짝 놀랐다. 그는 제일 위쪽 층계참으로 옮겨 앉으며 내가 지나갈 수 있도록 길을 내주었다. 나는 아픈 건 아니냐고 묻고, 그를 방까지 부축해 주겠다고 했다.

할러가 나를 쳐다보았을 때 나는 그가 일종의 꿈을 꾸는 듯한 상태에 있었다는 걸 알았다. 그는 빙긋이 미소 짓고는 자기 옆에 앉으라고 권했다. 그건 그 후에도 종종 내 마음을 무겁게 만드는 아주 곱고 슬픈 미소였다. 나는 고맙다고 하면서도 다른 사람의 방문 앞 층계에 앉는 건 좀 어색하다고 말했다.

"아 그래요."라고 말하면서 그는 조금 더 큰 소리로 웃었다. "당신 말이 맞습니다. 그렇지만 잠깐 들어 보세요. 내가 왜 여기 앉아 있는지 당신에게 설명해 드릴 테니까."

그러면서 그는 2층에 있는, 어느 과부가 사는 방의 층계참을 가리켰다. 계단과 유리문 사이에 있는, 좁다란 쪽마루가 깔린 그 자리에는 오래전에 백랍을 입힌 높은 마호가니 장이 벽에 붙어 있고, 장 앞의 작고 나지막한 두 개의 삼각 받침대 위에는 철쭉과 남양삼나무가 심긴 커다란 화분이 놓여 있었다. 이 나무들은 자태가 곱고, 언제나 깨끗하고 말끔하게 손질되어 있어서 나에게도 늘 유쾌한 기분을 주었던 터였다.

"보세요." 할러가 계속해서 말했다. "남양삼나무가 있는 이 조그만 층계참에선 기가 막히게 좋은 냄새가 납니다. 그래서 지나갈 때마다 종종 여기서 멈춰 서게 되지요. 당신 아주머니 댁에서도 정말 좋은 냄새가 나고, 모든 것이 잘 정돈되어 있고 참 깨끗합니다. 그렇지만 여기 남양삼나무가 있는 이 자리는 먼지 하나 없이 닦고 밀초를 칠해 놓아서 반짝반짝 빛이 날 정도로 청결하고, 차마 발을 디딜 수 없을 만큼 깨끗해서 격조마저 뿜어내고 있습니다. 나는 언제나 여기서 한껏 숨을 들이쉬곤 한답니다. 당신도 그런 냄새를 맡으시지요? 여기 바닥에 바른 왁스 냄새와 송진의 연한 내음이 마호가니와 깨끗하게 씻긴 나뭇잎 등속의 냄새와 섞여 뿜어내는 향기 말입니다. 그건 최고의 시민적인 청결과 분별, 정확성, 작은 일에도 충실하게 자신의 의무를 다하는 태도이기도 합니다. 저기 누가 사는지 모르지만, 저 유리문 뒤에는 틀림없이 청결과 먼지 하나 없는 시민성의 낙원이, 작은 습관과 의무에 근심하고 감동하고 헌신하는 태도와 질서의 낙원이 있을 겁니다."

내가 잠자코 있자 그가 말을 계속했다. "내가 빈정거린다고 생각하시면 안 됩니다. 이런 시민성과 질서를 비웃을 생각은 조금도 없습니다. 정말입니다. 나는 다른 세계에 살고 있습니다. 이 세계와는 다르지요. 나는 이런 남양삼나무가 있는 집에서는 단 하루도 지낼 수 없을 겁니다. 내가 비록 늙고 초라한 황야의 이리이긴 해도, 나도 한 어머니의 아들입니다. 내 어머니도 시민 사회 출신의 여자였습니다. 그녀도 꽃을 가꾸고, 다락방과 층계와 가구와 커튼을 손질하고, 집과 생활을 될 수 있는 한 깨끗하고 청결하고 질서 있게 유지하려고 애썼습니다. 송진 냄새와 남양삼나무가 나에게 이런 기억을 일깨워 줍니다. 그래서 나는 가끔 여기에 앉아서 이 고요하고 자그마한 질서의 정원을 들여다보는 겁니다. 아직도 이런 것이 있다니 기쁩니다."

그는 일어서려고 했다. 힘들어하는 모습이었다. 내가 조금 거들어 주었을 때 그는 뿌리치지 않았다. 나는 침묵을 지키고 있었지만, 전에 내 아주머니가 그랬던 것처럼 이 괴상한 사내가 이따금 뿜어 대는 어떤 마력에 어느새 사로잡혀 있었다. 우리는 천천히 계단을 올라갔다. 그의 방문 앞에 이르자 그는 열쇠를 손에 쥔 채 다시 한 번 상냥하게 내 얼굴을 쳐다보면서 말했다. "일터에서 오시는 길인가 보지요? 그래요, 그 방면에 대해선 나는 아는 게 없습니다. 아시겠지만 나는 좀 옆길에, 이를테면 가장자리에 살고 있지요. 그건 그렇고 나는 당신이 책이나 독서에 관심이 많으리라고 생각합니다. 당신 아주머니가 언젠가 말씀하신 적이 있습니다. 당신이 고등학교를 마쳤고, 희랍어를 썩 잘했다고 말입니다. 오늘 아침에 노발리스의 재미있는 구절을 찾아냈는데 보시지 않겠습니까. 당신도 좋아하실 겁니다."

그는 나를 자기 방으로 데리고 들어갔다. 여송연 냄새가 지독했다. 그는 쌓여 있는 책 무더기에서 한 권을 끄집어내어 책장을 넘기며 찾았다.

"이것도 좋습니다. 참 좋아요. 이 구절을 한번 들어 보세요. '고통을 자랑스러워해야 한다. 모든 고통은 우리의 고귀함에 대한 기억이다.' 대단합니다. 니체보다 80년 전에 이런 말을 하다니! 하지만 내가 말한 구절은 이게 아닙니다. 기다려 봐요. 아, 여기 있습니다. '사람들은 대개 헤엄을 칠 줄 모르는 동안은 헤엄을 치려고 하지 않는 법이다.' 위트가 있지 않습니까?

헤엄을 치려고 하지 않는 게 당연하다니 말입니다. 그렇습니다. 사람은 물이 아니라 땅에서 살도록 태어난 거지요. 사람들이 사색하려고 하지 않는 것도 당연합니다. 사람들은 생활하기 위해 태어난 것이지, 사색하기 위해 태어난 건 아니니까요! 그런 거지요. 사색하는 사람은, 사색을 본업으로 삼는 사람은 거기서 큰 진전을 보일지는 모르지만, 땅을 물이라고 착각하는 셈이지요, 그런 사람은 언젠가는 익사할 겁니다."

그는 나를 사로잡았고, 내 흥미를 돋우었기 때문에, 나는 잠시 그의 방에 머물렀다. 그때부터 우리가 계단에서 혹은 길에서 우연히 만나게 되면 잠시 이야기를 나누는 일이 드물지 않게 되었다. 나는 처음에는, 남양삼나무 옆에서 만났을 때처럼, 그가 나를 놀리고 있다는 느낌을 늘 조금은 가지고 있었다. 그러나 그게 아니었다. 그는 남양삼나무에 대해서와 마찬가지로 나에 대해서도 존경심을 가지고 있었다. 그는 자신이 고독하다고, 물속에서 헤엄치고 있다고, 뿌리 뽑혀 있다고 믿고 있었기 때문에, 실제로 아무런 비꼬는 마음 없이 보통 사람들의 일상적인 행동에, 예를 들어 내가 사무실을 오갈 때 시간을 정확하게 지키는 거라든가 심부름꾼이나 전차 차장이 외치는 소리 따위에 감격했다. 나는 처음에 그의 이러한 태도를 우스꽝스럽고 과장된 것이라고, 일종의 귀족적이고 한량 같은 기질이나 유희적인 감상주의라고 느꼈다. 그러나 진공의 공간에서 이질감과 '황야의 이리' 기질을 지닌 채 살아가고 있는 그가 우리의 좁은 시민적 세계를 진정으로 경탄하고 사랑한다는 것을 나는 점차 알게 되었다. 그에게 우리들의 세계는 확고하고 안전한 세계, 그가 닿을 수 없는 아득한 세계, 그에게는 갈 길이 막혀 버린 고향이요 평화였다. 그는 우리 집에 드나드는 한 활달한 부인을 만날 때마다 정말로 경외감을 가지고 모자를 벗어 인사했고, 나의 아주머니가 그와 조금 잡담을 나누거나, 그의 옷가지에 수선할 데가 있다고 혹은 외투 단추가 떨어졌다고 일러 주면, 이상할 정도로 주의를 집중하면서 무척 중요한 일이나 되는 양 귀 기울여 들었다. 어떤 틈바구니라도 있으면 이 작고 평화로운 세계에 끼어들어 단 한 시간만이라도 고향 같은 평온함을 느껴 보려고 하릴없이, 말할 수 없을 정도로 애를 쓰는 모습이었다.

남양삼나무 옆에서 우리가 처음으로 대화를 나눈 그때 이미 그는 자신을 황야의 이리라고 불렀는데, 그 말 또한 나에게는 낯설고 당황스러웠다. 도대체 뭐 이런 표현이 있단 말인가! 그러나 나는 어느새 이 표현에 습관적으로 익숙해졌을 뿐 아니라, 곧 내 머릿속에서도 이 사내를 황야의 이리로만 부르게 되었고, 지금까지도 여전히 그를 표현하는 데 이보다 더 적절한 말을 찾지 못했다. 우리들 사이에서, 도시 한가운데에서, 군중들 속에서 길을 잃은 한 마리 이리. 다른 어떤 이미지도 그를, 그의 내향성과 고독, 야행성, 불안, 향수, 고향 상실을 이보다 더 잘 표현해 낼 수는 없으리라.

한번은 저녁 내내 그를 관찰한 적이 있었다. 교향악 음악회에 갔다가 놀랍게도 그가 가까이에 앉아 있는 것을 보았던 것이다. 그는 내가 옆에 앉아 있는 걸 모르고 있었다. 맨 처음 헨델이 연주되었다. 숭고하고 아름다운 음악이었는데 황야의 이리는 그 음악도, 주변 사람들도 전혀 개의치 않고 자기 자신 속에 침잠한 채 앉아 있었다. 어디에도 속하지 못한 채 고독하고 어색하게 앉아서, 싸늘하고 수심에 젖은 얼굴로 아래쪽을 쳐다보고 있었다. 그 곡이 끝나고 다음 곡으로 프리데만 바흐의 소교향곡이 연주되었을 때, 나는 이 기이한 사내가 몇 박자가 지나기도 전에 웃음을 띤 채 심취하는 모습을 보고 놀랐다. 그는 완전히 내면으로 가라앉아 아마도 십 분 정도는 행복하게 좋은 꿈에 빠진 듯 보였고 나는 음악보다도 그에게 더 정신이 팔렸다. 그 곡이 끝났을 때 그는 깨어나서 자세를 고쳐 앉더니 일어서서 나가려는 기색을 보이다가 다시 앉아서 마지막 곡까지 들었다. 그 곡은 레거의 변주곡으로, 다소 길고 지루한 느낌을 주었다. 처음엔 주의를 기울여 기분 좋게 귀를 기울이던 황야의 이리도 듣기를 그만둔 듯 손을 주머니에 꽂고 다시 자신의 생각 속으로 잠겨 들어갔는데 이번에는 행복하고 꿈꾸는 듯한 모습이 아니라 슬프고 화가 난 모습이었다. 그의 얼굴은 다시 환희의 불꽃이 꺼진 듯 아득한 잿빛으로 변했다. 그는 늙고 병든 불평꾼처럼 보였다.

음악회가 끝난 후 길에서 다시 그를 보았다. 나는 뒤따라갔다. 그는 외투에 기어들듯이 잔뜩 몸을 웅크리고서 언짢고 지친 모습으로 우리가 사는 동네 쪽으로 걸어가다가 작은 구석 술집 앞에서 걸음을 멈추더니 망설이듯 시계를 들여다보고는 안으로 들어갔다. 나는 순간적인 호기심을 쫓아 뒤따라 들어갔다. 그는 수수한 식탁에 앉았다. 여주인과 여자 종업원이 잘 아는 사이인지 반갑게 인사했다. 나는 그에게 인사를 하고 옆

자리에 앉았다. 우리는 한 시간쯤 거기에 앉아 있었다. 내가 광천수를 두 잔 마시는 동안 그는 반 리터의 적포도주를 마시고 또 사분의 일 리터를 더 시켰다. 내가 음악회에 갔다 오는 길이라고 말했지만 그는 딴전만 피웠다. 그는 물병의 상표를 읽더니, 한잔 살 테니 포도주를 마시지 않겠느냐고 물었다. 내가 술을 마시지 않는다고 말하자, 그는 다시 어쩔 줄 모르는 표정을 짓고는 말했다. "그렇군요. 나도 몇 년 동안 술을 끊은 적이 있습니다. 얼마 동안은 단식도 해 봤지요. 그렇지만 지금은 다시 물병자리에 와 있습니다. 어둡고 얼큰히 취한 성좌(星座) 말입니다."

그때 내가 이 비유를 받아 농담조로 다른 사람도 아닌 당신이 점성술을 믿다니 의외라는 투로 말하자, 그는 종종 내 마음을 상하게 했던, 예의 그 너무나도 정중한 어조로 다시 돌아가서 말했다. "아주 정확하게 봤습니다. 유감이지만 나는 점성술도 믿을 수가 없습니다."

나는 작별을 고하고 자리를 떴다. 그는 밤늦게서야 집에 돌아왔다. 나는 그의 발소리에 익숙해져 있어서 금방 알 수 있었다. 늘 그렇듯이 그는 바로 잠자리에 들지 않고 한 시간 정도 더 불을 밝혀 놓은 채 거실에 머물렀다. 나는 바로 그의 옆방에 살았으므로 이런 것들을 잘 들을 수 있었다.

또 다른 어느 날 밤의 일도 잊히지 않는다. 그날은 아주머니가 외출한 터라 나 혼자 집에 있던 참이었다. 초인종 소리를 듣고 문을 열자 매우 아름다운 젊은 여자가 서 있었다. 할러 씨가 있느냐고 그녀가 물었을 때 나는 그녀가 누구인지 곧 알아보았다. 바로 그의 방에 걸려 있는 사진의 주인공이었으니까. 나는 그녀에게 방을 알려 주고 내 방으로 돌아왔다. 그녀는 잠시 그의 방에 있더니, 매우 만족한 듯 활기차게 농담을 주고받으며 그와 함께 계단을 내려가 밖으로 나가는 소리가 들렸다. 나는 몹시 놀랐다. 이 은둔자에게 애인이, 그것도 이렇게 젊고 아름답고 우아한 애인이 있다니. 그와 그의 삶에 대한 나의 모든 추측이 또다시 불확실해진 것이다. 그러나 한 시간도 채 못 되어 그는 혼자서 무겁고 쓸쓸한 걸음으로 집으로 돌아와 힘겹게 계단을 올라와서는 우리에 갇힌 이리처럼 몇 시간이고 어슬렁거리며 거실을 왔다 갔다 했다. 새벽녘까지 그의 방에는 불이 밝혀져 있었다.

이 두 사람의 관계에 대해 내가 아는 것은 아무것도 없지만 한 가지는 더 덧붙여야겠다. 그가 그녀와 함께 있는 것을 한 번 더 본 적이 있다. 그들은 거리에서 팔짱을 낀 채 걷고 있었고, 그는 무척 행복해 보였다. 나는 그의 수심에 찬 고독한 얼굴이 때로는 그렇게 우아하고 천진스러울 수도 있다는 데 놀라지 않을 수 없었다. 그런 모습을 보면서 나는 그 여자를 이해할 수 있었고, 내 아주머니가 이 사내에게 보이는 동정심도 이해할 수 있었다. 그러나 그날 밤에도 그는 슬프고 괴로운 모습을 하고 집으로 돌아왔다. 문 앞에서 마주친 그는 종종 그렇듯이 외투 속에 이탈리아산 포도주병을 품고 있었다. 그는 다락방에서 포도주를 앞에 놓고 밤의 절반을 지새웠다. 나는 그가 불쌍하다는 생각이 들었다. 그는 왜 이렇게 위로도 안식도 없는 삶을, 길을 잃고 방황하는 삶을 살아가는가!

이제 충분히 지껄인 셈이다. 황야의 이리가 자살자의 삶을 살았다는 것을 보여 주려고 더 이상 보고하거나 묘사할 필요는 없을 것이다. 그렇다고 나는 그가 당시에(그는 밀린 방세를 모두 지불한 후, 어느 날 작별 인사도 없이 아무도 모르게 이 도시를 떠나 어디론가 사라져 버렸다.) 자신의 목숨을 끊었다고는 믿지 않는다. 우리는 그 후로는 더 이상 그의 소식을 듣지 못했고, 지금도 여전히 그 앞으로 온 편지 몇 장을 보관하고 있다. 그가 남긴 거라고는 여기 머물 때 썼던 원고밖에 없다. 그는 그 원고를 내가 마음대로 처분해도 좋다는 요지의 글을 몇 줄 적어 나에게 헌정했다.

할러의 원고에 쓰여 있는 체험들의 내용을 현실에 비추어 검토해 보는 건 내게는 불가능했다. 나는 그것이 대부분 소설 같은 이야기라고 믿고 있다. 그렇다고 해서 그것이 제멋대로 지어낸 이야기라는 뜻은 아니고, 깊이 체험된 정신적인 과정을 가시적인 사건의 옷을 입혀 표현하려고 한 시도라는 의미에서 하는 말이다. 할러의 수기에 나오는 일부 환상적인 사건들은 아마도 그가 여기 머물던 마지막 시기에 쓰였을 것이고, 실제적인 현실 체험도 얼마간 그 토대가 되었으리라는 것을 나는 의심하지 않는다. 그 시기에 이 사내의 태도와 외모는 실제로 변했다. 그는 자주, 때로는 며칠 밤이나 집을 비웠고, 책에는 손도 대지 않았다. 당시 그와 몇 번 마주쳤을 때 그는 눈에 띄게 활기차고 젊어 보였고, 때로는 무척 만족한 모습이었다. 그러다가는 곧 다시 심각하게 의기소침한 상태에 접어들어, 며칠씩 식사할 생각도 하지 않고 침대에만 붙박여 있었다.

그가 다시 나타난 그의 애인과 입에 담을 수 없을 정도로 심한 말다툼을 벌여 온 집안을 발칵 뒤집어 놓고, 며칠 후 아주머니에게 용서를 빈 사건도 그 무렵에 일어났다.

아니다. 나는 그가 자살하지 않았다고 확신한다. 그는 아직 살아 있다. 어디에선가 지친 다리를 끌며 낯선 집의 계단을 오르내리고, 어디에선가 반짝반짝 윤나게 닦인 쪽마루 바닥과 깨끗하게 손질된 남양삼나무를 하염없이 바라보고, 낮에는 도서관에 밤에는 주점에 앉아 있거나, 세내어 빌린 안락의자에 누워 있을 것이다. 창문 너머로 세상 사람들이 살아가는 소리를 듣고, 자기만이 외톨이라고 생각할 것이다. 그러나 자살을 하지는 않았을 것이다. 왜냐하면 그는 가슴속의 이 몹쓸 고뇌를 최후의 한 방울까지 맛본 후에 이 고뇌에 의해 죽어야 마땅하다는 신념을 여전히 버리지 않았기 때문이다. 나는 지금도 자주 그를 생각한다. 그는 나의 삶을 힘겹게 만들었다. 그는 나의 재능과 장점과 쾌활함을 북돋워 주지 않았다. 오히려 반대였다. 나는 그와 다르고, 그와 같은 방식으로 생활하지도 않는다. 나는 작지만 안정되고 의무로 채워진 나의 시민적인 삶을 살아갈 따름이다. 그렇기 때문에 나와 나의 아주머니는(아주머니는 그에 대하여 나보다 더 많은 것을 말할 수 있을 테지만, 그것을 그저 그녀의 선량한 가슴속에 감추고 있다.) 그를 아무런 감정의 동요도 없이 우정 어린 마음으로 회상할 수 있는 것이다.

할러의 수기는 병적이면서도 아름답고 깊은 성찰이 담긴

환상적인 글이다. 만약 내가 이 원고 뭉치를 누가 썼는지 모르는 채 우연히 손에 넣게 되었다면 틀림없이 버럭 화를 내며 집어 던졌을 것이다. 그러나 할러라는 인간을 알고 있었기 때문에 이 수기를 이해할 수 있었고, 심지어 인정할 수도 있었다. 내가 이 수기에서 발견한 것이 감정이 병든 불쌍한 인간의 병적인 환상뿐이었다면 이 글을 다른 사람에게 보이기를 주저했을 것이다. 그러나 이 수기에는 그 이상의 것이 들어 있다. 그것은 한 시대의 기록인 것이다. 할러가 앓았던 영혼의 병은 한 인간의 괴팍한 생각이 아니라, 시대의 병리 그 자체였다는 것을 이제야 알겠다. 그건 할러가 속한 저 세대의 노이로제였으며, 이 신경증 때문에 미천하고 약한 사람들뿐만 아니라, 사상이 깊고 천재적인 재능을 가진 강한 사람들도 좌초한 것이다.

이 수기는 얼마만큼 현실의 체험이 그 바탕을 이루는지에 상관없이 거대한 시대의 병을 우회하거나 미화함으로써 넘어서려 하지 않고, 그 병 자체를 서술의 대상으로 삼으려는 시도이다. 이 수기는 말 그대로 지옥의 순례이다. 지옥을 가로질러 가며 카오스에 맞서고 악의 고통을 끝까지 맛보려는 의지를 가지고 칠흑같이 컴컴한 영혼의 세계를 때로는 두려워하며 때로는 용기 있게 통과하는 것이다.

내가 이 수기를 이런 식으로 이해하는 데 열쇠가 된 것은 할러의 말 한마디였다. 언젠가 우리가 이른바 중세의 '잔혹함'에 대해 이야기를 나누었을 때 그는 말했다. "그런 잔혹함은 사실은 잔혹한 것이 아닙니다. 중세인이라면 우리와는 달리 오늘날 우리들의 생활 양식 전체를 끔찍하고 경악스럽고 야만적이라고 혐오할 겁니다. 모든 시대, 모든 문화, 모든 도덕과 전통은 나름의 양식을 가지고 있고, 자기에게 맞는 부드러움과 강고함, 아름다움과 끔찍함을 가지고 있어서, 어떤 고통은 당연한 것으로 여기고 어떤 악은 참고 견디는 법입니다. 인간의 삶이 정말로 고통으로, 지옥으로 변하는 건 두 시대, 두 문화, 두 종교가 서로 교차할 때뿐입니다. 어떤 고대인이 중세에 살았어야 했다면, 그는 그것 때문에 애처로우리만치 숨 막혔을 겁니다. 그건 한 야만인이 우리의 문명 한가운데에서 숨 막힐 수밖에 없는 것과 똑같은 이치입니다. 지금은 한 세대 전체가 두 시대 사이에, 두 개의 생활 양식 사이에 끼어 어떤 자명한 이치도, 도덕도, 안정감이나 순수함도 상실해 버린 시대입니다. 물론 너나없이 이것을 똑같은 강도로 느끼는 건 아니겠지요. 가령 니체 같은 사람은 오늘날의 고뇌를 한 세대 이상이나 앞서 체험해야 했지요. 그는 아무에게도 이해받지 못한 채 이 고뇌를 고독하게 곱씹어야 했지만, 오늘날엔 수많은 사람이 이것을 체험하고 있는 겁니다."

나는 수기를 읽으면서 이 말을 자주 떠올리지 않을 수 없었다. 할러는 두 시대 사이에 끼어 있는 자였고, 일체의 안정감과 순수함을 상실한 자였다. 인간의 삶이 지닌 모든 문제를 자신의 개인적인 고통과 지옥으로 승화시켜 체험하는 것, 이것이 그의 숙명이었다.

내가 보기에 그의 수기가 우리에게 줄 수 있는 의미는 바로 이 점에 있다. 그래서 나는 이 수기를 펴내기로 결심한 것이다. 덧붙여 말하거니와 나는 추호도 이 글을 변호하거나 폄하

할 생각이 없다. 독자들이 자신의 양심에 따라 판단하기를 바
랄 뿐이다.

하리 할러의 수기
──미친 사람만 볼 것

그날도 다른 날과 다름없이 지나갔다. 나는 내 나름의 거칠고 소심한 생활 방식대로, 처녀를 유혹하여 슬그머니 목을 조르듯이 그날 하루도 그렇게 죽여 버린 것이다. 서너 시간 일하고 고서들을 뒤적였더니, 중년에 접어든 사람들이 대개 그렇듯이 두 시간 정도 온몸이 쑤셔 왔다. 가루약을 먹으니 통증이 사라져 다시 상쾌한 기분이 들었다. 더운 탕에 들어가 기분 좋게 온기를 들이마시고, 우편물 세 개를 받아 그 대수롭지 않은 편지와 인쇄물을 대충 훑어보고 나서 심호흡을 했다. 좀 쉬려고 오늘 명상 연습은 생략하기로 했다. 한 시간가량 산책하면서 부드럽고 화사한 새털구름이 흩어지는 하늘을 보았다. 참으로 상쾌했다. 고서를 읽거나 온탕 속에 누워 있을 때 느끼는 그런 기분이었다. 그렇다고 그날이 딱히 황홀했다거

나, 행복과 기쁨으로 가득 찼던 건 아니었다. 그저 이미 오래
전부터 익숙해진 일상적인 나날 중 하루였을 뿐이다. 불평 많
은 한 중년 남자의 하루, 적당히 편안하고, 어렵사리 견딜 만
하고, 그럭저럭 지낼 만한, 그런 미지근한 나날 중 하루였다.
특별한 고통이나 걱정도, 별난 근심이나 절망도 없는 그런 날,
아달베르트 슈티프터처럼 면도하다가 불의의 죽음을 맞기에
알맞은 때가 아닌가 하는 생각이 들어도 흥분하거나 불안해
하지 않고 냉정하고 차분하게 숙고해 볼 수 있는 그런 날이
었다.

　관절염이 발작을 일으키는 괴로운 날, 안구 뒤에 뿌리를 박
고 앉아 악마처럼 눈과 귀의 모든 활동을 기쁨에서 고통으로
뒤틀어 버리는 빌어먹을 두통에 시달리는 날, 혹은 영혼이 죽
어 버려 내면이 공허와 절망으로 심란해지는 날, 주식회사들
이 단물을 깡그리 빨아먹어 피폐해진 대지 한가운데에서 인
간 세상과 소위 문화라는 것이, 기만적이고 천박한, 속이 텅
빈 명절 대목장(場)의 광채 속에서 구토제를 먹은 듯 얼굴을
찡그리며 우리에게 육박해 와 병든 자아를 불쾌감의 절정까
지 집요하게 몰아대는 그런 날. 그런 지옥의 날들을 맛본 적이
있는 사람은 오늘처럼 이렇게 딱히 좋을 것도 나쁠 것도 없
는 지극히 평범한 날에 무척 흡족해서, 감사하는 마음으로 따
뜻한 난롯가에 앉아 조간신문을 읽고, 오늘도 전쟁은 일어나
지 않았고, 새로운 독재 정권이 들어서지도 않았고, 정치와 경
제 분야에 특별히 추잡한 사건이 폭로되지도 않았다는 걸 안
도하는 마음으로 확인하는 것이다. 그러곤 녹슨 칠현금의 줄

을 맞춰, 온화하고 어지간히 즐겁고 흡족한 찬미가를 켜서, 브롬 약 기운에 취해 있는, 조용하고 부드럽고 평범한 만족의 신을 따분하게 하는 것이다. 그러면 만족스러운 권태의 이 미지근하고 투박한 공기 속에서, 아무런 고통도 느끼지 않는 이 고마운 상태 속에서, 쓸쓸하게 긍정하는 평범한 신과 온화한 찬미가를 부르는, 머리카락이 조금씩 세기 시작한 평범한 남자가 쌍둥이처럼 똑같아 보이는 것이다.

만족한다는 것, 고통이 없다는 것은 좋은 일이다. 어떤 고통도 환희도 외쳐 대지 않고 모든 것이 그저 속삭이면서 발끝으로 살금살금 움직이는 이런 움츠린 날들은 견딜 만하다. 다만 유감스러운 건 바로 이런 만족을 나는 좀체 견딜 수가 없고, 시간이 흐르면서 참을 수 없을 정도로 혐오스럽고 구역질이 나서 절망적으로 다른 대기 속으로(가능하다면 즐거운 마음으로, 불가피한 경우에는 고통을 겪더라도) 도피하지 않을 수 없다는 것이다. 내가 한동안 기쁨도 괴로움도 없이 미적지근하고 김빠진 이른바 '좋은 시절'을 견디며 그럭저럭 숨 쉬어 왔더라도, 그것은 내 어린아이 같은 영혼에는 너무도 고통스럽고 불행한 것이어서, 나는 저 녹슨 감사의 칠현금을 졸고 있는 만족의 신의 만족한 면상에 집어 던지고, 몸에 좋다는 이 방 안의 온기를 느끼기보다는 차라리 실로 악마적인 고통이 가슴속에서 불타오르는 걸 느끼는 것이다. 그러면 마음속에선 강렬한 감정과 감각에 대한 욕구가 불타오르고, 단조로운 색조로 그려진 평범하고 규범화된 불모의 삶에 대한 분노가 솟구치고, 무언가를——이를테면 백화점이라든가 대성당이라든가, 나 자신이라든가──두들겨 박살 낸다거나 무모한 바보짓을 저지른다거나, 몇몇 찬양받는 우상의 가면을 벗겨 버린다거나, 반항적인 학생들에게 함부르크행 열차표를 마련해 준다거나, 어린 소녀를 유혹한다거나, 시민적 세계질서의 대표자들의 목을 비틀어 놓는다거나 하는 따위를 하고 싶은, 미칠 듯한 욕망에 사로잡힌다. 왜냐하면 내가 내심 무엇보다도 증오하고 혐오하고 저주하는 건 바로 이런 만족과 건강, 쾌적함, 시민들의 잘 길들여진 낙관주의, 평범하고 정상적이고 평균적인 것이 돼지처럼 살을 찌우며 번식하는 것이었기 때문이다.

어둠이 살금살금 침투해 오던 어느 날 저녁 이렇게 미적지근하게 보내 온 날들을 이제는 끝내야겠다고 마음먹은 건 이런 기분에서였다. 그렇지만 내가 이 시절을 마감한 건 몸이 불편한 사람들이 대개 그렇듯이, 탕파(湯婆)를 넣어 유혹하는 넓은 침대에 기어들어 간다든가 하는 식은 아니었다. 나는 하찮은 하루하루의 일에 역겹고 불쾌해져서, 투덜거리며 신발을 신고 외투에 몸을 구겨 넣고는, 술집 '슈탈헬름'에서 술꾼들이 예로부터 '포도주 딱 한 잔'이라고 부르는 그것을 마시러 어두워지는 안개 낀 저녁 시내로 향했다.

나는 박공 다락방을 나와 계단을 내려갔다. 이 집 계단은 말끔하게 솔질이 되어 있는, 시민 가정 특유의 깨끗한 계단이었는데 오르내리기가 무척 힘들었다. 아주 예의 바른 세 집이세 들어 사는 이 집의 다락방이 바로 나의 은신처다. 나는 고향도 없이 떠돌아다니는 황야의 이리요, 시민 세계를 혐오하는 사람이지만, 어쩌다 보니 줄곧 전형적인 시민의 집에서 살아왔다. 그것은 나의 오래된 감상벽 탓이었다. 내가 살았던 곳은 궁전도, 그렇다고 프롤레타리아의 집도 아니었다. 하필이면 언제나 이렇게 지극히 예의 바르고, 몹시 지루하고, 빈틈없이 관리되는 소시민의 보금자리에서만 살아온 것이다. 여기선 송진과 비누 냄새가 나고, 누군가 문을 요란하게 잠근다거나 더러운 신발로 들어오기라도 하면 사람들은 깜짝 놀란 표정을 짓는다. 나는 분명 어린 시절부터 이런 분위기를 좋아했다. 어떤 고향 같은 분위기에 대한 은밀한 동경 때문에 나는 언제나 하릴없이 이 고리타분하고 바보스러운 길을 밟은 것이다. 어쨌든 고독하고 피로한, 사랑도 질서도 없는 나의 삶이 이런 시민적 환경과 이루는 대조를 바라보는 것도 나는 싫지 않다. 나는 계단에서 정숙, 질서, 청결, 예절, 규율의 냄새를 맡는 게 좋다. 거기엔 시민 세계를 싫어하는 나까지도 감동하게 하는 무언가가 숨어 있는 것이다. 그러고 나서 내 방 문턱을 넘어서는 것도 나는 좋아한다. 이 문턱에서 모든 것이 끝난다. 쌓아놓은 책 더미들 사이로 담배꽁초와 와인 병이 나뒹굴고, 온갖 것이 무질서하게 제자리를 못 잡고 황폐화되어 있다. 이 모든 책이며, 원고며, 생각에는 고독한 자의 곤경과 인간 존재의 문제성이, 무의미해져 버린 인간의 삶에 새롭게 의미를 부여하려는 동경이 그려져 있고, 배어 있다.

나는 남양삼나무 옆을 지나갔다. 계단은 2층의 어떤 방 앞의 작은 층계참을 지나도록 되어 있었다. 이 방은 틀림없이 다른 방들보다 더 깨끗하고 완벽하게 잘 손질되어 있을 것이다. 이 좁은 층계참은 인간의 손으로는 더 이상 닦을 수 없을 정도로 깨끗하게 손질되어 반짝반짝 빛나고 있었으니 말이다. 그것은 질서의 작은 신전이다. 발을 디디기가 미안할 만큼 깨끗한 널마루 바닥에는 예쁜 받침대가 두 개 있는데, 그 위에는 커다란 화분이 하나씩 놓여 있다. 하나는 철쭉이고, 다른 하나는 아주 늠름하게 자란 남양삼나무다. 이 남양삼나무는 아주 완벽하다는 느낌을 주는 건강하고 줄기가 굵은 어린 나무인데, 가지에 달린 침엽 하나하나까지도 깨끗이 닦여 신선한 윤기를 발하고 있다. 아무도 보는 사람이 없을 때면 나는 종종 이 장소를 신전으로 이용한다. 남양삼나무 건너편 층계참에 앉아 잠깐 쉬면서 기도하듯이 손을 모으고 이 작은 질서의 정원을 내려다보는 것인데, 그러면 이 정원의 감동적인 모습과 조금은 우스꽝스러운 고독이 묘하게 나의 영혼을 사로잡는다. 나는 마루청 뒤에서 남양삼나무의 신성한 그늘에 잠긴 채, 번쩍번쩍 윤이 나는 마호가니 세간이 가득 찬 방과, 아침에 일찍 일어나 의무를 다하고, 적당히 쾌활한 가족 축제를 즐기고, 일요일이면 교회에 가고, 일찍 잠자리에 드는 절제와 건강이 가득 찬 삶을 상상해 본다.

나는 짐짓 명랑한 체하며 촉촉이 젖어 있는 아스팔트 골목길을 빠르게 걸어갔다. 만개한 꽃에 둘러싸인 가로등이 눈물을 흘리는 듯, 물기 머금은 서늘한 공기 속으로 희뿌연 빛을 흩뿌리면서 젖은 땅에서 올라오는 게으른 반사광을 빨아들이고 있었다. 잊고 지내던 어린 시절의 기억이 떠올랐다. 그 시절 늦가을이나 겨울, 그 어둡고 칙칙한 밤을 얼마나 좋아했던가! 그 시절 밤마다 외투를 걸치고는 거센 비바람을 맞으며 적의를 품은 듯 나뭇잎을 다 떨구어 버린 자연 속에서 헤매고 다닐 때면, 얼마나 열에 들떠 고독과 우수의 분위기에 취했었던가! 벌써 그 시절 고독이란 것을 알았지만 마음 깊은 곳에서는 고독을 즐기며 시구들을 떠올렸다. 나는 작은 내 방에 촛불을 밝혀 놓고 침대 가장자리에 앉아 이 시구들을 적어 두곤 했다. 이제 그 시절은 지나갔다. 술잔은 비었고 더 이상 채워지지 않는다. 그래서 아쉽단 말인가? 아쉬운 건 아니다. 지나가 버린 건 하나도 아쉽지 않다. 아쉬운 건 지금과 오늘이다. 그저 고통만을 줄 뿐 아무런 기쁨도 감동도 주지 않는 이 잃어버린 무수한 시간과 나날들이다. 그러나 다행히 예외도 있었다. 드물긴 했지만 이따금 감동과 기쁨을 주었던 시절이 있었고, 벽을 허물고 들어와 방황하는 나를 다시 세상의 살아 있는 심장으로 이끌고 간 시간이 있었다. 슬픔과 흥분이 뒤섞인 가운데 나는 이런 마지막 체험을 기억해 보려고 했다. 그건 한 음악회에서의 일이었다. 멋진 옛 음악이 연주되고 있었다. 목관 악기와 협연으로 연주된 피아노곡의 두 마디 사이에서 불현듯 피안의 세계로 가는 문이 열렸던 것이다. 나는 하늘로 날아올라 신이 일하는 모습을 보고, 행복한 고통을 맛보았다. 이 세상 아무것에도 움츠러들지 않았고, 이 세상의 어떤 일도 더 이상 두렵지 않았다. 모든 것을 긍정하고 모든 것에 마음을 바쳤다. 그런 기분이 오래 계속되지는 않았다. 한 십오 분 정도 지속되었고 그날 밤 꿈에 다시 나타났으며, 그때 이후로 그 쓸쓸한 시절 내내 이따금 은밀하게 빛을 발했을 뿐이다. 나는 때때로 그것이 몇 분씩 신의 황금빛 자취처럼 내 삶을 통과해

가는 것을 분명히 보았다. 거의 언제나 진흙탕과 먼지 속에 묻혀 있었지만, 곧 금빛 섬광을 뿜으며 다시는 사라지지 않을 듯이 반짝이다가 다시 심연으로 사라져 버렸다. 언젠가 한번은 밤에 그런 일이 일어나 깨어 있는 채로 누워서 갑자기 시구를 읊조렸던 적도 있었다. 그건 너무나 아름답고 황홀한 시여서 그걸 적어 놓으려는 생각조차 할 수 없었다. 이 시구는 아침에 기억해 낼 수 없었지만, 깨어지기 쉬운 낡은 껍질에 싸인 단단한 땅콩처럼 마음속에 숨어 있었다. 한번은 어떤 시인의 시를 읽다가, 또 한번은 데카르트와 파스칼의 사상을 골똘히 생각하다가 그런 일이 일어났고, 또 한번은 애인과 함께 있을 때 그것이 다시 빛나기 시작하더니 황금빛 자취를 그리며 하늘로 날아올랐다. 아아! 우리가 영위하는 이 삶 속에서, 이렇게 자기만족에 빠진, 이렇게 시민적인, 이렇게 정신을 상실한 시대 속에서, 이런 건축물과 사업과 정치와 이런 인간들 속에서 신의 자취를 발견한다는 것은 어려운 일이다. 나는 이 세상의 목적에 공감할 수 없고, 이 세상의 어떠한 기쁨도 나와는 상관없다. 이런 세상에서 어떻게 내가 한 마리 황야의 이리, 한 초라한 은둔자가 되지 않을 수 있겠는가! 나는 연극이고 영화고 차마 볼 수가 없고, 신문도 좀체 읽을 수 없으며, 최신 서적도 거의 읽지 않는다. 만원 열차와 호텔, 자극적으로 추근대는 음악이 울리는 붐비는 카페, 우아하고 사치스러운 도시의 바와 버라이어티 쇼, 만국 박람회, 경마장, 교양에 목마른 자를 위한 강연회, 거대한 경기장 같은 곳에서 사람들이 갈구하는 기쁨과 욕망이 어떤 것인지 나는 이해할 수 없다. 나는 수

많은 사람이 얻고자 아우성치는, 원하기만 하면 나에게도 찾아올지 모르는 그 모든 기쁨을 이해할 수 없고, 공감할 수도 없다. 그러나 반대로 극히 드문 일이긴 하지만 나에게 행복과 환희와 체험과 무아경과 고양감을 주는 것들을, 세상 사람들은 기껏해야 문학에서나 찾고 이해하고 좋아할 뿐, 삶에서 그것들을 대하면 미친 짓이라고 생각한다. 그리고 사실 세상이 옳다면, 다시 말해 카페의 음악이나 대중의 향락이나 값싼 만족에 길든 이런 미국식 인간들이 옳다면, 내가 틀렸고 내가 미친 것이다. 그렇다면 나는 정말 말 그대로 황야의 이리인 것이다. 나야말로 고향도, 공기도, 양식도 찾지 못하는 짐승, 낯설고 알 수 없는 세상에 잘못 들어선 짐승인 것이다.

여느 때처럼 이런 생각에 잠겨 나는 젖은 거리를 걷고 있었다. 이 도시의 가장 오래되고 또 가장 조용한 구역을 막 지나던 참이었다. 길 건너편 어스름 속에 오래된 잿빛 돌담이 보였다. 내가 즐겨 바라보던 그 돌담은 작은 교회와 오래된 병원 사이에 아무 일 없다는 듯 옛 모습 그대로 서 있었다. 나는 낮에 종종 그 돌담의 울퉁불퉁한 표면을 보면서 눈을 쉬게 하곤 했다. 말이 났으니 말이지 반 평방미터마다 상점이며 변호사, 의사, 이발사, 티눈 빼는 사람이 자기 이름을 광고하는 이 시내에서 이곳처럼 적막하고 조용하고 마음 편한 공간은 거의 없었다. 그날도 나는 이 고색창연한 돌담이 고요하고 평화롭게 서 있는 걸 바라봤는데, 왠지 좀 변해 있는 것 같았다. 돌담 한가운데에 아치가 달린 예쁘장한 좁은 문이 있지 않은가. 나는 당황했다. 왜냐하면 이 문이 항상 거기 있었는지, 아니면 새로 지어진 것인지 자신 있게 기억해 낼 수 없었기 때문이다. 문은 아주 낡아 보였다. 무척 오래된 문이었다. 추측건대 검은 나무 문짝이 달린 이 닫힌 좁은 문은 수백 년 전에는 어떤 고적한 수도원의 마당으로 통해 있었고, 수도원이 없어진 지 오래되긴 했지만 지금도 여전히 그리로 통해 있는 것 같았다. 아마도 나는 그 문을 수백 번 보았으나 주의 깊게 보지 않았을 뿐인지도 모른다. 어쩌면 새로 색칠을 해 놓아서 갑자기 내 눈에 띄게 되었는지도 모르겠다. 어쨌든 나는 멈춰 서서, 저 너머로 건너가지는 않은 채 그쪽을 주의 깊게 바라보았다. 그 사이에 있는 길은 물기에 젖어 몹시 질척거렸던 터라 보도에 서서 그쪽을 그저 바라다보았던 것이다. 이제 주변엔 온통 밤기운이 돌았다. 그 문 주위에는 화환이나 어떤 울긋불긋한 것이 빙 둘러쳐져 있는 것처럼 보였다. 좀 더 자세히 보니까 문 위에는 번쩍이는 간판이 걸려 있었다. 그 위에 무언가가 쓰여 있는 것 같았다. 아무리 집중해서 보아도 잘 보이지 않아서 나는 결국 그 더러운 웅덩이를 건너 그쪽으로 다가갔다. 문 위쪽 잿빛과 초록빛이 감도는 낡은 벽 위의 한 모퉁이가 흐릿하게 빛나는 게 보였다. 그 자리 위로 형형색색의 글자들이 활기차게 나타났다가는 곧 사라졌고, 다시 왔다가는 또 달아나 버렸다. '이제 이 고색창연한 멋진 담벼락마저 네온사인 광고에 이용하는구나!'라고 나는 생각했다. 그러는 사이에 나는 나타났다가 곧 사라져 버리는 이 글자 중 서너 자를 잡아낼 수 있었다. 읽기는 힘들었고 대충 짐작할 수 있을 뿐이었다. 글자들은 불규칙한 간격으로 아주 흐릿하고 희미하게 나타났다가는 금방 빛을 잃고 사라졌다. 이런 걸로 장사를 하려는 자는 수완가가 아닐 게다. 그 역시 한 마리 가련한 황야의 이리일 게다. 왜 그는 여기, 구시가의 가장 후미진 뒷골목에 있는 담벼락에다 글자놀이를 하는가? 그것도 오가는 사람이 아무도 없는 이 시간에, 이 빗속에서. 그리고 그 글자들은 왜 그리 도망치듯 바람에 흩어져 버리고, 그렇게 읽을 수 없을 정도로 제멋대로 변덕을 부리는가? 그러나 잠깐만, 이제야 나는 몇 글자를 차례대로 낚아채는 데 성공했다. 그건 다음과 같았다.

마술 극장
아무나 입장할 수 없음.
…… 아무나 …… 없음.

나는 그 좁은 문을 열어 보려고 했다. 둔중하고 낡은 손잡이는 아무리 힘을 주어도 꿈쩍도 하지 않았다. 글자놀이는 끝났다. 슬픈 듯이, 무상함을 깨달았다는 듯이, 갑자기 멈춰 버린 것이다. 나는 몇 발짝 뒤로 물러서서 깊은 진흙탕에 발을 내디뎠다. 더 이상 어떤 글자도 나오지 않았다. 놀이의 불빛은 꺼졌다. 오래도록 진창 속에 붙박여 서서 기다렸으나 헛된 일이었다.

기다리기를 포기하고 다시 인도로 돌아왔을 때, 내 앞에 천연색 불빛 글자 몇 개가 방울처럼 떨어져 아스팔트 위에 반사되었다. 나는 읽어 보았다.

미친 …… 사람만 …… 입장할 …… 수 있음.

발이 함빡 젖고 온몸이 얼었지만 나는 그곳에 서서 한참 동
안 기다렸다. 더 이상 아무것도 나타나지 않았다. 내가 서서
그 가녀린 색색의 도깨비불 같은 글자가 젖은 담벼락과 검게
빛나는 아스팔트 위에서 멋지게 떠다니던 모습을 생각하고 있
는 동안, 옛날 생각의 단편 하나가 퍼뜩 떠올랐다. 그것은 이
불빛 글자처럼 갑자기 멀리 사라져 버린, 저 황금빛 잔상의 의
미를 암시해 주었다.

온몸이 얼어붙어 와 다시 발을 옮겼다. 꿈꾸는 듯 저 잔상
을 쫓으면서, 미친 사람에게만 입장이 허용된다는 저 마술 극
장으로 들어가는 문을 마음 가득히 동경하면서. 어느새 나는
시장터에 들어섰다. 그곳엔 밤의 환락이 넘쳤다. 두서너 걸음
마다 갖가지 플래카드가 걸려 있고 광고판이 손님을 유혹했
다. 여성 악단, 버라이어티쇼, 영화, 무도회의 밤, 이런 것들은
나와는 상관없는 것이다. 그건 저 '보통 사람들', 저기 무리 지
어 작은 입구로 몰려 들어가는 저 정상적인 사람들을 위한 것
이다. 그럼에도 나의 슬픔은 조금 위안을 받았다. 나와는 다
른 세계의 인사를 받은 것이다. 색색의 글자들이 춤을 추며
내 영혼 위에서 뛰놀았고, 감추어진 마음의 화음을 건드렸다.
저 황금빛 잔상이 다시 보이기 시작했다.

내가 처음 이 도시에 머물던 시절부터, 그러니까 족히 25년
전부터 변한 거라곤 하나도 없는 자그마한 고풍의 술집을 찾
아냈다. 여주인도 옛날의 그 여자이고, 앉아 있는 손님들도 예

전의 그 손님들 그대로였다. 그들은 예전의 그 자리에 그 술잔을 앞에 놓고 앉아 있었다. 나는 그 허름한 술집에 들어간 것이다. 여기가 피난처였다. 이곳은 남양삼나무 옆의 층계참처럼 피난처이긴 했지만, 여기서도 나는 고향도 어울릴 사람들도 없는 처지였다. 여기서 찾은 거라곤 고작 조용한 객석이 전부였다. 그건 낯선 사람들이 낯선 연극을 상연하는 무대 앞의 객석이었다. 그렇긴 해도 이 조용한 자리는 조금은 가치가 있었다. 사람들의 무리도 없었고, 시끄러운 외침도 음악도 없었다. 그저 조용한 사람들 서너 명이 식탁보도 없는 나무 식탁(대리석도 에나멜 칠을 한 함석 판자도 우단도 황동도 없는 것이다!)에서 텁텁한 포도주 한 잔을 저녁 식사에 곁들여 마시며 앉아 있었다. 내가 첫눈에 알아본 그 단골손님들은 아마도 진짜 속물들로 집에는 속물다운 거실에 터무니없는 만족의 신들을 위한 초라한 제단을 세워 놓고 있을 것이다. 그들 또한 나처럼 궤도를 벗어난 외로운 사람들인지도 모른다. 그들도 파산한 이상 때문에 술을 마셔 대는 조용하고 생각이 깊은 술꾼들인지도 모른다. 가련한 악마, 황야의 이리인지도 모른다. 향수와 실망, 보상 심리가 그들을 이리로 끌고 온 것이다. 저 결혼한 남자는 여기서 총각 시절의 분위기를 구하려는 것이며, 저 늙은 관리는 학창 시절의 여운을 찾으려는 것이다. 그들은 모두가 지독스레 말이 없었고, 모두가 나와 마찬가지로 대단한 술꾼들이어서 여성 악단보다는 반 리터짜리 알자스 포도주 앞에 앉아 있기를 더 좋아하는 것이다. 나는 여기에 닻을 내렸다. 여기서는 한 시간이고, 두 시간이고 견딜 수 있었다. 알자

스 포두주를 한 모금 들이키자 아침에 먹은 빵 한 조각 말고
는 온종일 아무것도 먹지 않았다는 생각이 떠올랐다.

　놀라운 일이다! 인간이 무엇이든지 다 삼킬 수 있다니. 나
는 십 분쯤 신문을 읽으며, 무책임한 인간들의 정신이 눈을
통해 나의 내면으로 흘러들어 오는 걸 그냥 내버려 두었다. 그
런 인간들은 다른 사람이 한 말을 입에 가득 넣고 씹다가, 소
화도 시키지 못하고 다시 내뱉는다. 이런 유의 기사 하나를 나
는 씹어 삼켰다. 그러고 나서 도살당한 송아지의 몸에서 베어
낸 커다란 간 한 조각을 씹어 삼켰다. 얼마나 놀라운 일인가!
제일 좋은 건 알자스 포도주였다. 나는 자극적인 냄새를 강하
게 풍기는, 독특한 맛으로 유명한, 텁텁하고 독한 포도주를 최
소한 평일에는 마시지 않는다. 나는 대체로 특별히 이름나지
않은, 맛이 아주 깨끗하고 순한 평범한 시골 포도주를 좋아
한다. 그런 술은 아무리 마셔도 별 탈이 없고, 그 고장의 땅과
하늘과 숲의 정답고 향기로운 맛을 풍긴다. 알자스 포도주 한
잔과 큰 빵 한 조각, 이거면 최고의 식사다. 그런데 지금은 벌
써 간 한 조각을 먹어 치운 것이다. 그건 고기를 먹는 일이 드
문 나에게는 희한한 맛이어서, 나는 술을 한 잔 더 시켰다. 이
것 또한 놀라운 일이 아닌가! 저기 초록빛 계곡 어딘가에 건
강하고 활기찬 사람들이 포도를 재배해 포도주를 짜내면, 그
들과 멀리 떨어져 있는 세상 여기저기에서 낙담하여 말없이
술을 마시는 사람들과 어찌할 바를 모르는 황야의 이리들이
그들의 술에서 얼마간 용기를 얻고 기운을 회복할 수 있다니
말이다.

어쨌든 놀라운 일이다! 포도주는 효과가 있었고, 기분이 좋아졌다. 아까 읽은 신문에 실린 그 잡탕 같은 글을 생각하니 가벼운 웃음이 났다. 그리고 갑자기 저 목관 악기와 합주하는 피아노곡의 잊혔던 멜로디가 다시 떠올랐다. 그 선율은 마치 작고 투명한 비누 거품처럼 내 마음속에 솟아올라, 빛을 내며 온 세상을 형형색색으로 조그맣게 비추다가 다시 슬그머니 흩어져 버렸다. 그 천상의 멜로디가 은밀하게 내 영혼에 뿌리를 내리고 있다가 어느 날 가슴속에 온갖 빛깔로 그 사랑스러운 꽃을 피어오르게 한 걸 보면 나도 완전히 실패한 인간은 아닌가 보다. 내가 주변 세계를 이해하지 못하고 방황하는 짐승이라 해도, 나의 어리석은 인생에도 의미는 있는 것이고, 내 가슴속에 있던 그 무엇이 신들의 숭고한 세계에서 부르는 소리에 응답하는 것이다. 내 머릿속에는 수천 가지 영상들이 차곡차곡 쌓였다.

거기에는 파도바 교회의 작고 푸른 둥근 천장에 조토가 그린 천사의 무리가 있었고, 그 옆으로 햄릿과 화환을 쓴 오필리아가 걸어갔다. 그것은 세상의 모든 슬픔과 오해에 대한 멋진 비유였다. 거기서 비행사 지아노초[1]는 열기구 비행선에 서서 뿔피리를 불었고, 아틸라 슈멜츨레[2]는 손에 새 모자를 들고 있고, 보로부두르 사원[3]은 조각상들이 산을 이루면서 허

---

1) 독일 소설가 장 파울이 1801년에 발표한 소설 『비행선 조종사 지아노초의 항해 일지』의 주인공.
2) 장 파울이 1809년에 발표한 풍자소설 『군목 슈멜츨레의 플레츠 기행』의 등장 인물.

공을 향해 뻗어 있었다. 이 모든 멋진 인물들이 다른 수많은 사람의 가슴속에 살아 있다 해도, 아직도 알 수 없는 수만 가지 다른 영상들과 소리들의 고향, 그리고 그것을 보는 눈과 듣는 귀는 오로지 내 마음에만 살아 있었다. 그 오래된 병원 벽에는 풍상에 닳아 버린 잿빛과 초록빛의 얼룩이 있었고, 그 틈새와 풍상의 흔적에서 수천 가지 벽화를 상상할 수 있었다. 누가 그 벽에 대답할 수 있겠는가, 누가 그걸 자신의 영혼에 받아들이겠는가, 누가 그것을 사랑하고 누가 그 슬그머니 소멸해 가는 빛깔의 마술을 느끼겠는가? 은근하게 빛을 내는 세밀화가 그려진 승려들의 오래된 책, 지금은 사람들에게서 잊힌 일이백 년 전 독일 시인들의 책, 손때에 절고 곰팡내 나는 이 모든 책, 그리고 옛 음악가들의 인쇄본과 필사본, 그들의 소리의 꿈이 엉겨 굳어진 누렇게 변색된 악보집, 사상이 넘치고, 장난스러우면서도 동경에 찬 이들의 소리에 귀를 기울이는 자는 누구이며, 이들의 정신과 마술을 가슴에 품고 이들과는 이질적인 다른 시대를 견디며 살아가는 자는 누구인가? 암석이 무너져 줄기가 부러지고 갈라졌어도 삶을 포기하지 않고 고난 속에서도 보잘것없지만 새로운 우듬지를 내뻗은, 구비오 산 위의 저 작고 강인한 실측백나무를 기억하는 자는 누구인가? 2층에 사는 저 부지런한 안주인과 그녀의 반짝반짝 윤이 나는 남양삼나무의 진가를 알아줄 자는 누구인가? 밤마다 라인강 너머에서 움직이는 안개구름의 글귀를 읽어 내

---

3) 인도네시아 자바섬에 있는 장대하고 복잡한 불교 유적지.

는 자는 누구인가? 그자는 황야의 이리이다. 그리고 인생의 폐허 위에서 흩어져 사라져 가는 의미를 찾고, 무의미하게 보이는 것에 괴로워하고 광인처럼 살면서도 마음 깊은 곳에서는 최후의 카오스 속에서도 계시와 신성(神性)에 대한 희망을 버리지 않는 자는 또 누구인가?

나는 여주인이 다시 채우려는 잔을 마다하고 일어섰다. 술은 더 이상 필요 없었다. 황금빛 잔영이 번쩍였고, 나는 영원을, 모차르트를, 별을 떠올렸다. 나는 다시 한동안 숨 쉴 수 있고, 살 수 있었다. 존재할 수 있었다. 괴로워하고 두려워하고 부끄러워할 필요가 없었다.

조용해진 거리로 나왔을 때, 찬 바람이 몰고 온 가는 이슬비가 가로등 주위에 부딪히며 흐물거리는 유리의 불빛에 반짝거리고 있었다. 이제 어디로 간단 말인가? 이 순간 요술을 부려 소망을 이룰 수 있다면, 나는 작고 아름다운 홀에 있고 싶었다. 루이 16세 시대 양식의 홀에서 서너 명의 훌륭한 악사가 나를 위해 헨델과 모차르트를 연주해 주고, 나는 분위기에 흠뻑 취해서, 이 상쾌하고 고상한 음악을 마치 신들이 넥타르를 마시듯이 들이마셨을 것이다. 아아, 그때 내게 친구가 있었다면, 다락방에 촛불을 켜 놓고 바이올린 옆에 앉아 골똘히 생각에 잠겨 있는 그런 친구가 있었다면 얼마나 좋았을까! 나는 밤의 고요 속에 숨어 살그머니 그에게 다가갔을 테지. 후미진 계단을 소리 없이 올라가 그를 깜짝 놀라게 해 주었을 테지. 우리는 이야기하고 음악을 즐기며 이 세상 같지 않은 이 밤을 즐겁게 보냈을 테지. 지난날 한때 이런 행복을 즐겼던 시절이 있었지만, 이 또한 세월이 흐르면서 사라져 버리고, 그 사이엔 시들어 버린 세월만 놓여 있는 것이다.

나는 망설이면서 집 쪽으로 발길을 돌렸다. 외투 깃을 높이 세우고 젖은 포도 위로 지팡이를 짚으며 걸었다. 이렇게 천천히 걷더라도 어느새 나의 다락방으로, 좋아하지는 않지만 없어서도 안 되는 고향 같은 그곳으로 돌아가게 되겠지. 비 오는 겨울밤 들판을 뛰어다니며 보내던 시절은 지나가 버린 것이다. 어쨌든 나는 이 좋은 저녁 기분을 망치고 싶지 않았다. 비든 관절염이든 남양삼나무든 이 기분을 망칠 수는 없었다. 실내 악단이 없더라도, 바이올린을 가진 친구가 없더라도, 나는 이 선율을 리드미컬한 호흡에 실어 나지막이 대충 웅얼거릴 수 있었다. 나는 줄곧 생각에 잠겨 걸었다. 그래, 실내악이든 친구든 없어도 상관없다. 되지도 않게 애써 따스함을 바라는 건 웃기는 일이다. 고독은 자유다. 나는 그것을 원했고 수년이 지나서야 그것을 얻었다. 고독은 싸늘했다. 정말이지 고독은 조용하고, 놀랍도록 조용하고, 별이 돌고 있는 저 싸늘하고 고요한 공간만큼이나 넓었다.

어떤 댄스홀을 지나려는데 격렬한 재즈 음악이 울려 나왔다. 날고기에서 나는 김처럼 뜨겁고 거친 음악이었다. 나는 순간 멈춰 섰다. 나는 이런 종류의 음악을 그렇게 싫어하면서도 또한 어떤 묘한 매력을 느낀다. 재즈는 그리 마음에 내키진 않지만 요즘의 아카데믹한 음악보다는 훨씬 좋다. 이 음악은 그 명랑하고 거친 야생성으로 본능 세계의 깊은 곳을 파고 들어가 천진난만한 관능을 진솔하게 내뿜는다.

나는 잠깐 서서 코를 쿵쿵거리며 저 피를 토하듯, 귀청을 찢을 듯 울려 대는 음악을 맛보면서, 점잖지 못한 관능적인 호기심에서 댄스홀의 분위기를 그려 보았다. 음악의 전반부는 서정적이었다. 지나치게 감미롭고 감상에 젖어 있었다. 후반부는 거칠고 기분 내키는 대로 변덕을 부리면서도 힘찼다. 이 두 부분이 천진스럽게, 평화롭게 합쳐져 하나의 전체를 이루었다. 그건 몰락의 음악이었다. 마지막 황제들이 다스리던 로마의 음악도 틀림없이 이와 유사했을 것이다. 물론 재즈 음악은 진정한 음악, 바흐와 모차르트와 비교하면 한갓 추잡한 짓거리에 불과하다. 그러나 그 모두가 우리의 예술이고, 우리의 사상이고, 진정한 문화와 비교해 볼 때 우리의 거짓 문화인 것이다. 이 음악의 장점은 엄청난 정직성과 가식 없고 사랑스러운 흑인성(黑人性), 명랑하고 아이 같은 분위기에 있다. 이 음악은 흑인이나 미국인의 어떤 특성을 함축하고 있는데, 미국인은 아무리 강하다 해도 우리 유럽인들에게는 여전히 소년처럼 신선하고 어딘가 유치해 보인다. 유럽도 그렇게 될 것인가? 벌써 그 길로 접어들었는가? 과거의 유럽, 과거의 참다운 음악, 과거의 참된 문학을 잘 알고 존중하는 우리는, 내일이면 잊히고 조롱당할, 어리석고 머리가 복잡한 소수의 노이로제 환자에 불과한가? 우리가 '문화'라고 부르던 것, 우리가 정신, 영혼, 아름다움, 성스러움이라고 불렀던 것은 이미 오래전에 사멸한 한갓 허깨비에 불과하며, 단지 바보들이나 아직도 그런 것들이 살아 있고, 실재한다고 여기는 것일까? 어쩌면 그런 것들이 실재한 적은 한 번도 없지 않았을까? 우리 같은 바보들이 애써 얻고자 하는 건 어쩌면 항상 환영에 불과한 건 아닐까?

나는 구시가지로 들어섰다. 희미한 잿빛에 싸인 불 꺼진 작은 교회가 꿈결처럼 비현실적으로 서 있었다. 갑자기 저녁때 겪은 일이 다시 떠올랐다. 수수께끼 같은 아치문과 그 위에 걸쳐진 알쏭달쏭한 광고판, 조롱하듯이 춤추며 달아나는 네온사인의 글자들. 거기에 무어라고 쓰여 있었던가? '아무나 입장할 수 없음.' 그리고 '미친 사람만 입장할 수 있음.' 나는 그 낡은 담 쪽을 살피듯이 건너다보았다. 마술이 다시 시작되기를, 그 글자들이 미친 나를 초대해 주기를, 그 작은 문이 나를 받아 주기를 내심 간절히 바라면서. 내가 갈구하던 것이 거기에 있지 않을까? 어쩌면 나의 음악이 거기서 연주되는 건 아닐까?

짙어 가는 저녁노을 속, 깊은 꿈에 잠긴 듯 그 어두운 돌담은 태연히 나를 바라보고 있었다. 어디를 보아도 문도 아치도 없었다. 구멍 난 곳 하나 없는 어둡고 말 없는 담벼락만 보였다. 나는 웃으면서 계속 걸으며 담을 향해 정답게 고개를 끄덕였다. '잘 자거라, 돌담아. 나는 널 깨우지 않겠다. 저들이 너를 허물거나, 네 위에 탐욕스러운 광고판을 덕지덕지 붙여 놓을 때가 곧 올 테지만, 너는 여전히 버티고 서서, 여전히 아름답고 고요하구나. 정말이지 너는 사랑스럽구나.'

컴컴하고 좁은 골목에서 한 사내가 갑자기 내 바로 앞에 나타났다. 나는 깜짝 놀랐다. 그는 지친 걸음으로 이 늦은 시간에 쓸쓸하게 귀가하는 남자였다. 머리엔 모자를 쓰고 푸르스름한 블라우스를 입고서, 깃발을 단 막대기를 어깨에 메고 배

에는 대목장(場)의 장사꾼들처럼 가죽끈으로 좌판을 매달고
있었다. 그는 지친 발걸음을 옮기며 내 앞을 지나가면서도 내
쪽을 돌아보지 않았다. 그가 돌아보았더라면 그에게 인사를
하고 담배라도 한 대 권했을 텐데. 다음번 가로등의 불빛 속에
서 나는 그의 깃발, 막대기에 단 그 빨간 플래카드를 읽어 보
려 했으나 이리저리 흔들거리는 바람에 통 읽을 수가 없었다.
나는 그를 불러 플래카드를 좀 보여 달라고 했다. 그는 멈춰
서더니 막대기를 조금 똑바로 세웠다. 나는 춤을 추듯 흔들거
리는 글자들을 읽을 수 있었다.

　　무정부주의적인 밤의 환락
　　마술 극장
　　아무나 입장할 수 없…….

　"당신을 찾고 있었습니다." 나는 기뻐서 외쳤다. "그 밤의 환
락이란 무엇인지요? 그건 언제 어디서 볼 수 있는 겁니까?"
　그는 벌써 저만치 걸어가고 있었다.
　"아무나 들어갈 수 있는 게 아닙니다." 그는 졸린 목소리로
태연하게 말하고 계속 걸어갔다. 그는 일을 할 만큼 했고, 이
제 집에 가고 싶은 것이다.
　"잠깐만 기다리세요." 나는 소리치며 그에게 달려갔다. "당
신 상자 안에는 무엇이 들어 있습니까? 좀 사고 싶은데."
　사내는 걸음을 멈추지 않고 상자에 손을 넣어 기계적으로
작은 책자 하나를 꺼내어 나에게 내밀었다. 나는 그것을 받아

주머니에 넣었다. 내가 외투 단추를 풀고 돈을 꺼내려고 하는
동안 그는 벌써 어떤 문 옆으로 돌아 들어가더니 문을 잠그
고 사라졌다. 뜰에서 그의 발소리가 무겁게 울렸다. 처음엔 돌
길을 걷는 소리가 나더니 나무 계단을 오르는 소리가 들렸다.
그러곤 아무 소리도 들리지 않았다. 갑자기 피로가 몰려왔다.
시간이 늦었으니 이제 집에 가는 게 좋겠다는 생각이 들었다.
나는 빠른 걸음으로 잠든 교외의 골목길을 통해 곧 성채 사이
에 있는 우리 동네에 다다랐다. 여기선 앞뜰에 약간의 잔디와
담쟁이덩굴이 자라는 작고 깨끗한 임대 주택에 관리들과 가
난한 연금 생활자들이 살고 있었다. 담쟁이덩굴과 잔디와 전
나무를 지나 집 앞에 이르러 열쇠 구멍을 찾고, 전등 스위치
를 찾고, 유리문과 윤기 나게 닦여 있는 장롱들과 화분에 심
긴 나무들을 살그머니 지나 내 방문을 열었다. 내 방은 나에
겐 작은 고향과 같은 곳이다. 그곳엔 흔들의자와 난로, 잉크병
과 물감통, 노발리스와 도스토옙스키가 나를 기다리고 있다.
다른 사람들이 고향에 가면 어머니나 부인, 아이들, 하녀, 개
와 고양이가 기다리는 것처럼.

젖은 외투를 벗었을 때, 그 작은 책이 손에 닿았다. 나는 그
것을 꺼내 보았다. 그건 형편없는 종이에 형편없는 솜씨로 인
쇄된 얇은 책으로,『일월에 태어난 사람』이니『8일 만에 20년
젊어질 수 있는 비결』따위의, 대목장에서 흔히 볼 수 있는 소
책자였다.

그러나 안락의자에 파묻혀 돋보기안경을 꼈을 때, 나는 갑
자기 번쩍이는 운명적인 느낌과 놀라움에 휩싸여 대목장 판

매용 소책자 표지에 쓰인 제목을 읽었다. '황야의 이리론, 미친 사람만 볼 것.'

다음은 내가 부단히 고조되는 긴장감 속에서 단숨에 읽어 내려간 그 책의 내용이다.

황야의 이리론
—— 미친 사람만 볼 것

언젠가 '황야의 이리'라고 불리던 사내가 있었다. 그의 이름은 하리였다. 그는 두 발로 걷고 옷을 입은 인간이었지만 본래는 한 마리 황야의 이리였다. 그는 이해력이 뛰어난 사람들이 배울 수 있는 많은 것을 배웠다. 그는 엄청나게 똑똑한 사내였다. 그러나 그가 배우지 못한 것도 있었다. 그건 자신과 자신의 삶에 만족하는 것이었다. 그는 그렇게 할 수가 없었다. 그는 불만투성이 인간이었다. 그가 이렇게 된 건, 마음 저 아래에서는 자신이 본래 인간이 아니라 황야에서 온 이리라는 것을 항상 의식하고 있었기(혹은 의식하고 있다고 믿기) 때문이었다. 그가 정말 이리였는지, 그가 한때, 아마도 태어나기도 전에 마술로 이리에서 인간으로 변신한 것인지, 혹은 그가 인간으로 태어났으나 황야의 이리의 영혼을 타고나서 거기에 사로잡혀 있는 것인지, 혹은 그가 원래부터 이리라는 이러한 믿음이 그저 상상으로 꾸며 낸 것인지, 아니면 그의 병적인 상태에서 나온 것인지, 영리한 사람들은 이런 것들에 대해 논쟁을 벌일지도 모른다. 예를 들어 이 인간이 어린 시절에 거칠고 제멋대로이고 게을러서 그의 선생님들이 그의 내면에 있는 야수를 죽이려 했고, 바로 이 때문에 그는 자기가 사실은 본래 야수인데 교육과 인성이라는 얇은 외피를 뒤집어쓰고 있을 뿐이라고 상상하고 믿게 된 것일 수도 있다. 이에 대해선 오랫동안 흥미진진하게 이야기할 수도, 심지어 책을 쓸 수도 있을 것이다. 그러나 황야의 이리에 관한 한 이런 짓들은 쓸데없는 짓거리에 불과하다. 왜냐하면 정작 그에게는, 이리가 요술에 의해 그의 몸속으로 들어왔든 혹은 강압에 못 이겨 들어왔든, 아니면 그저 상상에 불과한 것이든 아무 상관이 없기 때문이다. 다른 사람들이 그것을 어떻게 생각하는지, 그리고 그 자신은 또 어떤 생각을 하고 있는지도 그에겐 아무런 의미가 없었다. 그것이 이리를 그의 내부에서 *끄집어낼* 수는 없을 테니까.

요컨대 황야의 이리는 두 개의 본성, 즉 인간의 본성과 이리의 본성을 함께 지녔다. 이것이 그의 운명이었다. 이러한 운명이 딱히 기이하고 특수한 건 아닐 수도 있다. 개나 여우, 물고기나 뱀의 갖가지 특성을 가지고도 별다른 어려움 없이 살아가는 사람들도 많다고 하지 않는가. 이런 사람들에게 인간과 여우, 인간과 물고기는 병존하며 한쪽이 다른 쪽에 고통을 주지 않을 뿐 아니라, 심지어 다른 쪽을 도와주기까지 한다. 크게 출세해서 다른 사람들의 시샘을 받는 남자들에게 성공을 가져다준 것은 많은 경우 인간이라기보다는 오히려 여우나 원숭이이다. 이건 누구나 다 아는 얘기이다. 그러나 하리의 경우에는 사정이 다르다. 그에게는 인간과 이리가 병존하지 못했고, 서로 돕는 일은 더더욱 없었으며, 둘은 줄곧 철천지원수처럼 맞서서 한쪽이 다른 쪽을 괴롭혔다. 둘이 하나의 피와 영혼 속에서 서로 죽일 듯이 적대한다면, 그건 저주받은 인생이다. 어쨌든 누구나 자신의 운명이 있고, 어떤 운명도 쉽지는 않은 것이다.

우리 황야의 이리도 복합적인 존재가 다 그렇듯이 때론 이리의 감정으로 때론 인간의 감정으로 살았지만, 그가 이리일 때는 그의 내면에 있는 인간이 항상 바라보고 판단하고 조종하면서 잠복해 있었고, 그가 인간일 때는 이리가 똑같이 그런 짓을 했다. 예를 들어, 하리가 인간으로서 훌륭한 생각을 하거나, 섬세하고 고상한 감정을 느끼거나, 이른바 '좋은 일'이란 걸 행할 때면, 이리가 이빨을 드러내고 웃으면서 그를 철저하게 조롱한다. 좋아하는 일이라고 해 봐야 고작 외로이 황야를 달리다가 때때로 피를 빨아 먹거나 암컷을 뒤쫓는 것 따위에 불과한 한 마리 이리에게 이 고상한 척하는 연극이 도대체 얼마나 어울리지 않는 웃기는 짓이냐고 비웃어 대는 것이다. 또한 이리 편에서 보자면 인간의 행위란 모두가 지독스러운 코미디이고, 기만이며, 어리석고 허무한 짓거리에 불과한 것이다. 그러나 그가 자신을 이리로 느끼고 행동할 때도, 그러니까 그가 다른 사람에게 이빨을 드러내고 모든 인간과 그들의 도덕과 관습에 대해 증오와 적대감을 느낄 때도 사정은 마찬가지였다. 왜냐하면 그럴 때는 그의 내면에 잠복해 있는 인간이 이리를 관찰하고 짐승, 야수라고 부르며 그 소박하고 건강한 야생의 존재가 느끼는 모든 기쁨을 망쳐 버리고, 넌더리 나게 했기 때문이다.

　황야의 이리는 그런 인물이었다. 사람들은 하리가 편안하고 행복한 삶을 살아가지 못한다고 생각할 것이다. 그렇지만 그렇다고 그가 특별히 불행했다고 말할 수도 없을 것이다.(물론 하리 자신은 그렇게 생각할 테지만 말이다. 누구나 자기에게 닥친 불행이 가장 큰 불행이라고 여기는 법이니까.) 누구에게도 그렇게 말해서는 안 된다. 자기 내부에 이리를 갖고 있지 않은 사람도 그것 때문에 행복하지 않을 이유가 없다. 그리고 아무리 불행한 삶도 나름의 행복한 시간이 있는 법이다. 모래와 자갈 사이에서도 작은 행복의 꽃은 핀다. 황야의 이리의 경우도 그랬다. 그가 대체로 몹시 불행했다는 것은 부정할 수 없다. 그는 또한 다른 사람들을 불행하게 만들 수도 있었다. 이를테면 그가 그들을 사랑하거나 그들이 그를 사랑하는 경우에 말이다. 왜냐하면 그를 사랑한 사람들은 모두 항상 그의 한 면만을 보았기 때문이다. 많은 사람이 그를 섬세하고 이지적이고 괴팍한 인간으로 사랑하다가 갑자기 그의 속에 있는 이리를 발견하고는 소스라치게 놀라고 실망했다. 그럴 수밖에 없는 것이, 하리는 누구나 그렇듯이 전(全) 존재로서 사랑받기를 원했고, 그래서 그가 사랑을 받고 싶어 한 바로 그 사람들에게 이리의 모습을 감추고 기만할 수 없었던 것이다. 그러나 그의 속에 있는 바로 그 이리를, 자유롭고 거칠고 야생적이고 위험하고 힘찬 그 무엇을 사랑한 사람들도 있었다. 그렇지만 이들도 거칠고 심술궂은 이리가 또한 인간이어서 친절하고 상냥한 것을 동경하고, 모차르트의 음악을 듣고 시를 읽고 인류의 이상을 품으려고 할 때면 갑자기 엄청난 놀라움과 애처로움을 느꼈다. 특히 실망하고 마음 상한 이들은 대개의 경우 바로 이런 부류의 사람들이었다. 이렇게 황야의 이리는 자기 자신의 이중성과 분열성을 그가 접촉한 모든 타인의 운명 속에 불어넣었다.

그렇지만 이것으로 황야의 이리를 알 수 있다고 생각한다면, 그의 갈가리 찢어진 비참한 인생을 상상할 수 있다고 생각한다면 오산이다. 그에 관한 것을 모두 알려면 아직 갈 길이 멀다. 아직 모르는 것이 많은 것이다. 예외 없는 규칙이 없는 것처럼, 하느님의 눈엔 아흔아홉 명의 정의로운 자보다 한 명의 죄인이 소중한 것처럼, 하리에게도 예외가 있었다. 그에게도 행복한 순간들이 있었다. 그가 때로는 이리를, 때로는 인간을 아무런 방해도 받지 않고 온전히 호흡하고 생각하고 느낄 수 있고, 이 두 존재가 평화 협정이라도 맺은 듯이 사이좋게 지내서 한쪽이 깨어 있을 때 다른 쪽이 잠드는 것이 아니라, 둘이 서로를 북돋우고 힘을 합치는 경우도 아주 드물긴 하지만 있었다. 사람들은 이것을 모른다. 세상일이 다 그렇듯이 이 사내의 삶에서도 평범하고 일상적인 일, 규칙적이고 잘 알려진 일 등은 그저 이따금 잠시 멈추어 쉬면서 어떤 이상한 것, 기적적인 것, 은총 따위에 자리를 내주기 위해 존재할 따름인 것 같았다. 이 짧고 드문 행복의 시간이 황야의 이리의 몹쓸 운명을 완화하고 균형을 잡아 주어 마침내 행복과 불행의 저울추가 평형을 이루게 되었는지, 혹은 그 정도가 아니라 아마도 저 몇 시간 안 되는 짧지만 강렬한 행복이 모든 괴로움을 말끔히 씻어 주고도 남았는지, 이런 문제는 한가한 사람들이 나 제멋대로 생각할 문제이다. 황야의 이리도 가끔은 이 문제를 생각해 보곤 했지만, 그건 일이 손에 안 잡히는 한가한 날에 한한 일이었다.

여기서 덧붙일 말이 하나 더 있다. 하리와 비슷한 사람들이 무척 많다는 것이다. 굳이 예를 들자면 예술가들이 대부분 이런 부류에 속한다. 이 사람들의 내면엔 대개 두 개의 영혼과 두 개의 존재가 숨어 있다. 하리의 내면에 있는 이리와 인간이 그렇듯이 이들의 내면에도 신적인 면과 악마적인 면, 모성적인 피와 부성적인 피, 행복의 능력과 고통의 능력이 서로 맞서 있거나 뒤섞여 있다. 몹시 불안한 삶을 살아가는 이 사람들은 드물게 찾아오는 행복의 순간에 이따금 말로 형용할 수 없는 강렬한 아름다움을 체험하고, 그 순간적인 행복의 물거품이 때로 고통의 바다를 넘어 눈부시게 뻗어 올라 불꽃처럼 짧게 타오르면서 찬란한 빛을 발하여 다른 사람들을 감동시키고 매료시킨다. 그리하여 모든 예술 작품은 고통의 바다 위를 떠도는 소중하고 허무한 행복의 거품이 된다. 고통받는 개개 인간은 예술 작품을 통해 자신의 운명을 넘어 고양되어서, 행복은 별처럼 빛나고, 그것을 바라보는 사람들은 이 행복을 어떤 영원한 것으로, 그들 자신의 행복의 꿈으로 느끼게 된다. 이 사람들의 행위와 작품이 무어라 불리든 간에, 이들에게는 본래 삶이란 것이 전혀 존재하지 않는다. 다시 말하면 이들의 삶은 존재가 아니고, 형태도 없다. 이들은 다른 사람들이 판사, 의사, 구두장이, 교사인 것처럼 그렇게 영웅이거나 예술가이거나 사상가인 것이 아니다. 오히려 이들의 삶은 파도가 해안에 부딪히듯이 영원하고 덧없는 운동이어서 불행하고 고통스럽게 분열되어 있다. 그래서 사람들이 이러한 삶의 카오스 위에서 빛나는 저 희귀한 체험과 행위와 사상과 작품에서 그 의미를 찾으려고 하지 않는 한, 이들의 삶은 끔찍스럽고 무의미하다. 인간의 삶이란 모두 태초의 어머니의 엄청난 착각이요 실패한 유산(流産)의 결과이며 완전히 잘못 그린 자연의 서투른 습작품에 불과할지도 모른다는 위험하고 무시무시한 생각도 이런 부류의 사람들에게서 나온 것이다. 그러나 인간이 절반밖에 이성적이지 못한 동물이지만 그래도 신의 아들이며 불멸이 예정되어 있다는 생각 또한 바로 이들에게서 생겨난 것이다.

어떤 부류의 인간이든 나름의 표식과 특징, 나름의 미덕과 악덕, 나름의 죄악이 있는 법이다. 황야의 이리의 특징은 그가 밤의 인간이라는 점이다. 아침은 무서운 시간이고, 좋은 일이라고는 일어난 적이 없는 불쾌한 시간이다. 어느 아침이고 그가 정말로 즐거운 기분을 가져 본 적은 한 번도 없었고, 오전 중에 좋은 일을 하거나 기발한 착상을 떠올리거나, 자신이나 남을 즐겁게 해 준 적도 없었다. 오후가 지나면서 비로소 서서히 몸이 달아오르고 활기가 차올랐고, 저녁 무렵이 되어서야 (물론 일진이 좋은 날에 해당하는 얘기지만) 활발하고 생산적으로 되어서, 가끔은 정열적으로 일하면서 행복해지는 거였다. 고독과 자유에 대한 욕구 또한 이러한 생활과 관련이 있었다. 자유에 대하여 그보다 더 깊고 열정적인 욕구를 가진 사람은 없었다. 젊은 시절, 가난 때문에 호구를 위해 애먹던 시절에도, 그는 한 조각 자유라도 건질 수만 있다면 차라리 다 떨어진 옷을 입고 굶더라도 그쪽을 택했다. 그는 돈이나 안락한 삶을 위해 여자나 권력자에게 몸을 판 적이 없었다. 그는 자신의 자유를 지키기 위하여 세상 사람들이 이익과 행운이라고 여기는 것을 수없이 팽개치고 깨 버렸다. 어떤 직책을 맡아 하루 일정과 일 년 계획을 지키고 다른 사람에게 굽신거려야 한다는 생각은 그에게 가장 진저리 나고 소름 끼치는 것이었다. 사무실이나 관청을 그는 죽도록 싫어했다. 그가 꾼 가장 끔찍한 악몽은 군대 병영에 갇히는 것이었다. 종종 엄청난 희생을 치르고서야 가능했던 일이지만 아무튼 그는 이러한 상황에서 벗어나는 방법을 알고 있었다. 이것이 그의 강점이자 미덕이었고, 이 때문에 그는 어떤 굴복이나 타협을 하지 않고도 강직하고 직선적인 성격을 견지할 수 있었다. 그런데 그의 번뇌와 운명은 바로 이러한 미덕과 밀접한 관계가 있었다. 그에게도 사람들에게 흔히 일어나는 일이 일어났다. 그는 존재의 가장 내밀한 충동이 아주 고집스럽게 추구하고 얻고자 했던 것을 손에 넣었으나, 그것이 인간에게 행복을 주는 정도를 넘어서 버렸던 것이다. 그건 처음에는 꿈이요 행복이었지만, 나중에는 쓰라린 운명이 되었다. 권력을 가진 자는 권력 때문에 몰락하고, 돈을 가진 자는 돈 때문에, 굴종하는 자는 굴종 때문에, 쾌락을 좇는 자는 쾌락 때문에 몰락하는 법이다. 마찬가지로 황야의 이리도 그의 자유 때문에 몰락했다. 그는 목적을 이루었다. 그는 점점 더 자유로워졌고, 아무도 그에게 명령하지 않앗으며, 그는 누구의 말도 따르지 않았다. 그는 자유롭게 혼자서 일체의 행동을 결정했다. 강한 자는 자신이 진정한 충동에서 추구하는 것을 반드시 이루어 내게 마련이다. 그런데 손에 넣은 그 자유의 한가운데에서 하리는 불현듯 깨달은 것이다. 그의 자유는 죽음이며, 그는 외톨이이고, 세상은 그를 끔찍스럽게 방치하고, 사람들은 더 이상 그와 관계를 맺지 않으며(더욱이 그 또한 자신과 관계를 맺지 못한다.) 그는 점점 더 희박해지는 관계 상실과 고독의 공기 속에서 서서히 질식해 가고 있다는 것을 말이다. 이제 고립과 자유는 더 이상 그의 소망이나 목적이 아니라 그의 운명이요, 그에게 내려진 형벌이었다. 마법의 소원은 이루어졌고 이제 더 이상 되돌릴 수 없는 노릇이다. 그가 그리움에 가득 차 선의의 손을 내뻗어 공동생활에 다시 결합하고자 하는 마음이 있어도 이미 아무런 소용이 없었다. 사람들은 그를 끼워 주지 않았던 것이다. 그렇다고 그가 사람들의 미움을 받거나, 사람들의 비위에 거슬렸던 건 아니었다. 그 반대였다. 그는 친구가 아주 많았고, 많은 사람이 그를 좋아했다. 그러나 그가 만난 건 언제나 동정과 친절에 지나지 않았다. 사람들은 그를 초대했고, 그에게 선물을 주었고 또 예의 바른 편지를 보내기도 했다. 그러나 그에게 접근해 오는 사람은 아무도 없었고, 어디서도 결속은 생겨나지 않았고, 그의 삶을 나누어 가질 의사와 능력을 가진 사람도 없었다. 이제 그를 둘러싸고 있는 건 고독한 자들의 공기와 고적한 분위기, 주변의 것들이 떨어져 나가는 소리뿐이었다. 그에게선 관계를 맺는 능력 또한 소실되었는데, 어떤 의지와 동경을 가지고 저지해 보려고 해도 어쩔 수 없었다. 이것이 그의 삶의 중요한 특징이었다.

그의 또 다른 특징은 그가 자살자(自殺者)라는 점이다. 여기서 말해 두어야 할 건, 실제로 자신의 목숨을 끊는 자들만 자살자라고 부르는 건 틀린 생각이라는 것이다. 자살한 사람 중에는 본성이 자살자의 특성을 지니지도 않았는데 단순히 어느 정도 우연에 의해 자살자가 된 경우가 많다. 무리 지어 몰려다니는 사람들, 그러니까 어떤 개성이나 뚜렷한 특징, 강렬한 운명도 찾아볼 수 없는 사람 중에도 자살로 숨을 거두는 사람들이 상당수 있는데, 그렇다고 이들이 그 전체적인 특징상 자살자의 유형에 속한다고 할 수는 없다. 한편 본성상 자살자에 속하는 사람 중에서도 아주 많은, 아마도 대부분의 사람이 실제로 자살하지는 않는다. '자살자'라고 해서(하리가 바로 자살자이다.) 반드시 죽음과 특별히 깊은 관계 속에서 살아갈 필요는 없다. 자살자가 아니더라도 얼마든지 그럴 수 있다. 그렇지만 자살자의 고유한 특징은 그가 자신의 자아를 (그것이 정당하든 부당하든 상관없이) 특히 위험하고, 의심스럽고, 위협당하는 자연의 싹이라고 느낀다는 점과 그가 언제나 지나치게 자신을 드러내 보여서 마치 좁은 바위 끝에 서 있어 밖에서 살짝 밀거나 내부에 티끌만 한 약점만 있어도 허공으로 떨어질 것처럼 그렇게 아슬아슬하고 위태로워 보인다는 점이다. 이런 부류의 인간들이 지닌 운명관은 자살을 가장 개연성이 큰 죽음의 형태라고 본다는, 최소한 머릿속으로는 그렇게 생각한다는 특징이 있다. 이런 정서는 거의 대부분 청년기

초부터 나타나 평생 이런 유형의 인간에게 따라다니는데, 그것이 생겨나는 이유는 특별히 생활력이 약한 성격 따위가 아니다. 오히려 정반대로 '자살자들' 중에는 무척 강인하고 의욕적이고 대담한 천성을 가진 자들이 많다. 그러나 조금만 감기에 걸려도 금방 열이 펄펄 끓는 체질을 가진 사람이 있는 것과 마찬가지로, 우리가 '자살자'라고 부르는 몹시 예민하고 민감한 천성을 가진 사람들은 조금만 마음이 동요되어도 자살생각에 집중적으로 빠져든다. 단순히 생활 현상의 메커니즘이 아니라, 인간 자체를 다룰 용기와 책임감을 지닌 학문이 있다면, 이를테면 인류학이나 심리학과 유사한 그런 학문이 있다면, 이러한 사실은 누구에게나 이미 자명해졌을 것이다.

물론 우리가 여기서 자살자에 대해 한 이야기는 모두가 그저 피상적인 면만을 건드렸을 뿐이다. 그건 심리학, 그러니까 물리학의 한 자락에서 나온 얘기다. 형이상학적으로 고찰해 보면 사정은 다르게, 훨씬 분명하게 보인다. 이 경우 '자살자'는 개성화에 대한 죄책감에 사로잡혀 있는 사람, 다시 말하자면 인생의 목적이 더 이상 자기 자신의 완성과 실현에 있지 않고 자신의 해체, 즉 어머니에게로, 신에게로, 전체에게로 돌아가는 데 있다고 생각하는 사람인 것이다. 이러한 천성을 가진 사람들 대부분은 실제로 자살을 할 가능성은 전혀 없다. 자살이 죄악임을 뼈저리게 인식하고 있기 때문이다. 그렇긴 하지만 우리가 보기에 그들은 자살자이다. 왜냐하면 그들은 삶에서가 아니라 죽음에서 구원을 보며, 자기 자신을 비치고, 내던지고, 지워 버리고, 시원(始源)으로 돌아갈 마음의 준비가 되어 있기 때문이다.

모든 강점이 또한 약점이 될 수 있듯이(아니 사실 강점이 곧장 약점이 되는 때도 많다.), 전형적인 자살자는 거꾸로 그의 약점으로 보이는 것을 강점이나 버팀목으로 삼는다. 그런 일은 무척 흔하다. 황야의 이리 하리의 경우가 그렇다. 그와 비슷한 많은 사람처럼 그도 죽음에 이르는 길은 그에게 항시 열려 있다는 생각에서 젊은이들처럼 우수에 차서 환상의 유희를 일삼을 뿐 아니라, 바로 그것을 위안과 버팀목으로 삼는다. 그의 내면에서는, 그와 같은 부류의 사람들이 그러하듯이, 어떤 동요나 괴로움, 어떤 생활상의 곤경이 바로 죽음을 통해 벗어나고 싶다는 바람을 일깨우긴 했지만, 점차 이러한 상황으로부터 삶에 요긴한 철학을 만들어 냈던 것이다. 비상 출구가 항상 열려 있다는 생각에 친숙해지자 그는 오히려 힘이 났고, 고통과 불행을 맛보고 싶은 호기심이 솟아났다. 무척 고통스러운 일이 닥쳤을 때도 그는 종종 격렬한 기쁨과 일종의 심술궂은 쾌감을 느낄 수 있었다. '나는 한 인간이 어디까지 견뎌 낼 수 있는지 궁금하다. 더 이상 참을 수 없는 한계점에 이르면, 나는 문을 열고 빠져나가기만 하면 된다.' 많은 자살자가 이런 생각에서 엄청난 힘을 얻는 것이다.

한편 모든 자살자는 자살의 유혹과 싸우는 데 익숙하다. 자살은 출구이긴 하지만, 좀 낡고 불법적인 비상 출구라는 것, 그리고 자기 자신의 손보다는 삶 자체에 의해 굴복당하고 나자빠지는 쪽이 훨씬 더 고상하고 아름다운 일이라는 것을 모든 자살자가 마음 한 켠에서는 잘 알고 있다. 그의 이런 인식은 이를테면 이른바 쾌락을 좇는 사람들이 느끼는 가책과 같은 뿌리에서 나온 양심의 가책으로 변하는데, 이것이 대부분의 자살자로 하여금 자살의 유혹과 지속적으로 싸우게 하는 동인이 된다. 자살자는 도벽이 있는 사람이 자신의 도벽과 싸우듯이 자살의 유혹과 싸운다. 황야의 이리도 이 싸움을 잘 알고 있는 터라 갖가지 무기들을 번갈아 사용해 가며 이 싸움을 해 온 것이다. 마침내 마흔일곱의 나이에 그는 그에게 종종 즐거움을 주는, 행복하고 꽤 유머러스한 착상을 하기에 이르렀다. 그는 자신의 쉰 살 생일날을 자신에게 자살을 허용해도 되는 날로 잡아 놓은 것이다. 그날엔 그날 기분에 따라서 비상 출구를 사용하든 사용하지 않든 자유라고 그는 자신과 합의했다. 이제 그에게 무슨 일이 일어나든, 병에 걸리든, 가난해지든, 고통과 참담함을 경험하든 상관없다. 모든 것에 기한이 정해져 있으니까. 무슨 일이든 지속될 날이 기껏해야 몇 년, 몇 달, 며칠밖에 남지 않았고, 또 매일매일 줄어들지 않는가! 그러고 나니 정말로, 이전 같으면 그의 마음속 더 깊은 곳을 오랫동안 괴롭혔을, 아니 정말이지 그의 존재의 뿌리까지 흔들어 놓았을 많은 괴로움이 훨씬 더 견디기가 쉬워졌다. 이런저런 이유로 특히 지내기가 힘들 때면, 인생의 쓸쓸함과 외로움과 황폐함에 특별한 고통과 상실이 보태질 때면, 그는 고통에게 이렇게 말할 수 있었다. "2년만 더 기다려라! 그땐 내가 너를 지배할 것이다." 그러고 나서 그는 이런 상상에 빠지길 좋아했다. '쉰 살 생일날 아침, 편지와 축전이 속속 도착하는 동안, 나는 면도칼을 꼭 쥐고 모든 고통과 작별하고 인생의 문을 닫고 나간다. 그러면 뼛속의 관절염도, 우울도, 두통도, 복통도 말끔히 사라질 것이다.'라고.

이제 황야의 이리의 개별적인 현상, 특히 그가 시민 생활과 맺은 특이한 관계를, 그 근본적인 법칙을 좇아 설명하는 일이 남았다. 그럼 일의 이치대로 우선 소위 '시민적인 것'에 대한 그의 독특한 관계를 살펴보자.

황야의 이리는 가정생활이나 사회적인 명예욕에 관심이 없었던 까닭에, 그 자신의 견해에 따르자면, 전적으로 시민적인 세계의 밖에 있었다. 그는 자신을 철두철미 독립적인 인간이라고 느꼈다. 어떤 때는 자신을 병적인 특성을 보이는 기인이라고 느꼈고, 또 어떤 때는 비범한 인간, 보통 사람들의 사소한 규범 따위에 얽매이지 않는 천재의 소양을 타고난 인간이라고 느꼈다. 그는 의식적으로 부르주아를 경멸했고, 자신이 부르주아가 아님을 자랑스럽게 생각했다. 그렇긴 해도 그는 여러 면에서 아주 시민적인 생활을 했다. 은행에 예금을 했고, 가난한 친척을 도와주었으며, 옷 입는 데 별 신경을 쓰지는 않았지만 어쨌든 사람들 눈에 튀지 않게 단정하게 입고 다녔고, 경찰, 세무원 같은 공권력과는 가능한 한 마찰 없이 지내려고 애썼다. 그 밖에도 그를 언제나 시민의 작은 세계, 깨끗한 정원과 윤기 나는 계단, 완벽하면서도 소박한 질서와 예절의 분위기를 풍기는 조용하고 단란한 가정집으로 끌어들인 것은 그가 은밀하게 가지고 있던 강한 동경이었다. 작은 악행과 엉뚱한 짓을 하면서 스스로를 시민 세계의 국외자, 기인, 천재로 느끼는 것이 기분 좋은 일이긴 했지만, 그렇다고 그가 그것을 드러내기 위해 어떤 시민성도 존재하지 않는 삶의 공간에서 산 적은 한 번도 없었다. 그는 권력가나 특권 계층의 세계에서 살지 않았고, 범죄자나 공민권을 박탈당한 사람들의 세계에서 살지도 않았다. 그는 늘 시민들의 영역에서 살면서 그들의 습관, 규범, 분위기와 줄곧 관계를 맺었다. 그것이 대립과 반항의 관계이긴 했지만 말이다. 게다가 그는 소시민적인 교육을 받고 자랐고 거기서 대부분의 개념과 사고 도식을 얻었다. 그는 공창 제도에 대해 이론적으로는 조금도 반대하지 않았지만, 개인적으로 창녀를 진지하게 상대하거나 정말로 자기와 동등한 인간으로 여길 수는 없었다. 국가나 사회가 배척하는 정치범이나 혁명가나 사상적 선동가를 자기의 형제처럼 사랑할 수는 있었지만, 도둑이나 강도, 강간 살해범 따위에 대해서는 지극히 시민적인 방식으로 유감을 표시했다.

이런 식으로 언제나 그의 존재와 행위의 한쪽이 대립하고 부정하는 것을 다른 한쪽이 인정하고 긍정했다. 교양 있는 시민 가정에서 엄격한 예의범절 아래 성장했기 때문에 그의 정신의 한 부분은 늘 이 시민 세계의 질서에 매달렸는데, 이는 그의 개성이 이미 오래전에 시민적인 것이 허용할 수 있는 정도를 넘어서서 시민적인 이상과 믿음의 내용에서 벗어난 후에도 그러했다.

'시민적인 것'은 언제나 존재하는 인간적인 상태로서 균형을 이루려는 시도이고, 인간 행동의 수많은 극단과 대립 쌍 사이에서 중용을 구하려는 노력에 다름 아니다. 이러한 대립 쌍 중 하나, 이를테면 성자와 탕아의 대립 쌍을 예로 들어 보면 이 비유가 금방 이해될 것이다. 인간은 정신적인 것이나 신에 접근하려는 노력이나 거룩한 이상에 완전히 자신을 바칠수 있다. 또한 인간은 거꾸로 본능적인 생활이나 감각의 요구에 온몸을 바쳐 순간적인 쾌락을 얻는 데 온갖 노력을 기울일수도 있다. 한쪽 길은 정신의 순교자인 성자에게로, 신에 대한헌신으로 통하고, 다른 쪽 길은 본능의 순교자인 탕아에게로,퇴폐로의 탐닉으로 통한다. 시민은 이 양자의 중간쯤에서 적당히 살아가고자 한다. 쾌락이건 금욕이건 그는 결코 어디에도 몸을 던지는 일이 없고, 결코 순교자가 되는 일도, 자신을파괴하는 데 동의하는 일도 없다. 그 정반대이다. 그의 이상은자아를 내던지는 것이 아니라 자아를 보존하는 것이다. 그가얻고자 하는 것은 신성도 타락도 아니다. 무조건, 반드시 무엇인가를 해야 한다는 것은 그에게 견딜 수 없는 일이다. 그는신에게뿐 아니라 쾌락에게도 봉사하고자 하며, 미덕을 행하고자 하면서도 또한 좀 더 안락하고 편안한 삶을 추구한다. 간단히 말해서 그는 양극단 사이에, 격렬한 폭풍도 벼락도 없는쾌적하고 온후한 지대에 자리 잡고자 애쓴다. 게다가 이러한노력은 또한 성공을 거두는데, 이때 성공은 무조건적이고 극단적인 쪽을 향한 삶이 부여하는 저 강렬한 생활력과 감정을희생하고 나서야 얻어지는 것이다. 자아를 희생해야만 강렬하게 살 수 있다. 그런데 시민은 자아를(물론 발육 부진의 자아에불과한데도) 최고의 가치로 삼는다. 어쨌든 그는 강렬한 삶을회생한 대가로 자신을 보존하고 안정을 얻으며, 신에 사로잡히는 대신에 양심의 평온을 거두어들이고, 쾌락 대신 쾌적을,

자유 대신 편안함을, 치명적인 열정 대신 적당한 온기를 얻는다. 따라서 시민은 그 본질상 삶의 추진력이 약한 존재, 불안해 떨며 자신을 희생하기를 두려워하는, 지배하기 쉬운 존재이다. 그래서 시민은 힘 대신에 수(數)를, 권력 대신에 법률을, 책임 대신에 투표를 내세우는 것이다.

불안에 떨고 있는 이 허약한 존재는 아무리 그 수가 많다고 해도 자신을 보존할 수 없고, 속성상 자유롭게 떠돌아다니는 이리들 사이에 놓인 양 떼의 역할 이외에는 이 세상에서 맡을 역할이 없다는 것은 분명하다. 그렇지만 시민은 강자가 지배하는 시대에는 곧장 구석으로 몰리긴 하지만 그렇다고 결코 몰락하지 않고, 심지어 가끔은 세상을 지배하는 것처럼 보일 때도 있다는 것을 우리는 또한 보아 왔다. 어떻게 이런 일이 있을 수 있을까? 그 집단의 수적 우위도, 미덕도, 상식도, 조직도 그들의 몰락을 구해 낼 만한 힘을 지니고 있지는 못할 터인데 말이다. 처음부터 삶의 밀도가 그렇게 약화된 존재의 생명을 부지시켜 줄 수 있는 의술은 세상에 없다. 그럼에도 시민 계층은 살아 있고, 강력한 힘이 있고, 번성하고 있다. 왜 그럴까?

답은 바로 황야의 이리들 덕분이라는 것이다. 사실 시민 사회의 왕성한 활력은 결코 보통 시민들의 특성에서 나온 것이 아니다. 그것은 시민 사회가 이리저리 늘리거나 줄일 수 있는 애매한 이상을 가지고 있기 때문에 그 내부에 품을 수 있는 수많은 국외자의 특성에 기인한 것이다. 시민들 속에는 언제나 거칠고 강인한 본성을 지닌 많은 사람이 뒤섞여 살고 있다. 우리의 황야의 이리 하리가 그 대표적인 예이다. 그는 시민에게 허용된 정도를 훨씬 넘어서기까지 개성을 발전시켰고, 증오와 자기혐오의 을씨년스러운 행복뿐 아니라 명상의 환희도 즐길 줄 안다. 그는 법과 미덕과 상식을 경멸하면서도 거기서 벗어나지 못한다. 그도 결국 어쩔 수 없이 시민 사회라는 감옥에 갇힌 자이기 때문이다. 이런 식으로 본래의 시민 대중 주위를 수많은 인간의 수천 가지 삶과 지성이 겹겹이 둘러싸고 있다. 이들은 시민 사회의 틀을 깨 버릴 만큼 커져서 자유로운 삶을 살아야 하는 자들인데도, 시민성이라는 유아적 감정에 매달려 있고, 삶의 밀도를 약화하는 시민성의 속성에 얼마간 감염되어서 언제까지나 시민 사회 속에 머물며 이런저런 방식으로 그들에게 예속된 채 의무를 수행하고 복종한다. 왜냐하면 시민 사회에 적용되는 원칙은 위대한 자에게 적용되는 원칙을 뒤집어 놓은 것이기 때문이다. 즉 '우리 편이 아니면 적이다.'가 아니라 '적이 아니면 우리 편이다.'인 것이다.

이런 방향에서 황야의 이리의 정신을 살펴보면, 그는 고도의 개성화 때문에 시민이 될 수 없는 인간이라고 할 수 있다. 왜냐하면 개성화가 고도로 진행되면, 개성은 자아에 반역하고 나아가 자아를 파괴하려는 경향을 띠기 때문이다. 그는 성자 쪽으로도 탕아 쪽으로도 나아갈 수 있는 강한 잠재력을 지니고 있으나, 어딘가 허약한 구석이 있어서 혹은 게으르기 때문에 자유롭고 거친 세계로 도약할 수 없고 시민 사회라는 무겁고 버거우면서도 포근한 별에 사로잡혀 있다. 이것이 세상 속에 있는 그의 상태이고, 그가 세상과 얽혀 있는 모습이다. 대부분의 지식인과 예술가들이 이런 유형에 속한다. 이 중에서 가장 강인한 자들만이 시민의 땅의 대기를 뚫고 우주에 닿는 것이고, 나머지는 모두 체념하거나 타협하고, 시민 사회를 경멸하면서도 거기에 귀속되어서, 결국은 살아남기 위하여 그 사회를 긍정함으로써 시민 사회를 강화하고 찬미하고 만다. 이것은 이런 부류의 사람들에게 비극까지는 아닐지라도 상당한 불운이요 불행인 셈인데, 그 불행의 지옥 속에서 이들의 재능은 단련되고 풍성해지기도 한다. 세상과 연을 끊어 버린 사람들만이 절대의 경지로 나아가고, 놀랍도록 황홀하게 몰락한다. 이들은 비극적인 인물이고 그 수는 얼마 되지 않는다. 그러나 또 다른 부류의 사람들, 그러니까 시민 사회에 얽매여 있으나 그래도 시민들로부터 재능을 인정받는 사람들에게는 제3의 세계가 열려 있다. 그것은 가상적이긴 하지만 절대적인 세계, 즉 유머의 세계이다. 언제나 지독스럽게 괴로워하고 평화를 상실한 황야의 이리들은 비극을 감수하고 우주로 뛰어들 힘도 없고, 절대에 대한 소명을 자각하면서도 절대 속에서 살아갈 능력도 없는데, 이때 이들에게 남는 탈출구가 유머이다. 그런데 이 부드러운 탈출은 이들의 정신이 고통 속에서 힘과 탄력을 얻었을 때 가능하다. 유머는 항상 어느 정도는 시민적인 것이다. 물론 진정한 시민은 유머를 이해할 능력이 없지만 말이다. 유머의 가상적인 영토에서 황야의 이리들의 분열되고 뒤틀린 이상이 실현된다. 여기서는 성자와 탕아를 동시에 긍정하고, 이 양극단을 구부려 서로 만나게 할 수 있을 뿐만 아니라, 시민까지도 긍정할 수 있다. 성자에게는 죄인을 긍정하는 것이 가능할 것이다. 역으로 죄인이 성자를 이해하는 것도 가능하다. 그렇지만 성자나 죄인 모두에게, 그리고 절대적인 것을 추구하는 다른 모든 사람에게 시민성이라는 저 미지근한 중용을 긍정하는 것은 불가능하다. 가장 위대한 일을 행하라는 소명을 받았으나 이를 저지당한 비극적인 사람들과 뛰어난 재능을 타고났으나 불행한 사람들의 탁월한 발명품인 유머, 오로지(아마도 인간의 가장 독특하고 천재적인 업적일 터인) 유머만이 이 불가능한 일을 실현할 수 있다. 유머만이 인간 존재의 모든 영역을 망라하면서, 그것을 자신의 프리즘을 통과하는 빛들과 통합시킬 수 있다. 세상을 부정하면서 세상에 사는 것, 법을 존중하면서도 법을 넘어서는 것, 소유하지 않는 듯이 소유하는 것, 포기하지 않는 듯이 포기하는 것, 자주 인용되고 즐겨 요구되는 이 모든 고귀한 삶의 지혜들을 실현해 주는 건 오직 유머뿐이다.

그래서 유머의 재능과 소질이 있는 황야의 이리는 시민 사회라는 지옥의 후끈거리는 혼란 속에서도 유머라는 이 마법의 물약을 마시고 땀을 흘리며 구원받을 수 있을 것이다. 그러기에는 아직 그에겐 여러 가지가 부족하지만 가능성과 희망은 있다. 그를 좋아하고 그에게 관심이 있는 사람은 그가 이렇게 구원되기를 바랄 것이다. 그러면 그가 비록 영원히 시민적인 것에 머물게 되더라도, 동시에 고통을 견딜 수 있고 결실을 맺게 될 테니까. 그가 애증의 감정 속에서 시민 세계와 맺는 관계에는 감상이 사라질 것이고, 이 세계에 얽매여 있다는 것을 더 이상 괴로운 치욕으로 느끼지 않을 것이다.

이렇게 하기 위해서, 아니 결국에는 우주로 도약할 수 있기 위해서 황야의 이리는 언젠가는 자기 자신과 마주 보고 서서, 영혼의 혼돈을 깊이 들여다보고 자신에 대한 완전한 인식에 도달해야 할 것이다. 그래야 그의 의심스러운 존재가 완전히 불변하는 모습으로 드러날 것이고, 나아가 충동으로부터 감상적이고 철학적인 위안으로, 그다음엔 다시 이 위안으로부터 이리의 본성에서 나온 맹목적인 도취 상태로 재삼재사 도피하는 것이 불가능해질 것이다. 인간과 이리는 기만적인 감정의 가면을 벗고 서로 인식하고, 발가벗은 채 서로의 눈을 쳐다보지 않을 수 없을 것이다. 그러면 이 둘은 분열되어 영원히 뿔뿔이 갈라져서 더 이상 황야의 이리는 존재하지 않게 되거나, 아니면 유머의 타오르는 불빛 속에서 계약 결혼을 하게 될 것이다.

하리는 언젠가는 이 마지막 가능성 앞에 서게 될 것이다. 혹은 언젠가는 자신을 인식하게 될 수도 있다. 우리의 작은 거울 하나를 손에 넣게 된다든가, 불멸의 존재와 조우한다든가, 그의 피폐해진 영혼을 해방하기 위해 필요한 것을 우리의 마술 극장에서 발견한다든가 해서 말이다. 수천 가지의 가능성이 그를 기다리고 있고, 그의 운명은 하릴없이 이 가능성을 끌어당긴다. 시민 사회의 모든 국외자는 이 마술적인 가능성의 공기 속에서 살아간다. 아무리 하찮은 것이라도 건드렸다 하면 번개가 내리칠 것이다.

이 모든 것은 황야의 이리가 자신의 내면의 초상인 이 글을 읽어 보지 않더라도 익히 알고 있는 것이다. 그는 이 세상에 존재하는 자신의 자리를 예감하고, 불멸의 존재를 깨닫고 예감하며, 자기 자신과 조우할 가능성을 예감하고 겁을 먹고 있다. 그는 어쩔 수 없이 들여다보지 않을 수 없지만, 그러기가 너무나도 두려운, 자아라는 저 거울이 존재한다는 것을 알고 있다.

우리의 연구를 끝내면서 이제 근본적으로 하나의 속임수에 불과한 마지막 픽션을 해체하는 일만 남았다. 이른바 모든 '설명'과 심리 분석과 이해의 시도는 보조 수단, 즉 이론, 신화, 허구 따위가 필요한 법이고, 점잖은 저자라면 글을 끝내면서 이 거짓들을 가능한 정도까지 해체하는 것을 잊지 말아야 마땅하다. 예컨대 내가 '위' 혹은 '아래'라고 말할 때, 그건 이미 설명이 필요한 주장이다. 왜냐하면 '위'나 '아래'는 생각 속에서나, 즉 추상 속에서나 존재할 뿐이니까. 세상 자체에는 '위'라든가 '아래'라든가 하는 따위는 없다.

그와 마찬가지로, 간단히 말해서 '황야의 이리'도 하나의 허구이다. 하리가 자신을 '이리 인간'으로 느끼고, 두 개의 적대적이고 대립적인 존재로 이루어져 있다고 생각한다면, 그건 단순히 신화에 불과하다. 하리는 이리 인간이 아니다. 그 자신이 꾸며 내고 또 믿고 있는 거짓말을 우리가 자세히 검토해 보지도 않은 채 받아들여서, 그를 사실상 이중적 존재인 황야의 이리로 고찰하고 해석한 것은 좀 더 쉽게 이해시키려는 마음에서 하나의 속임수를 이용한 것이다. 이제 이 속임수를 바로잡아야겠다.

하리가 자신의 운명을 설명하는 방식, 즉 이리와 인간, 본능과 정신을 둘로 나눈 것은 몹시 소박한 단순화이다. 그건 그가 자기 내면에서 발견한 모순, 그의 커다란 괴로움의 원천으로 생각되는 모순들을 있을 법하게, 그러나 허구적으로 설명하기 위하여 사실을 억지로 왜곡한 것이다. 하리는 자신의 내면에서 하나의 인간을, 즉 사상과 감정과 문화와 잘 길들여진 승화된 본성의 세계를 보면서, 또한 그 옆에서 하나의 이리를, 즉 충동과 야성과 잔인함의 어두운 세계, 승화되지 않은 거친 본능의 세계를 본다. 그의 존재를 이렇게 서로 적대적인 두 영역으로 나누는 것이 아주 자연스러운 것처럼 보이긴 하지만 실제로는 그렇지 않다. 그는 이따금 행복한 순간에는 이리와 인간이 얼마 동안 서로 화해하고 있는 것을 체험하기도 하기 때문이다. 하리가 인생의 개별적인 순간, 행동, 감정마다 어느 부분에 인간이, 어느 부분에 이리가 작용하고 있는지를 확인하려고 한다면, 그는 곧장 궁지에 빠지게 될 것이고, 그의 멋진 이리론도 무너지고 말 것이다. 왜냐하면 어떤 사람도, 미개한 흑인이나 백치까지도, 그 존재를 두세 개의 핵심 요소로 설명할 수 있을 만큼 그렇게 단순하지는 않기 때문이다. 심지어 하리처럼 지극히 복잡한 인간을 인간과 이리로 소박하게 나누어 설명하려는 것은 가망 없는 유치한 시도이다. 하리는 두 개의 존재가 아니라, 수백 수천의 존재로 이루어져 있다. 그의 삶은 (모든 사람의 삶이 그렇듯이) 이를테면 본능과 정신 같은 두 개의 극단 사이에서 흔들리는 것이 아니라 수천의, 무수한 쌍의 극단 사이에서 진동하는 것이다.

하리처럼 교양이 풍부하고 이지적인 인간이 자신을 '황야

의 이리'라고 생각하고, 풍요롭고 복잡한 구조물인 자신의 삶
을 이렇게 단순하고 소박한 원시적인 공식으로 규정할 수 있
다고 생각한다고 해서 그리 놀랄 건 없다. 인간의 사유에는 한
계가 있으며, 가장 정신적이고 교양 있는 인간이라 해도 언제
나 단순화하고 대충 뭉뚱그리는 소박한 공식의 안경을 통해
세상과 자신을 바라보는 법이니까. 특히 자기 자신을 바라볼
때 가장 그렇다! 왜냐하면 누구나 자신의 자아를 하나의 통
일체로 생각하는 것이 모든 인간의 아마도 생래적인, 그리고
전적으로 필연적인 요구이기 때문이다. 이러한 망상은 심각하
게 동요되는 일이 있더라도 언젠가는 본래의 모습으로 돌아간
다. 살인자와 마주 앉아 그의 눈을 들여다보는 재판관은 한순
간 살인자가 자신의 목소리로 말하는 것을 듣고, 그 살인자의
감정의 동요, 능력, 가능성을 또한 자신의 내면에서도 발견할
터이지만, 그는 바로 다음 순간 다시 통일체로 돌아온다. 그의
상상된 자아의 껍데기 속으로 서둘러 복귀하여, 자신의 의무
에 따라 살인자에게 사형을 선고하는 것이다. 특히 뛰어난 재
능과 예민한 정신을 타고난 사람들에게는 자신의 분열이 어
렴풋이 예감되는 법이다. 이들은 모든 천재가 그렇듯이 인격
의 통일성이라는 망상을 깨뜨려 버리고 자신을 여러 조각으
로 이루어진 존재라고, 즉 여러 자아의 묶음이라고 느끼게 된
다. 이들이 이런 생각을 입 밖에 내기라도 하면, 대다수의 사
람이 그들의 입을 틀어막고, 과학의 힘을 빌려 정신분열증이
라고 단언하면서 사람들이 이 불행한 자들의 입에서 나온 진
실의 외침을 듣지 못하도록 막는다. 그렇다며 사색하는 사람

이면 누구나 자명하게 알고 있지만 입 밖에 내는 것은 도덕에 어긋나는 그런 말과 일을 무엇 때문에 발언하는 것인가? 한 인간이, 자신의 자아가 하나가 아니라 둘이라는 쪽으로 생각을 넓혀 가면, 그는 이미 천재에 가까워진 것이고, 최소한 흥미를 끄는 진기한 예외가 되는 것이다. 그러나 실제로 어떤 자아도, 그것이 아무리 소박한 것이라 해도, 하나의 통일체가 아니라 지극히 다양한 세계, 별들이 빛나는 작은 하늘, 형식과 단계와 상태들의 혼돈, 유산과 가능성의 카오스이다. 사람들이 이러한 혼돈을 통일체로 보고, 자아가 마치 확고한 형태와 분명한 윤곽을 지닌 소박한 현상인 양 말하는 것은 기만이다. 그런데 이러한 기만을 누구나 (심지어 최고의 인간까지도) 마치 당연한 것처럼 행한다. 이 망상은 호흡하거나 음식을 먹는 것처럼 삶에 꼭 필요한 요구인 것 같다.

이러한 망상은 소박한 유추의 결과이다. 모든 인간은 육체적으로는 하나이지만 정신적으로는 결코 하나가 아니다. 문학에서도, 심지어 가장 세련된 문학에서도 대개 언제나 총체적이고 통일적인 것처럼 보이는 인물들이 등장한다. 전문가와 식자들은 지금까지의 문학 중에서 드라마를 가장 높이 평가해 왔는데 그건 일리가 있다. 왜냐하면 자아를 복합체로 표현할 수 있는 가능성은 드라마가 가장 크기 때문이다. 물론 언뜻 보기에는 드라마의 개개 인물이 하나밖에 없는 통일적이고 폐쇄적인 육체에 갇혀 있기 때문에 하나의 통일체인 양 보이긴 한다. 예컨대 소박한 미학은 개개 인물이 눈에 띄게 독특한 통일체로 등장하는 이른바 성격극을 최고로 친다. 그러나 사람들의 머릿속에는 처음에는 어렴풋했지만 점차 또렷하게 이런 생각이 떠오른다. 즉, 이런 것은 모두 피상적인 싸구려 미학에 지나지 않으며, 멋지긴 하지만 자연스럽지 않고, 말속임에 불과한 고대의 미 개념을 우리의 위대한 극작가들에게 적용하는 것은 옳지 않다고. 눈에 보이는 육체에서 출발하면서 고대의 미 개념을 만들어 낸 건 본래 자아와 개성이라는 허구였다. 고대 인도 문학에는 이런 개념이 없다. 인도 서사시의 주인공은 개인이 아니라 개인의 집합체였으며 의인화된 집단이었다. 우리 현대 서구 사회에도 작가조차 완전히 의식하지 못하는 상태에서 인물극과 성격극의 베일 뒤에서 정신의 다원성을 표현하려는 문학이 있다. 이를 검토해 보고자 하는 사람은 우선 현대 서구 문학의 인물들을 개별 존재로 보지 말고, 하나의 보다 높은 통일체(내 식으로 말하자면 작가의 영혼)의 부분들, 측면들, 다양한 국면들로 보려고 해야 한다. 예를 들어 파우스트를 이런 식으로 보는 사람에게는 파우스트와 메피스토와 바그너와 다른 모든 사람이 모여 하나의 통일체, 즉 하나의 초개인이 된다. 그리고 이처럼 개개 인물들 속에서가 아니라 보다 더 높은 통일체 속에서 정신의 참된 본질 같은 것이 암시된다. 학교 선생님들 사이에서 즐겨 회자하고, 속물들이 소름이 돋을 정도로 경탄해 마지않는 경구, 즉 "아, 내 가슴속에는 두 개의 영혼이 살고 있다!"라고 파우스트가 말할 때, 그는 자기 가슴속에 있는 메피스토와 수많은 다른 영혼들은 잊고 있는 것이다. 우리의 황야의 이리도 가슴속에 두 개의 영혼(이리와 인간)을 품고 있다고 믿고, 그래서 자신의 가슴이 이미 몹시 좁아졌다고 생각한다. 가슴, 즉 육신은 언제나 하나지만, 거기 살고 있는 영혼은 둘도 다섯도 아니다. 영혼은 무수하다. 인간은 수백 개의 껍질로 된 양파이고, 수많은 실로 짜인 천이다. 이것을 인식하고 정확하게 알고 있었던 사람들은 고대 아시아인이었다. 그들은 불교의 요가에서 개성이라는 망상을 폭로하기 위한 정확한 기술을 발명했다. 인류의 유희는 재미있고 다채롭다. 인도인들이 수천 년 동안 노력을 기울여 폭로하고자 했던 망상, 바로 그 망상을 서양인들은 똑같은 노력을 들여 떠받들고 강화해 왔던 것이다.

이런 입장에서 황야의 이리를 관찰해 보면 왜 그가 그 우스꽝스러운 이원성 때문에 그리도 괴로워하는지를 알게 될 것이다. 그는 파우스트처럼 하나의 가슴에 두 개의 영혼이 들어 있어, 가슴이 터져 버리리라고 생각한다. 그러나 반대로 두 개의 영혼이란 너무 적은 것이기도 해서, 그가 자신의 영혼을 그런 원시적인 모습으로 파악하려고 한다면, 그의 불쌍한 영혼에 무서운 폭력을 가하는 것이 될 것이다. 하리는 높은 교양을 지닌 인물이지만, 마치 둘 이상은 셀 줄 모르는 야만인처럼 군다. 그는 자신의 한 부분을 인간이라고, 또 다른 부분을 이리라고 부르고는, 그것으로 다 끝났다고, 할 바를 다했다고 생각한다. '인간' 쪽으로는 자신의 내면에서 발견한 모든 정신적인 것, 승화된 것 혹은 교육받은 것을 집어넣고, '이리' 쪽에는 모든 충동적인 것, 야성적인 것, 혼돈적인 것을 쑤셔 넣는다. 그러나 인생은 우리가 생각하듯이 그렇게 단순하지 않고, 우리의 보잘것없는 백치의 언어처럼 그렇게 소박하지도 않다. 하리가 이 원시적인 셈법에 따른다면 그는 자신을 이중으로 기만하는 것이다. 하리가 아직 한참 인간이 되지 못한 정신의 영역들을 '인간'으로 셈해 넣고, 이미 오래전에 이리를 넘어선 존재의 부분을 '이리' 쪽으로 셈하고 있지나 않은지 염려스럽다.

사람들이 다 그렇듯이 하리도 인간이 무엇인지 잘 알고 있다고 믿고 있다. 그러나 사실은 그렇지 않다. 물론 꿈이나 어떤 제어하기 어려운 의식 상태에서 그것을 예감하는 일은 종종 있지만 말이다. 그가 이런 예감을 잊지 않고 가능한 한 자기 것으로 삼을 수 있다면 좋으련만! 인간이란 결코 확정적이고 영속적인 형상(고대의 현인들은 인간을 서로 상이하게 해석하긴 했지만 이것만은 고대의 공통된 이상이었다.)이 아니라, 오히려 하나의 시도요 과도(過渡)이며, 자연과 정신 사이에 놓인 좁고 위험한 다리에 지나지 않는다. 인간을 정신 쪽으로, 신 쪽으로 몰아 대는 것은 내면의 명령이며, 그를 자연 쪽으로, 어머니 쪽으로 돌아가도록 잡아끄는 것은 절실한 동경이다. 이 둘 사이에서 두려움에 떨며 동요하는 것이 인간의 삶이다. 사람들이 '인간'이라는 개념으로 이해하는 것은 언제나 일시적인 시민적 합의에 불과하다. 거친 충동은 이러한 관습에 의해 거부되고 금지되며, 얼마간의 의식과 예절과 교화가 요구된다. 정신은 아주 조금만 허용되고 요구될 뿐이다. 이러한 관습에 따라 '인간'이란, 시민의 이상이 모두 그러하듯이, 하나의 타협, 즉 심술궂은 태초의 어머니인 자연과 까다로운 태초의 아버지인 정신을 속여 그들의 심한 요구들을 뿌리치고 이 둘 사이의

미지근한 중간 지대에 살려고 하는 시도이다. 그래서 시민은 자기들이 '개성'이라고 부르는 것을 허용하고 묵인하면서도, 동시에 개성을, 모든 것을 다 삼켜 버리는 화신(火神)인 '국가'의 손아귀에 넘겨주고, 이 둘을 반목시켜 늘 어부지리를 얻는다. 그래서 시민은 오늘 이단자로 화형에 처하고 죄인으로 교수형에 처한 자를 위하여 내일은 기념비를 세워 주는 것이다.

'인간'이란 이미 창조되어 있는 것이 아니다. 그것은 정신의 요구이며, 그 실현을 갈구하면서도 또 겁내는 하나의 먼 가능성이다. 그리고 인간으로 가는 도정은 언제나 무서운 고통과 무아경 속에서 그저 조금씩 나아갈 수밖에 없는 것이어서, 그 길을 가는 자는 아주 소수에 불과하고 그들에게는 오늘은 단두대가 내일은 기념비가 마련될 것이다. 이러한 예감이 황야의 이리의 마음속에도 깃들어 있었다. 그러나 그가 '이리'와 대립하는 것으로서 '인간'이라고 부르는 것은 대부분 시민적 관습에서 말하는 바로 저 범용한 '인간'에 다름 아니다. 진정한 인간에 이르는 길, 불멸에 이르는 길을 하리는 분명 예감할 수 있고, 또한 때때로 주저하면서도 그 길을 조금씩 앞으로 나아가고 그 대가로 견디기 힘든 괴로움과 고통스러운 외로움을 겪지만, 하리는 하나뿐인 불멸로의 좁은 길을 가라는 저 지고의 요구와 정신이 추구하는 저 진정한 인간됨을 긍정하고 그것을 위해 노력하는 것을 마음 깊은 곳에서 두려워하고 있다. 그것이 보다 더 큰 고뇌와 추방과 최후의 포기로, 어쩌면 단두대로 이어질지도 모른다는 것을 그는 충분히 느끼고 있기 때문이다. 이 도정의 끝에서 불멸이 유혹한다 해도 그는 이 모든 고통을 감수하고, 이 모든 죽음을 감당하기를 원치 않는다. 그가 인간 실현이라는 목표를 시민들보다 더 잘 의식하고는 있지만, 자아를 향한 절망적인 집착과 죽지 않으려는 절망적인 의지가 영원한 죽음에 이르는 가장 확실한 길이며, 오히려 죽을 수 있는 능력, 즉 껍데기를 벗어던지고 영원에게 자신을 바치는 것이 불멸로 통한다는 사실 앞에 그는 애써 눈을 감고 알려고 하지 않는다. 불멸의 인물 중에서 그가 좋아하는 사람들, 이를테면 모차르트를 그는 숭배하기는 하지만 결국 그마저도 여전히 시민의 눈으로 본다. 그는 모차르트의 완벽성을 학교 선생님들처럼 그저 그의 뛰어난 전문적 재능으로만 설명하려고 하지, 헌신과 고통을 감수하려는 의지와 위대성, 시민의 이상에 대한 무관심, 번민하는 자들, 인간이 되어 가는 도정에 있는 자들 주위를 둘러싸고 있는 시민적 대기를 얼음처럼 차가운 에테르로 희석하는 저 고독, 저 겟세마네 동산의 고독을 인고한 것으로 설명하려고 하지는 않는다.

어쨌든 우리의 황야의 이리는 자신의 내면에서 적어도 파우스트적 이원성을 발견했다. 그는 육신의 통일성에는 정신의 통일성이 내재되어 있는 것이 아니기 때문에, 자신은 기껏해야 이러한 조화의 이상으로 가는 긴 순례의 길 위에 있다는 것을 깨달았다. 그는 내면에 있는 이리를 극복하고 완전히 인간이 되거나, 아니면 인간을 포기하고 최소한 이리로서 분열되지 않은 통일적인 삶을 살고 싶어 한다. 추측건대 그는 한 번도 진짜 이리를 제대로 본 적이 없는 것 같다. 그가 이리를 본 적이 있다면, 동물들 또한 통일적인 영혼을 지니고 있지 않고, 그들의 아름답고 팽팽한 형태의 육체 안에도 다양한 성향과 내적 상태가 숨어 있다는 것을, 이리도 나름의 심연과 고뇌가 있다는 것을 알았을 것이다. 그렇다. '자연으로 돌아가라!'는 말로 인간은 언제나 고통에 차고 잘못된, 가망 없는 길을 걷는 것이다. 하리는 결코 다시 완전히 이리가 될 수는 없다. 이리가 된다 해도, 그는 이리 또한 소박한 태초의 어떤 것이 아니라, 매우 다원적이고 복잡한 존재라는 것을 알게 될 것이다. 이리도 두 개나 그 이상의 영혼을 가슴에 품고 있다. 그런데도 이리가 되기를 갈망하는 사람은 '아, 아직도 어린아이라면 얼마나 행복할까!'라고 노래한 사내와 똑같이 건망증에 빠져 있다고 할 수 있다. 행복한 유년을 노래하는, 호감은 가지만 감상적인 그 사내는 자연으로, 순수로, 근본으로 돌아가고자 하는 것이지만, 아이들도 결코 행복하지 않으며 많은 갈등과 분열과 고민을 겪는다는 것을 완전히 망각하고 있다.

뒤로 돌아갈 길은 없다. 이리로 돌아갈 수도, 어린아이로 돌아갈 수도 없다. 사물의 시원(始源)에는 순수함이나 단순함이 있는 것이 아니다. 창조된 모든 것은 가장 단순해 보이는 것마저도 순수하지 못하고 뿔뿔이 분열되어 있으며, 생성이라는 더러운 물결에 던져져 결코 그 물결을 거슬러 헤엄쳐 갈 수 없다. 창조되기 이전의 순수 상태로, 신에게로 이르는 길은 뒤로 돌아가는 것이 아니라 앞으로 나아가는 것이다. 이리나 어린아이 쪽으로 가는 것이 아니라 점점 더 죄 속으로 깊이 빠져드는 것, 즉 점점 더 인간이 되어 가는 것이다. 불쌍한 황야의 이리인 너에게는 자살도 별 도움이 되지 않을 것이다. 너는

'인간이 된다'는 멀고도 힘겨운 고난의 길을 가야 할 것이고, 너의 이원성을 다원화하고, 너의 복잡성을 훨씬 더 고도화해야 할 것이다. 언젠가는 마침내 평온함에 이르기 위해서 너의 세상을 좁히고, 너의 영혼을 단순화하는 대신 더욱 많은 세계를, 결국은 이 세계 전체를 너의 고통스럽게 확장된 영혼에 받아들여야 할 것이다. 부처를 비롯한 모든 위대한 인간들은 이 길을 걸었다. 어떤 이는 깨닫고서 어떤 이는 깨닫지 못한 채 자기가 갈 수 있는 데까지 걸어갔던 것이다. 탄생이란 모든 것에서 분리되어 신과 새로운 경계를 짓고 격리됨을 의미하고, 고통 속에서 새롭게 생성됨을 의미한다. 모든 것으로 되돌아간다는 것, 고통스러운 개성화를 지양한다는 것, 즉 신이 된다는 것은 그 모든 것을 다시 포용할 수 있을 만큼 정신을 넓히는 것을 의미한다.

여기서 말하는 인간은 학교나 국민경제학, 통계학이 다루는 인간이 아니다. 바닷가의 모래나 부서지는 파도 방울처럼 하잘것없는 인간, 거리를 활보하는 수백만의 인간을 말하는 게 아니다. 그런 인간들은 별문제가 되지 않는다. 그들은 물질에 지나지 않는다. 그렇다. 여기서 우리가 말하는 인간은 높은 의미의 인간, 인간이 된다는 길고 긴 도정의 목적지인 성스러운 인간, 불멸의 인간이다. 천재란 우리가 생각하듯이 그렇게 드문 것도, 그렇다고 문학사나 세계사, 혹은 신문에서 떠벌리듯이 그렇게 흔한 것도 아니다. 황야의 이리 하리는 어려운 일이 닥칠 때마다 애처롭게 자신의 어리석은 '황야의 이리'를 핑계 삼지 않을 것이다. 그는 인간이 되려는 모험을 감행할 만한 천재일 것이다.

　이런 가능성을 가진 사람들이 '황야의 이리'라든가 '아! 두 개의 영혼'이라든가 하는 말에 의지하고 있다는 것은, 그들이 시민 사회에 대해 그렇게 소심한 사랑을 느끼고 있는 것과 마찬가지로 불가사의하고 슬픈 일이다. 부처를 이해하고 인간성의 극락과 지옥을 예감하는 사람이라면 상식과 민주주의와 시민적 교양이 지배하는 세계에 살아서는 안 된다. 그런 사람이 그런 곳에서 사는 것은 소심하기 때문이다. 그가 지닌 차원이 점점 높아져 자그마한 시민의 다락방이 너무 좁게 느껴지면, 그는 그것을 '이리'의 탓으로 돌린다. 그리하여 이리가 때로는 그의 가장 좋은 부분이라는 것을 알지 못한다. 그는 자기 내면에 있는 거친 것은 모두 이리라고 부르고, 그것을 심술궂고 위험한, 시민의 적이라고 생각한다. 그는 자신이 섬세한 감각을 지닌 예술가라고 믿고 있긴 하지만, 자기 내면에는 이리 뒤에 다른 많은 것들도 살고 있다는 것, 물어뜯는 것이 다 이리는 아니고 여우나 용, 호랑이, 원숭이, 극락조도 살고 있다는 것을 보지 못한다. 또한 그의 내면에 있는 진정한 인간이 거짓 인간인 시민에 억눌려 있는 것처럼, 사랑스러운 것과 겁나는 것, 큰 것과 작은 것, 강한 것과 약한 것 등 여러 가지 형상들로 이루어진 이 온 세상, 이 천국의 정원 전체가 이리의 동화에 억눌려 있다는 것도 보지 못한다.

　수백 수천의 나무와 꽃, 수백 수천의 과실과 풀로 가득 찬 정원을 상상해 보라. 만약 그 정원의 정원사가 '식용식물'과 '잡초' 이외에는 다른 식물학적 구분을 알지 못한다면, 그는 이 정원의 10분의 9를 어떻게 처리해야 할지 난감해할 것이다. 그는 가장 매력적인 꽃들을 뽑아 버리고, 가장 귀한 나무들을 잘라 버리거나 아니면 싫어하거나 못마땅해할 것이다. 황야의 이리는 자기 영혼의 수많은 꽃을 이런 식으로 다룬다. 그는 '인간'이나 '이리'라는 부류에 들어맞지 않는 것은 전혀 고려하지 않는 것이다. 그는 모든 것을 '인간' 쪽으로 셈해 넣지 않는가! 소심한 것, 원숭이 같은 것, 어리석은 것, 하잘것없는 것 모두를, 그것이 이리에 속하지 않는다 하여 '인간' 쪽에 집어넣는 것이다. 그건 그가 강한 것, 숭고한 것 일체를 그저 그것을 성취할 수 없다는 이유만으로 이리적인 것으로 치부하는 것과 마찬가지다.

이제 하리와 작별하고 그가 홀로 자기 길을 걷게 하자. 그가 이미 불멸의 인물의 반열에 들어서 있고, 그가 걷는 험난한 길의 목적지에 이미 당도해 있다면, 어떻게 그가 이렇게 갈팡질팡하며 선뜻 결심하지 못하고 거칠게 동요하는 그의 인생 행로를 어처구니없다는 듯이 바라볼 것이며, 어떻게 그가 이 황야의 이리에게 용기를 주듯, 꾸짖듯, 동정하듯, 놀리듯 미소를 보낼 것인가!

소책자를 끝까지 다 읽었을 때 몇 주 전 어느 날 밤 내가 황야의 이리를 다룬 이상한 시를 썼던 기억이 났다. 나는 책상에 빼곡히 들어찬 종이 무더기 속에서 그 시를 찾아 읽었다.

나는 황야의 이리. 달리고 또 달린다.

세상은 흰 눈으로 가득하고

자작나무에선 까마귀가 날갯짓한다.

하지만 아무 데도 토끼는 없구나, 아무 데도 노루는 없구나!

노루에 함빡 빠져 있기에

한 마리라도 찾고 싶구나!

이빨로 물어뜯고 손아귀에 움켜 버린다면,

더 이상 멋진 일이 있을까.

그 귀여운 것이 정말 그립구나.

부드러운 허벅지 깊이 이빨을 처박고

새빨간 피를 실컷 빨아 먹고서

밤새 고독하게 울부짖고 싶구나!

토끼라도 좋다.

밤에 그 따스한 살코기는 얼마나 달콤한 맛이던가.

아아, 삶에 즐거움을 주는 것이

모두 내게서 떠나 버렸단 말인가?

내 꼬리는 이미 잿빛이고

눈 또한 희미한데

벌써 몇 년 전 사랑스러운 아내는 죽었다.

이제 노루를 꿈꾸며,

토끼를 꿈꾸며 달린다.

겨울 밤바람 소리를 들으며,

내 타는 목을 눈으로 축이며

내 불쌍한 영혼을 악마에게 팔러 간다.

지금 내 손에는 두 장의 초상화가 들려 있는 셈이다. 하나는 서투른 시로 된 자화상이고, 그것은 나 자신처럼 슬프고 불안한 표정이다. 다른 하나는 냉정하고 지극히 객관적인 외양을 지닌 초상화로, 외부에 서 있는 자, 나 자신보다 더 많은 것을 알고 있는 것처럼 보이지만 기실 나보다 아는 것이 적은 누군가가 외부의 높은 위치에서 바라보면서 그린 것이다. 이 두 개의 초상화, 즉 우울하게 중얼거리는 나의 시와 필자를 알 수 없는 냉정한 소책자가 나를 울적하게 했다. 나의 절망적인 실존을 가식 없이 그리고 있는, 그러니까 나의 상태가 얼마나 견딜 수 없고 유지될 수 없는 것인가를 분명하게 보여 주는 이 두 개의 초상은 모두 일리가 있다. 황야의 이리는 죽지 않을 수 없고, 자기 손으로 그 지긋지긋한 현존을 끝내지 않으면 안 되었다. 그러지 않으려면 새로운 자기 성찰이라는 죽음의 불에 용해되어 자신을 변화시키고, 가면을 찢어 버리고, 새로이 자기 자신이 되려고 하지 않으면 안 되었다. 아, 이런 과정은 나에게는 새로운 것도, 미지의 것도 아니었다. 나는 그 과정을 알고 있었고, 극도의 절망을 겪을 때마다 그것을 이미 여러 번 체험했다. 그런 처절한 경험을 할 때마다 나의 자아는 산산조각이 났고, 그럴 때마다 심연의 힘이 나의 자아를 고무시키고 파괴했고, 그럴 때마다 매번 내 삶이 품고 있는 특히 사랑스러운 부분이 나를 배반하고 사라져 버렸다. 한번은 재산과 시민적 명성을 모두 잃고서, 지금까지 내 앞에서 모자를 벗어 인사하던 사람들의 존경을 받는 것을 단념해야 했고, 또 한번은 하룻밤 사이 가정생활이 무너졌다. 미쳐 버린 아내가 가정의 평온을 앗아 갔고, 사랑과 신뢰가 갑자기 증오와 다툼으로 변했다. 이웃 사람들의 눈이 가엾다는 듯, 경멸하는 듯 나를 쫓아다녔다. 그때부터 나의 고독은 시작되었다. 그리고 다시 몇 년, 힘겹고 참담했던 몇 년이 지나, 내가 엄격한 고독과 고통스러운 자기 규율 속에서 금욕적이고 정신적인 새로운 삶을 살아가면서 추상적인 사고 훈련과 엄격한 규율에 따른 명상에 몰두함으로써 다시 삶의 어떤 고요와 높이에 이르고 난 후에도 이러한 삶의 형태가 또다시 무너졌고 갑자기 그 숭고하고 높은 의미를 상실했다. 험하고 힘겨운 세상 여행에서 또다시 상처만 입은 것이다. 새로운 고뇌와 새로운 죄가 쌓여만 갔다. 그리고 가면이 벗겨지고 이상이 무너질 때면 언제나 그에 앞서 나에게 엄습한 것은, 지금 또다시 겪고 있는 바와 같은 이 무시무시한 공허와 적막감, 이 끔찍한 위축 상태, 사랑받지 못하고 절망한 자의 이 텅 비고 황량한 지옥이었다.

삶이 그렇게 동요할 때마다 끝에 무언가를 얻었다는 것을 나는 부인할 수 없다. 그것은 자유, 정신, 깊이 같은 것이었고 또한 고독, 이해받지 못한다는 느낌, 냉정함 같은 것이었다. 시민 쪽에서 보면 끊임없이 흔들리는 나의 인생은 하나의 지속적인 몰락이었고 정상적인 것, 허용된 것, 건강한 것에서 점차 일탈하는 것이었다. 나는 몇 년 사이에 직업도, 가정도, 고향도 잃고, 일체의 사회 집단 밖에 홀로 서서 아무한테도 사랑받지 못한 채 뭇 사람들의 의심하는 눈총 속에서 늘 여론이나 도덕과 처절한 갈등을 겪었다. 나는 아직 시민적 틀 안에서 생활하던 때에도, 그 한가운데에서도 감성과 사고에서는 이미 이방인이었다. 종교, 조국, 가정, 국가는 내겐 별 가치도, 아무런 상관도 없었다. 과학이나 종파나 예술이 잘난 체하는 꼴도 역겨웠다. 한때 나의 재능이자 매력이었던 직관, 취향, 사상이 이제는 모두 황폐하고 거칠어져서 사람들에게 수상스럽게 여겨졌다. 이렇게 고통스러운 변화의 와중에서도 나는 볼 수도, 측량할 수도 없는 무언가를 얻고자 했던 것인데, 그 대가는 이렇게도 비쌌던 것이다. 나의 삶은 점점 가혹하고 힘겹고 고독하고 위태로워졌다. 가을을 노래한 니체의 시에 나오는 저 안개처럼 점점 더 희박해지는 공기 속으로 나를 몰아대는 이 길을 계속해서 걸어가기를 바랄 이유가 정말이지 내게는 없었다.

아, 그렇다. 나는 운명이 자신의 말썽꾸러기 자식에게, 그 가장 까다로운 자식에게 준 이런 경험과 이런 변화를 알고 있었다. 너무도 잘 알고 있었다. 명예심이 강하지만 별 성공을 거두지 못한 사냥꾼이 사냥 사업의 단계를 알듯이, 노련한 증권 투기꾼이 투기와 이윤과 불안과 동요와 파산이라는 단계를 알듯이, 그렇게 나도 그것을 알고 있었다. 이제 이 모든 것을 한 번 더 체험해야 한단 말인가? 이 모든 고통, 이 모든 터무니없는 고난, 자아의 천박함과 무가치에 대한 이 모든 자각, 패배에 대한 이 모든 불안과 죽음에 대한 이 모든 공포를? 이 많은 괴로움을 반복하느니 자취를 감추고 사라지는 편이 더 현명하고 간단하지 않을까? 물론 그것이 더 간단하고 더 현명하다. '황야의 이리'에 관한 소책자에서 '자살자'에 대해 주장된 것이 어떠하건 간에, 석탄 가스나 면도칼 혹은 권총의 힘을 빌려, 내가 정말로 자주 그리고 뼈저리게 맛보아야 했던 그 쓰라린 고통의 과정을 이제 그만두고 싶다는 욕망을 누구도 막을 수 없다. 그렇다. 이 세상 어떤 권력도 나에게 요구할 수 없다. 한 번 더 죽음의 전율을 체험해 보라고. 한 번 더 평화와 안정이 아니라 단지 되풀이되는 자기 부정과 자기 형성을 목적과 결말로 삼을 뿐인 새로운 형상화와 새로운 현현을 경험해 보라고 말이다. 자살이 어리석고 비겁하고 초라한 일이고, 명예롭지 못하고 치욕스러운 비상구라 할지라도 이 고통의 물레에서 빠져나오려면 어떤 출구라도, 그것이 아주 굴욕적인 출구라도, 진심으로 바랄 수 있는 것이다. 여기서는 숭고한 용기나 영웅주의를 흉내 낼 여지가 없다. 여기서 나는 지나가 버릴 작은 고통과 표현할 수 없을 정도로 쓰라린 끝없는 괴로움 사이에서 단순한 선택을 강요받는 것이다. 그렇게 힘들고, 그렇게 미치광이 같던 인생에서 나는 무척이나 자주 편안함보다는 명예를, 이성보다는 영웅을 선택한 숭고한 돈키호테였다. 이만하면 됐다. 이제 이따위 짓은 끝이다!

아침이 어느새 창틈으로 하품하고 있었다. 비 오는 겨울날, 납덩이처럼 답답한 지랄 같은 아침이었다. 나는 마침내 잠자리에 들었다. 잠자리에 들어서도 내내 이 결심을 생각했다. 그러나 아주 극단적인 지점에서, 즉 잠들기 직전, 의식과 무의식의 마지막 경계에서, '황야의 이리' 소책자의, '불멸하는 자'에 대해 쓰여 있는 그 특이한 부분이 섬광처럼 퍼뜩 떠올랐다. 그리고 그것은 다시, 내가 바로 얼마 전까지만 해도 때때로 옛 음악의 박자를 느끼며 불멸의 존재들의 냉정하고 밝고 절도 있는 미소가 담긴 지혜를 함께 맛볼 만큼 그들과 가까이 있다고 느껴 왔다는 갑작스러운 기억과 연결되었다. 기억은 떠올랐다가는 번쩍 빛나더니 사그라들었다. 그러곤 잠이 산처럼 무겁게 내 이마 위에 몸을 눕혔다.

깨어난 것은 정오경이었다. 나는 곧 상황을 분명하게 깨달았다. 소책자가 침대 옆 탁자 위에 놓여 있었고, 내 시도 거기 있었다. 최초의 혼란스러운 삶에서 생겨나, 밤새 잠 속에서 마무리되고 굳어진 나의 결심이 상냥하면서도 냉정하게 나를 바라보고 있었다. 서두를 필요는 없었다. 내가 죽기로 결심한 것은 한순간의 기분이 아니었다. 그건 오랫동안 성숙한 열매였다. 천천히 자라나 속이 찬, 운명의 바람에 살랑살랑 흔들리는 열매, 운명의 바람이 다시금 몰아치면 곧 떨어져 버릴 열매였던 것이다.

내 휴대용 약품 상자에는 고통을 진정시키는 특효약이 들어 있었다. 그건 매우 강도 높은 아편인데, 그것을 즐기는 일은 매우 드물었고 몇 달간 전혀 사용하지 않기도 했다. 나는 이 강력한 마취제를 육체의 고통이 견딜 수 없을 지경에 이를 때에만 복용했다. 유감스럽게도 그건 자살에 적합하지는 않았다. 몇 년 전 그걸 한번 시험해 본 적이 있었다. 그때 나는 다시 한번 절망에 싸여 상당히 많은 양을, 여섯 명을 죽이기에 충분한 양을 삼켰다. 그렇지만 그것이 나를 죽이지는 못했다. 나는 잠들었고 몇 시간 동안 완전한 마취 상태에 있기는 했지만, 정말이지 실망스럽게도 위의 격렬한 경련 때문에 반쯤 깨어나서, 완전히 의식을 되찾지 못한 상태에서 독약을 전부 토해 내고 다시 잠이 들어 다음 날 정오경에 결국 깨어나서 무시무시하게 건조한 상태에 놓였다. 뇌는 타 버려 텅 비었고, 기억도 거의 완전히 소실되었던 것이다. 한동안 불면과 고통스러운 위의 통증을 견뎌 내자 독의 영향은 사라졌다.

그래서 아편은 고려되지 않았다. 그 대신 나는 나의 결심에 다음과 같은 형식을 부여했다. 다시 아편에 손을 대지 않을 수 없게 된다면, 이 작은 구원 대신 큰 구원, 즉 죽음을, 그것도 총알이나 칼에 의한 확실하고 분명한 죽음을 훌쩍 받아들이기로 한 것이다. 이것으로 상황은 분명해졌다. '황야의 이리' 소책자의 웃기는 처방에 따라 쉰 살 생일날까지 기다린다는 건 너무 멀다고 생각되었다. 그때까지는 아직도 이 년이나 남은 것이다. 일 년이든 한 달이든, 아니면 바로 내일이든 문은 언제나 열려 있는 것이다.

그 '결심'이 내 삶을 크게 변화시켰다고는 말할 수 없다. 그것은 나를 고통에 조금 더 무덤덤하게, 아편과 술을 즐길 때 조금 더 태연하게 해 주었고, 견딜 수 있는 것의 한계에 조금 더 호기심을 갖게 했다. 그게 전부였다. 나중까지 더 강한 영향을 미친 것은 그날 밤의 다른 체험들이었다. 『황야의 이리론』을 나는 몇 번 더 읽었다. 때로는 보이지 않는 어떤 마력이 나의 운명을 현명하게 이끌어 준다고 생각하기도 하듯이 마음을 바쳐 감사하는 마음으로 읽었고, 때로는 내 삶의 독특한 분위기와 긴장을 전혀 이해하지 못하는 것처럼 보이는 그 소책자의 건조함을 경멸하고 비웃으며 읽었다. 거기에 황야의 이리와 자살자들에 대해 쓰여 있는 내용은 아주 훌륭하고 영민한 것이었고, 장르와 유형에도 적절하며, 사상이 풍부한 추상적인 글이었다. 반면 나라는 인간은, 나의 본래의 영혼과 나 자신만의 유일한 개인적 운명은 그런 헐거운 그물로는 잡아낼 수 없을 것 같았다.

그러나 다른 무엇보다도 내 마음을 깊이 사로잡은 건 교회 담벼락에서 본 저 환각 혹은 환영, 즉 그 『황야의 이리론』의 암시들과 일치하는 저 움직이는 네온 글자의 예언적인 광고였다. 거기엔 많은 것이 약속되어 있었다. 저 낯선 세계의 소리가 나의 호기심을 강렬하게 자극했고, 나는 종종 몇 시간이고 그것에 대한 생각에 흠뻑 빠져들곤 했다. 그럴수록 '보통 사람은 입장할 수 없음.', '미친 사람만 입장 가능'이라는 경고가 나에게 점점 더 분명하게 말을 걸어왔다. 저 소리가 나에게 와닿고, 저 세계가 나에게 말을 걸어오는 걸 보면, 나는 '보통 사람'과 거리가 먼 미친 사람임이 틀림없다. 아뿔싸, 나는 오래전부터 보통 사람의 생활, 정상적인 사람의 삶과 사고로부터 멀리 떨어져 살아온 건 아닐까? 나는 이미 오래전부터 세상과 격리된 미치광이가 아닐까? 그렇지만 마음 깊은 곳에서 나는 이 부르짖는 소리를 충분히 이해했다. 이성과 속박과 시민성을 떨쳐 버리고 광인이 되라는, 영혼과 공상의 풍요롭고 규범 없는 세계에 몰두하라는 요구를 나는 이해하고 있었다.

어느 날인가 다시 한번 그날 밤 플래카드를 메고 가던 사내를 찾아 거리며 광장이며 온통 헤매고 다닌 적이 있었다. 보이지 않는 문이 있는 그 담벼락을 몇 번인가 슬그머니 지나친 후에, 나는 교회 근처의 거리에서 장례 행렬을 만났다. 장례차 뒤를 무거운 걸음으로 따라오는 사람들의 얼굴을 눈여겨보면서 나는 생각했다. 이 도시, 이 세상 어디에 죽음으로써 나에게 상실감을 안겨 줄 만한 사람이 있을까? 내 애인 에리카가 있긴 하다. 그러나 우리는 오래전부터 아주 느슨한 관계를 맺고 있었고, 만났다 하면 다투지 않는 날이 없었다. 지금은 그녀가 어디에 사는지조차 모른다. 그녀가 이따금 나를 찾아오거나 내가 그녀에게 가곤 했었다. 우리는 둘 다 고독하고 까다로운 인간이고, 마음 혹은 마음의 병에서 어딘가 닮은 데가 있어, 이 모든 것에도 불구하고 우리 사이엔 어떤 끈이 남아 있었다. 그러나 내가 죽었다는 소식을 접한다면, 그녀는 아마도 안도의 한숨을 쉬고 마음이 가벼워지지 않을까? 그건 나도 모른다. 나는 나 자신의 감정을 믿을 수 있는지에 대해서도 자신이 없다. 그러한 일에 대해 다소 알 수 있으려면, 정상적인 세계에 살아야 하는 것이다.

나는 기분 내키는 대로 장례 행렬에 섞여, 화장터와 기타 여러 가지 설비를 갖춘 현대식 공동묘지까지 따라갔다. 시신은 화장되지 않았고, 관은 작은 구덩이 앞에 놓였다. 나는 목사와 운상꾼, 매장 회사 직원들을 바라보았다. 그들은 장례에 가능한 한 엄숙하고 슬픈 모양새를 갖추어 주려고 했다. 그러다 보니 이 말짱한 연극과 기만에 너무나 긴장이 되어서 아주 우스꽝스러운 지경이 되고 말았다. 그들은 나부끼는 검은 예복을 입고, 모인 사람들에게 애도의 분위기를 돋우어 죽음 폐하 앞에 무릎을 꿇게 하려고 애썼으나 허사였다. 아무도 울지 않았고, 죽은 사람은 아무에게도 쓸모없는 존재인 것처럼 보였다. 아무도 경건한 마음을 가지려 하지 않았다. 목사가 계속해서 사람들을 '친애하는 형제 기독교인 여러분'이라고 불렀을 때, 장사꾼과 빵장수와 그 부인들의 말 없는 사무적인 얼굴들은 모두 당황한 듯, 속은 듯 아래쪽을 바라보며 이 불편한 의식이 빨리 끝나기만을 바랐다. 이제 장례는 끝났다. 맨 앞에 있던 형제 기독교인 둘이 연사와 악수를 나누고, 하관할 때 신발에 묻은 진흙을 잔디 가장자리에 비벼 털었다. 그들의 얼굴은 곧바로 평소의 인간적인 모습으로 돌아갔다. 그중에서 어디서 본 듯한 얼굴 하나가 갑자기 눈에 띄었다. 전에 플래카드를 메고 나에게 소책자를 건네주었던 그 사내 같았다.

내가 그를 알아보았다고 생각한 순간 그는 몸을 돌려 허리를 굽히더니, 신발 위로 접어 올린 검은 바짓자락을 정돈하고는 우산을 겨드랑이에 끼고 바삐 그곳을 떠났다. 나는 그를 따라가서 목례를 했다. 그런데 그는 나를 알아보지 못하는 것 같았다.

"오늘 밤엔 공연이 없습니까?"라고 물으며 나는 어떤 비밀을 알고 있는 공범자들끼리 하듯이 그에게 눈을 깜빡거렸다. 내 생활 방식 탓에 말하는 것도 거의 잊어버렸기 때문에 벌써 오래전부터 그런 제스처가 내겐 어색했다. 나는 괜스레 멍청한 표정을 지은 느낌이었다.

"밤 공연이라니요?" 그 사내는 퉁명스럽게 대꾸하고는 이상하다는 듯 내 얼굴을 쳐다보았다. "젠장, 생각이 있으면 '검은 독수리'에나 가 보시지 그래요."

사실은 그가 그 사내인지 확신이 서지 않는다. 낙심한 채 나는 계속 걸었다. 어디로 가야 할지 몰랐다. 나에게는 목적도 계획도 의무도 없었다. 인생은 지독히도 쓴맛이었다. 나는 오래전부터 끓어오르던 구역질이 절정에 달하는 것을, 삶이 나를 내던지고 튕겨 내고 있다는 것을 느꼈다. 나는 잔뜩 화가 난 채 잿빛 도시를 내달렸다. 사방에서 온통 축축한 흙과 매장의 냄새가 나는 것 같았다. 그렇다, 내 무덤가에는 그런 성스러운 제복을 입고 센티멘털한 기독교적 헛소리를 떠벌리는 죽음의 사도는 한 사람도 다가와서는 안 된다. 아아! 어디를 바라보고, 어디로 생각을 날려야 하는지. 어디에도 기쁨은 기다리지 않고, 어디에도 날 부르는 소리는 없다. 어디에도 나를 유혹하는 것은 없다. 모든 것이 썩은 진부함과 게으른 얼치기 만족의 냄새를 풍기고, 모든 것이 잿빛이고, 낡고, 시들고, 늘어지고, 기진맥진해 있다. 도대체 어떻게 이렇게 되었는가? 어떻게 내가, 재능 있는 젊은이요, 시인이요, 뮤즈의 친구요, 세계 방랑자요, 불타는 이상주의자인 내가 이렇게 될 수 있단 말인가? 어떻게 이 마비가, 나 자신과 모든 사람에 대한 이 증오가, 모든 감정이 꽉 막혀 버린 이 상태가, 이 몹쓸 놈의 뿌리 깊은 권태가, 텅 빈 가슴과 절망이라는 이 더러운 지옥이, 어떻게 이 모든 것이 그렇게 천천히 기어들듯이 나에게 닥쳐왔단 말인가?

도서관에 들렀을 때 나는 한 젊은 교수와 우연히 마주쳤다. 그와는 예전에 이따금 대화를 나눈 적이 있었고, 내가 몇 년 전 이 도시에 머물 때는 몇 번 그의 집까지 방문해서, 당시 내가 몹시 몰두하고 있던 동양 신화에 대해 이야기한 적도 있었다. 무뚝뚝한 데다 근시인 이 학자는 내 맞은편에서 걸어왔는데, 내가 그를 막 지나치려고 할 때야 나를 알아보았다. 그는 내게로 달려와 몹시 다정하게 굴었고, 비참한 기분에 싸여 있던 나는 그에게 건성으로 감사를 표시했다. 그는 기뻐했고, 활기를 띠었다. 우리가 예전에 나눈 대화의 구체적인 내용을 기억해 냈고, 내가 주었던 지적인 자극에 매우 감사하고 있으며 종종 나를 생각했었다고 말했다. 그 후로는 동료들과 그렇게 흥미 있고 생산적인 논쟁을 벌여 본 적이 거의 없다고 했다. 그는 내게 언제 이 도시에 왔느냐고(나는 며칠 됐다고 거짓말을 했다), 왜 자기를 찾아오지 않았느냐고 물었다. 나는 이 점잖은 사내의 학자풍의 선량한 얼굴을 쳐다보고, 이 장면이 참 우습다고 생각했지만, 굶주린 개처럼 한 덩어리 온정과 한 모금 사랑과 한 입 인정을 즐겼다. 황야의 이리 하리는 감동으로 얼굴이 일그러졌다. 그의 건조한 목구멍에 침이 고였고, 센티멘털한 느낌이 그의 의지를 거스르며 그에게 알랑거렸다. 그렇다. 나는 열심히 거짓말을 지어낸 것이다. 나는 연구차 잠시 여기 머물 뿐이며 몸이 좋지 않다, 그렇지 않았다면 당연히 당신을 방문했을 것이라는 거짓말. 그리고 오늘 밤은 그의 집에서 지내자고 그가 다정하게 초대했을 때, 나는 그것을 고맙게 받아들였고, 부인에게 안부를 전했다. 그때 너무 열심히 말하고 웃었기 때문에 이러한 일에 익숙하지 않은 턱에 통증이 왔다. 그리고 나 하리 할러가 길거리에서 불시에 기습을 받고 기분 좋은 말을 들으며 성실하고 예의 바르고 근시인 그 상냥한 사내의 사람 좋은 얼굴에 미소를 보내는 동안에도, 또 다른 하리는 그 옆에 얼굴을 찡그리고 서서 나는 얼마나 뒤틀리고 기만적인 별종인가, 2분 전까지만 해도 저주스러운 세상에 격분하며 이빨을 드러내던 내가 이제 존경할 만한 사람 하나가 불러 가벼운 인사 한마디 건네자마자 감격하여, 열심히 '네', '아멘'을 뇌까리고, 하찮은 호의와 존경과 우정을 즐기며 돼지 새끼처럼 몸을 굴리는구나, 하고 생각하는 것이다. 이렇게 두 하리가, 지독히도 호감이 가지 않는 두 인물이 점잖은 교수와 마주 서서 서로 조롱하고 관찰하며 서로 침을 뱉었다. 그리고 그런 상황에서 늘 그렇듯이, 서로에게 또다시 질문을 던졌다. 이것이 단순히 인간다운 어리석음이요 약점, 즉 일반적인 인간의 결함인지, 아니면 이 감상적인 이기주의, 이 개성 부재, 이 순수하지 못하고 분열된 감정은 황야의 이리의 개인적인 특성인지 묻는 것이다. 추잡한 짓거리가 인간의 보편적인 특성이라면 나의 세계 경멸은 새로운 힘을 얻어 그것에 도전할 것이다. 그러나 그것이 나의 개인적인 결함에 불과하다면, 그것은 자기 경멸이라는 광란의 축제에 빠져들 이유가 될 것이다.

두 하리가 다투는 통에 그 교수의 존재를 거의 잊고 있었다. 불현듯 그가 다시 부담스럽게 느껴져 서둘러 그와의 대화를 끝냈다. 나는 오랫동안 그의 뒷모습을 지켜보았다. 그는 믿음이 강한 이상주의자의 선량하고 어딘지 우스꽝스러운 걸음걸이로 발가벗은 가로수 길 아래로 걸어 내려갔다. 마음속에선 또 격렬한 싸움이 벌어지고 있었다. 뻣뻣해진 손가락을 기계적으로 오므렸다 폈다 하면서 은근하게 쑤셔대는 관절염과 싸우며, 나는 그의 말에 홀려 일곱 시 반의 저녁 식사 초대에 응하긴 했지만, 예의를 차리고 학문적인 헛소리나 지껄이고, 잘 알지도 못하는 사람의 행복한 가정을 지켜보아야 하는 의무가 벌써 귀찮아졌다는 것을 스스로 고백하지 않을 수 없었다. 몹시 화가 나 집에 와서 코냑과 물을 섞어 관절염약과 함께 삼키고 나서 안락의자에 앉아 책을 좀 읽으려고 했다. 마침내 잠시 동안 18세기에 나온 재미있는 오락서인 『메멜에서 작센으로 가는 소피의 여행』을 읽고 있을 때, 갑자기 그 초대가 다시 떠올랐다. 아직 면도도 하지 않았고 옷도 갈아입어야 한다는 생각이 났다. 도대체 왜 그따위 귀찮은 일을 저질렀을까! 어쨌든 하리여, 일어나 책을 내려놓고, 얼굴에 비누를 바르고, 피가 나도록 박박 턱을 면도질하고, 옷을 갈아입고, 사람들과 사귀어 보려무나! 세수하는 동안 나는 오늘 그 죽은 사내를 내려놓았던 공동묘지의 더러운 진흙 구덩이와 지루해진 기독교인들의 찡그린 얼굴이 생각났지만, 그것을 비웃을 수가 없었다. 저 더러운 진흙 구덩이와 설교자의 진부하고 어리석은 말, 애도객들의 당황한 듯한 어리석은 표정, 양철과 대리석으로 된 십자가와 묘비를 망연히 바라보는 시선, 철사와 유리로 만든 조화가 있는 그곳에서 저 미지의 사내만 종말을 고하는 게 아니다. 또한 내일이나 모레에 나의 존재만 끝장이 나서, 애도객들의 당혹과 기만 속에 진창 속으로 매장되는 것도 아니다. 그렇다. 거기서 모든 것이 끝나는 것이다. 우리의 모든 노력, 우리의 모든 문화, 우리의 모든 신앙, 병들어 곧 매장될 우리 삶의 모든 기쁨과 즐거움도 거기서 막을 내리는 것이다. 우리의 문화 세계는 하나의 공동묘지이다. 거기서는 예수도, 소크라테스도, 모차르트도, 하이든도, 단테도, 괴테도 녹슬어 가는 양철 묘표 위에 쓰인 희미한 이름에 지나지 않는다. 이 묘표를 둘러싸고 서 있는 당황한 거짓 문상객들이 한때 그들에게 신성한 것이었던 양철 묘표의 존재를 여전히 믿을 수 있었다면 많은 것을 바쳤을 것이고, 최소한 이 몰락한 세계에 대해 정직하고 진지한 애도와 절망의 말이라도 할 수 있었을 터이지만, 이 모든 것에도 불구하고 그들에게 남아 있는 것은 단지 당황하고 찡그린 얼굴로 무덤가를 서성이는 것밖에 없다. 화난 탓인지 늘 상처가 나던 턱의 바로 그 자리를 또 면도칼에 긁혔다. 나는 잠시 상처를 어루만졌다. 아무래도 새로 교체한 셔츠 칼라를 또다시 갈지 않을 수 없었다. 왜 이런 짓들을 하는 건지 정말이지 알 수 없었다. 이런 초대에 응할 생각은 털끝만치도 없었기 때문이다. 그러나 하리의 다른 반쪽은 연극을 시작했다. 그는 교수를 호감이 가는 녀석이라고 부르고, 얼마간의 사람 냄새와 잡담과 사교를 그리워하고, 교수의 아름다운 부인을 기억해 냈고, 친절한 초대자 집에서 보내는 저녁을 생각하는 것을 아주 상쾌한 일로 여겼으며, 내가 옷을 입고 점잖은 넥타이를 매는 것을 도와주었고, 내 본래 소망을 좇아 집에 머물지 않도록 나를 부드럽게 설득했던 것이다. 그때 나는 이런 생각도 했다. 내가 지금 옷을 입고 나가서 교수를 방문하고 그와 다소간 꾸며 낸 점잖은 말들을 주고받으며 본래 원치도 않은 이 모든 것들을 하듯이, 대부분의 사람은 매일매일, 매시간을 원치도 않은 일을 어쩔 수 없이 하면서 사는 것이다. 사람들을 방문하고, 오락을 하고, 업무시간에 앉아 있는 것이고, 이 모든 것을 하기 싫은데도 마지못해 기계적으로 하는 것이다. 그 모든 일은 기계에 맡겨도 얼마든지 잘될 수 있을 것이고, 혹은 안 해도 상관없는 일인 것이다. 그들이, 내가 그러듯, 자기 삶에 비판을 가하고, 삶의 어리석음과 천박성, 끔찍할 정도로 오만상을 찡그리고 다가오는 삶의 애매성, 삶의 가망 없는 슬픔과 황량함을 인식하고 느낄 수 없게 하는 것은 바로 이 영원히 반복되는 기계적인 운동이다. 아아! 그들이 옳다. 언제나 옳다. 궤도를 이탈한 나처럼, 사람을 울적하게 하는 이 기계적인 운동에 저항하다 절망하여 공허를 응시하는 것이 아니라, 소꿉놀이하고 나름의 중요한 일들을 쫓아다니며 그렇게 사는 것이 옳은 것이다. 내가 이 수기에서 이따금 사람들을 경멸하고 비웃는다고 해서, 내가 그들에게 책임을 전가하고, 그들을 고발하고, 내 개인적인 고통의 책임을 다른 사람에게 지우려 한다고 생각하지 말기 바란다! 그러나 내가, 갈 데까지 다 갔고, 이제 바닥 모를 어둠 속으로 떨어질 삶의 가장자리에 서 있는 내가, 마치 저 기계적인 운동이 나에게도 계속 돌아가기라도 하듯이, 마치 나도 저 영원한 놀이를 하는 사랑스러운 어린이 세계에 속하기라도 한다는 듯이, 자신과 다른 사람들을 속이려고 한다면, 그건 가당치 않은 기만이다.

그날 저녁의 일 또한 이상했다. 나는 그 아는 교수의 집 앞에 잠시 멈춰 서서 창을 올려다보면서 생각했다. 저기 그 사나

이가 사는구나. 저기서 해마다 연구를 계속하고, 텍스트를 읽고 주석을 달고, 서남아시아 신화와 인도 신화의 연관성을 찾고, 그 일에 만족하고 있구나. 그는 자기 일의 연관성을 찾고, 그 일에 만족하고 있구나. 그는 자기 일의 가치를 믿고, 자기가 봉사하는 학문을 믿고, 단순한 지식과 그것을 축적하는 일의 가치를 믿고, 진보와 발전을 믿고 있을 테니까. 그는 전쟁을 겪어 보지 않았고, 아인슈타인을 통한 기존 사유 토대의 동요도 겪어 보지 못했다.(그건 수학자들의 일일 뿐이라고 그는 생각한다.) 그는 자기 주변에서 다음 전쟁이 어떻게 준비되고 있는지에 관심이 없으며, 유대인과 공산주의자를 증오할 만한 종자라고 생각한다. 그는 선량하고 천진난만하며 자신을 대단하다고 여기는 만족한 어린애, 참으로 부러운 존재인 것이다. 나는 마음을 다잡고 안으로 들어갔다. 흰 앞치마를 두른 하녀가 맞아 주었다. 나는 어떤 예감에 사로잡혀 하녀가 내 모자와 외투를 어디에 두는지 알아 두었다. 하녀는 나를 따뜻하고 밝은 방으로 안내하고는 잠깐 기다려 달라고 했다. 나는 기도문을 외거나 잠시 눈을 붙이는 대신 장난을 치고 싶은 마음이 생겨 주위 가장 가까운 곳에 있는 물건을 손에 잡았다. 그건 액자에 들어 있는 작은 그림이었다. 작은 탁자 위에 자리를 잡고 빳빳한 마분지 받침대에 비스듬히 세워져 있었다. 그것은 시인 괴테의 모습을 담은 동판화였다. 괴테는 말끔하게 다듬어진 얼굴에 독특한 머리 스타일을 한, 성격이 강한 노인으로 표현되어 있었고, 얼굴에는 그 유명한 이글이글 타오르는 듯한 눈빛과 궁정의 신하다운 약간 젠체하는 고독과 비극의 특징이 잘 드러나 있었다. 화가는 이 점을 표현하는 데 각별한 노력을 기울인 것 같았다. 화가는 그의 깊이를 손상하지 않으면서도 이 마성이 강한 노인에게 어딘가 대학교수 같으면서도 연극배우 같은 절제와 우직함의 특성을 부여하고, 전체적으로 보아 그를 어느 시민의 가정에나 장식용으로 잘 어울릴 수 있는 정말 멋진 늙은 영웅으로 훌륭하게 형상화하고 있었다. 추측건대 그 그림은 그런 종류의 온갖 그림들, 즉 부지런한 공예가들이 제조한 멋진 구세주나, 사도, 용사, 정신적 영웅, 정치가들 따위보다 더 엉터리는 아니었다. 어쩌면 그 그림이 나에게 그렇게 흥미롭게 보였던 것은 단지 어떤 노련한 기교 때문이었을지도 모르겠다. 어찌 됐든 간에 그렇게 공허하고 자족적으로 노년의 괴테를 묘사한 그림은 가뜩이나 상당히 화가 나서 흥분해 있던 나에게 치명적인 불협화음의 소리를 질러 댔고, 내가 여기에 있는 건 번지수가 틀린 것임을 일깨워 주었다. 여기는 멋지게 모양을 낸 노대가와 국민적 위인이 있을 곳이지, 황야의 이리가 있을 곳은 아니었다.

그때 집주인이 들어왔다면 나는 아마도 적당한 평계를 둘러대고 그곳을 빠져나올 수 있었을지도 모르겠다. 그런데 그때 들어온 사람은 하필 그의 부인이었기 때문에 나는 불길한 예감을 가지면서도 운명에 따랐다. 우리는 인사를 나눴고, 앞서의 첫 번째 불협화음에 완전히 새로운 불협화음들이 줄을 이었다. 부인은 내가 늙지 않아서 참 좋다고 했다. 그러나 나는 우리가 마지막으로 만난 후 수년간 내가 얼마나 늙어 버렸는지 너무도 잘 알고 있던 터였다. 그녀와 악수를 할 때부터 벌써 관절염을 앓는 손의 통증이 단박에 그걸 상기시켜 주었던 것이다. 그러고 나서 그녀는 내 아내가 어떻게 지내느냐고 물었고, 나는 아내가 나를 떠났고 우리는 갈라섰다고 말해 주지 않을 수 없었다. 교수가 들어왔을 때 우리는 기뻤다. 그도 나를 진심으로 환영했다. 그러고 나서 곧 상황의 꼬임과 우스꽝스러움은 최고조에 이르렀다. 교수는 신문을 손에 들고 있었는데, 그건 그가 정기 구독하는 신문으로, 군국주의자와 전쟁광들이 모인 정당의 신문이었다. 그는 나에게 악수를 청한 후 그 신문을 가리키면서 이렇게 설명했다. "여기에 당신과 동명이인인 출판인 하리에 대한 글이 실려 있는데, 그놈은 못된 놈팡이, 조국도 뭐도 모르는 녀석임이 틀림없네. 그는 황제를 우스갯거리로 삼고, 자기 조국이 적국 못지않게 전쟁 발발에 책임이 있다는 입장을 밝히고 있어. 도대체 뭐 그따위 녀석이 있는가! 어쨌든 그런 말을 했기 때문에 편집장은 그 해충 같은 놈을 단칼에 잘라 버렸다네." 내가 이 주제에 관심을 보이지 않는다는 것을 그가 알았을 때, 우리는 다른 주제로 넘어갔다. 그와 그의 부인은 그 흉측한 녀석이 자기들 앞에 앉아 있을 수도 있다는 가능성에 대해서는 정말이지 털끝만치도 생각하지 못했다. 그러나 그 흉측한 인간이 바로 나였다. 그렇다곤 해도 굳이 왜 소란을 일으켜 이자들을 불안하게 하겠는가! 나는 속으로 한바탕 웃었다. 그날 밤에 어떤 유쾌한 체험을 하리라는 기대는 이제 물 건너간 것이다. 나는 그 순간을 분명하게 기억하고 있다. 그 교수가 '조국을 배반한 자 할러'라고 말한 순간, 내 안에선 장례식 광경을 볼 때부터 마음속에 차곡차곡 쌓여 점점 강해졌던 몹쓸 절망감과 침울함이 짙어져 기분 나쁜 압박으로, 육체적으로 (하복부에서) 느낄 수 있는 통증으로, 목을 조르는 듯한 무서운 숙명의 감정으로 변했던 것이다. 무언가가 나를 해치려고 매복해 있고, 어떤 위험이 슬그머니 뒤에서 엄습해 오고 있다고 느꼈다. 그때 다행히 식사 준비가 다 됐다는 전갈이 왔다. 우리는 식당으로 갔다. 나는 애써 쓸데없는 것들을 말하고 물으면서 그만 평소보다 과식하고 말았다. 순간순간 점점 비참해지고 있다는 느낌이었다. 나는 생각했다. 맙소사, 왜 우리는 이렇게 서로를 피곤하게 하는 것인가? 내가 산통을 깨 놓았기 때문인지, 아니면 집안에 불화가 있어서인지는 알 수 없지만, 초대해 준 사람도 좋은 기분이 아니었다. 애써 쾌활함을 가장하고 있을 뿐이었다. 그들은 내가 정직한 대답을 할 수 없는 질문만 퍼부었고, 나는 그때마다 대담한 거짓말로 응수하며 말 한마디 한마디마다 구역질이 나는 걸 참았다. 마침내 나는 화제를 돌리기 위해 내가 구경꾼으로 입회했던 그 장례식에 대해 이야기하기 시작했다. 그러나 나는 적절한 어조를 찾지 못했다. 내 유머는 분위기에 엇나갔고, 우리 사이는 점점 벌어져 갔다. 마음속에선 황야의 이리가 심술궂게 이빨을 드러내며 웃었다. 식후 디저트를 먹을 때 우리 세 사람은 모두 아무 말이 없었다.

우리는 커피와 브랜디를 마시기 위해 앞서의 그 방으로 돌아왔다. 어쩌면 그것이 좀 도움이 될지도 모를 일이었다. 그러나 대시인 괴테의 초상이, 비록 서랍장 위로 치워져 있기는 했지만 여전히 눈에 띄었다. 나는 그를 벗어날 수 없었다. 마음

속에선 경고하는 소리를 들으면서도 그것을 손에 쥐고 노려보기 시작했다. 나는 이 상황을 참을 수 없었고, 집주인의 흥미를 끌고 마음을 사로잡아 나와 같은 기분으로 만들든지 아니면 완전히 폭발해 버리든지 하는 수밖에는 달리 도리가 없다는 느낌에 사로잡혔다.

나는 말했다. "제 바람입니다만, 괴테는 실제로 이렇게 생기지는 않았을 겁니다. 이 허영과 이 고상한 포즈, 곁에 있는 사람에게 추파를 던지는 이 거짓 품위, 남성적인 겉모습 속에 숨은 이 달콤한 감상! 확실히 괴테에 대해선 비난할 점이 많습니다. 저 또한 여러 가지로 이 잘난 체하는 사나이를 비난해 왔습니다. 그러나 그를 이렇게 묘사하는 건 너무 지나치다고 봅니다."

부인은 무척 괴로운 표정을 지으며 커피를 가득 따르고는 서둘러 방을 나갔다. 그녀의 남편은 반쯤은 당황한 듯이, 반쯤은 비난하는 투로 입을 열었다. 그 괴테 그림은 자기 부인의 것이며, 그녀가 특히 좋아하는 것이라고. "당신이 객관적으로 옳다고 해도, 거기에 대해서 전 다르게 생각하지만, 그런 식으로 극단적으로 표현해서는 안 됩니다."

"당신 말이 옳습니다." 나는 수긍했다. "언제나 가능한 한 극단적인 표현 쪽을 택하는 것이 저의 습관, 저의 나쁜 버릇입니다. 다른 얘기지만 괴테도 한창때는 그랬지요. 물론 살롱에서 건들거리는 고루하고 달콤한 괴테라면 결코 노골적인, 즉 정직하고 직접적인 표현을 사용하지 않았을 겁니다. 당신과 당신 부인에게 정말 죄송하게 됐습니다. 부인에게 제가 정신분열이라고 말해 주십시오. 그럼 이만 돌아가야겠습니다."

그 사내는 당황하여 몇 가지 불평을 더 늘어놓기는 했지만, 다시 우리가 예전에 나눈 대화가 얼마나 멋지고 재미있었는지 말하기 시작했다. 미트라스 신과 크리슈나 신에 대한 내 추측이 당시 그에게 깊은 인상을 주었고, 그는 지금도 다시 그런 대화가 이어지길 바란다 운운하였던 것이다. 나는 그에게 감사를 표하고 대략 이런 요지로 말했다. 그 말이 참으로 고맙긴 하지만 유감스럽게도 크리슈나에 대한 관심이나 학문적인 대화를 할 기분이 내게서는 완전히 사라져 버렸다. 나는 오늘 몇 가지 거짓말을 했다. 예를 들어 내가 이 도시에 온 건 며칠 전이 아니라 몇 달 전이다. 그러나 나는 고독하게 혼자 살았고 상류 사회 사람들과 더 이상 교제할 처지가 아니었다. 왜냐하면 첫째, 언제나 기분이 좋지 않았고, 관절염에 시달렸으며, 둘째, 대개 술에 취해 지냈기 때문이다. 게다가 오늘 일을 깨끗이 마무리하고 최소한 거짓말쟁이로 물러가지 않기 위해서 그에게 밝혀 둘 것은, 그가 오늘 나를 대단히 모욕했다는 것이다. 그는 할러의 견해에 대해 반동적인 신문의 입장, 즉 실직한 장교라면 몰라도 학자에게는 어울리지 않는 어리석고 고루한 입장을 취했다. 그 '놈팡이', 그 조국도 모르는 놈이 바로 나다. 맹목적으로 홀린 듯 새로운 전쟁을 향해 돌진하는 게 아니라, 최소한 사고 능력이 있는 몇 사람만이라도 이성과 평화 사랑의 신조를 밝히는 것이 우리나라나 세계를 위해서 더 좋은 일이다. 그럼 안녕히 계시라.

그러고는 일어나 괴테와 그 교수에게 작별을 고하고, 옷걸

이에서 내 옷을 잡아채듯 챙겨서는 달려 나왔다. 내 마음속에서는 심술궂은 이리가 큰 소리로 울부짖었고, 두 하리 사이에 격렬한 연극이 벌어졌다. 왜냐하면 이 불쾌한 저녁 시간은 그 모욕당한 교수보다 나에게 더 큰 의미가 있다는 것은 내가 금방 감지했기 때문이다. 그것이 그에겐 실망과 작은 노여움에 지나지 않았지만, 내게는 최후의 실패와 일탈이었고 시민의 세계, 도덕의 세계, 지식인의 세계와의 결별이었으며, 황야의 이리의 완전한 승리였던 것이다. 그것은 추방자, 패배자로서의 작별이었고, 나 자신에 대한 파산 선고였으며, 위안도 성찰도 유머도 없는 작별이었다. 내가 나의 이전 세계, 고향, 시민사회, 윤리, 학문과 결별한 방식은 위궤양에 걸린 사내가 돼지 불고기를 끊는 방식과 다르지 않았다. 나는 격분해서 가로등 밑을 달렸다. 화가 치밀고 죽도록 슬퍼져서. 이 무슨 매정하고 창피스럽고 재수 없는 날이란 말인가! 아침부터 저녁까지, 공동묘지에서 교수 집의 일까지. 무얼 하려고, 왜 그랬던가? 계속해서 이런 날들을 견디고, 계속해서 이런 수프를 마시는 것이 도대체 무슨 의미가 있단 말인가? 아니다. 그렇다면 나는 오늘 밤으로 이 코미디를 끝낼 것이다. 하리, 집으로 가서 네 목을 잘라라! 너는 이제 기다릴 만큼 기다린 것이다.

나는 비참한 기분을 느끼며 이 거리 저 거리를 헤매고 다녔다. 물론 그 선량한 사람들의 살롱 장식에 침을 뱉은 것은 어리석은 짓이었다. 그건 무례한 바보짓이었다. 그러나 달리 어쩔 수 없었다. 나는 허위적이고 점잔 빼는 길든 삶을 더 이상 견딜 수 없다. 그리고 고독도 더 이상 견딜 수 없을 것 같고,

나 자신을 상대하는 것도 말할 수 없을 정도로 혐오스럽고 구역질 나는 일이 되어 버려, 내가 만든 지옥의 진공 속에서 파닥거리며 질식해 가는 것이다. 그렇다면 거기에 어떤 출구가 있겠는가? 어떤 출구도 없다. 오오, 아버님 어머님, 오오, 내 젊은 날의 아련하고 신성한 불빛이여, 오오, 그 수많았던 즐거움이여, 내 삶의 작업과 목표여! 이 중에서 내게 남은 것은 아무것도 없다. 회한조차 없으며, 그저 남은 것이라곤 구역질과 고통뿐. 단지 살지 않으면 안 된다는 것이 그때처럼 고통스러웠던 적은 내 기억으론 아직 한 번도 없었다.

음침한 교외의 간이주점에서 나는 잠깐 쉬었다. 물과 코냑을 마시고 다시 빠른 걸음으로 내달렸다. 마치 악마에게 쫓기기라도 하듯이 구시가의 가파르고 구불구불한 골목길을 오르내리고 가로수 길을 지나고 역광장을 건넜다. '떠나자!'고 생각했다. 역으로 들어가 벽에 걸린 열차 시간표를 보고, 포도주를 좀 마시면서 생각을 가다듬어 보려고 했다. 점점 가까이, 점점 또렷하게 내가 두려워하는 유령이 보이기 시작했다. 그건 집에 가는 것이었다. 내 작은 다락방으로 돌아가 절망을 가만히 응시하는 것이었다. 몇 시간 더 헤매고 다닌다 해도 그것에서 벗어나지는 못한다. 내 방 문으로, 책이 수북이 쌓인 내 책상으로, 내 애인의 사진 아래 있는 안락의자로 돌아가지 않을 수 없으며, 면도칼을 꺼내어 목을 자를 순간을 피할 수 없다. 이런 영상이 점점 또렷하게 내 앞에 나타났다. 나는 미친 듯이 쿵쿵 뛰는 가슴으로 최고조의 공포, 죽음의 공포를 점점 또렷하게 느꼈다. 그렇다. 나는 죽음 앞에 엄청난 두려움을 느끼고 있는 것이다. 도망갈 길은 없고, 구역질과 고통과 절망감이 나를 둘러싸고 탑처럼 쌓여, 더 이상 어떤 것도 나를 유혹할 수 없고, 내게 기쁨과 희망을 줄 수 없는 것이다. 그렇다곤 해도 처형의 마지막 순간을 생각하면, 자신의 살을 싸늘하게 쓱 베어 버릴 칼날을 생각하면 말할 수 없을 정도로 소름이 끼쳤다.

나는 이 두려움에서 벗어날 길을 찾지 못했다. 절망감과 소심함 사이의 싸움에서 오늘은 어쩌면 소심함이 승리할지 몰라도, 내일 또 매일 새로운 절망이 내 앞에 맞서 있을 것이다. 그것도 자기 경멸에 의해 고조된 절망이. 나는 언젠가 마침내 그것을 저지를 때까지는 면도칼을 손에 잡았다 다시 집어 던지기를 되풀이할 것이다. 그렇다면 오늘 해치워 버리는 편이 낫다! 나는 마치 겁먹은 어린애를 타이르듯 나 자신을 차근차근 설득했다. 그러나 어린애는 말을 듣지 않았다. 그는 달아났고 살고 싶어 했다. 그는 덜덜 떨면서 나를 온 도시로 끌고 다녔다. 넓은 활 모양을 그리며 나는 집 주위를 맴돌았다. 계속 집에 돌아갈 생각을 하면서, 계속 그것을 주저하면서, 여기저기 술집에서 한 잔, 두 잔 마시고는 다시 쫓기듯이 일어나 목표 지점 주위를, 면도칼 주위를, 죽음 주위를 넓은 원을 그리며 맴돌았다. 초주검이 되도록 지쳐 몇 번인가 벤치 위에, 연못가에, 충돌 방지석 위에도 앉아 보았다. 심장이 뛰는 소리를 듣고 이마의 땀을 훔쳐 내고는 또다시 걸었다. 무서운 불안에 떨며 삶을 향한 아스라한 동경에 휩싸인 채.

그러던 끝에 나는 늦은 밤 멀리 떨어진 낯선 교외에 있는 한 술집에 들어가게 되었다. 창 뒤에서 격렬한 댄스 음악이 흘러나오고 있었다. 들어가면서 나는 문 위에 걸린 낡은 간판을 읽었다. '검은 독수리'라고 쓰여 있었다. 안은 자유의 밤이었다. 사람들이 모여 큰 소리로 잡담하고 있었다. 담배 연기가 자욱했고, 포도주 향기가 떠다녔고 여기저기 외치는 소리가 들렸다. 홀 뒤쪽에서는 사람들이 춤을 추고 있었는데 거기서 댄스 음악이 성난 듯 쩌렁쩌렁 울렸다. 나는 아주 소박한, 그중 몇몇은 초라한 옷을 입은 사람들이 앉아 있는 앞쪽에 서있었다. 뒤쪽 댄스홀엔 우아하게 차려입은 사람들도 눈에 띄었다. 인파에 밀려 나는 조리실 옆의 탁자로 가게 되었다. 한 예쁘장하고 창백한 소녀가 벽에 붙은 의자에 앉아 있었다. 가슴이 깊이 파인 얇은 무도복을 입고, 머리에 시든 꽃을 꽂고 있었다. 그녀는 다가오는 나를 주의 깊고 상냥한 눈으로 지켜보고 있었다. 그녀는 웃으면서 조금 옆으로 물러앉으며 나에게 자리를 만들어 주었다.

"앉아도 될까요?"라고 묻고 나는 그녀 옆에 앉았다.

"물론이지. 앉아. 그런데 당신은 누구지?" 그녀가 말했다.

"고맙습니다." 나는 말했다. "나는 집에 갈 수 없습니다. 갈수가 없어요. 여기서 좀 머물러 있어야겠습니다. 괜찮으시다면 당신 곁에서요. 그래요. 집에 갈 수는 없어요."

그녀는 내 말을 이해한다는 듯 고개를 끄덕였다. 그녀가 끄덕일 때 나는 이마에서 귀 쪽으로 흘러내린 그녀의 귀밑머리를 보았다. 시든 꽃은 동백이었다. 저편에서 음악이 하늘하늘 날아왔고, 조리대에선 여급들이 서둘러 주문을 외쳐 대고 있었다.

"그렇다면 여기 있어. 그런데 왜 집에 갈 수 없다는 거지?"
그녀는 호의에 찬 목소리로 말했다.

"집에 갈 수 없습니다. 집에선 무언가가 기다리고 있어
요……. 갈 수 없어요. 너무나 끔찍해요."

"그러면 기다리게 내버려 두고 여기 있어. 이리 좀 와 봐. 우
선 안경부터 닦아야겠어. 그래서는 아무것도 볼 수 없잖아. 손
수건 좀 줘. 무엇을 마실래? 부르고뉴산 포도주를 마실까?"

그녀는 내 안경을 닦았다. 이제야 나는 그녀를 똑똑히 볼
수 있었다. 창백하나 선이 분명한 얼굴, 립스틱을 붉게 칠한 입
술, 밝은 회색의 눈, 매끈하고 시원시원한 이마, 귀 앞쪽엔 짧
고 빳빳한 귀밑머리. 친절하면서도 어딘가 비꼬는 투로 그녀
는 나를 대했다. 그녀는 포도주를 주문했고, 나와 잔을 부딪
쳤다. 그러면서 그녀는 내 구두를 내려다보았다.

"맙소사, 도대체 어디서 오는 길이야? 마치 파리에서 걸어
오기라도 한 사람처럼 보이는군. 이런 모습으로 춤을 추러 오
는 사람은 없어."

나는 우물쭈물 얼버무리다가 씩 웃으면서 그녀가 계속 말
하도록 내버려 두었다. 그녀는 무척 내 마음에 들었다. 그건
놀라운 일이었다. 왜냐하면 나는 지금껏 이런 젊은 소녀들을
피하고 불신하는 쪽이었기 때문이다. 그녀는 그 순간 나에게
꼭 필요한 바로 그것을 주었다. 오, 그때부터 그녀는 어느 때
고 내게 그런 존재였던 것이다. 그녀는 나를 필요한 만큼 돌보
아 주었고, 필요한 만큼 비꼬아 주었다. 그녀는 햄을 끼운 빵

을 주문하고 내게 먹으라고 했다. 그녀는 술을 따라 주고 마시라고 했다. 그렇게 빨리 마셔서는 안 된다고도 했다. 그러고 나서 내가 말을 잘 듣는다고 칭찬했다.

"당신 참 좋아." 그녀는 용기를 북돋워 주려는 듯이 말했다. "당신은 사람을 편안하게 해 줘. 당신은 오랫동안 누군가의 말에 고분고분 따른 적이 없었던 것 같아. 그것을 두고 내기를 걸어도 좋아."

"맞습니다. 당신이 내기에 이겼습니다. 도대체 어떻게 그걸 아셨습니까?"

"별거 아니야. 남의 말을 잘 듣는다는 건 먹는다거나 마시는 것과 같은 거지. 오랫동안 음식을 못 먹은 사람에겐 그 이상 필요한 것이 없는 법이야. 당신은 내 말을 진심으로 따르고 있어. 그렇지?"

"맞습니다. 당신은 모르는 게 없군요."

"당신은 마음을 편안하게 해 줘. 집에서 당신을 기다리고 있다는 것, 당신이 그렇게 무서워하고 있는 것이 무엇인지도 알 수 있을 것 같아. 그러나 당신도 알겠지만 그걸 말할 필요는 없겠지, 안 그래? 어리석은 짓이야! 목을 매려고 하면 그럴 이유가 있겠지. 그렇지 않으면 살아서 사는 걱정만 할 거야. 아주 간단한 이야기지."

"아아!" 나는 소리쳤다. "그게 그렇게 간단하다면 얼마나 좋겠습니까! 나는 정말이지 무척이나 살 궁리를 해 왔습니다. 그런데 아무 소용이 없었어요. 목을 맨다는 건 쉬운 일은 아닐 테지요. 그러나 산다는 건 훨씬, 훨씬 더 어려운 일이지요. 그게 얼마나 어려운 건지는 아무도 모릅니다!"

"이제 그게 어린애 장난처럼 쉬운 일이라는 걸 알게 될 거야. 우린 벌써 시작한 셈이지. 당신은 안경을 닦았고, 식사했고, 술을 마셨어. 이제 바지를 솔질하고 구두를 닦으러 가도록 해. 그게 필요해. 그러고 나서 나와 시미[4] 춤을 추는 거지."

"그 점에서 내가 말한 것이 옳다는 걸 당신도 알 겁니다." 나는 진지하게 말했다. "당신의 명령을 따를 수 없다는 것보다 나에게 유감스러운 건 없습니다. 하지만 이 명령은 따를 수가 없어요. 나는 시미 춤을 출 줄 모르고, 왈츠고 폴카고 간에 어떤 춤도 출 줄 모릅니다. 나는 평생 한 번도 춤추는 걸 배워 본 적이 없거든요. 이제 아시겠어요? 세상만사가 다 당신이 생각하듯 그렇게 간단한 게 아니에요."

그 아름다운 소녀는 핏빛처럼 붉게 립스틱을 바른 입술로 미소를 짓고는 사내아이 같은 머리 모양을 한 선이 반듯한 머리를 가로저었다. 그녀를 자세히 보니 내가 소년 시절 사랑에 빠졌던 첫 번째 소녀 로자 크라이슬러와 닮았다는 느낌이 들었다. 다만 로자가 갈색 피부에 검은 머리라는 점만 달랐다. 아니다, 이 낯선 소녀가 누구를 떠올리게 했는지 나는 모른다. 내가 아는 건 단지 그것이 아주 이른 청년기, 소년 시절의 누군가라는 것뿐이다.

"천천히, 아주 천천히 하면 돼." 하고 그녀가 말했다. "그래도 못 춘단 말이야? 전혀 못 춘다고? 원스텝 한 번도 안 춰 봤단

----

4) 1920년대에 미국에서 유행한 2분의 2박자 혹은 4분의 3박자의 사교춤.

말이야? 그러고서도 열심히 살아왔다고 주장하는 거야? 그렇다면 당신은 허풍을 떤 거야. 당신 나이쯤 되면 그래선 안 돼. 춤 한번 춰 보려 하지 않고서 어떻게 열심히 살아왔다고 말할 수 있어?"

"어쨌든 춤은 못 춥니다. 한 번도 배워 본 적이 없으니까."

"하지만 읽고 쓰고 하는 것은 배웠겠지. 셈하기도 배우고, 아마 라틴어와 프랑스어 따위도 배웠을 거고, 그렇지? 당신은 십 년이나 십이 년 정도 학교에 다녔을 거고, 아마 대학에 진학해서 어쩌면 박사 학위까지 받았고 중국어와 스페인어까지 할 줄 알지도 모르지. 아닌가? 어쨌든 좋아. 그런데도 당신은 몇 시간 춤추기 위해 시간도 돈도 들이지 않았단 말이지."

"부모님 때문입니다." 나는 변명했다. "부모님은 라틴어, 그리스어 같은 걸 배우게 했어요. 그렇지만 춤을 배우게 하진 않았어요. 그건 우리 때는 유행이 아니었어요. 부모님들 자신도 춤을 춰 본 적이 없으니까요."

그녀는 나를 경멸에 찬 시선으로 아주 차갑게 쏘아보았다. 그녀의 얼굴에는 나에게 이른 청년기를 생각나게 하는 무언가가 깃들어 있었다.

"그래. 그러니 당신 부모님 탓이라는 거지! 그럼 오늘 밤 '검은 독수리'에 가도 되는지도 부모님께 여쭤보았나? 부모님이 돌아가신 지 벌써 오래되지 않았나? 당신이 순전히 복종심에서 젊은 시절에 춤을 배우지 않은 데 대해선 이의가 없어. 당신이 그 당시 그렇게 모범생이었으리라고는 믿지 않지만. 그런데 그 후에 당신은 그 오랜 세월 동안 도대체 뭘 했지?"

"아아!" 나는 다 털어놓았다. "나 자신도 모르겠어요. 대학을 다녔고, 음악을 연주했고, 책을 읽었고, 책을 썼고, 여행을 했고……"

"당신이 삶에 대해 가지고 있는 생각은 참 특이해! 그러니 당신은 항상 힘들고 어려운 일들을 해 온 거지. 그런데 간단한 일들은 전혀 배우지 않았나? 시간이 없었나? 마음이 없었나? 어쨌든, 내가 당신 어머니가 아닌 게 다행이야. 하지만 당신이 삶을 구석구석 모두 경험하고, 거기서 아무것도 발견하지 못한 것처럼 행동한다면, 그건 안 돼!"

"나무라지 마십시오." 나는 간절하게 부탁했다. "내가 미쳤다는 걸 알고 있습니다."

"아, 뭐라고? 농담하지 마! 당신은 결코 미치지 않았어, 교수 양반. 당신은 내가 보기엔 너무 덜 미쳐서 탈이지! 당신은 좀 바보스럽게 겸손한 것 같아. 꼭 교수들처럼 말이야. 여기 빵 하나 더 먹어. 이야기는 나중에 하고."

그녀는 나에게 빵 하나를 더 주면서 거기다가 소금을 조금 뿌리고 겨자를 조금 바른 후 한 조각을 자기 몫으로 자르고는 나에게 먹으라고 했다. 나는 먹었다. 나는 그녀가 하라는 것은 무엇이든 했을 것이다. 춤추는 것만 빼고. 누군가에게 복종한다는 것, 캐묻고 명령하고 꾸짖는 사람 곁에 앉아 있는 것은 무척 기분 좋은 일이었다. 그 교수나 그의 부인이 몇 시간 전에 이렇게 했더라면 그런 일들은 일어나지 않았을 텐데. 그러나 아니다. 그렇게 된 것이 다행이다. 그렇지 않았다면 나는 많은 것을 놓쳤을 테니까!

"그런데 당신 이름은 뭐지?" 그녀가 갑자기 물었다.

"하리입니다."

"하리? 어린아이 이름 같군. 사실 당신은 정말 어린애야, 하리. 머리가 여기저기 희끗희끗하지만 당신은 어린애라고. 당신은 보살펴 줄 사람이 필요해. 춤에 대해선 더 이상 말하지 않겠어. 하지만 머리 꼴이 이게 뭐야! 도대체 당신은 부인도, 애인도 없나?"

"아내는 없어요. 이혼했습니다. 애인이 있긴 하지만 여기 살지 않아요. 그녀를 만나는 일은 아주 드물어요. 우리는 서로 그다지 잘 지내질 못합니다."

그녀는 치아 사이로 나직이 휘파람을 불었다.

"아무도 당신 곁에 붙어 있질 않은 걸 보니 당신은 참 까다로운 양반인가 봐. 어쨌든 이제 말해 봐. 오늘 밤 무슨 특별한 일이 있었나? 당신이 그렇게 정신없이 세상을 헤매고 다니게 할 정도로 말이야. 누군가와 다퉜나? 아니면, 내기에서 돈을 잃었나?"

설명은 어려웠다.

"들어 보세요." 나는 설명하기 시작했다. "사실 사소한 일입니다. 어느 교수 집에 초대를 받았지요. 나 자신은 교수가 아니고요. 애초에 거기에 간 게 잘못이었어요. 나는 사람들과 모여 앉아 지껄이는 데 익숙하지 않거든요. 그런 걸 잊고 지낸 지 오래니까요. 그 집에 들어설 때부터 좋지 않은 일이 있을 거라는 예감이 들었지요. 모자를 걸 때 이미 곧 다시 모자를 쓰게 될 거라는 생각이 들었던 겁니다. 그 교수 집에는 책상

위에 그림이 하나 놓여 있었는데, 그건 정말이지 화가 치밀어 오르게 하는 멍청한 그림이었어요……."

"도대체 어떤 그림이었는데? 왜 화가 났지?" 그녀가 끼어들었다.

"그건 괴테를 그린 그림이었어요. 시인 괴테 말입니다. 그런데 괴테의 실제 모습과 달랐어요. 하긴 괴테의 실제 모습을 정확하게 알 수는 없지만 말입니다. 백 년 전에 죽었으니까요. 어떤 현대 화가가 괴테를 자기 상상에 따라 멋대로 분칠해 꾸며 놓았던 거지요. 이 그림이 날 화나게 한 거예요. 소름이 끼칠 만큼 거슬렸어요. 당신이 이해하실지 모르겠습니다."

"잘 이해할 수 있어. 걱정 말고 계속해."

"이미 그 이전에 나는 그 교수와 뜻이 맞지 않았어요. 그는 거의 모든 교수가 그렇듯이 대단한 애국자이고 전쟁 중엔 국민을 기만하는 데 훌륭하게 협조했지요. 물론 확고한 신념을 가지고 말이에요. 그러나 나는 전쟁에 반대해요. 어떤 종류의 전쟁이든 말입니다. 그건 그렇고, 사실은 그 그림을 자세히 뜯어볼 필요도 전혀 없었던 거지요."

"맞아, 그럴 필요가 없었어."

"그러나 무엇보다도 괴테가 불쌍했어요. 나는 괴테를 무척 좋아하거든요. 나는 그때 이렇게 생각하고 느낀 거예요. '여기서 나는 나와 비슷한 사람들이라고 생각하는 사람들과 함께 앉아 있다. 이들도 나와 비슷한 방식으로 괴테를 사랑하고, 이들의 괴테 상(像)도 나의 그것과 같을 것이다.' 그런데 알고 보니 그들은 날조되고 분칠해서 꾸민 천박한 그림을 세워 놓고 그걸 멋지다고 하면서, 그 그림의 정신이 괴테의 정신과 정반대라는 사실은 전혀 알지 못하는 겁니다. 그 사람들은 그 그림을 굉장하다고 여기고 있어요. 사실 그럴 수도 있는 일이지만, 그 사람들에 대한 내 모든 신뢰와 우정과 동류의식과 귀속감은 단박에 사라져 버렸어요. 하긴 우정이라 해 봐야 대단한 것도 아니었지만 말이에요. 어쨌든 그래서 나는 화가 났고 슬퍼졌고, 나는 완전히 혼자고 아무도 날 이해하지 못한다는 걸 알게 된 거지요. 이해하시겠어요?"

"충분히 이해할 수 있어, 하리. 그래서 어떻게 됐지? 그 그림으로 그 사람들의 머리를 내리쳤나?"

"아닙니다. 욕을 퍼붓고 뛰쳐나왔죠. 집에 가려고 했지만……."

"그랬는데 집에는 이 어리석은 아이를 위로하거나 꾸짖을 어머니가 없었다 그건가. 괜찮아, 하리. 당신이 불쌍해 죽겠어. 당신은 정말이지 영락없는 어린애야."

그렇다. 내가 보기에도 그랬다. 그녀는 나에게 포도주를 한 잔 따라 주었다. 그녀는 사실 나에게 어머니처럼 굴었다. 그러는 사이에 나는 그녀가 얼마나 젊고 아름다운지를 흘끔흘끔 훔쳐보았다.

"그러니까," 그녀가 다시 말하기 시작했다. "괴테는 백 년 전에 죽었고, 하리는 그를 몹시 좋아한다. 하리는 그를 멋진 모습으로 상상하고 있다. 그에겐 그럴 권리가 있는 것이다. 그렇지? 그런데 괴테에 푹 빠져서 나름대로 그를 그린 화가는 그럴 권리가 없다. 그 교수도 그럴 권리가 없고, 어느 누구도 그럴 권리가 없다. 왜냐하면 그건 하리에게 맞지 않으니까. 그는 그걸 참지 못해서, 욕을 퍼붓고 뛰쳐나올 테니까. 하리가 영리하다면, 그 화가와 교수를 간단히 비웃어 버릴 것이다. 그가 미쳤다면 그들의 얼굴에 괴테의 초상을 집어 던질 것이다. 그러나 하리는 작은 어린아이에 불과하기 때문에, 집으로 달려가 목을 매려고 한다. 나는 당신 이야기를 잘 이해했어, 하리. 참 웃기는 이야기군. 웃음이 나네. 잠깐, 그렇게 빨리 마시지 마! 부르고뉴산 포도주는 천천히 마시는 거야. 그건 너무 독해. 당신에게는 모든 걸 다 말해 줘야 하는군. 어린아이에게 하듯이 말이야."

그녀의 눈빛은 엄하게 경고하는 듯했다. 마치 예순 살 먹은 가정교사처럼.

"아 그래요. 나에게 모두 다 이야기해 줘요." 나는 흡족한 마음으로 부탁했다.

"당신에게 뭘 말하라는 거야?"

"당신 맘대로 무엇이든."

"좋아, 당신에게 얘기할 게 있어. 한 시간 전부터 나는 당신에게 반말을 했어. 그런데 당신은 여전히 나를 존칭으로 부르고 있어. 라틴어와 그리스어를 하듯 가능한 한 복잡하게 말이야. 숙녀가 당신에게 반말을 하고, 그녀가 당신 마음에 든다면, 당신도 그녀에게 반말을 해야지. 이제 공부가 좀 되었지? 그리고 두 번째로 할 얘기는 이거야. 삼십 분 전부터 나는 당신의 이름이 하리라는 걸 알고 있어. 당신에게 물어서 아는 거지. 그러나 당신은 내 이름이 뭔지 알려고 하지도 않는군."

"아닙니다. 무척 알고 싶습니다."

"너무 늦었어. 우리가 다시 만날 기회가 있다면, 그때 물어 봐. 오늘은 말할 수 없어. 자 이제 나는 춤추러 가야겠어."

그녀가 일어설 기색을 보였을 때, 내 기분은 갑자기 깊이 가라앉았다. 나는 그녀가 나를 홀로 남겨 두고 가 버릴까 봐, 그래서 모든 것이 다시 이전 상태로 돌아가 버릴까 봐 두려웠다. 잠시 사라졌던 치통이 갑자기 다시 시작되는 것처럼, 불이 다시 타오르기 시작하는 것처럼, 일순간 두려움이 엄습하고 소름이 돋았다. 아아, 무엇이 나를 기다리고 있는지 잊어버릴 수 있단 말인가? 도대체 무엇이 달라졌단 말인가?

"잠깐만." 나는 애원하듯 소리쳤다. "가지 말아요! 가지 말아 줘. 물론 춤은 얼마든지 춰도 좋아. 그러나 오래 있지 말아 줘, 돌아와 줘. 꼭 돌아와 줘."

그녀는 웃으면서 일어섰다. 나는 그녀의 키가 좀 더 클 거라고 생각했었다. 그녀는 날씬했다. 그러나 키가 크진 않았다 다시 그녀는 누군가를 생각나게 했다. 누구더라? 생각이 나질 않았다.

"돌아와 주겠어?"

"돌아올 거야. 하지만 시간이 좀 걸릴 거야. 삼십 분이나 한 시간 정도. 당신에게 해 줄 말이 있어. 눈을 붙이고 좀 자 둬. 당신에겐 그게 필요해."

나는 비켜 주었고 그녀는 떠나갔다. 그녀의 스커트가 내 무릎을 스쳤다. 걸어가면서 그녀는 아주 조그마한 둥근 손거울을 보며 눈썹을 치켜세우고 작은 분첩으로 턱을 문지르더니 댄스홀로 사라졌다. 나는 주위를 둘러보았다. 낯선 얼굴들뿐이었다. 담배 피우는 남자들, 대리석 테이블 위엔 엎질러진 맥주, 여기저기서 외치고 부르짖는 소리들, 그 옆에선 댄스 음악. 나는 자야만 한다고 그녀가 말했다. 너는 내가 잠잘 때 족제비보다 더 경계심이 많다는 걸 알고 있을 터인데, 맥주잔이 부딪치는 사이에 앉아 이 시장 바닥 같은 곳에서 잠을 자야 한다니! 나는 포도주잔을 앞에 놓고 잠깐 졸다가 주머니에서 시가를 꺼내 들고 이리저리 성냥을 찾았다. 그러나 사실 담배를 피울 마음은 없었다. 나는 시가를 테이블 위에 놓았다. "눈 좀 붙여."라고 그녀가 내게 말했던 것이다. 도대체 어떻게 그녀는 그런 목소리를 가진 것일까. 그 깊은 듯하면서도 좋은 목소리, 그 어머니 같은 목소리를. 그런 목소리에 따르는 것은 기분 좋은 일이다. 나는 그걸 알았다. 복종하듯이 눈을 감고 머리를 벽에 기댄 채 내 주위를 날뛰는 수백 가지 소음을 들었다. 이런 곳에서 잠을 잔다고 생각하니 웃음이 났다. 나는 문 쪽으로 가서 댄스홀을 한번 훔쳐보기로 마음먹고(내 아름다운 소녀가 춤추는 모습을 보지 않으면 안 되는 것이다.) 테이블 아래에서 발을 움직여 보았다. 그제야 나는 몇 시간 동안 헤매고 다닌 탓에 내 몸이 얼마나 피곤에 지쳐 있는지를 느꼈다. 그래서 가만히 앉아 있었다. 그러곤 바로 잠이 들었다. 어머니의 명령에 따라, 감사하는 마음으로 정신없이 잠을 자면서 꿈을 꾸었다. 그건 오랫동안 꾸었던 그 어떤 꿈보다도 더 뚜렷하고 아름다운 꿈이었다.

나는 고풍스러운 응접실에 앉아 기다리고 있었다. 처음에는 내가 어느 고위층의 집에 와 있다는 것밖에 아무것도 몰랐다. 그때, 나를 맞아 줄 사람은 괴테 씨라는 생각이 불쑥 떠올랐다. 유감스럽게도 나는 전적으로 개인적인 신분으로 여기에 온 것이 아니라 어떤 잡지의 기자로 온 것이었다. 이것이 몹시 거슬렸다. 나는 어떤 악마가 나를 이런 상황에 처넣었는지 알 수 없었다. 게다가 전갈 한 마리가 나를 불안하게 했다. 아까부터 내 다리 위로 기어오르려고 하는 것이었다. 나는 그 작고 검은 절지동물을 흔들어 떼어 놓기는 했지만 지금 그놈이 어디 숨어 있는지 알 수가 없었으므로 어느 쪽으로도 움직일 수 없었다.

나는 실수로 괴테 집이 아니라 마티손[5]의 집에 와 있는 것이 아닌지, 그것조차 확신이 서질 않았다. 그러나 나는 꿈속에서 마티손을 뷔르거[6]와 혼동했다. 나는 「몰리에게 보내는 시」를 마티손의 작품으로 생각했기 때문이다. 그 밖에도 나는 몰리와 만나기를 무척 바라고 있었다. 나는 그녀를 놀랍도록 아름답고, 음악처럼 부드러우며, 해 질 녘처럼 편안한 여자로 그리고 있었다. 내가 저 저주스러운 편집부 일로 이곳에 와 있지만 않다면 얼마나 좋을까. 불쾌감이 점점 더 자라나서 또 괴테 쪽으로 옮겨 갔으므로, 나는 그에 대해 갑자기 의심을 품고 마음속으로 비난을 퍼부었다. 이런 기분으로 만나게 되다

5) 독일 고전주의 시기에 인기 높았던 시인 프리드리히 폰 마티손 (1761~1831).
6) 독일 질풍노도 시기에 활동한 시인 고트프리트 아우구스트 뷔르거 (1747~1794).

니 퍽이나 멋진 알현이 되겠다! 그러나 그 전갈이란 놈은 위험하고 또 아주 가까이에 숨어 있을 테지만 그렇게 못되진 않았다. 그것은 어쩌면 어떤 유익한 것을 의미할 수도 있지 않을까. 그 전갈이 몰리와 어떤 관계가 있어, 일테면 그녀의 전령이라든가 그녀의 문장(紋章)일 수도 있을 것 같았다. 여성스러움과 죄악을 상징하는 아름답고도 위험한 문장 말이다. 그 전갈은 어쩌면 불피우스[7]라는 이름을 가졌을지도 모른다. 그러나 그때 시종이 문을 확 열어젖혔고, 나는 일어나 안으로 들어갔다.

거기 자그마하고 몹시 점잔 빼는 늙은 괴테가 서 있었다. 그의 고전주의자다운 가슴에는 두툼한 별 모양의 훈장이 반듯하게 달려 있었다. 그는 여전히 다스리는 자의 풍모를 보였다. 여전히 알현을 받고, 여전히 그의 바이마르 박물관에서 세계를 통제하고 있는 것 같았다. 그도 그럴 것이 나를 보자마자 그는 늙은 까마귀처럼 고개를 끄덕이며 근엄하게 말했던 것이다. "그래, 젊은이, 그대들은 우리와 우리의 노력에 동의하지 않는단 말이지?"

"그렇습니다." 나는 그의 재상다운 눈초리에 바짝 얼어붙은 목소리로 말했다. "우리 젊은 사람들은 사실 당신 생각에 동의하지 않습니다, 각하. 우리가 보기에 당신은 너무 격식을 차리고 계십니다. 너무 허식적이고 점잔을 빼고, 성실하지 못합니다. 이것이 중요한 것입니다. 너무 솔직하지 못하단 말입니다."

이 자그마한 노인은 꼿꼿한 머리를 앞으로 약간 숙였다. 그

---

7) 괴테의 아내 크리스티아네 불피우스(1765~1816).

가 엄숙하게 꽉 다문 입을 풀고 미소를 지으며 넋을 빼 놓을 만큼 활기를 띠기 시작했을 때, 갑자기 내 가슴은 뛰었다. 왜냐하면 갑자기 「황혼이 하늘에서 내려오다」[8]라는 시가 생각났고, 그 시의 낱말 하나하나가 모두 이 사람의 입에서 나온 것이라는 생각이 떠올랐기 때문이다. 사실은 이미 이 순간 나는 완전히 무장해제되고 압도되어서, 그 앞에 무릎이라도 꿇고 싶은 심경이 되었다. 그러나 나는 꿋꿋하게 버티고 서서 그의 미소 띤 입에서 나오는 말을 들었다. "그래, 그대는 내가 성실하지 못하다고 비난한단 말이지? 그게 도대체 무슨 말인가! 좀 자세히 설명해 줄 수 있겠나?"

나는 기꺼이 설명했다.

"괴테 선생님, 당신은 위대한 사람들이 다 그렇듯이, 인간의 삶이란 것이 참으로 의문스럽고 희망도 없다는 걸 알고 또 느끼셨습니다. 순간은 찬란하게 빛나다가도 비참하게 조락하는 것이며, 아름다운 감정의 절정도 일상이라는 감옥을 감수한 대가로서만 주어지는 것이고, 정신의 왕국을 향한 저 불타는 동경도 자연의 잃어버린 순수성에 대한 타오르는 성스러운 사랑과 영원히 필사적인 투쟁을 벌이고 있는 것입니다. 결코 완성되지 못하고, 그저 딜레탕트처럼 실험만 일삼는 것, 이러한 허무가 인간에게 선고된 운명입니다. 간단히 말해서 인간은 어떠한 전망도 하지 못하며, 다만 과도한 자부심과 활활 타오르는 절망감만 간직하고 있다는 말입니다. 당신은 이 모든 것

---

8) 괴테가 1827년에 쓴 연작시 가운데 여덟 번째 시.

을 알고 계시고 가끔은 이러한 생각을 신조로 삼은 적도 있습니다. 그러나 당신은 당신의 생애 전체로 그 정반대의 것을 설교하셨고, 믿음과 낙관을 표명하셨습니다. 당신은 우리의 정신적인 노력이 지속될 것이며 의미 있는 일이라고 자신과 다른 사람들에게 시연(試演)해 보이셨습니다. 당신은 심연을 신봉하는 사람들과 좌절당한 진리의 목소리를 거부하고 억압하셨습니다. 당신 자신에 대해서도 그렇고 클라이스트나 베토벤에 대해서도 그렇습니다. 당신은 수십 년 동안 지식과 수집한 물건들을 차곡차곡 쌓아 놓는 것이, 편지를 쓰고 또 모으는 것이, 당신이 바이마르에서 노년을 보내던 그런 모습 전체가 마치 정말로 순간을 영원화하는 길이라도 되는 양 행동했습니다. 그렇지만 당신이 할 수 있었던 것은 단지 당신이 그저 가면으로나 양식화할 수 있었던 자연을 정신화하기 위해 순간을 미라로 만들어 놓은 데 불과합니다. 이것이 우리가 당신이 불성실하다고 비판하는 이유입니다.”

늙은 재상은 생각에 잠겨 내 눈을 뚫어지게 바라보았다. 입에는 여전히 미소를 머금은 채였다.

그때 그는 나에게 퍽이나 놀라운 질문을 했다. “그렇다면 틀림없이 모차르트의 「마술피리」도 자네 맘에 들지 않겠구먼?”

나는 항의하려고 했으나 그는 이미 말을 이어 가고 있었다. “「마술피리」는 인생을 달콤한 노래로 그리고, 어떤 영원한 것, 신적인 것뿐만 아니라 우리의 감정마저 찬양하고 있다네. 우리의 감정이란 허무한 것인데 말일세. 「마술피리」는 클라이스트의 취향에도 베토벤의 취향에도 맞지 않는다네. 그건 낙관과 믿음을 설교하고 있지."

"저도 알고 있습니다." 나는 화가 나서 외쳤다. "맙소사, 당신은 어떻게 하필이면 제가 세상에서 가장 좋아하는 「마술피리」에 생각이 미치셨습니까! 아무튼 모차르트는 당신처럼 여든두 살까지 살지도 않았고, 자신의 개인적인 삶에 영속이니 질서니 하는 점잔 빼는 위엄 따위를 요구하지도 않았습니다! 그는 당신처럼 자신이 잘났다고 생각하지 않았습니다. 그는 가난하게 요절했습니다. 비참하게, 사람들에게 제대로 이해받지도 못한 채……."

숨이 가빠졌다. 천 가지 얘기도 이제 열 단어 이내로 해야 할 판이었다. 이마에서 땀이 나기 시작했다.

그러나 괴테는 매우 상냥했다. "내가 여든두 살이나 되었다는 건 어찌 됐든 용서받을 수 없는 일일 걸세. 내가 오래 산데 대해 느끼는 만족은 자네가 생각하는 것보다 적다네. 자네 말이 맞았어. 불멸에 대한 거대한 욕구가 늘 내 마음을 가득 채웠고, 나는 항상 죽음을 두려워하고 죽음과 맞서 싸워 왔다네. 나는 죽음과의 싸움이, 무조건적이고 집요한 삶의 의지가 모든 위대한 사람들을 행동하고 살아가게 하는 추진력이라고 믿네. 그렇지만 젊은이! 나는 사람은 언젠가는 죽는다는 사실을 여든두 살의 생애로 설득력 있게 증명해 보인 셈이라네. 그건 내가 소년 시절에 죽었어도 마찬가지였을 걸세. 이런 얘기가 나를 정당화할 수 있다면 한 가지만 더 말하고 싶네. 나의 천성에는 어린애 같은 면이 많다네. 호기심도, 놀고 싶은 마음도, 빈둥빈둥 시간을 보내고 싶은 마음도 많다네. 언젠가는 그 놀이도 끝나지 않을 수 없다는 걸 깨닫기까지는 많은 시간이 걸렸다네."

이렇게 말하면서 그는 교활하게 웃었다. 장난기 가득한 웃음이었다. 그의 몸집은 어느새 더 커져 있었고, 거드름 피우는 태도와 경직된 위엄을 보이던 얼굴 표정은 사라졌다. 그러자 우리 주위의 대기는 이제 온통 멜로디로, 오로지 괴테의 노래 선율로 가득 찼다. 나는 거기서 모차르트의 「제비꽃」과 슈베르트의 「너 또다시 숲과 골짜기를 채웠도다」를 똑똑히 가려낼 수 있었다. 괴테의 웃는 얼굴은 이제 장밋빛으로 발그레한 것이 젊은이의 낯빛이 되어서, 어찌 보면 모차르트와, 어찌 보면 슈베르트와 형제간처럼 닮아 가는 것이었다. 가슴에 단 별 모양의 훈장도 순전히 들꽃으로 된 것이었고, 그 한가운데에 노란빛 앵초가 기쁜 듯 방실방실 피어나고 있었다.

늙은 괴테가 이런 식으로 장난치듯이 내 물음과 비판을 빠져나가려고 하는 것이 썩 내 마음에 내키는 건 아니어서 나는 비난하는 투로 그를 쏘아보았다. 그러자 그는 몸을 앞으로 숙이고, 완전히 어린아이처럼 되어 버린 입을 내 귀에 바싹 대고는 나직이 속삭였다. "젊은이! 자네는 늙은 괴테를 너무 진지하게 대하고 있네. 이미 죽어 버린 옛사람들은 그렇게 진지하게 생각할 필요가 없다네. 그건 그 사람들에게 몹쓸 짓을 하는 거라네. 우리처럼 불멸하는 사람들은 진지하게 생각하는 것을 좋아하지 않는 법이야. 우리는 즐거움을 좋아하지. 젊은이! 진지함이란 시간의 문제라네. 이것만큼은 자네에게 일러 줘야겠네. 진지함이란 시간을 과대평가하는 데서 생겨나는 거라네. 나도 한때는 시간의 가치를 과대평가한 적이 있었네. 그래서 백 살까지 살고 싶어 했지. 그러나 영원 속에선, 자네도 알다시피, 시간이란 없다네. 영원은 한순간에 불과한 것이라네. 즐거운 일을 하나쯤 할 수 있는 딱 그만한 시간이지."

정말이지 이 노인과는 진지한 말은 더 이상 한 마디도 나눌 수 없었다. 그는 만족한 얼굴로 춤추듯이 유연하게 위아래로 뛰어다녔고, 훈장에서 앵초를 뽑아 로켓처럼 쏘아 올리는가 하면, 또 곧 작게 만들어서 없애 버렸다. 그가 멋진 스텝을 밟으며 유연한 모습으로 춤을 추는 동안, 나는 이 사람은 적어도 춤 배우는 걸 주저하지는 않았을 거라고 생각하지 않을 수 없었다. 그는 멋지게 춤을 출 줄 알았다. 그때 갑자기 다시 전갈 생각이 났다. 아니 오히려 몰리 생각이 났다. 그래서 괴테에게 외쳤다. "몰리 없어요?"

괴테는 큰 소리로 웃었다. 그는 책상으로 가서 서랍을 열더니 가죽인지 벨벳인지 모를 것으로 만든 값비싼 통을 하나 꺼내 열고는 내 눈앞에 갖다 댔다. 거기엔 아주 작고 온전한 여자의 다리가 검은 비로드 위에서 엷은 빛을 발하고 있었다. 그것은 매혹적인 다리였다. 무릎을 조금 구부리고, 발을 아래로 뻗은 채, 너무나 귀여운 발가락까지 드러내고 있었다.

나는 손을 뻗어 나를 홀딱 반하게 한 그 작은 다리를 잡으려고 했다. 그러나 내가 손가락 두 개로 잡으려고 하자마자, 그 장난감이 순간적으로 꿈틀하고 움직이는 것 같았다. 그래서 갑자기 이것이 전갈일지도 모른다는 의심이 생겼다. 괴테는 다 알고 있는 것 같았고, 심지어 그것을 원해서 의도적으로 그렇게 한 것 같기도 했다. 이 깊은 당혹감, 갈망하면서도 두려워하는 이 발작적인 분열을 말이다. 그는 이 매혹적인 작은 전갈을 내 얼굴에 바짝 갖다 대고는, 내가 그것을 갈구하는 것을, 내가 그 앞에서 두려워 움찔하는 것을 보았다. 이것이 그에게 큰 만족을 주는 것 같았다. 그가 이 사랑스럽고도 위험한 물건을 가지고 나를 놀리는 동안 그는 다시 아주 늙어 버렸다. 너무 늙어서 천 살은 되어 보였고 머리는 흰 눈처럼 백색이었다. 그 시들어 버린 노인의 얼굴은 조용히 소리 없이 웃었다. 심연처럼 깊은 노인의 유머로 속으론 맘껏 웃어댔던 것이다.

잠에서 깨어났을 때 나는 그 꿈을 잊어버리고 있었다. 나중에서야 다시 그 꿈 생각이 났다. 그 술집 테이블에 기대어 음악과 떠들썩한 소음 속에서 한 시간쯤 잔 모양이었다. 어떻게 그런 일이 가능했을까. 그 사랑스러운 소녀가 내 앞에 서서 한 손을 내 어깨에 얹었다.

"2~3마르크만 줘." 그녀가 말했다. "저기서 뭘 좀 먹었어."

나는 그녀에게 지갑을 주었다. 그녀는 그것을 가지고 가더니 곧 다시 돌아왔다.

"이제 잠깐 당신 옆에 앉아 있을 수 있지만 곧 가야 해. 약속이 있거든."

나는 깜짝 놀랐다. "누구와 약속이 있단 말이지?" 나는 다급하게 물었다.

"어떤 남자와 약속이 있어. 귀여운 하리. 그 남자가 '오데온

바'에 날 초대했어."

"아, 나는 네가 날 홀로 남겨 두지는 않으리라 생각하고 있었는데."

"그렇다면 당신이 날 먼저 초대했어야지. 그 남자가 선약을 해 버렸으니 어쩌지. 이제 당신은 돈을 절약한 셈이야. '오데온' 알아? 자정이 지나면 샴페인만 마시지. 안락의자에 흑인 악단도 있고. 정말 멋진 곳이야."

나는 이런 일이 있으리라고는 전혀 생각하지 못했다.

나는 애원조로 말했다. "아, 내가 널 초대하게 해 줘! 나는 당연히 그럴 거라고 생각했어. 우리는 이제 친구가 됐잖아. 네가 원하는 곳이면 어디든지 같이 가겠어. 제발."

"당신은 참 친절해. 그러나 약속은 약속이잖아. 초대를 받았으니 갈 거야. 이제 그 이야기는 그만해! 와서 한잔해. 병에 포도주가 남았어. 다 마시고 편안한 마음으로 집에 가서 푹 자. 그렇게 할 거라고 약속해 줘."

"안 돼, 난 집에 갈 수 없어."

"아, 또 그 이야기군. 아직도 그 괴테를 정리하지 못했어? (이 순간 다시 괴테가 나타났던 꿈이 생각났다.) 정말 집에 갈 수 없다면, 그냥 여기 있어도 돼. 저기 손님들을 위한 방이 있어. 하나 부탁해 놓을까?"

나는 그것으로 됐다고 말하고, 언제 그녀를 다시 볼 수 있는지, 그녀가 어디서 사는지를 물어보았지만 그녀는 대답해 주지 않았다. 조금만 찾으면 곧 만나게 될 거라고만 했다.

"내가 널 초대하면 안 되겠어?"

"어디로?"

"네가 좋아하는 곳이면 어디든지 좋아. 네가 좋은 때에."

"좋아. 화요일 저녁 알텐 프란치스카너 2층에서 만나. 그럼, 그때 보자고."

그녀는 내게 손을 내밀었다. 그제야 나는 그녀의 손을 똑똑히 볼 수 있었다. 그녀의 목소리에 딱 어울리는 손이었다. 아름답고 도톰하고 부드럽고 재주 있게 생긴 손이었다. 내가 그녀의 손에 입을 맞추었을 때 그녀는 조롱하듯이 웃었다.

그리고 마지막 순간에 그녀는 한 번 더 내 쪽으로 몸을 돌리더니 말했다. "조금 더 할 말이 있어. 괴테에 대한 거야. 당신이 괴테의 그림을 보고 참지 못한 거, 당신이 괴테에 대해서 느끼는 그런 감정을 나도 때때로 성인(聖人)들에 대해서 느껴."

"성인들에 대해서라고? 너는 신앙심이 강한 모양이지?"

"아니, 유감스럽게도 그렇지 않아. 그래도 한때는 그런 적이 있었어. 그리고 언젠가는 다시 그럴 거야. 지금이야 신앙심을 가질 시간이 없잖아."

"시간이 없다고? 그것도 시간이 필요한가?"

"그럼. 신앙심을 가지려면 시간이 필요해. 심지어 그 이상의 것도 필요하지. 시간에 얽매이지 않는 것 말이야. 당신은 진심으로 신앙심을 가질 수도 없고, 현실에 살면서도 현실을 진지하게 생각할 수도 없어. 시간이든, 돈이든, 오데온 바든, 무엇이든 말이야."

"이해하겠어. 하지만 그것이 성인과 무슨 관계가 있단 말이지?"

"내가 특별히 좋아하는 성인들이 있어. 성 스테파노나 성 프란체스코 같은 성인들. 때때로 난 이들의 그림이나 구세주 예수나 성모 마리아를 그린 그림을 보는데, 모두가 기만적이고 멍청한 날조된 그림들이지. 당신이 괴테의 그림을 보고 느끼는 것과 똑같이 나도 이 그림들을 보면 참을 수가 없어. 난 그렇게 우아하고 멍청한 구세주나 성 프란체스코의 초상을 볼 때마다, 그리고 다른 사람들이 그 그림을 아름답고 교훈적이라고 생각하는 걸 볼 때마다, 내게는 그것이 진짜 구세주에 대한 모욕과 같이 느껴져. 그런 멍청한 그림이 사람들에게 만족을 준다면 예수는 왜 살아서 그렇게 엄청난 고통을 겪었을까 하는 생각마저 들어. 그렇다고 해도 나의 구세주 상이나 프란체스코 상 역시 인간의 상에 불과하며, 원래의 모습에 비추어 충분한 것이 못 된다는 것도 알아. 구세주에게는 내 내면의 구세주 상도 터무니없고 불충분하게 보일 거야. 저 우아하게 꾸민 복제물들이 나에게 그렇게 보이듯이 말이야. 당신이 그 괴테 초상화에 대해 언짢아하고 화를 내는 건 당연하다는 뜻으로 이 말을 하는 게 아니야. 당신이 그러는 건 옳지 못해. 내가 이 말을 하는 건 내가 당신을 이해할 수 있다는 걸 보여 주기 위해서야. 당신들 학자와 예술가들은 머릿속이 별의별 이상한 것들로 가득 차 있지. 그러나 당신네도 다른 사람과 똑같은 인간이고, 우리 보통 사람들도 머릿속에 우리의 꿈과 놀이가 있어. 당신은 학자니까 나에게 그 괴테 이야기를 어떻게 설명해야 좋을까 하고 조금 난처해했지. 난 그걸 느꼈어. 당신은 당신의 이상적인 이야기들을 이 단순한 소녀에게 이해시키려고 애를 썼지. 이제 당신에게 알려 주고 싶어. 그렇게 애쓸 필요가 없다고. 나는 당신을 이미 이해하고 있어. 자 이제 그만! 당신은 좀 자야 해."

그녀는 갔다. 한 늙은 종업원이 나를 3층으로 안내해 주었다. 아니 오히려 그는 먼저 나의 짐이 어디 있는지를 물었고, 짐이 없다는 말을 들은 후 나에게 '숙박비'를 먼저 지불하게 한 다음, 나를 낡고 어두침침한 계단을 통해 윗방으로 데리고 가서 혼자 남겨 두고 가 버렸다. 방엔 다리가 짧고 딱딱한 나무 침대가 휑하니 놓여 있었고, 벽에는 휘어진 군도(軍刀)와 가리발디의 채색 초상화, 어느 축제 때 사용했던 것 같은 시든 화환이 걸려 있었다. 잠옷을 빌릴 수 있었다면 많은 돈을 치르더라도 빌렸을 것이다. 그래도 물이 나오고 작은 수건이 있어서 나는 몸을 씻을 수 있었다. 옷을 입은 채로 침대 위에 누워 불을 켜 놓은 채 생각에 잠겼다. 어쨌든 괴테 일은 이제 정리가 되었다. 그가 꿈에서나마 나에게 와 주었다는 건 기분 좋은 일이었다! 그리고 그 이상한 소녀! 그녀의 이름이라도 알아 두었으면 좋았을걸! 그녀는 갑자기 나타난 한 사람의 인간이었다. 그녀는 흐릿한 유리종 같은 나의 무감각 상태를 깨부수고 나에게 손을 내민, 그 선하고 아름답고 따뜻한 손을 내민 살아 있는 인간이었다. 그녀로 인하여 갑자기 나와 관계가 있는 일들이, 내가 기쁨과 근심과 긴장감을 가지고 생각할 수 있는 일들이 다시 생겨난 것이다! 갑자기 문이 열리더니 삶이 내게로 걸어 들어온 것이다! 어쩌면 다시 살 수 있을지도 모른다. 어쩌면 다시 인간이 될 수 있을지도 모른다. 한데에서 잠들어 얼어 죽어 가던 나의 영혼이 다시 숨을 쉬었고, 졸린 듯 작고 약한 날갯짓을 시작했다. 괴테는 내 곁에 있었던 것이다. 한 소녀가 나에게 먹으라고, 마시라고, 자라고 명령했고, 나에게 친절을 보였고, 나를 비웃었고, 나를 어리석고 작은 소년이라고 부른 것이다. 그녀, 이 이상한 여자 친구는 또한 성인들에 대해 이야기했고, 내가 아무리 이상하고 터무니없는 일을 한다 해도 절대 이해받지 못하는 외톨이가 아니며, 병적이고 예외적인 존재도 아니라고 일러 주었다. 내게도 형제가 있으며, 사람들이 나를 이해한다는 걸 보여 준 것이다. 그녀를 다시 만날 수 있을까? 그래, 분명히 만날 수 있다. 그녀에게는 믿음이 갔다. "약속은 약속이니까."

나는 곧 다시 잠들었다. 네다섯 시간을 잤다. 눈을 떴을 땐 열 시가 지나 있었다. 옷은 온통 구겨져 있었고, 온몸이 곤죽이 되어 기운이 하나도 없었다. 머릿속에선 어제의 끔찍한 일이 떠올랐다. 그러나 다른 한편으론 활기가 생기고 희망이 부풀고 온통 좋은 생각들이 가득했다. 집으로 돌아가면서 나는 어젯밤 이 귀로에서 가졌던 무서운 감정을 더 이상 느끼지 않았다.

남양삼나무 위쪽에 있는 계단에서 나는 집주인 '아주머니'를 만났다. 그녀와 얼굴이 마주치는 일은 드물었지만 나는 그녀의 상냥한 품성을 매우 좋아하고 있었다. 이 만남이 내게는 편치 않았다. 그도 그럴 것이 나는 좀 칠칠치 못한 모습을 하고 있었던 것이다. 외박을 한 데다 머리도 빗지 않고 면도도 하지 않은 채였다. 나는 인사를 하고 지나치려고 했다. 이제까지 그녀는 줄곧 내가 조용히, 고독하게 지내고 싶어 한다는 걸 존중해 주었던 터인데, 오늘은 정말이지 나와 세상 사이에 가로놓인 장막이 걷히고, 벽이 무너진 것 같았다. 그녀는 웃으면서 서 있었다.

"산책하신 모양이지요, 할러 씨. 밤새 한잠도 주무시지 않았지요. 몹시 피곤하시겠어요."

"네, 그래요." 나도 웃지 않을 수 없었다. "어젯밤에 좀 신나는 일이 있었어요. 당신 댁에 방해가 될까 봐 호텔에서 잤습니다. 나는 조용하고 격식을 지키는 이 집을 무척 존중한답니다. 때로 나 자신이 이 속에서 이물질 같다는 생각이 들곤 한답니다."

"놀리지 마세요, 할러 씨!"

"아닙니다. 저는 저 자신을 비웃고 있을 뿐입니다."

"그러시면 안 돼요. 저희 집에서 '이물질'같이 느껴서는 안 됩니다. 당신 마음 내키는 대로 사시고, 하고 싶은 대로 하셔야지요. 저는 지금까지 대부분 매우 점잖은 사람들에게 방을 빌려주었지요. 모두 참 훌륭한 사람들이었습니다. 그러나 당신처럼 조용하고, 우리에게 폐가 되지 않았던 사람은 없었어요. 그건 그렇고, 차 한잔하시겠어요?"

나는 마다하지 않았다. 조상들의 멋진 초상화와 가구로 가득 찬 응접실에서 나는 차 대접을 받았다. 우리는 잡담을 좀 했다. 이 상냥한 부인은, 물론 따로 물은 건 아니지만, 나의 삶과 생각에 관한 이런저런 이야기를 들었다. 그녀는 관심을 가지면서도 아주 진지하게 받아들이지는 않는 어머니 같은 태도로 귀를 기울였는데, 그건 영리한 부인이 남편의 터무니없는 이야기를 들을 때 보이는 그런 태도였다. 그녀의 조카에 대한 이야기도 나왔다. 그녀는 옆방에서, 그가 요즈음 퇴근 후 저녁 시간에 매달려 만들고 있는 라디오를 보여 주었다. 그 부지런한 젊은이는 밤마다 저기에 앉아서, 무선 전신이라는 아이디어에 넋을 잃고 기술의 신 앞에 경건하게 무릎을 꿇고 기도하는 마음으로 그 기계를 만드는 것이다. 그 기술의 신이란 것도 실은 사상가들이 이미 알고서 재치 있게 이용한 물건들을 수천 년 후에 발견하고 지극히 불완전하게 재연해 낸 것에 불과한데 말이다. 우린 그런 이야기를 했다. 아주머니는 좀 종교적인 성향이 있어서 종교적인 대화를 싫어하지 않았기 때문이다. 나는 그녀에게 이런 이야기를 들려주었다. 모든 힘과 행위가 어디에나 존재한다는 것은 고대 인도인들에게는 익히 알려져 있던 사실이고, 라디오 기술은 이 편재해 있는 존재 중 하나인 음파를 잡기 위해 처음에는 지독히 불완전한 수신기와 송신기를 조립해 냄으로써 이러한 사실의 한 조각을 일반에게 인식시킨 데 지나지 않는다. 저 고대의 핵심적인 인식, 즉 시간은 실재하지 않는다는 인식은 지금까지 기술에 의해서 주목받지 않고 있지만, 결국에는 '발견'되어 부지런한 기술자의 손에 맡겨질 것이다. 파리나 베를린에서 연주된 음악을 프랑크푸르트나 취리히에서도 들을 수 있게 된 것처럼 아마 가까운 장래에는 현재의 순간적인 영상들과 사건들이 끊임없이 우리에게 밀려 들어올 뿐 아니라, 과거에 일어난 일들도 모두 이와 마찬가지로 기록되고 재현되어서, 언젠가는 유선이든 무선이든 간에 잡음이 있든 없든 간에 솔로몬 왕이나 발터 폰 데어 포겔바이데[9]가 말하는 걸 듣게 될 것이다. 이 모든 것은, 오늘날 초기 라디오가 그렇듯이, 인간이 자신과 자신의 목표에서 도피하여 점점 더 촘촘해지는 오락과 쓸데없는 일의 그물망으로 자신을 둘러싸게 하는 데 보탬이 될 뿐이다. 그러나 나는 내가 잘 알고 있는 이 모든 것들을 평소처럼 시대와 기술에 대해 분노하고 조롱하는 말투로 이야기한 것이 아니라 농담조로 장난스럽게 이야기한 것이어서 아주머니는 미소를 띠며 들었다. 우리는 한 시간쯤 같이 앉아서 차를 마셨고, 모두 흡족한 기분이었다.

내가 '검은 독수리'에서 본 그 아름답고 이상한 소녀를 만나기로 한 날은 화요일 저녁이었다. 그때까지 시간을 보내는 일이 나에게는 무척 힘들었다. 마침내 화요일이 왔을 때, 내가 이 미지의 소녀와 맺고 있는 관계가 내게 얼마나 중요한 것인지가 놀라우리만치 분명해졌다. 나는 그녀만을 생각했고, 그녀에게서 모든 것을 기대했고, 그녀에게 애원하고, 모든 것을 바칠 각오가 되어 있었다. 그렇다고 그녀에 대한 사랑에 빠진 건 아니었다. 그녀가 약속을 깨거나 잊을 수도 있다는 생각만 떠올려 보아도 분명히 알았다. 그러면 나에게 어떤 일이 일어날지를 말이다. 세상은 다시 텅 비어 버릴 것이고, 하루하루가 우울하고 가치 없이 지나갈 것이며, 모든 것이 소멸한 무시무시한 정적이 내 주위를 완전히 둘러싸, 면도칼 이외에는 이 적

---

9) 13세기에 인기 높았던 중세 독일의 음유시인.

막한 지옥을 탈출할 길이 없을 것이다. 면도칼은 그 며칠이 지나도록 조금도 나와 친해지지 않았고, 그 섬뜩함을 조금도 잃지 않았다. 바로 이것이 끔찍한 것이었다. 나는 목을 자른다는 데 대해 마음을 짓누르는 엄청난 공포를 느끼고 있었다. 내가 몹시 건강한 인간이고 내 삶이 낙원이라도 되는 양, 나는 거칠고 끈질기게 거역하고 반항하면서 죽음을 두려워하고 있었다. 나는 냉정하고 분명하게 내 삶에 대해 완전히 알고 있었다. '검은 독수리'에서 춤을 추던 그 작고 귀여운 미지의 소녀를 나에게 그토록 소중하게 만든 것은 바로 '살 수 없음'과 '죽을 수 없음' 사이에 놓인, 이 견딜 수 없는 긴장이라는 것을 나는 알고 있었다. 그녀는 내 칠흑같이 어두운 공포의 동굴에 난 작은 창이요, 한 자락 빛이 비쳐 드는 조그만 구멍이었다. 그녀는 구원이었고, 자유로 가는 길이었다. 그녀는 나에게 사는 법을 가르쳐 주거나 죽는 법을 가르쳐 주어야 한다. 그녀는 그 야무지고 예쁜 손으로 나의 굳어 버린 가슴을 만져, 그것이 삶과 접촉하면서 꽃을 피우거나, 아니면 재로 사그라져 버리도록 해야 한다. 그녀가 어디서 그런 힘을 끌어냈는지, 그녀의 마력은 어디서 왔는지, 어떤 비밀스러운 이유에서 그녀가 나에 대해 갖는 이 깊은 의미가 자라났는지, 그런 것들을 나는 곰곰이 따져 볼 수 없었다. 어쨌거나 그건 매한가지였다. 그런 따위를 안다는 것은 내겐 아무런 의미가 없었고, 그것을 인식하고 통찰한다는 것은 털끝만치도 중요하지 않았다. 인식이나 통찰은 너무 많아서 탈이다. 내가 가장 쓰라리게 고통을 당하고 가장 수치스럽게 조롱을 당하는 것은, 내가 자신의 상태를 너무 분명하게 알고, 너무나 잘 인식하고 있다는 바로 그 사실 때문이다. 나는 이놈을, 이 황야의 이리라는 짐승을 거미줄에 걸린 파리처럼 눈앞에서 보았다. 그의 운명이 결단을 향해 휘둘려 가는 것을 보았고, 거미줄에 얽혀 꼼짝 못 하고 걸려 있는 것을 보았고, 거미가 잡아먹으려고 달려드는 것을 보았고, 그때 바로 옆에서 구원의 손이 나타나는 것을 보았다. 나의 고뇌, 마음의 병, 기행(奇行), 노이로제의 원인과 연관에 대해 나는 제법 영리하고 통찰력 있는 말을 할 수도 있었을 것이다. 그 구조를 훤히 알고 있는 터였으니까. 그러나 나에게 필요한 것, 내가 절망적으로 동경한 것은 지혜나 이해가 아니라 체험과 결단, 충격과 도약이었다.

그 며칠을 기다리는 동안 소녀가 약속을 지키리라는 것을 한 번도 의심하지는 않았지만, 마지막 날에는 몹시 흥분되고 불안했다. 내 인생에서 이렇게 안달하며 저녁이 오기를 기다린 적은 없었다. 그 긴장과 초조는 나를 거의 견딜 수 없는 지경으로 몰아 댔지만, 그것은 또한 동시에 이상하리만치 기분 좋은 일이었다. 그건 오랫동안 아무것도 기다린 적이 없고, 아무것도 기대한 적이 없는 무감각해진 나에겐 상상할 수 없을 정도로 새롭고 멋진 일이었다. 종일 불안과 두려움과 강렬한 기대에 휩싸여 안절부절못하고 돌아다니며, 만나서 이야기할 저녁의 일들을 미리 머릿속에 그려 보고, 그것을 위해 면도를 하고 옷을 차려입는다는 것(각별히 신경을 써서 새 내의와 새 넥타이를 입고 구두에 새 끈을 매었던 것이다.)은 신나는 일이었다. 이 영리하고 비밀에 싸인 작은 소녀가 어떤 사람이든, 그녀가 어떻게 나와 이런 관계에 이르게 되었든, 그런 건 나에게는 아무런 상관이 없었다. 그녀가 거기 있었고, 기적이 일어난 것이며, 나는 한 번 더 인간을 발견했고, 삶에 대한 새로운 관심을 찾아낸 것이다! 중요한 것은 이것이 계속되어야 한다는 것이었고, 이 흡인력에 내 몸을 맡기는 것이었고, 이 별을 쫓는 것이었다.

그녀를 다시 본 순간을 잊을 수 없다! 나는 그 고풍스럽고 쾌적한 레스토랑(그럴 필요도 없었는데 나는 쓸데없이 전화로 자리를 미리 예약했다.)의 작은 테이블에 앉아서 메뉴판을 훑어보고 있었다. 물잔엔 그녀를 위해 사 온 예쁜 난초 두 송이를 꽂아 두었다. 한참 동안 그녀를 기다려야 했지만, 그녀가 틀림없이 오리라고 확신했기 때문에 그다지 흥분하지는 않았다. 마침내 그녀가 왔다. 옷 맡기는 데서 잠시 멈춰 서더니, 밝은 회색의 눈을 깜박거리며 주의 깊고 약간 음미하는 듯한 눈짓으로 나에게 인사했다. 나는 웨이터가 그녀를 어떻게 대하는지를 의심하는 눈으로 유심히 살펴보았다. 그러나 그건 괜한 걱정이었다. 그는 스스럼없이 굴지 않고, 적당한 거리를 두면서 말할 나위 없이 공손했던 것이다. 그렇지만 그들은 서로 아는 사이였다. 그녀는 그를 에밀이라고 불렀다.

내가 그녀에게 난초를 건네주었을 때, 그녀는 기뻐하면서 웃었다. "고마워, 하리. 당신은 나에게 선물을 하고 싶었던 거지. 그렇지. 그런데 무엇을 선택해야 할지 몰랐고, 당신이 도대체 나에게 선물할 만한 입장인지, 내가 그걸 모욕으로 느끼지 않을지도 확실히 자신할 수 없었을 거야. 그래서 당신은 난초를 산 거고. 그건 꽃에 불과하지만 아주 비싸잖아. 아무튼 고마워. 그렇지만 미리 말해 두는데, 나는 당신에게 선물을 받는 걸 원치 않아. 나는 남자들 돈으로 생활하지만, 당신 돈으로 생활하고 싶지는 않아. 그건 그렇고 어떻게 이렇게 변한 거지? 못 알아볼 정도야. 얼마 전까지만 해도 당신은 덫에서 막 건져 낸 짐승 같았는데 지금은 거의 다시 인간이 됐어. 그런데 내 명령은 실행했나?"

"명령이라니?"

"이렇게 잘 잊다니! 이제는 폭스트롯[10]을 출 줄 아느냐 말이야. 당신은 내게 명령을 받는 것보다 더 바라는 것이 없으며, 나에게 복종하는 것보다 더 좋은 일은 없다고 말했잖아. 벌써 잊은 거야?"

"아, 그래! 그건 진심으로 한 말이지."

"그런데도 아직 춤을 배우지 않았단 말이지?"

"그걸 그렇게 빨리, 며칠 새에 배울 수 있겠어?"

"물론이지. 폭스는 한 시간, 보스턴[11]은 두 시간이면 배울 수 있어. 탱고는 더 오래 걸릴 테지만 그것까지 배울 필요는 없고."

"그건 그렇고 이제 너의 이름을 알아야겠어."

그녀는 잠시 말없이 나를 쳐다보았다.

"어쩌면 당신이 알아맞힐 수 있을 거야. 당신이 알아맞힌다

---

10) 4분의 4박자의 사교춤.
11) 느린 미국식 왈츠.

면 나는 무척 기쁠 거야. 마음을 가다듬고 나를 잘 봐! 가끔 내가 소년 같은 얼굴을 하고 있다는 걸 못 느꼈어? 예를 들면 지금 같은 때 말이야."

그랬다. 그녀의 얼굴을 자세히 보니 그녀의 말대로였다. 그건 소년의 얼굴이었다. 내가 일 분쯤 그녀의 얼굴을 쳐다보고 있으려니까 그녀가 나에게 말을 하기 시작했다. 그녀의 얼굴은 나 자신의 소년 시절을 생각나게 했고, 그 당시의 내 친구를 생각나게 했다. 그의 이름은 헤르만이었다. 한순간 그녀는 완전히 헤르만으로 변신하는 것처럼 보였다.

"네가 소년이라면, 네 이름은 틀림없이 헤르만일 거야." 내가 좀 놀란 듯한 표정으로 말했다.

"내가 정말 헤르만인지 누가 알겠어. 단지 변장을 한 것뿐인지." 그녀는 장난스럽게 말했다.

"네 이름은 혹시 헤르미네가 아닌가?"

그녀는 내가 이름을 알아맞힌 것이 기쁜 듯 얼굴이 환해지면서 머리를 끄덕였다. 그때 막 수프가 와서 우리는 식사를 시작했다. 그녀는 어린아이처럼 흡족한 모습이었다. 그녀가 내 마음을 사로잡고 나를 매혹하는 것 중에서도 이것이 가장 귀엽고 독특한 것이었다. 그녀는 느닷없이 깊은 진지함에서 익살스러운 유쾌함으로, 또한 그 반대로도 넘어갈 줄 알았고, 그러면서도 전혀 자신의 본래 모습을 변화시키거나 왜곡시키지 않았던 것이다. 그것은 재주 있는 아이들에게서 볼 수 있는 그런 모습이었다. 이제 그녀는 어느 정도 쾌활해져서 폭스트롯을 가지고 날 놀리고, 발로 나를 툭툭 건드려 보기도 하고, 열

150

심히 음식을 칭찬하고, 내가 옷을 입는 데 상당히 신경을 썼다는 걸 인정해 주면서도 내 외모에서 비난할 것을 많이 발견하는 것이었다.

그러는 사이에 나는 그녀에게 물었다. "네가 갑자기 소년처럼 보이고, 내가 네 이름을 알아맞히리란 걸 어떻게 알았지?"

"아, 그건 다 당신이 한 거잖아. 당신은 그걸 이해 못 하겠어? 내가 당신 마음에 들고 당신에게 중요해진 건, 내가 당신에게 일종의 거울 같은 존재이기 때문이야. 내 내면에는 당신을 이해하고 당신에게 답을 줄 수 있는 무언가가 있어. 본래 모든 사람은 서로서로 상대를 위한 거울이어서, 서로 답을 주고받고 서로 조응하는 거지. 그러나 당신 같은 기인들은 괴팍하고 쉽게 마술에 걸리기 때문에, 다른 사람들의 눈에서 더이상 아무것도 볼 수 없고 읽어 낼 수도 없어. 세상에 어느 것 하나 중요하게 여기지 않지. 그런 기인이 느닷없이 그를 정말로 응시하는 얼굴, 그에게 어떤 대답을 줄 것 같고 어떤 친족성을 풍기는 그런 얼굴을 발견했을 때 기쁨을 느끼는 건 당연해."

"너는 모르는 게 없구나, 헤르미네." 나는 놀라 외쳤다. "네가 말한 그대로야. 그렇지만 너는 나와는 완전히 다른 인간이야. 너는 나와 정반대야. 너는 나에게 부족한 것을 모두 가지고 있어."

"그렇게 생각해? 그래. 그럼 됐어." 그녀는 잘라 말했다.

이제 내게는 정말이지 마술 거울같이 보이는 그녀의 얼굴 위로 한 자락 무거운 진지함이 구름처럼 흘렀다. 갑자기 얼굴

전체가 가면의 텅 빈 눈처럼 바닥 모를 진지함을, 비극을 말하고 있었다. 천천히, 단어 하나하나를 마지못해 뱉어 내기라도 하듯이 그녀가 말했다.

"당신이 나에게 한 말을 잊지 마! 당신은 말했잖아. 내가 당신에게 명령을 내려야 하고 내 명령에 따르는 것이 당신에게는 기쁨이라고 말이야. 그걸 잊지 마! 당신은 알아야 해, 하리. 내 얼굴이 당신에게 대답을 주고, 내 속에 있는 무언가가 당신과 통하고 당신의 신뢰를 불러일으키는 것처럼, 나로 인해 당신에게 어떤 일들이 일어나는 것처럼, 마찬가지로 나에게도 당신으로 인해 어떤 일이 일어나. 지난번 '검은 독수리'에서 당신이 그렇게 지치고 넋을 잃어 더 이상 이 세상 사람이 아닌 지경이 되어 들어오는 걸 보았을 때, 나는 금방 알았어. 이 사람은 내 말에 따를 것이고, 내가 자기에게 명령해 주기를 갈망하고 있다, 그리고 나는 그렇게 할 것이라는 걸 말이야. 그래서 내가 당신에게 말을 건 것이고, 그래서 우리는 친구가 된 거지."

그녀는 몹시 진지하게, 마음에 큰 부담을 느끼며 이야기했기 때문에, 나는 그녀의 말에 완전히 맞장구를 치지는 못했고, 그녀를 안정시키기 위해 화제를 다른 쪽으로 돌리려고 했다. 그녀는 눈썹을 약간 치켜뜨는 것으로 그것을 거부하고, 나를 옴짝달싹 못 하게 응시하더니 냉정한 목소리로 말을 계속했다. "거듭 말하지만 당신은 약속을 지켜야 해. 그렇지 않으면 후회할 거야. 당신은 나한테 많은 명령을 받고, 그 명령에 따를 거야. 그건 귀엽고 기분 좋은 명령이라 따르는 것이 당신에게도 즐거울 거야. 그리고 마침내 당신은 내 마지막 명령도 수행할 거야, 하리."

"그렇게 되겠지." 나는 거의 나도 모르게 말을 내뱉었다. "너의 마지막 명령은 뭐지?" 어째서 그런지는 모르지만 나는 그 마지막 명령이 무언지를 이미 예감하고 있었다.

가벼운 오한이 온 듯 그녀는 몸을 떨더니 깊은 생각에서 천천히 깨어나는 것 같았다. 그녀의 눈은 나를 놓아주지 않았다. 그녀의 얼굴은 갑자기 더 어두운 기색을 띠었다.

"당신에게 이 이야기를 하지 않는 게 현명할 거야. 하지만 난 현명하고 싶지 않아, 하리. 이번 일만은 그래. 나는 전혀 다른 것을 원해. 가만히 들어 봐! 당신은 그것을 듣고, 다시 잊어버리고, 그것 때문에 웃고 울 거야. 주의해서 들어 봐. 나는 당신과 생사를 건 도박을 할 거야. 그리고 나는 우리가 도박을 시작하기도 전에 당신에게 내 카드를 모두 보여 줄 거야."

그녀가 이 말을 할 때 그녀의 얼굴은 이 세상에선 볼 수 없는 초자연적인 아름다움을 발하고 있었다. 그녀의 눈엔 세상을 다 아는 자의 슬픔이 싸늘하면서도 밝은 빛으로 흐르고 있었다. 그 눈은 생각해 낼 수 있는 모든 고통을 이미 다 겪고, 그 고통을 말하고 있는 것처럼 보였다. 그녀의 입은 무언가의 방해를 받는 듯이 힘겹게 말을 이어 갔다. 엄청난 추위에 꽁꽁 얼어붙은 얼굴이 말을 하는 것 같았다. 그러나 입술 사이와 입꼬리 끝에서 언뜻언뜻 보이는 혀끝의 장난 속에는, 시선과 목소리와는 달리 지극히 달콤하고 유희적인 관능이, 내면의 쾌락에 대한 욕구가 흐르고 있었다. 단정하고 반듯한 이마엔 짧은 머리카락 하나가 걸려 있었다. 거기서부터, 그러니까 그 머리카락이 붙어 있는 이마 가장자리로부터, 때때로 활기찬 호흡처럼 소년스러움의 물결이, 즉 저 양성적인 마력이 용솟음쳤다. 두려운 마음으로 나는 그녀의 말에 귀를 기울였다. 마취된 듯한, 반쯤 넋을 잃은 듯한 상태였다.

"당신이 나를 좋아하는 건 앞서 말한 그 이유 때문이야." 그녀는 말을 계속했다. "내가 당신의 고독을 깨뜨려 버렸고, 당신을 지옥의 문 바로 앞에서 건져 내어 다시 눈을 뜨게 한 거지. 나는 당신이 나를 사랑하게 되길 원해. 가만 있어 봐. 잠자코 계속 들어 보라고! 당신은 나를 무척 좋아해. 나는 그걸 느껴. 그리고 당신은 나에게 감사하고 있어. 그러나 나에게 연정을 품고 있지는 않아. 나는 당신이 나를 사랑하도록 만들 거야. 그게 내 직업이니까. 나는 사내들이 나를 사랑하게 만듦으로써 살아가고 있으니까. 그러나 주의해야 할 게 있어. 내가 그렇게 하는 것은 당신이 매력적이라고 생각하기 때문이 아니라는 점이야. 나는 당신을 사랑하지 않아, 하리. 당신이 나를 사랑하지 않는 것과 마찬가지야. 당신은 지금 이 순간 나를 필요로 해. 당신은 절망에 싸여 있고, 당신에겐 당신을 물속에 처넣어 다시 활기를 불어넣어 줄 어떤 충격이 필요해. 당신은 내가 필요해. 춤추는 걸 배우기 위해서, 웃는 걸 배우기 위해서, 사는 걸 배우기 위해서 말이야. 그러나 나에게 당신이 필요한 건 지금이 아니라 훗날이야. 그것도 어떤 중요하고 멋진 일을 위해서지. 당신이 나를 사랑하게 되면 나는 당신에게 내 마지막 명령을 내릴 거야. 당신은 그것에 따를 것이고, 그건 당신을 위해서나 나를 위해서나 좋은 일일 거야."

그녀는 녹색 줄무늬가 있는 연자줏빛 난초를 물잔 속에서 조금 들어 올리더니, 얼굴을 잠깐 그 위로 굽히고는 그 꽃을 마냥 쳐다보았다.

"쉽게 하지 못하겠지만 어쨌든 당신은 그걸 하게 될 거야. 당신은 내 명령에 따라 나를 죽일 거야. 그게 전부야. 더 이상 묻지 마!"

난초에서 눈길을 떼지 않은 채 그녀는 말이 없었다. 그녀의 눈길은 한동안 마술에 걸린 듯 굳어 있었지만, 얼굴은 꽃봉오리가 벌어지듯 압박과 긴장에서 풀려나더니, 갑자기 입술에 매혹적인 미소가 떠올랐다. 그녀는 사내아이같이 짧게 자른 머리를 흔들고 물을 한 잔 마시고는, 우리가 식사 중이라는 걸 이제야 깨달았다는 듯이 입맛을 다시며 쾌활하게 음식에 덤벼들었다.

나는 그녀의 섬뜩한 이야기를 낱말 하나하나 놓치지 않고 귀 기울여 들었다. 심지어 그녀의 '마지막 명령'은 말하기도 전에 짐작으로 알아맞혔기 때문에, 그녀가 "당신이 나를 죽이게 될 거야."라고 말했을 때도 놀라지 않았다. 내게는 그녀가 말하는 모든 것이 설득력 있게, 마치 운명의 말처럼 들렸다. 나는 그것을 받아들였고, 그것에 맞서지 않았다. 그녀가 말하는 태도가 섬뜩할 정도로 진지하긴 했지만, 그렇다 해도 그 모든 것이 나에게는 그다지 현실적일 것도 진지할 것도 없었다. 내 마음의 한쪽이 그녀의 말을 들이마셨고 그 말을 믿었지만, 내 마음의 다른 한쪽은 달래듯이 머리를 끄덕이며, 이 총명하고 건강하고 안정된 헤르미네에게도 나름의 환상과 몽상의 세계가 있다는 것을 인정하는 정도였다. 그러나 그녀의 마지막 말이 떨어지자마자, 이 장면 전체가 비현실적인 막으로 덮여 버렸다.

어쨌든 나는 헤르미네처럼 가볍게 줄타기 재주를 부리듯이 원래의 현실로 쉽게 뛰어넘어 올 수 없었다.

"그러니까 내가 언젠가는 널 죽이게 된단 말이지?" 나는 꿈을 꾸듯이 나직이 물었다. 그동안 그녀는 다시 웃으면서 열심히 오리고기를 자르고 있었다.

"물론이지." 그녀는 얼버무리듯 대충 고개를 끄덕였다. "그이야기는 이제 됐어. 지금은 식사 시간이야. 하리, 미안하지만 샐러드를 조금 더 주문해 줘! 당신은 입맛이 없어? 내 생각엔 당신은 우선 다른 사람들에게서 지극히 당연한 것들부터 배워야겠어. 심지어 먹는 즐거움까지도 말이야. 봐 봐, 여기 이것은 오리 다리야. 이 먹음직스럽고 예쁜 살점을 뼈에서 떼어 내는 것은 훌륭한 향연이지. 마치 사랑하는 소녀가 외투 벗는 것을 처음으로 거들어 주는 애인처럼 그렇게 욕망과 긴장을 느끼며 감사하는 마음으로 해야 한다는 말이야. 내 말 이해하겠어? 이해 못 하겠다고? 당신은 참 바보야. 잘 봐. 내가 이 아름다운 오리 다리를 줄 테니 입을 벌려! 당신은 정말 한심한 사람이군! 당신이 내 포크에서 한 입 베어 먹는 것을 다른 사람들이 보지나 않을까 흘낏흘낏 곁눈질하고 있잖아. 염려 마. 창피를 주지는 않을 테니까. 하지만 즐기기 전에 우선 다른 사람의 허락부터 받으려 한다면, 당신은 정말 불쌍한 바보야."

앞서의 장면이 점점 비현실적으로 되어 갔다. 이 눈이 몇

분 전에 그렇게 무겁고 참담하게 노려보았다는 것이 점점 더 믿기지 않았다. 오오, 그 점에서 헤르미네는 삶 자체와 같았다. 언제나 현재의 순간만 있을 뿐 결코 미리 예측하지 않는 것이다. 이제 그녀는 식사를 시작했다. 오리 다리와 샐러드, 케이크와 독주가 그녀의 진지한 테마가 되고, 기쁨과 평가의 대상, 대화와 환상의 대상이 되는 것이다. 접시가 치워지자 새로운 장(章)이 시작되었다. 나를 그렇게 완벽하게 꿰뚫어 보고, 세상의 어떤 현인보다도 인생에 대해 더 많은 것을 알고 있는 것처럼 보이던 이 소녀가 순간순간의 작은 소꿉놀이를 교묘하게 잘도 해내서, 나를 기어이 그녀의 제자로 만드는 것이었다. 그것이 높은 지혜에서 온 것이건, 아주 단순한 천진함에 불과한 것이건, 그렇게 순간을 사는 법을 아는 사람, 그렇게 현재에 살며 상냥하고 주의 깊게 길가의 작은 꽃 하나하나를, 순간의 작은 유희적 가치 하나하나를 귀하게 여길 줄 아는 사람에게 인생은 상처를 줄 수 없는 법이다. 이처럼 뛰어난 미각과 섬세한 유희적 취향을 가진 쾌활한 소녀가 동시에 죽음을 소망하는 몽상가요 히스테리 환자일 수 있을까? 혹은 냉정한 계산하에 나를 사랑에 빠지게 만들어 자신의 노예로 삼으려는 셈에 밝은 자일 수 있을까? 그럴 수는 없을 것이다. 아니다. 그녀는 그저 순간에 완전히 몸을 맡기고 모든 즐거운 생각에 마음을 열어 놓듯이, 영혼의 저 아스라이 깊은 곳에서 나와 스쳐 가는 무서운 전율 하나하나에도 마음의 문을 열어 놓고 그것을 한껏 즐기는 것이다.

오늘로 내가 두 번째 만난 이 소녀 헤르미네는 나에 대해 모든 것을 알고 있었다. 그녀 앞에서 비밀을 갖는다는 건 불가능해 보였다. 아마도 그녀가 내 정신적인 삶을 모두 이해하지는 못하리라. 내가 음악과 괴테, 노발리스, 보들레르와 맺고 있는 관계까지 추적할 수는 없을 것이다. 그러나 이것도 장담할 수는 없다. 어쩌면 그녀는 이것마저 별 어려움 없이 할 수 있을지도 모른다. 비록 그렇지 않다고 해도, 도대체 현재 내 '정신적인 삶'이란 것에서 남아 있는 것이 무엇이 있단 말인가? 그것은 모두가 파편처럼 쪼개져 그 의미를 잃어버린 것이 아닌가? 그러나 어쨌든 그녀는 나의 또 다른, 즉 가장 사적인 문제와 관심을 모두 알고 있었다. 나는 그 점을 믿어 의심치 않는다. 나는 곧 '황야의 이리'에 대해, 그 소책자에 대해, 그리고 지금껏 나 혼자만을 위해 존재해 왔고, 어떤 사람과도 이야기한 적이 없는 모든 것에 대해 그녀와 이야기하게 될 것이다. 나는 당장 시작하지 않을 수 없었다.

"헤르미네, 얼마 전 아주 이상한 일이 있었어." 내가 말했다. "어떤 모르는 사람이 나에게 인쇄된 소책자 하나를 주었는데, 그건 대목장(場)에서 흔히 볼 수 있는 팸플릿 같은 거였어. 그런데 거기에 내 이야기가 전부 쓰여 있었어. 나에 관한 모든 것이 정확하게 묘사되어 있었다구. 정말 기가 막힐 일이지 않아?"

"그 소책자의 제목이 뭐였어?" 그녀가 대수롭지 않다는 투로 물었다.

"『황야의 이리론』이야."

"오, 황야의 이리라고? 그거 참 멋지네! 당신이 그 황야의 이리란 말이야?"

"그래, 그게 나야. 내가 절반은 인간이고 절반은 이리인, 아니 이리라고 생각하는 그 남자야."

그녀는 아무런 대꾸가 없었다. 탐색하듯이 내 눈을 주의 깊게 들여다보았고, 내 손을 쳐다보았다. 한순간 그녀의 시선과 얼굴에는 예의 그 깊은 진지함과 어두운 열정이 다시 나타났다. 나는 그녀가 무슨 생각을 하고 있는지 알 것 같았다. 그녀는 내가 그녀의 '마지막 명령'을 수행할 만한 이리라고 생각하고 있었을 것이다.

"그건 물론 당신이 꾸며 낸 생각이야." 그녀가 다시 환한 얼굴로 돌아와 말했다. "아니면 하나의 문학 작품이라고도 말할 수 있겠지. 그러나 거기에 무언가가 있어. 오늘 당신은 이리가 아니야. 그러나 당신이 마치 달에서 떨어진 사람 꼴을 하고 그 홀에 들어왔던 그때, 당신은 어느 정도 짐승 같았어. 바로 그 점이 내 마음에 들었던 거고."

그녀는 갑자기 무슨 생각이 떠오른 듯 말을 끊더니 다시 당황한 기색으로 말했다. "'짐승'이니 '야수'니 하는 말은 좀 바보스럽게 들려! 동물에 대해 그런 식으로 말해선 안 돼. 동물들은 물론 때론 끔찍스럽지만 인간보다 훨씬 진실하니까.

"'진실하다'니 무슨 말이지? 그 말이 무슨 의미지?"

"동물을 한번 잘 봐 봐. 고양이든 개든 새든 아니면 동물원에 있는 아름답고 덩치 큰 동물, 일테면 퓨마라든지, 기린이라든지 말이야. 그러면 그들이 모두 진실하다는 걸 알게 될 거야. 무엇을 해야 할지, 어떤 태도를 취해야 할지 몰라 당황하는 동물은 없어. 동물들은 당신에게 아양을 떨려고도, 어떤 감동을 주려고도 하지 않아. 연극을 하지 않는다고. 그들은 있는 그대로의 모습이지. 돌이나 꽃처럼, 혹은 하늘에 있는 별처럼 말이야. 내 말 이해하겠어?"

나는 이해했다.

"대개 동물들은 슬픔에 싸여 있지." 그녀는 말을 계속했다. "그리고 한 인간이 매우 슬퍼하면, 치통이나 돈을 잃어버렸기 때문이 아니라, 세상이 무언지, 인생이 무언지를 어렴풋이 깨닫게 되었기 때문에 슬퍼하게 되면, 그런 사람은 언제나 얼마간은 동물과 비슷하게 보여. 그는 슬퍼 보이지만, 그 어느 때보다 더 진실하고 아름답게 보이는 거야. 당신이 그렇게 보였어, 황야의 이리 씨. 당신을 처음 보았을 때 말이야."

"그런데 헤르미네, 나에 대해 쓰고 있는 그 책에 대해서 어떻게 생각해?

"아, 알잖아. 나는 끊임없이 생각하는 걸 좋아하지 않아. 그 이야기는 다음에 하자고. 언제 한번 그 책을 빌려줘. 아니, 언젠가 내가 읽고 싶은 마음이 생길 때, 차라리 당신이 쓴 책을 한 권 줘."

그녀는 커피를 청했다. 한동안 넋을 잃은 사람처럼 멍하게 있더니, 갑자기 얼굴이 환하게 밝아졌다. 이 궁리 저 궁리 끝에 어떤 생각이 떠오른 것 같았다.

"이제야 생각이 났어." 그녀는 기뻐하며 외쳤다.

"도대체 무슨 생각이 났단 말이지?"

"폭스트롯 말이야. 나는 계속해서 그 생각을 했어. 말해 봐.

160

우리 둘이 한 시간 정도 춤을 출 수 있는 방이 있나? 작아도 상관없어. 조금 쿵쿵거린다고 아래층에 살고 있는 사람이 올라와 소란을 피우지만 않으면 돼. 좋아. 그럼 당신 집에서 춤을 배울 수 있겠어.”

“좋아.” 나는 수줍어하며 말했다. “그러면 더 좋지. 하지만 그러려면 음악이 필요할 텐데.”

“물론 음악이 필요해. 그럼 이렇게 하자고. 음악은 당신이 준비해. 기껏해야 춤 코스 한 번 다니는 값 정도일 거야. 춤 선생 값은 번 거지. 그건 내가 할 테니까. 그렇게 되면 우리는 원할 때마다 언제든지 음악을 틀 수 있고, 게다가 축음기도 우리 것이 되잖아.”

“축음기라고?”

“물론이지. 작은 걸로 하나 사고 춤곡 레코드를 몇 장 사는 거야.”

“그거 멋진데.” 나는 소리쳤다. “그리고 네가 나에게 정말 춤을 가르치는 데 성공하면, 그 축음기를 사례로 주겠어. 동의하겠지?”

이렇게 기세 좋게 말해 놓았지만, 그건 마음에서 우러나온 말은 아니었다. 책으로 가득 찬 내 조그만 서재에, 결코 내 마음에 내키지 않는 그런 물건을 놓아둔다는 건 상상도 할 수 없었고, 춤에 대해서도 나는 못마땅한 점이 한둘이 아니었던 것이다. 너무 늙고 뼈마디도 뻣뻣해진 내가 그런 걸 배울 수 없다는 것은 분명히 알고 있었지만, 때론 그런 것도 한번 시험 삼아 해 볼 수 있지 않을까 하고 생각했던 것이다. 그렇다고 해도 그건 나에게 너무 빠르고 격한 운동이라는 생각이 사라지질 않았다. 나는 늘그막의 세련된 음악 애호가로서 축음기나 재즈나 현대풍의 춤곡에 대해 품어 왔던 모든 반감이 마음속에서 저항하는 소리를 들었다. 이제 나의 도피처이자 사상의 은둔처인 내 작은 다락방에서, 노발리스와 장 파울 옆에서, 미국식의 유행가가 울리고 거기에 맞춰 춤을 춰야 한다는 것, 그것은 사실 한 인간이 나 같은 사람에게 요구할 수 있는 정도를 넘어선 것이었다. 그러나 그것을 요구한 건 '한 인간' 이 아니라 바로 헤르미네였던 것이며, 명령은 그녀의 몫이었다. 나는 복종했다. 복종하는 것이 당연했다.

우리는 다음 날 오후 한 카페에서 만났다. 내가 들어갔을 때 헤르미네는 벌써 그곳에 앉아 커피를 마시고 있었다. 그녀는 웃으면서 신문 하나를 보여 주었다. 거기서 그녀는 내 이름을 발견했던 것이다. 그 신문은 시도 때도 없이 돌아가며 나에 대해 거친 비방 기사를 싣던 내 고향의 반동적인 선동지들중 하나였다. 나는 전쟁 중엔 반전주의자였고, 전후에는 안정과 인내, 인간성과 자기비판을 권고하면서, 하루하루 더 첨예해지고 터무니없이 거칠어지는 국수주의적인 선동에 반대한적이 몇 번 있었다. 그 신문에 이제 또다시 나를 공격하는 조잡한 글이 실려 있었다. 반쯤은 편집부에서 자체적으로 꾸며낸 것이고, 나머지 절반은 그들과 유사한 성향을 지닌 다른 언론 기관의 비슷비슷한 글들을 표절해 꿰맞춘 글이었다. 다 알다시피 낡은 이데올로기의 변호자들만큼 형편없는 글을 쓰는 사람도 없을 것이고, 그들만큼 지저분하고 태만하게 장사를 해 먹는 족속도 없을 것이다. 헤르미네는 그런 기사를 읽었고, 거기서 하리 할러가 조국을 모르는 해충 같은 놈이며, 그런 인간과 그런 생각이 용인되고, 젊은이들이 철천지원수에게 전쟁을 통해 복수하도록 가르침을 받는 대신 감상적인 인간애의 사상을 갖도록 교육받는 한, 당연히 조국에 해가 될 수밖에 없다는 식의 글을 본 것이다.

"이게 당신이야?" 헤르미네는 내 이름을 가리키며 물었다. "당신은 적들을 많이 만들었군, 하리. 화나지 않아?"

나는 몇 줄 읽어 보았다. 늘 하던 식 그대로였다. 이 진부한 비난의 말들 하나하나를 나는 몇 년 전부터 지겨울 정도로 보아 왔던 것이다.

"아니, 화나지 않아." 나는 말했다. "나는 오래전부터 이런 것에 익숙해져 있거든. 나는 두세 번 내 생각을 밝힌 적이 있어. 어떤 국가든, 심지어 어떤 개인이든 허위에 찬 정치적 '책임 문제'로 선잠에 빠져들어서는 안 되고, 그 자신의 실수와 태만과 못된 습성이 전쟁과 다른 모든 세상의 고통에 얼마나 책임이 있는가를 곰곰이 따져 보아야 한다, 아마도 이것만이 다음 전쟁을 막을 유일한 길일 것이라고 한 거지. 저들은 나에게 사죄하지 않았어. 당연히 자신들에겐 전혀 잘못이 없다고 생각하니까. 황제고, 장군이고, 거대 자본가고, 정치가고, 신문이고, 어느 누구도 비난받을 게 털끝만치도 없고, 아무런 책임도 없다는 거지! 세상은 온통 멋진데, 그저 이 땅에 살육당한 사람들이 수백만 명 있을 뿐이라고 생각할 수도 있을 테지. 헤르미네, 더 이상 그 따위 비난 기사가 나를 화나게 하지는 않

아. 그렇지만 가끔 그것들이 나를 슬프게 하지. 내 나라 사람들 셋 중 둘은 그런 종류의 신문을 읽고, 매일 아침, 매일 저녁 그런 논조에 설득당하고, 경고당하고, 선동당한 나머지 불만과 악의에 차 있어. 그 모든 것의 목적과 종착점은 또 전쟁이야. 다가오는 다음 전쟁은 이번 전쟁보다 훨씬 더 끔찍할 거야. 이 모든 것은 분명하고 간단한 이야기야. 누구나 파악할 수 있고, 한 시간만 생각해도 똑같은 결론을 찾아낼 거야. 그러나 아무도 그걸 하려고 하지 않아. 아무도 다음 전쟁을 막으려 하지 않고, 아무도 자신과 자기 아이들에게 일어날, 또다시 수백만 명이 살육당할 운명을 막으려고 하지 않는 거야. 이이상 더 값싸게 전쟁을 막는 방법이 없는데도 말이야. 한 시간만 성찰해 보고, 잠깐만 자기 자신에 침잠해 들어가, 자기 자신이 이 세상의 무질서와 악행에 얼마나 동참하고 있는지, 얼마나 책임을 나누어져야 하는지 자문해 보는 것, 아무도 그걸 하려고 들지 않는단 말이야! 그러니 상황은 변함없이 계속 그대로이고, 다음 전쟁은 수많은 사람에 의해 하루하루 착실하게 준비되고 있는 거야. 그것을 알게 된 뒤부터, 나는 심신이 마비되고 절망에 빠졌어. 내게 '조국'은 없고 이제 이상 따위도 없어. 그런 건 모두가 다음 살육을 준비하는 자들을 위한 장식에 불과해. 어떤 인간적인 것을 생각하고, 말하고, 쓰는 것 따위는 이제 의미가 없어. 머릿속에서 훌륭한 생각들을 굴리는 것도 의미가 없어. 그런 사람들 몇몇을 향해 그 반대의 것을 의도하고 또 달성하고 있는 수천 가지 신문과 잡지와 연설과 공개 혹은 비공개 회의가 날마다 공격을 퍼붓는 거야."

헤르미네는 이야기에 빠져들어 귀를 기울이고 있었다.

"그래, 그 점에서 당신이 옳아." 이제 그녀가 말문을 열었다. "물론 또다시 전쟁이 일어날 거야. 그걸 알기 위해 신문을 읽을 필요는 없지. 물론 그것 때문에 슬퍼할 수도 있어. 그러나 그건 아무 소용이 없어. 그건 아무리 발버둥 쳐도 언젠가는 죽을 수밖에 없다는 사실에 슬퍼하는 것과 마찬가지지. 사랑하는 하리, 죽음에 맞서려는 투쟁은 언제나 아름답고, 숭고하고, 놀랍고, 존경할 만한 일이야. 전쟁에 반대하는 투쟁도 마찬가지고. 그러나 그것은 언제나 가망 없는 돈키호테 같은 짓이지."

"그건 맞는 말일지도 몰라." 나는 격앙되어 소리쳤다. "그러나 우리 모두가 얼마 안 가서 죽을 수밖에 없고, 그러니 모든 것이 아무 소용 없다는 식의 그러한 진실을 가지고 말하면, 인생 전체가 천박하고 무미건조한 것이 되고 말아. 그렇다면 정말이지 우리는 모든 것을 팽개쳐 버려야 할 거야. 모든 정신, 모든 노력, 모든 인간성을 포기하고, 명예욕과 돈이 지배하도록 내버려 둬야 하고, 맥주나 한잔 들이키며 다음 총동원령을 기다려야 할 거야."

그때 헤르미네가 나를 바라보는 시선이 묘했다. 그건 장난기와 조롱과 악동스러움과 이해심 깊은 동료 의식으로 충만한 시선이었으며, 동시에 무게와 지혜와 심연의 진지함을 지닌 시선이었다.

"당신은 그렇게 해서는 안 돼." 그녀는 어머니 같은 말투로 말했다. "당신의 투쟁이 아무런 성과가 없으리란 걸 당신이 알고 있다 해도, 당신의 삶은 천박하고 무미건조해지지 않아. 하리, 당신이 어떤 훌륭한 이상을 위해 싸우고, 그것을 반드시 이루어 내야 한다고 생각한다면, 그것이 훨씬 더 천박해. 이상이란 것은 반드시 이루어지기 위해 존재하는 건가? 우리 인간은 죽음을 없애기 위해 사는 건가? 아니, 우리는 죽음을 두려워하고, 그런 다음 다시 죽음을 사랑하기 위해 사는 거야. 바로 그렇기 때문에 이 보잘것없는 인생도 어느 순간 그렇게 아름답게 불타오르는 거고. 당신은 어린애야, 하리. 이제 내 말을 들어. 그만 가자고. 오늘 할 일이 많아. 오늘은 더 이상 전쟁과 신문 걱정 같은 거 안 할 거야. 당신도 그렇지?"

나 역시 그랬다. 그런 애기는 그만두려던 참이었다. 우리는 함께(우리는 처음으로 시내에서 함께 걸었다.) 악기점으로 가서 축음기를 둘러보며, 여닫아 보기도 하고 한번 틀어 보기도 했다. 우리가 그중에서 소리도 괜찮고 가격도 적당한 것을 하나 찾았을 때, 나는 그것을 사려고 했다. 그러나 헤르미네는 그렇게 조급하게 일을 처리하는 타입이 아니었다. 그녀가 나를 가로막았다. 나는 그녀와 함께 두 번째 가게를 찾아가 거기서도 가장 비싼 것부터 가장 싼 것까지 하나하나 시스템과 크기를 살펴보고 또 들어 보아야 했다. 그러고 나서야 그녀는 먼젓번 가게로 돌아가서, 아까 보아 둔 것을 사는 데 동의했다.

"이봐, 아까 샀으면 간단했잖아." 내가 말했다.

"그렇게 생각해? 내일쯤이면 같은 물건이 다른 상점에서 이십 프랑이나 싸게 전시되어 있을지도 모르는 일이야. 그것도 그렇지만 쇼핑은 재미있잖아. 그리고 재미있는 건 끝까지 맛봐야지. 당신은 아직도 배울 게 많아."

우리는 짐꾼과 함께 쇼핑한 물건을 집으로 날랐다.

헤르미네는 내 방을 자세히 살폈다. 난로와 안락의자를 칭
찬하고, 의자들을 만져 보고, 책을 이것저것 집어 보고, 오랫
동안 내 애인의 사진 앞에 서 있었다. 축음기는 책 무더기 사
이에 있는 옷장 위에 놓았다. 그리고 나서 수업이 시작되었
다. 그녀는 폭스트롯을 한 곡 틀더니, 첫 스텝을 밟아 보이면
서 내 손을 잡고 나를 이끌기 시작했다. 나는 시키는 대로 그
녀의 발을 따라 발을 옮겼다. 의자에 부딪히고, 그녀의 지시를
받고, 그녀의 말을 못 알아듣고, 그녀의 발을 밟고 하면서 열
심히 시키는 대로 했으나 그럴수록 더욱 서툴게 되어 갔다. 두
번째 춤이 끝나자 그녀는 안락의자에 털썩 앉더니 어린아이처
럼 웃었다.

"맙소사, 당신은 너무나 굳어 있어! 산책할 때처럼 자연스럽
게 발을 앞으로 내밀어 보라고! 전혀 긴장할 필요가 없어. 벌
써 덥지? 좋아, 5분간 쉬도록 해! 춤을 추는 것은, 일단 출 수
있게만 되면, 생각하는 것만큼이나 간단해. 배우기는 훨씬 더
쉽지. 이제 당신은, 사람들이 생각하는 습관을 지니려고는 하
지 않고 할러 씨를 반역자라고 부르면서 태연히 다음 전쟁이
일어나도록 방관하는 것을 보고도 아무렇지 않게 여기게 될
거야."

한 시간 후에 그녀는 갔다. 다음번엔 나아질 거라고 장담하
면서. 내 생각은 달랐다. 내가 그토록 둔하고 감각이 없다는
데 무척 실망했던 것이다. 내가 보기엔 이번에 배운 건 아무것

도 없었다. 춤을 추기 위해서는 쾌활함, 순수함, 경솔함, 감흥 같은 능력을 갖추어야 하는데 내게는 그것이 결여되어 있었다. 나는 오래전부터 그것을 알고 있었다.

그런데 이게 웬일인가. 다음에 만났을 땐 정말로 더 나아졌고, 슬슬 재미까지 느끼기 시작했던 것이다. 연습이 끝났을 때 헤르미네는 이제 내가 폭스트롯을 출 수 있다고 단언했다. 그러나 그녀가 다음 날 그녀와 함께 레스토랑에 춤추러 가야 한다고 결론을 내렸을 때, 나는 너무나 놀라 결사적으로 반대했다. 그녀는 냉정하게 내 복종의 맹세를 환기시키면서 내일 호텔 발랑스로 차 마시러 오라고 명령했다.

그날 밤 나는 집에 앉아 독서를 하려고 했다. 그러나 책을 볼 수가 없었다. 다음 날 일이 두려웠다. 생각만 해도 끔찍했다. 나처럼 수줍음을 잘 타고 까다로운 괴팍한 늙은이가 재즈 음악이 울리는 그 천박한 최신풍의 댄스홀에 들어가, 거기다가 모르는 사람들 사이에 섞여 잘 출 줄도 모르는 춤을 추어야 한다니. 여기서 고백해 두어야겠다. 내가 적막한 서재에서 축음기를 틀어 놓고, 혼자서 양말을 신은 발로 가만가만 폭스트롯의 스텝을 반복했을 때, 내가 얼마나 자신을 비웃었고, 얼마나 부끄러워했는지를 말이다.

다음 날 호텔 발랑스에서는 소규모의 악단이 연주하고 있었다. 여기선 차와 위스키를 마실 수 있었다. 나는 헤르미네를 구슬려 보려고 했다. 그녀에게 과자를 권하면서 좋은 포도주를 마시러 가자고 했다. 그러나 그녀는 요지부동이었다.

"당신은 오늘 여기 즐기러 온 게 아니야. 지금은 댄스 교습 시간이라고."

나는 두세 번 그녀와 춤을 추어야 했다. 그 중간에 그녀는 나를 색소폰 주자에게 소개했다. 그는 스페인이나 남미 계통인 듯 가무잡잡하고 잘생긴 젊은 남자였다. 그녀의 말에 따르면 그는 무슨 악기든 못 다루는 게 없고, 세상 어느 나라 말이든 못 하는 게 없다고 했다. 이 자는 헤르미네와 친한 사이인 것 같았다. 번갈아 가면서 불어 대는 크기가 다른 색소폰두 개를 앞에 세워 두고서 그는 번쩍번쩍 빛나는 검은 눈으로춤추는 사람들을 흡족한 표정으로 주의 깊게 지켜보았다. 나는 내가 이 사람 좋고 훤칠한 악사에 대해 질투심 같은 것을느꼈다는 사실에 스스로 깜짝 놀랐다. 그렇다고 그것이 사랑에 대한 질투심은 아니었고(나와 헤르미네의 관계를 두고 사랑이란 말을 할 수는 없을 테니까 말이다.) 어떤 더 정신적인 우정에대한 질투 같은 것이었다. 왜냐하면 내가 보기에 그는 그녀가그에 대해 보이는 관심이나 눈에 띄는 찬사(그것은 사실 숭배에가까웠다.)를 받을 만한 사람 같지 않았기 때문이다. 정말 우스운 사람을 알게 되었군, 하고 나는 불쾌한 마음으로 생각했다.

헤르미네는 여러 번 춤 신청을 받고 일어섰다. 나는 혼자차를 마시며 앉아서 음악을 들었다. 그건 내가 지금까지는 참고 들을 수 없었던 그런 종류의 음악이었다. 나는 생각했다.오, 하느님! 이제 내가 이토록 거부감을 주는 낯선 세계, 지금껏 끈질기게 외면하고 마음속 깊이 경멸해 온 이 한량과 향락자들의 세계, 대리석 테이블과 재즈 음악과 고급 매춘과 출장상인들의 세계로 들어가야 한단 말입니까! 울적해진 마음으로 차를 마시며 얼치기 멋을 부린 사람들을 바라보았다. 아름다운 두 명의 소녀가 내 눈길을 끌었다. 둘 다 뛰어난 춤 솜씨를 보였다. 나는 탄력 있고 아름답게, 경쾌하고 자신 있게 춤추는 그들의 모습을 감탄과 부러움이 섞인 마음으로 지켜보았다.

그때 다시 헤르미네가 나타났다. 그녀는 나에게 아주 불만인 것 같았다. 그녀가 나를 꾸짖었다. 그런 표정으로 가만히 식탁에 앉아 있으려고 여기 온 게 아니다, 이제 용기를 내서 춤을 추어야 한다, 아는 사람이 없는데 어떻게 하느냐고? 그건 전혀 걱정할 필요 없다, 저기 있는 소녀들 중에 마음에 드는 사람이 하나도 없단 말인가? 이런 식으로 그녀가 몰아댔다.

나는 예의 두 소녀 중 더 예쁜 쪽을 가리켰다. 그녀는 마침 우리 근처에 서 있었는데, 그녀의 벨벳 치마와 생기 넘치는 짧은 금발 머리, 통통하고 여성스러운 두 팔은 내 넋을 빼 놓았다. 헤르미네는 바로 그녀에게 달려가서 춤을 청하라고 했다. 나는 필사적으로 거부했다.

"나는 못 하겠어!" 나는 풀이 죽어 말했다. "그래, 내가 잘생긴 젊은이라면 얼마든지 하겠어! 하지만 난 춤도 출 줄 모르는 삐걱거리는 멍청한 늙은이라고. 그녀는 틀림없이 날 비웃을 거야!"

헤르미네는 경멸하는 눈으로 나를 노려보았다.

"그럼 내가 당신을 비웃건 말건 그건 상관없다 이거지. 당신은 정말 겁쟁이야! 소녀에게 접근하는 남자는 누구나 비웃음을 당할 각오를 해야 하는 법이라고. 그러니 하리, 한번 과감히 해 봐. 최악의 경우라 해 봐야 비웃게 내버려 두면 그만이 잖아. 그래도 당신이 하지 않으면 나는 더 이상 당신이 복종한다는 것을 믿지 않을 거야."

그녀는 물러서지 않았다. 막 음악이 다시 시작되었을 때 나는 내키지 않는 마음으로 일어서서 그 아름다운 소녀 쪽으로 갔다.

"전 지금 상대가 있는데요."라고 말하면서 그녀는 생기 넘치는 커다란 두 눈에 호기심을 가득 담고 나를 쳐다보았다. "그러나 제 상대는 저쪽 바에서 죽치고 있는 것 같아요. 이리 오세요!"

나는 그녀를 감싸 안고, 그녀가 나를 쫓아 보내지 않은 것에 의아해하며 첫 스텝을 밟았다. 그녀는 벌써 내 수준을 알아챘는지 나를 이끌기 시작했다. 그녀는 기가 막히게 춤을 잘 추었다. 나는 그녀의 춤 솜씨에 홀려, 얼마 동안 모든 춤 규칙과 예법을 잊어버리고 그저 그녀가 하라는 대로 따라가면서 그녀의 팽팽한 허리와 날래고 부드러운 무릎을 느꼈다. 나는 그녀의 젊고 환한 얼굴을 들여다보며, 오늘 태어나서 처음 춤을 추는 것이라고 고백했다. 그녀는 미소를 지으며 나를 격려하고, 나의 열에 들뜬 시선과 비위를 맞추는 말에 입으로 대답하는 대신, 우리를 더욱 가깝고 황홀하게 결합해 주는 은근하면서도 매혹적인 몸짓으로 놀랍도록 부드럽게 응대해 주었다. 나는 오른손으로 그녀의 허리를 잡고, 행복에 겨워 열심히 그녀의 다리, 팔, 어깨의 움직임을 따랐다. 그러면서도 놀랍게도 그녀의 발을 한 번도 밟지 않았다. 음악이 끝났을 때 우리는 그곳에 서서 박수를 치며 기다렸고, 다음 음악이 연주되었을 때 나는 다시 한번 들뜬 상태로, 사랑에 빠진 듯, 기도를 올리듯 그 의식을 치렀다.

춤이 너무나 빨리 끝났을 때, 그 아름다운 벨벳 치마의 소녀는 자리로 돌아갔다. 어느새 헤르미네가 내 곁에 서 있었다. 그녀는 우리를 지켜보고 있었던 것이다.

"뭔가 좀 느꼈어?" 그녀는 칭찬하듯이 웃음을 띠었다. "여자 다리는 책상 다리와 다르다는 걸 이제 알겠어? 어쨌든 훌륭했어! 이제 폭스트롯은 할 수 있으니 다행이야. 내일은 보스턴으로 넘어가지. 3주 후에 글로부스 홀에서 가면무도회가 있어."

휴식 시간이었다. 우리는 앉아 있었다. 그때 젊고 잘생긴 색소폰 연주자인 파블로가 와서 우리에게 묵례하고 헤르미네 곁에 앉았다. 그는 그녀와 매우 가까운 친구 사이인 것 같았다. 그러나 고백하건대, 그는 처음 만났을 때부터 전혀 내 마음에 들지 않았다. 그는 잘생겼고 체격도 얼굴도 훌륭했다. 그것은 부정할 수 없다. 그러나 그에게서 그 밖의 장점을 발견할 수는 없었다. 그가 여러 나라 말을 할 줄 안다는 것도 그를 경솔해 보이게 할 뿐이었다. 왜냐하면 사실 그가 할 줄 아는 것은 고작해야 실례합니다, 감사합니다, 물론이죠, 확실해요, 안녕하세요 따위의 낱말 정도에 불과했기 때문이다. 그렇다, 파블로는 말이 없었다. 그렇다고 이 멋진 기사(騎士)가 생각을 많이 하는 것 같지도 않았다. 그가 하는 일은 재즈 악단에서 색소폰을 부는 것이었고, 그는 이 직업에 애정과 열정을 가지고 몰두하는 것 같았다. 연주하면서 때때로 갑자기 두 손으로 손뼉을 치거나 하는 따위로 흥분을 폭발시켰고, "오오오오, 하하, 할로"와 같은 말을 큰 소리로 따라 불렀다. 게다가 그는 멋지게 보여 여자들을 유혹하거나, 최신 유행의 칼라나 넥타이를 매고, 손가락에 여러 개의 반지를 끼는 것 이외에는 다른 어떤 것에도 관심이 없는 사람처럼 보였다. 그의 즐거움은 우리들 사이에 앉아서 웃고 손목시계를 쳐다보고 능숙한 솜씨로 담배를 마는 것 따위에 있는 것 같았다. 혼혈인 크레올처럼 검고 아름다운 그의 눈과 까만 고수머리에는 어떤 낭만도, 문제도, 사색도 숨어 있지 않았다. 자세히 관찰해 보면 이 아름답고 이국적인 사내는 편안한 매너를 지닌 약간 세련되고 쾌락에 빠진 젊은이에 불과했다. 나는 그와 그의 악기에 대해, 재즈 음악의 음색에 대해 이야기했다. 그는 한 늙은 음악 애호가와 마주 앉아 있다는 것을 알아차렸음이 틀림없다. 그런데도 그는 이것을 화제로 삼으려 하지 않았다. 그리고 내가 그에 대한, 아니 헤르미네에 대한 예의에서 재즈를 음악 이론적으로 정당화하는 말 같은 것을 했을 때도, 그는 나에게 그저 미소만 지을 뿐 나의 수고를 무시해 버렸다. 아마도 그는 재즈 이전에도, 그리고 재즈 이외에도 다른 음악들이 있다는 것을 전혀 모르는 것 같았다. 그는 예의 바르고 점잖았고, 그의 커다랗고 공허한 두 눈은 멋진 웃음을 날렸지만, 그와 나 사이에는 공통된 것이 아무것도 없는 것 같았다. 이를테면 그에게 중요하고 성스럽게 여겨지는 그 어떤 것도 나에게는 그렇게 여겨질 수 없을 것 같았다. 우리는 정반대의 땅에서 왔고, 우리의 언어는 공통의 낱말을 하나도 가지고 있지 않았던 것이다.

(그러나 나중에 헤르미네는 내게 이상한 이야기를 했다. 그녀의 말에 따르면, 그날 대화가 끝난 후 파블로가 그녀에게 나에 대해 '너는 이 사내를 아주 조심스럽게 상대해야 할 것이다. 그는 무척 불행한 사람인 것 같다'는 요지의 말을 했다는 것이다. 그래서 그녀가 왜 그렇게 생각하게 되었느냐고 묻자, 그는 이렇게 대답했다는 것이다. "정말 불쌍한 사람이야. 그의 눈을 좀 들여다봐! 그는 웃을 줄을 몰라!")

이 검은 눈의 사내가 자리를 뜨고 다시 음악이 시작되었을 때 헤르미네가 일어섰다. "이제 다시 한번 나와 함께 춰, 하리. 아니면 나랑은 이제 추고 싶지 않아?"

나는 이제 그녀와도 더 경쾌하고 자유롭고 쾌활하게 춤출 수 있었다. 조금 전 소녀와 출 때처럼 그렇게 홀가분하게 몰아의 경지에서 출 수는 없었지만, 헤르미네는 내가 리드하게 하고는 꽃잎처럼 부드럽고 가볍게 리듬을 맞추었다. 이제 나는 그녀에게서도 갑자기 다가왔다가 어느새 달아나 버리는 아름다움을 보았고 또 느꼈다. 그녀도 여자이기에 사랑의 향기를 뿜었고, 그녀의 춤도 섬세하고 내밀하게 관능의 사랑스럽고 매혹적인 노래를 불렀다. 그렇지만 나는 이 모든 것에 완전히 자유롭고 경쾌하게 응대할 수는 없었다. 헤르미네는 너무 가까이에 서 있었다. 그녀는 내 동료이자 여동생이었고, 나와 같은 종류의 인간이었다. 그녀는 나와 닮았고, 내 젊은 날의 친구 헤르만과 닮았다. 몽상가이자 시인이었고, 내 정신적 수련과 방탕의 더없는 동지였던 헤르만과 닮았던 것이다.

"나도 알고 있어." 내가 나중에 그 이야기를 꺼내자 그녀가 말했다. "나도 잘 알아. 나는 당신이 언젠가 나를 사랑하게 만들 테지만, 서두르지는 않겠어. 우선 우린 동지니까. 우리는 서로를 인정하기 때문에 친구가 되고 싶어 하는 사이야. 지금 우리는 상대방에게서 배우고 같이 놀고 싶어 해. 나는 당신에게 내 작은 연극을 보여 주고, 춤추는 것을 가르치고, 좀 멍청해지고 만족하는 법을 가르치는 거야. 그리고 당신은 나에게 당신의 생각과 지식을 보여 주는 거지."

"아, 헤르미네, 내가 보여 줄 건 많지 않아. 네가 나보다 훨씬 많은 걸 알고 있잖아. 너는 참으로 알 수 없는 아이야! 너는 무엇이든 나를 이해하고 나를 앞서 있어. 내가 도대체 너에게 어떤 의미 있는 존재일 수 있을까? 너에겐 내가 지루하지 않아?"

그녀는 어두워진 눈으로 바닥을 쳐다보고 있었다.

"당신이 그렇게 말하는 건 듣고 싶지 않아. 당신이 고통과 고독에 절망하여 완전히 망가진 모습으로 나와 우연히 만나 친구가 되었던 그날 밤을 생각해 봐! 도대체 어떻게 내가 그때 당신을 알아보고 이해할 수 있었다고 생각해?"

"어떻게 그런 거지, 헤르미네? 얘기해 봐."

"내가 당신과 같기 때문이지. 나도 당신처럼 외톨이였고, 당신처럼 인생과 인간과 나 자신을 사랑할 수 없고, 진지하게 대할 수 없기 때문이야. 인생에서 지고의 것을 요구하고, 자신의 어리석음과 조야함에 만족할 수 없는 그런 사람들은 언제나 있게 마련이지."

"아니, 네가 그렇다고!" 나는 깊은 충격을 받고 소리쳤다. "난 너를 이해할 수 있어, 헤르미네, 아무도 너를 나만큼 이해하지는 못할 거야. 그럼에도 너는 여전히 나에게 수수께끼 같은 존재야. 너는 인생을 그렇게 장난스럽게 대하면서도, 작은 사물과 작은 기쁨을 놀랄 정도로 존중할 줄 알아. 너는 정말이지 삶의 예술가야. 네가 어떻게 삶의 고통을 알겠어? 네가 어떻게 절망을 알겠어?"

"나는 절망하지 않아, 하리. 그러나 삶의 고통은 알아. 그래, 거기엔 통달했어. 춤도 잘 추고, 인생의 표면을 이렇게 잘 알고 있는 내가 그래도 행복하지 않다면 당신은 놀라겠지. 인생의 가장 아름답고 심오한 것들, 정신, 예술, 사상에 정통해 있는 당신이 그렇게 삶에 실망하고 있다는 데 난 정말 놀라고 있어! 그렇기 때문에 우리는 서로를 끌어당긴 것이고, 그렇기 때문에 우리는 남매가 된 거야. 나는 당신에게 춤추고 유희를 즐기고 웃는 걸 가르쳐 줄 거야. 그러나 만족하는 걸 가르쳐 주지는 않을 거야. 그리고 당신에게서 사색하고 인식하는 걸 배울 거야. 그러나 만족하는 걸 배우지는 않을 거야. 우리 둘은 모두 악마의 자식이라는 걸 알고 있어?"

"그래, 우리는 악마의 자식이야. 악마는 정신이고, 우린 그의 불행한 자식이야. 우리는 자연에서 떨어져 나와 공허 속에 걸려 있는 거야. 그래 이제 생각났어. 내가 전에 이야기한 『황야의 이리론』에는 이런 말이 있어. 하리가 하나 혹은 두 개의 영혼을 가지고 있고, 하나 혹은 두 개의 개성으로 되어 있다고 믿는다면, 그건 순전히 그의 상상에 불과하다고 말이야. 인간은 누구나 열 개의, 백 개의, 천 개의 영혼으로 이루어져 있다는 거야."

"내 마음에 쏙 드는 말이야." 헤르미네가 소리쳤다.

"예를 들면 당신은 정신적인 능력은 고도로 발달해 있지만, 다른 작은 삶의 기술은 어느 것이건 매우 뒤처져 있어. 사상가 하리는 백 살이지만, 춤꾼 하리는 태어난 지 하루도 채 안된 거지. 우리는 이제 춤꾼 하리를 더 개발하려는 거야. 그리고 그와 마찬가지로 작고, 어리석고, 성장 부진인 그의 작은 동생들도 모두."

그녀는 웃음 띤 얼굴로 나를 쳐다보고는, 목소리를 바꾸어 나직이 물었다.

"그런데 마리아가 당신 마음에 들었어?"

"마리아라니? 그게 누군데?"

"당신과 춤춘 그 애 말이야. 그 예쁜, 지독스레 아름다운 아이. 당신은 그 애에게 반한 것 같은데."

"그녀를 안단 말이야?"

"물론이지. 우린 잘 아는 사이야. 그 애가 마음에 들어?"

"마음에 들어. 그녀가 그렇게 세심하게 춤을 이끌어 주어서 기뻤어."

"그저 그뿐이란 말이지! 하리, 조금 그 애의 마음에 들도록 해 봐. 그 애는 무척 예쁘고, 춤도 잘 추고 또 당신은 이미 사랑에 흠뻑 빠져 있으니, 잘될 거야."

"나는 그런 야심은 없어."

"거짓말하지 마. 당신은 어딘가에 애인을 두고, 반년에 한 번씩 만나서는 말다툼을 한다는 것도 다 알고 있어. 당신이 그 훌륭한 여자 친구에게 충실하겠다면 그것도 좋은 일이지.

그러나 난 그런 건 그다지 심각하게 생각하지 않아! 당신이 사랑을 너무나 진지하게 생각하고 있다는 느낌이 들어. 물론 그래도 되겠지. 당신은 나름의 이상적인 방식으로, 당신이 원하는 만큼 사랑할 수 있어. 그건 당신 문제니까 나는 상관 안 해. 내가 신경을 쓰는 건 당신이 인생의 작고 가벼운 기술과 유희들을 더 잘 배워야 한다는 거야. 그 방면엔 내가 당신의 선생님이고, 과거 당신의 이상형 애인보다 더 나은 선생님이 될 거야. 날 믿어! 당신에겐 다시 예쁜 소녀와의 잠자리가 꼭 필요해, 황야의 이리 씨."

"헤르미네." 나는 괴로운 표정을 지으며 말했다. "날 좀 봐. 나는 늙은이라구!"

"당신은 조그만 젊은이야. 그저 때를 놓칠 뻔할 정도까지 춤 배우기를 게을리한 것과 마찬가지로 사랑 배우기를 게을리한 것뿐이야. 이상적이고 비극적인 사랑, 당신은 그것을 틀림없이 잘할 수 있을 거야. 나는 확신해. 또 그 점을 존경해! 이제 당신은 좀 평범하게 인간적으로 사랑하는 것을 배우는 거야. 벌써 첫발은 내디딘 셈이지. 지금 당장 무도회에 가도 손색이 없으니까. 이젠 보스턴을 배울 차례야. 그건 내일 시작하지. 내가 3시까지 가겠어. 그건 그렇고 이곳 음악이 마음에 들었어?"

"대단히 좋았어."

"봐. 이것 또한 진일보한 거야. 당신은 하나 더 배웠어. 지금까지 당신은 이런 춤곡과 재즈곡은 어떤 것이건 참고 들을 수 없었잖아. 이런 음악은 당신이 보기엔 진지함도 깊이도 없는 것이었지. 이제 당신은 알게 됐어. 이런 음악은 진지하게 여길 필요는 없지만, 그래도 무척 멋지고 매력적일 수 있다는 걸 말이야. 게다가 파블로가 없으면 이 악단은 아무것도 아니야. 그가 악단을 리드하고, 활기를 불어넣으니까."

축음기는 금욕적인 정신으로 가득 차 있던 내 서재의 공기를 더럽혔고, 낯선 미국풍의 춤곡들은 내 정돈된 음악 세계를 교란하면서, 아니 파괴하면서 밀어닥쳤다. 이처럼 모든 것을 해체시키는 두렵고도 새로운 힘이 지금껏 그렇게 정확한 윤곽을 지니고, 그렇게 엄격하게 폐쇄되어 있던 내 삶 속으로 밀려 들어온 것이다. 인간이 천 개의 영혼을 지닌다는 『황야의 이리론』과 헤르미네의 말은 옳았다. 내 마음속에서는 매일 예전의 모든 영혼 곁에 새로운 영혼들이 나타나 자기주장을 하며 소란을 피웠다. 그리하여 나는 이제 눈앞에 있는 그림을 보듯 지금까지의 나의 개성이라는 것이 하나의 망상에 지나지 않음을 똑똑히 보았다. 나는 우연히 잘할 수 있었던 서너 가지 능력과 활동만을 정당화하면서 하리라고 하는 사내의 상(像)을 그려 내어 본래 문학, 음악, 철학에 지극히 빈틈없는 교양을 갖춘 전문가인 그자의 삶을 살아왔던 것이고, 그러면서 내 개성의 나머지 부분, 즉 그 밖의 모든 능력과 충동과 노력의 카오스를 부담스럽게 느껴 '황야의 이리'라고 불러 왔던 것이다.

어쨌든 내 망상의 정정, 개성의 해체는 결코 유쾌하고 편안한 일만은 아니었다. 반대로 이 일은 종종 거의 참을 수 없을 정도로 쓰라린 고통을 수반했다. 축음기는 모든 것이 어울리지 않는 환경 속에서 실로 악마의 비명 같은 소리를 냈다. 그리고 내가 어떤 최신 유행 레스토랑에서 멋을 낸 탕자와 사기꾼들 사이에 섞여 원스텝을 밟을 때마다, 나는 스스로를 지금껏 인생에서 명예롭고 성스럽게 여겼던 모든 가치에 등을 돌린 배신자라고 느꼈다. 헤르미네가 나를 여드레만 홀로 놓아두었다면, 나는 향락자가 되려는 이 힘겹고 가소로운 시도를 곧 다시 그만두었을 것이다. 그러나 언제나 헤르미네가 있었다. 그녀를 매일 만나지는 않았지만, 나는 언제나 그녀에 의해 관찰되고, 지도받고, 감시받고, 감정받았던 것이다. 화가 치밀어 저항하고 도피하려는 내 생각을 그녀는 웃으며 내 얼굴에서 읽어 냈다.

예전에 나의 '개성'이라고 불리던 것이 계속 파괴되어 가면서, 나는 그렇게 절망에 빠져 있으면서도 왜 그토록 끔찍이 죽음을 두려워했는지를 이해하기 시작했고, 이 천하고 부끄러운 죽음의 공포도 낡고 기만적인 시민적 존재의 일부였다는 것을 깨닫게 되었다. 천부의 재능을 타고난 작가, 모차르트와 괴테 전문가, 예술의 형이상학, 천재와 비극, 인간성에 대한 가치 있는 고찰을 담은 책을 쓴 저자, 책으로 가득 찬 서재의 우울한 은둔자, 이러한 지금까지의 할러는 곧 자기비판에 사로잡혀 자기 자신을 보존할 곳을 찾지 못했다. 사람들의 관심을 끄는 이 재능 있는 할러는 이성과 인간의 도리를 설파하고 전쟁의 야만성에 저항했지만, 그렇다고 전쟁 중에 몸을 벽에 붙인 채 사살되지도 않았다. 그것이 그의 사상의 당연한 귀결일 텐데 말이다. 그는 일종의 적응을 택했던 것이다. 그건 물론 극히 점잖고 고상한 적응 방법이긴 했지만, 어쨌든 타협은 타협이었다. 게다가 그는 권력과 착취에 반대하면서도, 은행에 산업체의 유가증권을 약간 맡겨 두었고, 한 점 양심의 가책도 없이 그 이자를 받아먹고 살아왔던 것이다. 모든 것이 다 그런식이었다. 하리 할러는 자신을 이상주의자요 세상사의 경멸자로, 비애에 싸인 은둔자로, 그리고 천둥처럼 울리는 경고를 하는 예언자로 멋지게 치장했지만, 근본적으로 보면 그는 일개 부르주아에 불과했다. 그는 헤르미네 같은 사람들의 삶은 비난받아야 한다고 생각했고, 레스토랑에서 허비한 밤이나 거기서 탕진한 돈을 생각하면 화가 치밀고 양심의 가책을 느꼈다. 그는 자신의 해방과 완성을 동경하기는커녕, 오히려 그의 정신적인 유희가 그에게 삶의 재미와 명성을 선사했던 그 편안했던 시절로 돌아가기를 열렬히 갈망했던 것이다. 그건 그가 경멸하고 비웃던 신문 독자들이 전쟁 전의 이상적 시대를 회고하고 동경하는 것과 똑같은 짓이었다. 그것이 고통의 체험으로부터 교훈을 얻는 것보다 더 편했던 것이다. 이 구역질 나는 하리 할러여! 그럼에도 나는 그에게 집착했다. 그의 벗겨진 가면, 정신의 유희, 무질서와 우연(죽음도 그중 하나이다.)에 대한 시민적 공포를 벗어던지지 못한 것이다. 나는 점차 모습을 갖추어 가는 새로운 하리, 즉 수줍어하고 좀 우스꽝스러운, 댄스홀의 딜레탕트 하리를 조롱과 시샘이 뒤섞인 마음으로, 예전의 저 허위에 찬 이상적인 하리의 모습과 비교해 보았고, 이 하리의 모습에서 그 교수의 괴테 동판화에서 그렇게 그의 마음을 헝클어 놓았던 결정적인 특징들을 다시 고스란히 발견했다. 예전의 하리 자신이 바로 시민적으로 이상화된 괴테의 모습 그대로였던 것이다. 즉, 지나치게 고상한 눈빛으로 반질반질한 머릿기름을 바른 듯 숭고함, 정신, 인간애를 번쩍이며 자신의 거룩한 영혼에 감동해 버린 그 정신의 영웅 괴테의 모습이었던 것이다! 빌어먹을, 이제 이 사랑스러운 모습에 사악한 구멍이 생겼고, 가엾게도 이 이상적인 하리는 해체되어 버린 것이다. 그는 노상 강도에게 몽땅 털려 갈기갈기 찢어진 누더기를 걸치고 있는 귀족, 그렇게 되면 거지의 방법을 배우는 편이 현명할 텐데도 마치 무슨 훈장이라도 달고 있는 양 누더기를 걸치고 애처롭게도 잃어버린 위세를 부려 보는 그런 귀족의 모습과 같았다.

나는 악사 파블로와 자주 만났다. 그에 대한 나의 판단은 헤르미네가 그를 좋아하고 꽤나 같이 있고 싶어 한다는 사실 때문에 어느 정도 수정되었다. 내 기억 속의 파블로는 아름다운 공허 같은 존재였다. 그는 어딘가 허망한 작은 멋쟁이, 대목장에서 장난감 트럼펫을 신나게 불어 대면서 칭찬과 초콜릿에 금방 즐거워하는 아무 생각 없는 만족한 어린애로 기억되었던 것이다. 그러나 파블로는 나의 판단 따위는 묻지도 않았다. 그것은 그에게는 내 음악 이론 만큼이나 관심의 대상이 아니었다. 그는 언제나 공손하고 상냥하게 웃으면서 나의 이야기를 들었지만, 정말로 반응을 한 적은 한 번도 없었다. 그러나 그럼에도 불구하고 내가 그의 흥미를 불러일으켰던 것 같다. 그가 내 기분에 맞추려 애쓰고, 나에게 호감이 있음을 보이려 애쓰는 것이 눈에 보였다. 한번은 내가 별 성과도 없는 예의 그런 대화를 하다가 그만 흥분해서 태도가 거칠어질 지경까지 간 적이 있는데, 그때 그는 당혹스럽고 슬픈 눈빛으로 내 얼굴을 쳐다보다가 내 왼손을 잡고 쓰다듬더니, 작은 금빛 통에서 무언가를 꺼내어 내게 주었다. 그걸 코로 들이마시면 좋아질 거라고 했다. 나는 눈짓으로 헤르미네에게 어떻게 해야 할지를 물었고, 그녀는 고개를 끄덕였다. 나는 받아서 코로 들이켰다. 정말로 금방 기운이 나고 상쾌해졌다. 아마도 그 분말에는 코카인이 들어 있었던 모양이다. 파블로는 이런 약을 많이 가지고 있는데, 그는 그걸 비밀스러운 경로를 통해 구입해서 가끔씩 친구들에게 나누어 주곤 한다는 게 헤르미네의 설명이었다. 진통제나 수면제라든지, 아름다운 꿈을 꾸게 하고 행복한 기분이 들게 하는 약이라든지, 사랑의 비약이라든지, 이런 종류의 약을 조제하는 데 파블로는 대가라는 거였다.

한번은 그를 부두에서 만난 적이 있다. 그는 곧장 내 곁으로 다가왔다. 나는 이번에야 마침내 그의 입을 여는 데 성공했다.

"파블로 씨." 나는 까맣고 가는 은제 지팡이를 가볍게 흔들고 있는 그에게 말했다. "당신은 헤르미네의 친구이기 때문에 내가 당신에게 관심을 갖는 겁니다. 그러나 솔직히 말해서 당신과 대화하기가 쉽지 않아요. 나는 여러 번 당신과 음악에 대해 이야기해 보려고 했습니다. 당신의 견해, 당신의 반론, 당신의 판단을 듣고 싶어서였습니다. 그러나 당신은 내 말에 조금도 반응을 보이지 않았어요."

그는 웃으면서 나를 쳐다보더니, 이번에는 피하지 않고 태연하게 대답했다. "들어 보세요. 음악에 대해서 말한다는 건 내 생각에는 전혀 가치 없는 일입니다. 나는 결코 음악에 대해 이야기하지 않아요. 당신의 말은 매우 통찰력 있고 구구절절 옳은 말씀입니다만, 그것에 대해 내가 도대체 무엇을 말해야 한단 말입니까? 당신이 말하는 건 모두 옳습니다. 그러나 나는 연주자이지 학자가 아닙니다. 나는 음악에서 옳다 그르다 하는 것 따위에 어떤 가치가 있다고 생각하지 않습니다. 음악에서는 바른 판단이나 취향, 교양 따위는 중요한 게 아닙니다."

"그렇다면 무엇이 중요합니까?"

"음악을 한다는 것이 중요합니다, 할러 씨. 최선을 다해서 열심히 음악을 한다는 게 중요한 겁니다! 바로 그겁니다. 내가 바흐와 하이든의 전곡을 외고 있고, 그것에 대해 아주 뛰어난 이야기를 할 수 있다고 해도, 그것으로는 아무에게도 보탬이 되지 않습니다. 그러나 내가 트럼펫을 잡고 경쾌한 시미 춤곡을 불어 대면, 이 곡이 훌륭하건 보잘것없건 상관없이 사람들을 즐겁게 해 줍니다. 그것이 사람들의 다리를 움직이게 하고 피를 관류하는 거지요. 중요한 건 바로 이겁니다. 무도회에서 긴 휴식 시간이 끝나고 다시 음악이 시작될 때 사람들의 표정을 한번 보세요. 얼마나 눈빛이 반짝거리고, 다리가 실룩거리고, 얼굴에 화색이 돌기 시작하는지 말입니다. 내가 음악을 하는 이유는 바로 이겁니다."

"좋습니다. 파블로 씨. 그러나 감각적인 음악만 있는 게 아니라 정신적인 음악도 있습니다. 한순간 연주되는 음악뿐 아니라, 연주되지 않더라도 계속 살아남는 불멸의 음악도 있습니다. 누군가 침대에 누워 머릿속으로 「마술피리」나 「마태수난곡」의 멜로디를 떠올린다면, 플루트를 부는 사람, 바이올린을 켜는 사람 하나 없더라도 음악이 연주되는 겁니다."

"물론입니다. 할러 씨. 「여닝」[12]과 「발렌시아」[13]도 많은 고독한 몽상가의 머릿속에서 소리 없이 매일 밤 다시 태어나고 있습니다. 사무실에서 일하는 타이피스트 역시 처량하게 일을 하면서도 머릿속에선 마지막 원스텝을 생각하며 그 박자에 맞춰 자판을 두들겨 대는 겁니다. 당신 말이 맞습니다. 그 고독한 사람들 모두에게 소리 없는 음악이 연주되는 건 좋은 일입니다. 그것이 「여닝」이든 「마술피리」든 「발렌시아」든 말입니다. 그러나 그들의 고독한 무성(無聲) 음악은 도대체 어디서 온 것입니까? 그 음악은 우리 연주자들에게서 온 겁니다. 누군가가 자기 방에서 음악을 생각하고 음악을 꿈꾸기 위해서는 우선 음악이 연주되고, 청취되고, 핏속으로 흘러 들어가야 하는 겁니다."

"당신 말도 일리는 있습니다." 나는 싸늘하게 말했다. "그렇지만 모차르트와 최신 폭스트롯을 같은 수준에 놓는 건 곤란합니다. 당신이 사람들에게 성스럽고 영원한 음악을 연주하느냐, 값싼 하루살이 음악을 연주하느냐 하는 건 같은 문제일

---

12) 1920년대에 유행한 폭스트롯 계열의 대중적인 춤곡.
13) 1920년대에 유행한 대중적인 춤곡.

수 없습니다."

파블로가 내 목소리에서 흥분한 기색을 눈치챘을 때, 그는 곧 상냥한 표정을 짓고, 내 팔을 정답게 쓰다듬고는 믿기지 않을 만큼 부드러운 목소리로 말했다.

"아 할러 씨, 수준에 관한 이야기는 당신 말이 맞습니다. 당신이 모차르트와 하이든과 「발렌시아」를 당신 마음대로 순위를 매긴다 해도 나는 전혀 이의가 없습니다. 나는 그런 것에 전혀 관심이 없습니다. 내가 수준에 대해 결정할 필요도 없고, 그런 질문도 받지 않습니다. 아마 모차르트는 백 년이 지나도 연주될 것이고, 발렌시아는 이 년만 지나면 더 이상 연주되지 않을지도 모릅니다. 그런 건 그저 신에게 맡겨야 할 문제라고 생각합니다. 정의로운 신이 우리의 수명을 손아귀에 쥐고 결정합니다. 왈츠나 폭스트롯의 수명도 마찬가지입니다. 신은 틀림없이 모든 것을 제대로 처리할 겁니다. 그러나 우리 연주자들은 우리 몫을 해야 합니다. 우리의 임무와 의무를 다해야 하는 겁니다. 우리는 바로 지금 사람들이 갈망하는 것을 연주해야 하고, 그것도 가능한 한 최선을 다해 아름답고 감동적으로 연주해야 하는 겁니다."

나는 한숨을 지으며 단념했다. 이 사나이는 내가 감당할 수 없었던 것이다.

새로움과 낡음, 괴로움과 즐거움, 두려움과 기쁨이 아주 절묘하게 뒤엉켜 있는 순간이 있었다. 천국에 있는가 싶으면 곧 지옥에 있었고, 대개는 양쪽에 동시에 머무르는 일이 잦았다. 예전의 하리와 새로운 하리는 처절한 투쟁을 하는가 하면 또 어느새 사이가 좋아지곤 했다. 예전의 하리는 완전히 죽은 것처럼, 숨이 끊겨 매장되어 버린 것처럼 보일 때가 많았지만, 또 어느새 다시 나타나서 명령하고 전횡하고, 모든 것을 더 잘 아는 양 행세했다. 작고 젊은 새로운 하리는 수줍어하고, 침묵하고, 궁지에 빠졌다. 어떤 때는 젊은 하리가 늙은 하리의 목을 잡아 힘껏 조르기도 했다. 그럴 때면 격렬한 신음이 났고, 이 생사의 투쟁 속에서 퍼뜩 면도칼이 떠오르는 것이었다.

그러나 대개는 고통과 행복이 거대한 파도처럼 한꺼번에 덮쳐 왔다. 처음으로 사람들 앞에서 춤을 춘 후 며칠이 채 안 된 어느 날 아름다운 마리아가 내 방 침대에 누워 있는 것을 발견한 순간이 바로 그런 순간이었다. 그때 나는 무어라 이름 붙일 수 없는 놀라움, 경악, 황홀, 당혹의 느낌에 휩싸였던 것이다.

그것은 헤르미네가 지금껏 나를 놀라게 한 일 중에서도 가장 심한 것이었다. 나는 이 천국의 새를 나에게 날려 보낸 사람이 바로 그녀라는 걸 추호도 의심치 않았다. 그날 밤 나는 오랜만에 헤르미네와 함께 있지 않았다. 나는 뮌스터에서 열린 옛 종교 음악 연주회에 갔었다. 내 예전의 삶으로, 내 젊은 날의 영토로, 이상적인 하리의 영역으로 아름답고도 처량한 산책을 한 것이다. 아름다운 그물 모양의 궁륭창이 햇빛을 받아 유령이라도 살아 움직이는 양 이리저리 물결치는, 천장이 높은 고딕식 교회에서 나는 북스테후데, 파헬벨, 바흐, 하이든의 작품을 들으며, 그렇게 좋아하던 옛 시절로 돌아갔다. 한때 나와 친구처럼 지내면서 수없이 많은 공연을 함께 보러 다녔던 여성 성악가가 황홀한 목소리로 바흐를 부르는 것을 들었다. 옛 음악의 소리들, 그 무한한 위엄과 신성함이 젊은 시절의 정신적 고양과 황홀감과 흥분을 다시 불러일으켰다. 나는 교회의 높은 성가대석에 비애와 우수에 잠겨 앉아 있었다. 한때 나의 고향이었던 이 거룩하고 축복받은 세계에 손님으로 한 시간쯤 앉아 있었던 것이다. 하이든의 이중주곡을 들을 때 갑자기 눈물이 났다. 연주회가 끝날 때까지 기다릴 수 없어, 그 여성 성악가와의 재회를 포기하고 (아, 옛날엔 이런 연주회가 끝나면 예술가들과 어울려 얼마나 멋진 밤을 보냈었던가!) 뮌스터를 빠져나와, 한밤의 골목길을 지친 몸으로 달려왔다. 도중에 여기저기서 레스토랑의 창문 뒤로 재즈 악단이 내 현재 삶의 멜로디를 연주하고 있었다. 오오, 내 삶은 어찌 이리도 쓸쓸한 방황이 되어 버렸단 말인가!

나는 이날 밤길을 걸으며 내가 음악과 맺고 있는 관계에 대해 오랫동안 곰곰이 생각해 보았다. 그리고 다시금 음악에 대한 이 감동적이고 치명적인 관계가 독일 정신주의 전체의 운명임을 알았다. 독일적인 정신 속에서는 다른 어떤 민족보다도 강하게 모권(母權)이, 즉 자연과의 유대가 음악의 헤게모니라는 형태로 지배한다. 우리 정신적인 인간은 모두가 남성적으로 이에 저항하면서 정신, 로고스, 말에 복종하고 따르기는커녕, 말로 할 수 없는 것을 말하고 형상화할 수 없는 것을 형상화하는, 말이 없는 언어를 꿈꾸고 있다. 우리 정신주의자들은 자신의 도구를 가능한 한 충실하고 성실하게 이용하려 하지 않고, 늘 말과 이성에 반대하면서 음악에 추파를 던졌다. 그리고 이상하고 성스러운 음의 구조물이요, 결코 구체화 되지 않는 신비하고 섬세한 느낌과 분위기인 음악에 빠져 독일적인 정신은 현실적인 의무를 대부분 게을리했다. 우리 정신적인 인간 모두는 현실을 고향으로 삼지 못하고, 현실을 낯설어하고 적대한다. 그래서 우리 독일의 현실, 우리의 역사, 우리의 정치, 우리의 여론에서도 정신의 역할은 그렇게 보잘것없는 것이다. 나는 자주 이런 생각을 했다. 그리고 언젠가는 한번 현실을 함께 형상화하겠다는 욕망, 언제나 그저 머릿속으로 미학과 공예에 골몰하는 대신 언젠가는 진지하고 책임감 있게 행동하겠다는 강렬한 동경을 느끼는 때가 종종 있었다. 그러나 그건 항상 체념으로, 운명에 대한 복종으로 끝났다. 장군들과 산업 자본가들의 말이 옳았던 것이다. 우리 같은 '정신주의자들'은 아무짝에도 쓸모가 없고, 현실에 적응하지도 못하고 책임감도 없는 불필요한 존재, 머리가 복잡한 한 떼의 수다쟁이들에 지나지 않는 것이다. 아아 젠장, 또 그 면도칼이!

온통 이런 생각과 음악의 여운에 휘감겨, 인생과 현실과 의미와 다시는 되찾을 수 없는 잃어버린 것에 대한 동경으로 무거워진 마음으로 슬픔에 푹 빠진 채 마침내 집에 돌아왔다. 나는 층계를 올라와 거실에 불을 켜고 책을 좀 읽어 보려 했다. 그러나 허사였다. 내일 밤 춤을 추고 위스키를 마시기 위해 세실 바에 가기로 한 약속이 떠올랐기 때문이다. 나는 자신에 대해서뿐 아니라 헤르미네에 대해서까지도 쓰디쓴 원망의 마음이 솟아났다. 그녀가 진심으로 선의에서 그렇게 했든, 그녀가 이상한 존재라 그렇게 했든, 그녀는 당시 나를 몰락하게 내버려 두었어야 했다. 나를 이 혼란스럽고, 낯설고, 불안정한 유희의 세계로 끌고 들어가, 아니 끌고 내려가, 그곳에서 내가 여전히 이방인으로 머물며 내면의 가장 좋은 부분을 타락시켜면서 고통을 당하게 하는 편보다는 그것이 차라리 나았던 것이다!

나는 쓸쓸하게 거실의 불을 끄고, 쓸쓸하게 침실로 들어가, 쓸쓸하게 옷을 벗던 참이었다. 그때 처음 맡아 보는 내음 때문에 나는 화들짝 놀랐다. 은은하게 향수 내음이 퍼져 왔다. 눈을 돌려 둘러보자 침대에 아름다운 마리아가 누워 있는 것이 아닌가. 그녀는 웃고 있었다. 그러면서도 커다랗고 푸른 두 눈은 약간 당황한 것 같았다.

"마리아!" 나는 소리쳤다. 이때 내 머릿속에 제일 먼저 떠오른 것은 집주인 아주머니가 이 사실을 알면 계약을 취소할 거라는 생각이었다.

"제가 왔어요. 화나셨어요?" 그녀가 나직이 말했다.

"아니야, 아니야. 다 알고 있어. 헤르미네가 열쇠를 준 거지. 그러니 할 수 없지."

"화나셨군요. 그럼 가겠어요."

"아니야, 마리아, 여기 있어 줘! 그저 오늘 밤 몹시 슬퍼서 그럴 뿐이야. 오늘은 즐거운 기분이 나지 않을 것 같아. 아마도 내일은 기분이 다시 나아질 거야."

나는 그녀 쪽으로 약간 몸을 굽혔다. 그때 그녀가 내 얼굴을 크고 단단한 두 손으로 잡아당기더니 오랫동안 키스했다. 그래서 나는 침대 위 그녀 곁에 앉게 되었다. 나는 그녀의 손을 매만지면서, 밖에서 들으면 안 되니 작게 이야기해 달라고 했다. 그러곤 내 베게 위에 커다란 꽃처럼 놓여 있는 그녀의 아름답고 통통한 얼굴을 낯설고 놀란 마음으로 내려다보았다. 그녀는 내 손을 가만히 자신의 입가로 가져가더니, 곧 이불 속으로 끌어당겨, 조용히 숨소리를 내는 그녀의 따스한 가슴 위에 올려놓았다.

"당신이 즐거운 기분이 아니라도 괜찮아." 그녀가 말했다. "헤르미네가 말했어. 당신은 근심이 많은 사람이라고. 그런 건 누구나 이해할 수 있어. 그런데 아직도 내가 마음에 들어? 얼마 전 춤을 출 때 당신은 내게 푹 빠져 있었잖아."

나는 그녀의 눈과 입, 목과 가슴에 키스를 퍼부었다. 조금 전까지만 해도 마음속으로 화를 내고 비난하면서 헤르미네를 생각하고 있었다. 그런데 어느새 나는 그녀의 이 선물을 손에 쥐고 감사하고 있는 것이다. 마리아의 애무는 오늘 밤에 들었던 저 멋진 음악의 기분을 망쳐 놓지 않았다. 오히려 그 음악에 어울렸고, 그 음악을 완성했다. 나는 이 아름다운 여인을 덮고 있는 이불을 천천히 벗겨 내리면서 그녀의 발끝까지 키스해 내려갔다. 그녀 곁에 누웠을 때 그녀의 꽃 같은 얼굴이 나라는 존재를 다 알고 있다는 듯 부드러운 웃음을 지었다.

그날 밤 마리아 곁에서 나는 오래 자지는 않았지만, 어린아이처럼 깊이, 푹 잘 수 있었다. 그리고 잠들기까지 그녀의 아름답고 발랄한 젊음을 들이마셨고, 작은 소리로 이런저런 이야기를 나누면서 그녀와 헤르미네의 삶에 대해 알아 둘 만한 여러 가지 사실을 알게 되었다. 나는 그런 종류의 존재와 인생에 대해서는 아는 게 거의 없었고, 전에 이따금 그저 연극 같은 데서나 이와 비슷한 존재, 절반은 예술의 세계에 그리고 절반은 향락의 세계에 몸을 맡기고 있는 남녀들을 만난 게 고작이었다. 이제야 나는 이 이상한 삶을, 신기하게도 순수하며 동시에 묘하게도 타락한 이 삶을 들여다보게 된 것이다. 이런 소녀들은 대개 가난한 집 출신으로, 수입도 보잘것없고 재미도 없는 밥벌이만을 위해 일생을 바치기에는 너무 영리하고 너무 아름다운 까닭에, 때로는 임시방편적인 직업으로 생활을 이어가고, 때로는 자신의 아름다움과 사랑스러움을 팔아 살아간다. 그들은 때론 몇 달씩 타자기 앞에 앉아 있다가, 또 얼마간은 부유한 한량의 애인이 되어 용돈과 선물을 받고, 또 어떤 때는 밍크코트를 입고 자가용을 굴리면서 그랜드 호텔을 들락거리며 살아가다가도, 어떤 때는 초라한 다락방에서 지내기도 하고, 때에 따라선 좋은 조건으로 결혼을 하는 경우도 있지만, 전체적으로 보면 결코 결혼을 바라지는 않는다. 그들 중에는 욕구도 없이 사랑하는 이도 많고, 마음이 내키지 않으면서도 염가로 호의를 보이는 이도 많다. 그러나 또 어떤 이들은 (마리아도 여기 속하는데) 사랑에 탁월한 재능이 있고, 사랑을 갈망하는데, 이들은 대개 사랑에서 양성과 모두 관계한다. 그들은 오로지 사랑 때문에 살고, 돈을 지불하는 공식적인 친구들과는 별도로 또 다른 사람과 연애를 한다. 이 나비 같은 아가씨들은 분주하고 바쁜, 수심에 차 있으면서도 경솔한, 영리하면서 정신없는, 유치한 듯하면서도 세련된 인생을 꾸려 간다. 이들은 종속되어 있지 않으며, 아무에게나 몸을 팔지도 않는다. 행복과 좋은 시절을 꿈꾸고, 삶을 사랑하면서도 보통 사람들보다 삶에 대한 집착이 훨씬 덜하다. 이들은 동화 나라 왕자님을 쫓아 그의 성으로 따라갈 용의가 있으면서도, 언제나 어렴풋이 힘겹고 슬픈 종말을 예감한다.

마리아는 우리가 처음 만났던 그 별스러웠던 밤과 그다음 며칠 동안 내게 많은 것을 가르쳐 주었다. 그것은 단순히 관능의 새로운 유희나 기쁨만이 아니었다. 그녀는 새로운 이해와 새로운 통찰, 새로운 사랑을 가르쳐 준 것이다. 은자(隱者)이자 탐미가인 나에게는 여전히 어떤 열등하고 품위 없고 금지된 장소처럼 여겨지는 댄스홀과 오락장, 영화관과 바와 호텔 커피숍의 세계가 마리아와 헤르미네와 그들의 동료들에게는 세상 그 자체였다. 그것은 좋을 것도 나쁠 것도 없는, 갈망할 것도 혐오할 것도 없는, 있는 그대로의 세상이었다. 이 세계에서 이들의 작고 동경 어린 삶이 꽃피는 것이고, 이들은 이 세계를 고향으로 여기며 이 세계에 정통해 있는 것이다. 우리 같은 사람이 작곡가나 시인을 좋아하듯이, 이들은 샴페인이나 그릴 룸[14]의 특별 요리를 좋아하는 것이고, 우리가 니체나 함순에게 보내는 감격과 흥분과 감동을 이들은 새로운 유행 춤곡이나 재즈 가수의 감상적이고 끈적끈적한 유행가에 바치는 것이다. 마리아는 나에게 저 잘생긴 트럼펫 연주자 파블로에 대해, 그가 그들에게 가끔 불러 주는 미국 노래에 대해 이야기했다. 그녀는 이런 것들을 마치 뭔가에 홀린 듯이 감동과 애정을 가지고 이야기했기 때문에 어떤 교양 있는 사람이 극

---

14) 호텔 등에 있는 그릴 요리 전문 식당.

히 고상한 예술 취향에 대해 열변을 토하는 것보다 더 감동적으로 내 마음을 사로잡았다. 나는 어떤 노래든 마리아와 함께 심취할 마음의 준비가 되어 있었다. 마리아의 사랑스러운 말과 동경에 찬 시선은 나의 심미적 취향에 커다란 틈새를 만들었던 것이다. 물론 내게는 모든 논쟁이나 회의를 초월하여 숭고하게 보이는 아름다움, 아주 드문 정선된 아름다움이란 것이 있었다. 무엇보다도 모차르트가 그랬다. 그러나 그 경계란 도대체 어디에 있단 말인가? 우리 전문가와 비평가들도 모두 젊은 시절, 오늘날 우리에게 그 가치가 지극히 의심스럽고 불쾌한 예술 작품과 예술가를 열렬히 좋아하지 않았던가? 우리에게 리스트와 바그너가 그렇지 않았던가? 심지어 베토벤에 대해서도 그런 느낌을 가진 사람이 많지 않았던가? 미국 노래에 대한 마리아의 어린애 같은 불타는 감동도 어떤 고등학교 교사의 트리스탄에 대한 감동이나, 어떤 지휘자의 베토벤 교향곡 9번에 대한 열광과 마찬가지로 의심할 바 없이 순수하고 아름다운 예술 체험이 아닐까? 그리고 파블로의 견해에 대해서도 똑같은 말을 할 수 있지 않을까? 그가 정당하다는 것을 증명하는 것이 아닐까?

마리아도 이 미남 파블로를 무척 좋아하는 것 같았다.

"그는 멋있는 사람이야." 내가 말했다. "나도 그를 무척 좋아해. 그렇지만 이제 말해 봐, 마리아. 어떻게 그러면서 동시에 나를 좋아할 수가 있지? 나는 잘생기지도 않았고, 벌써 흰머리가 희끗희끗한 데다가 색소폰도 불 줄 모르고 영어 노래도 부를 줄 모르는 지루한 늙은이에 불과한데 말이야."

"그런 식으로 말하면 안 돼." 그녀가 꾸짖었다. "그건 아주 자연스러운 일일 뿐인걸. 당신도 내 마음에 들어. 당신도 멋지고, 사랑스럽고, 특별한 걸 가지고 있어. 당신은 지금과 다른 모습이 되어서는 안 돼. 이런 문제는 말로 하는 게 아니야. 답변을 요구해서도 안 되고. 당신이 내 목이나 귀에 키스하면, 나는 당신이 날 좋아한다는 걸, 내가 당신 마음에 들었다는 걸 느껴. 당신은 약간 수줍어하면서 키스를 해. 그건 내게 이렇게 말해 주는 셈이지. '나는 널 좋아한다. 나는 너의 미모에 감사한다.'라고. 나는 이런 걸 정말 좋아해. 그리고 또 다른 남자에게서는 그 정반대의 것을 좋아하는 거지. 나를 완전히 무시하는 태도를 보이면서 마치 자비라도 베풀듯이 키스해 주는 그런 식의 남자 말이야."

우리는 잠이 들었다. 잠에서 깨어 다시 눈을 떴을 때 나는 여전히 두 팔로 그녀를 꼭 끌어안고 있었다. 너무도 아름다운 내 꽃을.

그러나 이 아름다운 꽃은 헤르미네가 내게 준 선물일 뿐이었다. 그녀 뒤에는 언제나 헤르미네가 가면을 쓴 채 서 있었던 것이다! 그때 나는 갑자기 먼 곳에 있는 악연의 애인, 내 불쌍한 여자 친구 에리카가 생각났다. 그녀는 마리아 못지않게 아름다웠다. 마리아처럼 화사하고 활달하지도, 소소하지만 천재적인 연애 기술을 갖고 있지도 않았지만. 그녀는 한동안 영상으로 내 앞에 서 있었다. 뚜렷하게, 고통스러운 모습으로. 나와 사랑을 나누고 내 인생에 깊이 얽혀 있던 그녀가. 그러다가 다시 사라졌다. 잠 속으로, 망각 속으로, 적당히 슬픔을 줄 만한 먼 곳으로.

그 아름답고 행복한 밤에 내 인생의 많은 영상이, 오랫동안
옛 기억도 잃어버린 채 허무하고 쓸쓸하게 살아온 내 앞에 떠
올랐다. 그 영상들은 에로스의 마법에 걸려 저 깊은 곳의 샘
에서 풍성하게 솟구쳐 올랐다. 내 인생의 영상의 홀이 얼마나
풍요로운지, 불쌍한 황야의 이리의 영혼이 높고 영원한 별과
성좌로 얼마나 충만한지를 보자 황홀감과 비애에 나는 잠시
심장이 멎는 것 같았다. 어린 시절과 어머니가 멀리 꿈결처럼
황홀한, 영원히 푸른 산자락처럼 감미로운 광채를 띠며 이쪽
을 바라보고 있고, 내 친구들의 합창이 헤르미네의 정신적 형
제인 전설 같은 헤르만의 선창으로 또렷이 들려왔다. 내가 사
랑하고 갈망하고 시로 읊었던 많은 여인의 영상이 물기 머금
고 피어오르는 바다꽃처럼 천상의 향기를 뿌리며 헤엄쳐 다녔
다. 그녀들 중 몇몇을 나는 연인으로 삼으려고 했으나 얻은 것
은 보잘것없었다. 나의 아내도 나타났다. 그녀와 산 몇 년은 내
게 동료애와 갈등과 체념을 가르쳐 주었고, 그녀에 대해서는
이런저런 불만이 있었지만, 그녀가 갑작스러운 저주와 거친 반
항을 보이며 방황하는 병자이던 나를 떠나 버린 그 날까지,
내 마음속에는 깊은 신뢰감이 남아 있었다. 내가 그녀를 얼마
나 사랑하고, 얼마나 깊이 신뢰하고 있었는지를 그제야 깨달
았다. 그녀와의 파탄이 나에게 평생 치명적인 상처를 입혔던
것이다.

이름이 붙은 혹은 이름이 없는 수백 가지 영상들이 모두
다시 나타나, 이 사랑의 밤의 샘에서 젊고 새롭게 솟구쳤다.

나는 고난 속에서 오랫동안 잊고 지냈던 것을 이제야 다시 알게 되었다. 이 영상들이 파괴되지 않고 계속 존재할 내 삶의 재산이요 가치이며, 잊을 수는 있으나 없앨 수는 없는 별처럼 영원한 체험이라는 것을, 그리고 그것이 내 인생의 전설이며 그것의 광채가 파괴할 수 없는 내 존재의 가치라는 것을 알았다. 내 인생은 고난과 방황과 불행이었고, 체념과 부정을 향해 내달렸다. 내 인생은 인간 운명의 소금에 절여져 쓰디쓴 것이었으나 또한 풍성하고, 자랑스럽고, 부유한 것이었다. 그것은 고난 속에 있었다 해도 왕과 같은 품격을 지닌 인생이었다. 가련하게도 결국 몰락의 길을 갈지라도, 내 인생의 핵심은 숭고했고, 나의 용모는 훌륭했고, 혈통도 좋았다. 내 삶에서 중요한 것은 돈 몇 푼이 아니라 별이었다.

벌써 한참 전의 일이다. 그동안 많은 일이 일어났고, 많은 것이 변했다. 그날 밤의 일은 기억나는 것이 많지 않다. 우리가 나눈 대화의 몇몇 낱말들, 깊고 부드러운 사랑의 몸짓과 행위들, 사랑 뒤의 피로한 깊은 잠에서 깨어났을 때의 밝은 별빛 정도가 기억에 남아 있을 뿐이다. 그러나 내가 몰락을 시작한 이래로 내 인생이 그 엄숙하게 빛나는 눈으로 나를 바라본 건 그날 밤이 처음이었다. 그날 나는 다시 우연이 운명임을, 내 존재의 폐허가 신의 파편임을 알았다. 내 영혼은 다시 숨쉬기 시작했고, 내 눈은 다시 시력을 되찾았다. 스스로 형상의 세계에 들어가 불멸의 존재가 되려면, 흩어진 형상 세계를 함께 모아 저 하리 할러의 '황야의 이리'의 삶을 전체로서 형상으로 고양하기만 하면 된다는 것을 나는 잠시나마 달아오르는 가습으로 느꼈다. 이것이 모든 인간의 삶이 추구하고 시도하는 목표가 아니었던가?

아침을 나누어 먹은 후 나는 마리아를 집 밖으로 몰래 데리고 나와야 했고, 그렇게 하는 데 성공했다. 그리고 그날로 나는 그녀와 나를 위해 근처에 작은 방 하나를 빌렸다. 그건 우리의 밀회만을 위한 방이었다.

나의 춤 선생님 헤르미네는 의무에 충실했고, 나는 보스턴을 배워야 했다. 그녀는 가차 없이 엄격했고, 춤 수업을 거르는 일이 없었다. 다음번 가면무도회에 함께 가기로 했기 때문이었다. 그녀는 의상에 필요한 돈을 좀 달라고 했고, 그러면서도 의상에 대해서는 자세한 이야기를 해 주지 않았다. 그녀의 집을 방문한다거나, 그저 그녀가 어디에 사는지를 아는 것조차 내게는 여전히 금지 사항이었다.

가면무도회까지의 약 삼 주 동안은 참으로 아름다운 시간이었다. 마리아야말로 내 인생 최초의 진정한 애인이 아닐까 하는 생각이 들 정도였다. 언제나 나는 사랑하는 여자들에게 정신과 교양을 요구했다. 그러나 아무리 정신적이고 교양 있는 여자라도 나의 로고스에 응하지 못하고 항상 그것에 대립한다는 것을 나는 조금도 깨닫지 못했다. 나는 나의 문제와 생각을 여자들에게 가져가 의논했다. 책을 읽지 않고, 독서가 무엇인지도 모르고, 차이콥스키와 베토벤을 구별할 줄 모르는 여자와 한 시간 이상 사랑한다는 건 전혀 불가능할 거라 생각했다. 마리아는 교양이 없었지만, 그녀에겐 교양과 같은 에움길이나 대용품이 필요하지 않았다. 그녀의 모든 문제는 직접적인 감각에서 나왔으니까. 그녀는 타고난 감각으로, 그녀 특유의 자태, 빛깔, 머릿결, 목소리, 피부, 기질로 가장 큰 관능의 환희와 사랑의 기쁨을 얻었고, 그녀의 재능, 몸매의 휘어진 선, 육체의 부드러운 자태 하나하나로 사랑하는 사람에게서 보답과 이해와 활기차고 행복한 반응을 구하고 불러일으켰다. 이것이 그녀의 기술이고 임무였다. 수줍어하며 처음 그녀와 춤출 때 이미 나는 그것을 눈치챘다. 황홀하리만큼 세련된 천재적인 관능의 향기를 맛보았고, 그 내음에 매료되었던 것이다. 헤르미네가 내게 마리아를 보낸 건 우연이 아니었다. 그녀는 모르는 게 없으니까. 마리아의 향기와 모든 특징은 여름에 핀 장미 바로 그것이었다.

나는 마리아의 유일한 애인도, 가장 사랑받는 애인도 아니었다. 그런 행운이 내게 주어지지는 않았다. 나는 그녀의 여러 애인 중 하나였을 뿐이다. 그녀는 나와 만날 시간이 별로 없었다. 때로는 오후에 한 시간 정도 나와 함께 있었고, 하룻밤을 함께 지내는 일은 매우 드물었다. 그녀는 나한테서 돈을 받으려고 하지 않았다. 아마도 헤르미네가 그렇게 시킨 것 같았다. 그러나 선물은 기꺼이 받았다. 이를테면 내가 조그마한 빨간색 가죽 지갑을 그녀에게 선물했을 때 그 속에 금붙이 한두 개를 넣어 두었던 건 그냥 모르는 척했다. 말이 나온 김에 하는 말이지만 사실 나는 그 빨간 지갑 때문에 그녀의 비웃음을 톡톡히 샀다. 그것은 멋진 지갑이었지만 유행이 지난 재고품이었다. 내가 지금껏 에스키모인의 언어보다도 더 모르고 있었던 이런 물건들에 대해 나는 마리아에게서 많은 것을 배웠다. 무엇보다도 다음과 같은 이야기를 들었다. 즉 이 작은 장난감들과 유행품, 사치품들은 단지 가치 없고 진부한 것만은 아니고, 돈벌이에 혈안이 되어 있는 제조업자나 장사꾼들의 발명품만도 아니다. 그것들은 사랑에 봉사하고 감각을 세련되게 하고 권태로운 주변 세계에 생기를 불어넣고 마술처럼 새로운 사랑의 매체가 되려는 단 하나의 목적만을 가지고 있는 아름답고 다양한 사물들의 작은, 아니 오히려 큰 세계를 이룬다는 것이다. 분과 향수에서 무도화까지, 반지에서 담뱃갑, 허리띠에서 손지갑에 이르기까지 이 모두가 다 그렇다는 것이다. 그래서 이 지갑은 지갑이 아니고, 이 가방은 가방이 아니고, 꽃은 꽃이 아니고, 부채는 부채가 아니란다. 이 모두는 사랑과 마력과 매혹의 구체적인 재료이고, 심부름꾼이고, 밀수꾼이며, 무기이고, 돌격의 함성이라는 것이다.

나는 종종 마리아가 누굴 사랑하는지에 대해 골똘히 생각해 보았다. 나는 그녀가 파블로를 제일 사랑한다고 생각했다. 넋을 잃은 듯한 까만 눈과 길고 창백하고 새하얗고 우울한 손을 가진 젊은이, 그 색소폰 주자 파블로 말이다. 나는 파블로가 사랑에 있어서 좀 지루하고, 제멋대로 행동하고 수동적이리라고 생각해 왔던 터인데, 마리아는 그가 천천히 달아오르긴 하지만, 어떤 복서나 기수(騎手)보다도 더 긴장감을 주고, 거칠고, 남자답고, 도전적이라고 단언했다. 이런 식으로 나는 세계의 재즈 음악가, 배우, 부인, 처녀, 남자들의 이런저런 은밀한 이야기를 들었고, 갖가지 비밀들을 알게 되었으며, 표면 아래에 숨어 있는 이런저런 관계와 갈등들도 보게 되었고,

이러면서 (이 세계에 전혀 연관이 없는 이물질 같은 존재였던 내가) 점차 이 세계에 익숙해지고 섞이게 되었다. 헤르미네에 대한 이야기도 많이 들었다. 그러나 이젠 마리아가 좋아하는 파블로와 특히 자주 만나게 되었다. 가끔 그녀는 파블로의 비밀 약도 이용했고, 이따금 나도 그 약 덕분에 더 많은 쾌감을 맛볼 수 있었다. 파블로는 언제나 특히 열심히 나를 도와주었다. 한번은 나에게 이렇게 노골적으로 말한 적도 있었다. "당신은 너무나 불행하십니다. 그러면 안 됩니다. 그건 안 좋아요. 나도 마음이 아프답니다. 마약을 써 보세요." 명랑하고, 영리하고, 어린애 같고, 그러면서도 속마음을 알 수 없는 이 인간에 대한 나의 판단은 번번이 변했다. 우리는 친구가 되었고, 내가 그의 비밀 약을 쓰는 경우도 드물지 않게 되었다. 무언가 재미있다는 태도로 그는 마리아에 대한 나의 연정을 지켜보았다. 한번은 그가 교외에 있는 한 호텔의 다락방인 자기 방에서 '축제'를 열었다. 의자가 하나밖에 없어서 나와 마리아는 침대에 앉을 수밖에 없었다. 그는 우리에게 마실 것을 주었다. 그건 세 가지 술을 섞어 만든 신비롭고 이상한 리큐어[15]였다. 그리고 내가 아주 기분이 좋아지자, 그는 눈에 광채를 띠며 셋이서 사랑의 축제를 벌이자고 제안했다. 나는 한사코 거절했다. 그건 도저히 할 수 없는 짓이었다. 그렇지만 그러면서도 마리아가 어떤 태도를 취하는지 흘깃흘깃 건너다보았다. 그녀는 내가 거절한 데 즉시 동의했지만, 나는 그녀의 눈에 희미

---

15) 향료 따위를 가미한 달콤한 혼성주.

한 불길이 타오르는 것을 보았고, 그녀가 이 거절을 섭섭해한다는 것을 느낌으로 알았다. "유감인데요." 그가 말했다. "하리씨, 당신은 너무 도덕적으로 생각합니다. 그러면 할 게 아무것도 없어요. 참 멋질 텐데, 정말 기가 막힐 텐데! 그렇다면 대신 다른 걸 하지요." 우리는 각각 아편을 조금씩 들이마셨고, 눈을 뜨고 꼼짝 않고 앉아서 파블로가 암시한 장면들을 체험했다. 마리아는 황홀하여 몸을 덜덜 떨었다. 조금 지나 내가 몸이 좋지 않다고 느꼈을 때 파블로는 나를 침대에 눕히고, 물약을 몇 방울 주었다. 몇 분인가 눈을 감고 있는 동안 나는 눈꺼풀 위로 입김이 서린 키스가 휙 지나가는 것을 느꼈다. 나는 그것이 마리아의 키스려니 생각하고 받아들였다. 그러나 그건 파블로의 키스였다.

어느 날 밤엔가는 그가 그날보다도 나를 더 놀라게 한 적이 있다. 그는 내 집으로 찾아와서, 20프랑이 필요하니 빌려 달라고 했다. 그 대가로 오늘밤은 자기 대신 마리아를 마음대로 해도 된다는 것이었다.

"파블로." 나는 깜짝 놀라서 말했다. "당신은 지금 자신이 무슨 말을 하는지 모르고 있어요. 자기 애인을 돈을 받고 다른 사람에게 넘겨준다는 건 우리 사이에선 가장 수치스러운 짓이에요. 나는 이 제의를 안 들은 걸로 하겠어요, 파블로."

그는 동정 어린 눈으로 나를 쳐다보았다. "싫다고요, 하리씨. 좋습니다. 당신은 언제나 스스로 일을 꼬이게 만들어요. 싫으시다면, 오늘 밤은 혼자서 주무십시오. 어쨌든 돈을 좀 주세요. 돌려드릴 테니까요. 꼭 필요한 데가 있어요."

"도대체 무엇에 쓰려고 그럽니까?"

"아고스티노 때문입니다. 아시지요. 제2바이올린을 켜는 키 작은 남자 말입니다. 팔 일째 아파요. 아무도 그를 돌봐 주지 않고, 돈도 한 푼 없어요. 이제 제 돈도 바닥이 났어요."

호기심이 동해서, 그리고 조금은 자신을 꾸짖는 뜻에서 나는 파블로와 함께 우유와 약을 사서 아고스티노에게 갔다. 그는 형편없는 다락방에서 살고 있었다. 파블로는 이불을 새로 정돈하고, 환기를 시키고, 깨끗하고 반듯한 물수건으로 열이 펄펄 끓는 그의 머리를 싸매 주었다. 그는 이 모든 일을 능숙한 간호사처럼 신속하고 유연하고 정확하게 처리했다. 그날 밤나는 그가 '시티 바'에서 새벽녘까지 연주하는 걸 보았다.

나는 종종 헤르미네와 함께 마리아에 대해 오랫동안 여러 가지 이야기를 하곤 했다. 그녀의 손이며 어깨, 허리에 대해 말했고, 그녀가 웃는 모습, 춤추는 모습, 키스하는 방식에 대해 이야기했다.

"당신에게 벌써 보여 줬어요?" 헤르미네는 이렇게 묻고, 키스할 때 혀로 하는 유별난 장난을 설명해 주었다. 나는 그녀에게 실제로 가르쳐 달라고 부탁했지만, 그녀는 심각한 표정을 지으며 거절했다. "나중에 기회가 있을 거예요." 그녀가 말했다. "아직 나는 당신의 애인이 아니잖아요."

나는 그녀가 마리아의 키스 기술이며, 또한 애인이나 알 수 있는, 그녀 삶의 많은 비밀스러운 구석들을 어떻게 그렇게 잘 아는지 물어보았다.

"우리는 친구잖아요." 그녀가 말했다. "그럼 우리가 서로 간에 비밀이 있으리라고 생각하셨어요? 나는 자주 그 애와 함께 자고 놀고 하지요. 어쨌든 당신은 다른 애들보다 많은 재주를 부릴 줄 아는 참 귀엽고 아름다운 애를 손에 넣은 거예요."

"헤르미네, 그렇지만 너희들도 서로 간에 비밀이 있으리라고 생각해. 아니면 마리아에게 나에 대해 알고 있는 것을 모두 다 이야기해 주었어?"

"아니에요. 그건 그 애가 이해하지 못할 다른 문제예요. 마리아는 대단한 애예요. 당신은 운이 좋았어요. 그러나 당신과 나 사이에는 그 애가 모르는 것들이 있어요. 나는 그 애에게 당신 이야기를 많이 했어요. 물론 당신이 좋아하지 않을 이야기도 했지요. 당신을 위해 그녀를 유혹해야 했기 때문이었어요. 그러나 내가 당신을 이해하듯이 그렇게 마리아가 당신을 이해하지는 못할 거예요. 아무도 당신을 이해하지 못할 거예요. 나는 그 애에게서도 몇 가지 이야기를 들어 알고 있어요. 마리아가 당신에 대해서 알고 있는 건 모두 나도 알고 있어요. 나는 우리가 종종 같이 잔 사이이기나 한 것처럼 당신을 속속들이 알고 있지요."

다시 마리아와 만났을 때, 나는 그녀가 나에게 하듯이 헤르미네를 가슴에 안고 그녀의 손, 발, 머리, 살갗을 만지고, 키스하고, 맛보고, 음미했다는 생각을 하자 이상하고 묘한 느낌이 들었다. 간접적이고 복잡한 새로운 관계와 결합이, 새로운 사랑의 가능성과 삶의 가능성이 내 앞에 나타난 것이다. 나는 『황야의 이리론』에 쓰인 천 개의 영혼이라는 말을 떠올렸다.

마리아와 알고 지내게 된 날부터 가장무도회까지의 짧은 기간 동안 나는 정말이지 행복했다. 그렇다고 그것이 구원이요, 궁극적으로 도달한 행복이라는 느낌은 전혀 없었다. 오히려 이 모두가 서곡이나 준비에 지나지 않으며, 모든 일은 격정적으로 진행될 것이고, 본곡은 다음에야 오리라는 것을 분명하게 예감했다.

나는 춤에 대해 많은 것을 배웠다. 이젠 하루하루 점점 더 화제가 되는 그 가장무도회에 가는 것도 가능할 것 같았다. 헤르미네에겐 비밀이 하나 있었다. 그녀는 가장무도회에서 어떤 의상을 입을 것인지를 나에게 미리 가르쳐 주지 않겠다는 입장을 고집했다. 내가 그녀를 금방 알아볼 거라고 그녀는 말했다. 혹시 못 알아보면 그녀가 도와줄 테지만, 미리 알려고 해서는 안 된다고 했다. 그녀는 또한 내 의상 계획에 대해서도 전혀 관심이 없었다. 그래서 나는 가장무도회에 의상을 입지 않고 가기로 작정했다. 내가 무도회에 마리아와 함께 가려고 했을 때 그녀는 이미 함께 가기로 한 신사가 있다고 말했다. 그녀는 정말 벌써 입장권까지 가지고 있었다. 나는 이 축제에 혼자 가야만 한다는 것을 알고는 약간 실망했다. 이 무도회는 매년 예술가들이 글로부스 홀에서 개최하는 이 도시 최고의 가장무도회였다.

이 며칠 동안 나는 헤르미네를 거의 보지 못했다. 그러나 무도회 전날 그녀는 잠시 우리 집에 들렀다. 그녀는 내가 사 놓은 입장권을 가지러 왔던 것이다. 내 방에서 내 곁에 조용히 앉아 참으로 이상하고 인상적인 대화를 나누게 되었다.

"지금 당신 모습은 참 보기 좋아." 그녀가 말했다. "춤 덕분에 건강해졌어. 지난 4주 동안 당신을 보지 못한 사람은 당신을 못 알아볼 거야."

"그럴 거야." 나는 인정했다. "몇 년 동안 지금처럼 건강한 적은 없었어. 모두가 네 덕분이야, 헤르미네."

"당신의 아름다운 마리아 덕분이 아니고?"

"아니야. 그 애도 네가 보내 준 거잖아. 그 애는 참 대단해."

"그 애는 당신에게 필요한 애인이야, 황야의 이리 씨. 귀엽고, 젊고, 명랑하고, 연애의 명수고. 또 매일 만나지 않는 것도 좋은 거고. 만약 당신이 그 애를 다른 사람과 나누어 가질 필요가 없고, 그 애가 단지 지나가는 손님 같은 존재가 아니라면, 당신에게도 좋지 않을 거야."

그렇다. 이 말도 인정하지 않을 수 없었다.

"그러니 이제 당신은 필요한 걸 모두 갖게 된 거지?"

"아니야, 헤르미네, 그렇지 않아. 나는 아주 아름답고 황홀한 것을, 커다란 기쁨과 사랑스러운 위안을 갖고 있긴 해. 나는 정말 행복하긴 해……"

"그렇다면, 뭘 더 바라지?"

"나는 그 이상의 것을 바라. 나는 행복한 상태에 만족하지 않아. 난 행복하도록 돼먹질 못했어. 그건 내 운명이 아니야. 내 운명은 그 반대야."

"그럼 불행해져야 한다는 말이야? 그건 정말이지 실컷 경험했잖아. 당신이 면도칼 때문에 집에 돌아갈 수 없었을 때 말이야."

"아니, 헤르미네, 그건 달라. 물론 그때 나는 무척 불행했지. 그러나 그건 멍청한 불행이었어. 불모의 불행이었다고."

"어째서?"

"그 일이 없었다면 나는 그토록 원했던 죽음을 이렇게까지 두려워하지는 않았을 테니까. 내가 필요로 하고 동경하는 불행은 다른 거야. 그건 욕정으로 괴롭히고 탐욕으로 죽게 만드는 그런 불행이야. 이게 내가 기다리는 불행 혹은 행복이야."

"당신 말 이해해. 그 점에서 우리는 형제지. 그러나 당신이 지금 마리아에게서 찾은 행복을 거부할 이유는 뭐지? 왜 당신은 만족하지 않는 거지?"

"나는 이 행복을 조금도 거부하지 않아. 아, 정말 그렇지 않아. 나는 이 행복을 사랑하고, 감사하고 있어. 그건 여름 장마철의 일요일처럼 좋아. 그러나 나는 그것을 지속할 수 없으리라는 걸 예감하고 있어. 이 행복 또한 불모인 거야. 그건 만족감을 주지만, 만족감은 나를 위한 양식은 아니야. 그건 황야의 이리를 잠재우고, 그의 배를 부르게 하지. 그러나 그건 목숨을 걸 만한 행복은 아니야."

"그러니 죽어야 한다 이 말인가, 황야의 이리 씨?"

"그래야 한다고 생각해! 나는 이 행복에 아주 만족하고, 앞으로도 오랫동안 그럴 수 있을 거야. 그러나 행복이 가끔 내게 한 시간만 시간을 준다면, 한 시간만 잠에서 깨어나 다시 무언가를 동경할 시간을 준다면, 나의 동경은 이 행복을 영원히 유지하려고 하기보다는 다시 고통 쪽을 택할 거야. 전보다 더 멋지고 더 풍요로운 고통 말이야. 내가 동경하는 것은 나에게 죽으려는 마음과 의욕을 불러일으켜 줄 고통이야."

헤르미네는 부드럽게 내 눈을 쳐다보았다. 그건 그녀에게서 느닷없이 나타나곤 하는 어두운 시선이었다. 아름다우면서도 무서운 눈이었다. 단어를 하나하나 골라 차례로 나열하듯이 천천히 그녀가 말했다. 아주 나직한 음성이어서 나는 그 말을 듣기 위해 귀를 곤두세워야 했다.

"오늘 당신에게 내가 오래전부터 알고 있는 것을 이야기하겠어. 당신도 알고 있지만 스스로에게 말하지 않았을 뿐인지도 모르지. 이제 당신에게 나와 당신과 우리의 운명에 대해 내가 알고 있는 것을 말하려 해. 하리, 당신은 예술가이고 사상가야. 기쁨과 신념에 가득 차 언제나 위대하고 영원한 것을 추구하고, 작고 예쁜 것에는 결코 만족할 줄 모르는 사람이지. 그러나 삶이 당신을 각성시키고, 자기 자신을 인식하게 하면 할수록 당신의 괴로움은 커졌고, 당신은 고통과 두려움과 절망의 구렁텅이에 점점 깊숙이 빠져들었어. 당신은 지금 목까지 빠져 있지. 당신이 한때 아름답고 성스러운 것으로 알고 사랑하고 숭배했던 모든 것, 인간과 우리 인간의 고귀한 천성에 대해 당신이 예전에 가졌던 모든 믿음이 하등 도움이 안 되고, 가치 없는 것으로 산산조각이 나 버린 거지. 당신의 믿음은 이제 더 이상 숨 쉴 공기가 없어. 하지만 질식사한다는 건 끔찍한 죽음이지. 내 말이 맞지. 하리? 이것이 당신의 운명이지?"

나는 거듭거듭 고개를 끄덕였다.

"당신은 인생에 대한 나름의 상(像)을 가지고 있었어. 어떤 믿음, 어떤 요구를 가지고 있었던 거지. 당신은 행동하고, 괴로

위하고, 희생할 각오가 되어 있었어. 그런데 점차 깨닫게 된 거지. 세상은 그런 행위나 희생 따위를 당신에게 전혀 요구하지 않는다는 걸 말이야. 인생은 영웅의 역할 따위가 필요한 영웅시가 아니라, 그저 먹고 마시는 데, 커피와 뜨개질 양말에, 타로크 놀이[16]나 라디오 음악에 만족하는 사람들이 사는 시민의 쾌적한 방에 지나지 않는다는 걸 알게 된 거지. 이와는 다른 것, 그러니까 영웅적인 것이나 아름다움을 원하고 그것을 자신의 내면에 지닌 사람, 위대한 시인을 숭배하고 성스러운 것을 경배하는 사람은 바보나 돈키호테 같은 사람이 되지. 그래, 나도 이와 똑같은 길을 걸어왔어, 하리. 나는 재능이 뛰어난 아이였어. 훌륭한 모범을 본받아 생활하고, 자신에게 지고한 것을 요구하고, 거룩한 사명을 완수할 운명을 타고났던 거야. 나는 위대한 운명을 감당할 능력이 있었어. 왕비가 되거나 혁명가의 아내, 천재의 누이, 순교자의 어머니가 될 수도 있었지. 그런데 인생이 내게 허락한 것은 고작 그럭저럭 괜찮은 취미를 가진 고급 창녀가 되는 것뿐이었어. 그것조차 간신히 이루어 낸 거라고! 이것이 내가 걸어온 길이야. 나는 한동안은 어쩔 줄을 몰랐고, 한참 동안 나 자신에게 그 책임을 묻고자 했어. 나는 그때 생각했지. 결국 삶은 항상 정당하다, 삶이 나의 아름다운 꿈을 비웃는다면 그건 내가 멍청하고 터무니없는 꿈을 꾸기 때문이라고 말이야. 그러나 그건 전혀 도움이 되지 않았어. 그래서 나는 눈과 귀가 밝고 또 얼마간의 호기심

---

16) 이탈리아 카드놀이의 일종.

도 가졌기 때문에 이른바 삶이란 것을 관찰했지. 아는 사람들과 이웃들, 오십 명이 넘는 사람들의 운명을 정말 치밀하게 관찰했어. 거기서 내가 내린 결론은 이거야, 하리. 내 꿈이 정당했다는 것, 백 번 천 번 정당했다는 것. 당신의 꿈도 마찬가지야. 그러나 삶은, 현실은 정당하지 않아. 나와 같은 여자가 돈 많은 사람에게 고용되어 타자기 앞에 앉아서 아무런 의미도 없이 비참하게 늙어 가거나, 돈 많은 자와 돈 때문에 결혼하거나, 일종의 창부가 된다거나 하는 따위 이외에 다른 길이 없다면 그건 옳지 않아. 당신 같은 사람이 고독과 절망 끝에 면도칼을 잡지 않을 수 없는 것도 마찬가지지. 아마도 나의 불행이 더 물질적, 도덕적이고, 당신의 불행이 더 정신적일 거야. 그러나 그건 결국은 같은 길이야. 당신이 폭스트롯을 두려워하고, 술집과 댄스홀과 재즈 음악 따위에 반감과 저항감을 가지고 있다는 걸 내가 모른다고 생각해? 나는 그런 것을 충분히 이해해. 당신이 정치를 혐오하는 것도, 정당과 언론의 헛소리와 무책임한 행동에 당신이 비통해하는 것도, 과거의 전쟁과 앞으로 닥칠 전쟁에 대해, 또 요즘 사람들이 생각하고, 읽고, 집을 짓고, 음악을 만들고, 축제를 벌이고, 교양을 쌓는 방식에 대해 당신이 얼마나 절망하고 있는지도 나는 잘 알고 있어. 당신이 옳아. 황야의 이리 씨, 천 번 옳아. 그러나 당신은 몰락할 수밖에 없어. 당신은 이 단순하고 쾌적하고 사소한 것들에 만족하는 요즘 세상에 살기에는 너무 까다롭고 요구하는 것이 많아. 그래서 이 세상이 당신을 밖으로 내쫓아 버린 거야. 당신은 이 세상에 살기에는 한 차원이 높은 거지. 오늘날 자신의 인생을 즐기려는 사람은 당신이나 나 같은 사람이어서는 안 돼. 서툰 가락 대신 음악을, 향락 대신 기쁨을, 돈 대신 영혼을, 영업 대신 참된 일을, 장난질 대신 열정을 요구하는 사람에게 이 아름다운 세상은 결코 고향이 될 수 없어……."

그녀는 바닥을 응시하면서 생각에 잠겼다.

"헤르미네." 나는 부드럽게 말했다. "너는 혜안을 가졌구나! 그런데도 나에게 폭스트롯을 가르쳤단 말이지! 그건 그렇고, 우리 같은 사람들, 한 차원을 더 가진 사람들은 이 세상에서 살 수 없다니 그게 무슨 뜻이지? 왜 그렇단 말이지? 오늘날에만 그렇단 말인가? 아니면 언제나 그렇단 말인가?"

"나도 모르겠어. 이 세상의 명예를 위해 그건 우리 시대에만 해당한다고, 그건 하나의 병, 하나의 순간적인 불행이라고 생각하고 싶어. 이 시대의 지도자들은 착실하게 계획대로 다음 전쟁을 준비하고, 그동안에 우리는 폭스트롯을 추고, 돈을 벌고, 초콜릿 봉봉을 먹는 거지. 이런 시대에는 세상이란 것도 참 보잘것없어 보여. 과거의 다른 시대는 더 나았었다고, 그리고 앞으로 다시 더 나아질 거라고, 더 풍요롭고, 넓고, 깊어질 거라고 희망을 가져 보기도 하지. 그러나 그건 우리에게 아무런 도움도 되지 않아. 어쩌면 언제나 그런 건지도 모르니까."

"어느 시대나 그럴까? 언제나 정치가, 사기꾼, 술집 점원, 한량들을 위한 세상만 있고, 인간이 숨 쉴 공기는 없단 말인가?"

"나도 모르겠어. 아무도 모를 거야. 그건 어떻든 상관없어. 당신이 좋아하는 사람, 모차르트가 생각나네. 이따금 내게도 이야기했고, 그에 대해 쓴 편지도 읽어 준 적이 있지. 그는 어떻게 살았을까? 그가 살던 시대엔 누가 세상을 지배하고, 좋은 자리를 차지하고, 의견을 주도하고, 중요하게 여겨졌을까? 모차르트였을까, 사업가였을까? 모차르트였을까, 평범한 보통 사람들이었을까? 그는 어떻게 죽었고 어떻게 땅에 묻혔을까? 이렇게 보면 세상은 언제나 이런 것이고 앞으로도 계속 이럴 거라는 생각이 들어. 학교에서 이른바 '세계사'라고 부르고, 교양을 위해 암기해야 하는 것들, 영웅, 천재, 위대한 행적과 감정 등등, 이런 것들은 교육을 목적으로, 아이들이 규정된 학년 동안 무언가에 몰두하게 하기 위해서 학교 선생들이 꾸며낸 거짓말이야. 세상은 과거나 미래나 변화가 없어서, 시간과 세계, 돈과 권력은 하찮은 자, 평범한 자들의 것이 되고, 본래의 진정한 인간에게는 아무것도 주어지는 게 없지. 죽음 이외에는 말이야."

"죽음밖에는 아무것도 없단 말이지?"

"그렇진 않아. 영원이란 게 있지."

"네 말은 사후 세계에도 명성은 남는단 말인가?"

"아니, 명성을 말하는 게 아니야. 그런 게 무슨 가치가 있나? 당신은 진정으로 참되고 완벽한 인간이 모두 유명해지고 사후 세계에도 알려진다고 생각해?"

"아니야, 물론 그렇지 않지."

"그래. 그건 명성이 아니야. 명성이란 교양을 위해서나 소용이 될 뿐이지. 그건 학교 선생들이나 관심을 가질 문제라고. 명성이라니, 아니야! 내가 영원이라고 말한 건 그게 아니야. 신앙심이 깊은 사람들은 그걸 하느님의 나라라고 하겠지. 이 세상의 공기 이외에 또 다른 공기를 숨 쉴 수 없다면 그리고 시간 이외에 영원이란 것이 없다면, 우리처럼 인간적인 사람들, 요구와 동경이 넘치는 한 차원 높은 사람들은 도저히 살아갈 수 없을 거야. 그리고 영원은 참된 사람이 사는 나라야. 모차르트의 음악이나 당신이 숭배하는 위대한 시인들의 시가 그 나라에 속하고, 기적을 행하고 순교자로서 죽임을 당하고 사람들에게 위대한 본보기를 보여 준 성인들도 거기 속하는 거지. 모든 진실한 행위와 감정도 이 영원의 나라에 속하지. 아무도 그것을 모르고, 그것을 주목하거나 기록하지 않고, 후세를 위해 보존하지 않을지라도 말이야. 영원의 나라엔 후세란 건 없어. 현세가 있을 뿐이지."

"네 말이 맞아." 내가 말했다.

"신앙심이 깊은 사람들이 그것을 가장 잘 알았어." 그녀가 깊이 생각에 잠긴 채 말을 이었다. "그래서 그들은 성인들을 모아서 자기들이 '성인의 나라'라고 부르는 것을 세운 거지. 성인들, 그들은 진정한 인간이고, 구세주의 동생들이지. 우리는 한평생 선행과 과감한 사상과 사랑을 통해 성인에 이르려는 도정에 있는 거야. 성인의 나라는 초기에는 화가들에 의해 밝은 빛을 내뿜는 아름답고 평화로운 황금빛 하늘에 있는 것으로 묘사되었지. 그 나라는 내가 앞서 '영원'이라고 말한 바로 그것이야. 그건 시간과 가상의 저편에 있는 나라야. 우리는 그 나라에 속하고, 우리의 고향은 그곳이며, 우리의 심장은 그곳을 향해 뛰지. 황야의 이리 씨, 그래서 우리는 죽음을 동경하는 거야. 그곳에서 당신은 당신의 괴테와 노발리스와 모차르트를 만날 것이고, 나는 나대로 나의 성인인 크리스토퍼[17]와 필립 폰 네리[18] 등을 볼 거야. 많은 성인이 처음엔 사악한 죄인이었어. 죄 또한 신성에 이르는 길일 수 있는 거야. 죄와 악덕도 말이야. 당신은 비웃을지 모르겠지만, 나는 어쩌면 내 친구 파블로도 숨어 있는 성자일지 모른다는 생각을 할 때가 있어. 아, 하리, 우리는 집에 가기 위해 이렇게 많은 진창과 난센스를 아슬아슬하게 통과해야만 해! 우리를 이끌어 줄 사람은 없어. 우리의 유일한 길잡이는 향수지."

이 마지막 말을 그녀는 다시 아주 작은 소리로 말했다. 이제 방 안은 평화로운 침묵에 잠겼다. 해가 지고 있었다. 서재에 꽂힌 책등의 금빛 글자들이 석양에 반짝반짝 빛났다. 나는 헤르미네의 얼굴을 두 손으로 감싸고 그녀의 이마에 키스를 해 주었다. 그리고 남매간인 것처럼 뺨을 갖다 대고 그녀의 머리를 내게 기대게 한 후 잠시 동안 있었다. 오늘은 외출하지 않고 계속 이렇게 있고 싶었다. 그러나 무도회 바로 전날인 이날 밤엔 마리아와 약속이 있었다.

그러나 마리아를 만나러 가는 길에 내가 생각한 것은 마리아가 아니라 오직 헤르미네가 한 말이었다. 헤르미네의 말은 모두가 그녀 자신의 생각에서 나온 것이 아니라, 내 생각에서 나온 것이라는 느낌이 들었다. 혜안을 가진 헤르미네가 내 생각을 읽고, 거기에 숨을 불어넣어 다시 나에게 제시함으로써,

17) 전설적인 순교 성인.
18) 16세기 이탈리아의 가톨릭 개혁자.

내 생각은 모양이 잡혀 새롭게 내 앞에 나타난 것이다. 특히 그녀가 영원에 대한 생각을 이야기한 것에 대해 나는 그녀에게 깊이 감사하는 마음이 들었다. 나에겐 그런 생각이 필요했다. 나는 그것 없이는 살 수도, 죽을 수도 없었다. 내 친구이자 춤 선생인 그녀가 오늘 나에게 성스러운 피안, 무시간적인 세계, 신성한 실체와 영원한 가치의 세계를 다시 선사해 준 것이다. 나는 괴테가 등장한 꿈을 생각했다. 그렇게 비인간적인 웃음을 지으며 나에게 불멸의 농담을 던지던 그 늙은 현인의 모습을 떠올렸다. 그의 웃음은 대상이 없는 웃음이었다. 그것은 오직 빛과 밝음이었고, 진정한 인간이 사람들의 고통과 재앙과 오류와 열정과 오해를 뚫고 영원의 세계로 들어섰을 때 짓는 웃음이었다. 그리고 '영원'이라는 것은 시간으로부터의 해탈에 지나지 않고, 어느 정도는 시간의 순수로의 회귀, 시간의 공간으로의 재변신이다.

나는 우리가 늘 저녁을 먹던 그 집에 가서 마리아를 찾았다. 그녀는 아직 오지 않았다. 조용한 교외 간이음식점의 테이블보를 입힌 식탁에 앉아 그녀를 기다리면서도 생각은 줄곧 헤르미네와 나눈 대화에 머물렀다. 그녀와 나 사이에서 오간 이 생각들은 모두가 내게는 너무나 친숙하고 예전부터 익히 알고 있던 터라, 나의 비밀스러운 신화 세계와 형상 세계에서 퍼 올린 생각이라고 느껴졌다. 무시간적인 공간에 살면서 황홀한 이미지로 자기 주위에 수정의 맑은 영원성을 에테르처럼 흩뿌리는 불멸의 인간들, 이 탈속(脫俗)의 세계가 지닌 별처럼 빛나는 서늘한 명랑성, 이런 것들이 어떻게 나에게 그리도 친숙해졌을까? 나는 생각에 잠겼다. 그러자 모차르트의 「카사치온」과 바흐의 「평균율」의 몇 곡조가 떠올랐다. 이 음악 도처에서 저 서늘하고 별빛이 서린 명랑성이 빛나고 에테르같이 맑은 것이 떠다니는 걸 느꼈다. 그랬다. 이 음악은 공간으로 얼어붙은 시간 같은 것이었고, 그 너머로 초인간적인 명랑성이, 신성한 영원의 웃음이 흘러 다녔다. 오, 내 꿈속의 늙은 괴테도 그것과 썩 잘 어울리지 않는가! 나는 갑자기 주위에서 깊이를 알 수 없는 이 웃음소리를 들었다. 불멸의 인간이 웃는 소리를 들었다. 마법에 홀린 듯 앉아서, 조끼 주머니에서 연필을 찾았고, 종이를 찾았다. 포도주 메뉴판이 내 앞에 놓여 있는 것을 보고 그것을 뒤집어 뒷면에 써 내려가기 시작했다. 그것은 한참 후에 호주머니에서 우연히 발견하게 될 시였다.

불멸의 존재들

계곡의 땅 속에서 그칠 새 없이
삶의 충동이 연기 되어 피어오르고,
험한 고난과 넘치는 도취
천 명 사형 집행인의 성찬을 둘러싼 핏빛 연기,
욕망의 발작과 끝없는 탐욕,
살인자의 손, 고리대금업자의 손, 기도자의 손,
공포와 쾌락의 채찍에 몰린 인간의 무리가
후끈후끈 생고기가 썩어 가는 냄새를 피우며,
행복과 거친 욕정을 숨 쉬고,

제 살을 뜯어 먹고 또 뱉어 내며,

전쟁과 부드러운 예술을 부화시키고,

불붙은 기쁨의 집을 광기로 장식하고,

어린 시절 대목장의 빛나는 기쁨으로

자신을 휘감고, 갉아먹고, 더럽히며,

예전에 흙탕물로 부서졌듯이

이제 새로이 파도에서 솟아오른다.

그러나 우리는 별빛이 투과하는 에테르의 얼음 속에서

자신을 발견하고

시간도 날짜도 모르는 채

남자도 여자도, 청년도 노인도 아니다.

너희들의 죄악과 공포,

너희들의 살육과 성적(性的) 환희는

돌고 있는 태양처럼 우리를 위한 연극을 한다.

모든 하루가 우리에겐 길고 긴 날이다.

너희들의 경련하는 삶에 조용히 머리 끄덕이며

선회하는 별들을 말없이 바라보면서

우리는 우주의 겨울을 들이마시고,

하늘의 용과 친구가 되면,

우리의 영원한 존재는 싸늘하게 불변하며

우리의 영원한 웃음은 싸늘하게 별빛처럼 빛나리.

그때 마리아가 왔다. 기분 좋게 저녁을 먹고 나서 나는 그녀와 우리의 작은 방으로 갔다. 그날 밤 그녀는 어느 때보다도 더 아름답고 따스하고 부드러웠고, 나에게 온갖 애정과 애무를 마구 쏟아서 나는 그것이 그녀가 나에게 보내는 마지막 헌신이라고 느꼈다.

"마리아." 나는 말했다. "너는 오늘 여신처럼 너그럽구나. 그렇지만 우리 둘이 완전히 나가떨어질 지경으로 만들어선 안돼. 내일 무도회가 있잖아. 내일 너는 어떤 신사를 만나게 될까? 마리아, 나는 그자가 동화 속의 왕자처럼 너를 유혹해서, 네가 다시는 내게로 돌아오지 않을까 두렵다. 오늘 너는 이별하는 연인이 마지막 사랑을 바치는 것처럼 내게 사랑을 쏟아붓고 있어."

그녀는 내 귀에 입술을 바짝 갖다 대고 속삭였다.

"그런 말 하지 마, 하리. 어느 순간이나 마지막일 수 있는 거야. 헤르미네가 당신을 빼앗아 가면, 당신은 다시는 내게 오지 않을 거야. 어쩌면 그녀가 내일 당신을 빼앗아 갈지도 모르지."

그 시절의 특징적인 감정, 저 쓰리고도 달콤하고 묘한 기분을 그 무도회 전날 밤보다 강렬하게 느껴 본 적은 없다. 그건 행복감이었다. 나는 마리아의 아름다움과 헌신을, 미묘하고 부드러운 무수한 감각들을 즐기고 만지고 들이마셨다. 이런 쾌감을 나는 중년이 되어서야 알게 되었다. 그것은 부드럽게 흔들리는 쾌감의 물결 속에서 첨벙거리며 물장난을 치는 것과 같았다. 그렇지만 그건 껍데기에 불과했다. 내면은 의미와 긴장과 운명으로 충만했다. 한편으론 갖가지 부드럽고 감미로운 사랑의 유희에 넋을 잃고 아주 기분 좋은 행복감에 빠져 있었지만, 마음 깊숙한 곳에서는 운명이 심연과 몰락 앞에서 겁먹은 준마처럼 두려움과 동경을 품고 죽음을 탐닉하며 좌충우돌 앞으로 내달리는 것을 느꼈다. 조금 전까지만 해도 오로지 관능적인 사랑의 가벼운 쾌적함에 수줍음과 두려움으로 저항했고, 언제나 자신을 바칠 마음이 있는 마리아의 명랑한 아름다움에 겁을 먹고 있던 것처럼, 이제 나는 죽음에 대한 두려움을 느꼈다. 그러나 그것은 곧 귀의와 구원으로 변할 공포였다.

우리가 말없이 사랑의 유희에 빠져 어느 때보다도 내적으로 하나가 되기는 했지만, 내 마음은 마리아와 또 그녀가 내게 주었던 모든 의미와 작별했다. 마리아를 통해 나는 마지막으로 다시 한번 어린아이처럼 피상적인 유희에 친숙해졌고, 덧없는 쾌락을 구했고, 순수한 성(性) 속에서 아이와 동물이 되는 것을 배웠다. 그것은 내 이전의 삶에서는 단지 아주 드문 예외로서만 알고 있던 상태였다. 그도 그럴 것이 관능적인 삶이나 성은 내게는 거의 언제나 죄의식의 쓸쓸한 뒷맛을 남겼으니까 말이다. 그건 정신적인 인간이 경계해야 할 금단의 열매의 감미롭지만 불안한 뒷맛이었다. 이제 헤르미네와 마리아는 이 쾌락의 정원이 지닌 순수를 보여 주었고, 나는 감사하는 마음으로 손님으로서 초대를 받았던 것이다. 그러나 이제 떠날 시간이 되었다. 이 정원은 너무나 아름답고 너무나 따뜻했다. 다시 삶의 왕관을 찾아 나서는 것, 삶의 끝없는 죄를 참회하는 것, 그것이 나의 운명이었다. 가벼운 삶, 가벼운 사랑, 가벼운 죽음, 그것은 나와는 하등 상관없는 것이었다.

헤르미네와 마리아의 암시를 통해 나는 내일 무도회에서 혹은 무도회에 이어서 아주 특별한 향락과 방종이 준비되어 있다는 감을 잡았다. 아마도 그것이 마지막일 것이고, 마리아의 예감이 맞을 것이다. 우리는 오늘 마지막으로 함께 누워 있는 것이고, 아마도 내일은 새로운 운명의 길이 열릴 것이다. 나는 불타는 동경에 휩싸였고, 목을 조여 오는 두려움에 쫓겼다. 그럴수록 나는 마리아에게 거칠게 매달렸다. 그녀의 정원에 난 길이란 길, 숲이란 숲을 온통 욕정의 가물거리는 불빛을 쫓아 헤집고 다녔고, 낙원의 나무에 달린 달콤한 열매를 다시 한번 깊숙이 깨물었다.

이날 밤에 못 잔 잠을 나는 낮에 보충했다. 아침에 목욕하고 차를 타고 집으로 돌아왔다. 죽도록 피곤했다. 침실을 어둡게 해 놓고 옷을 벗을 때 주머니 속에 내 시가 있음을 알았지만, 곧 다시 잊어버리고 바로 누워서 마리아도, 헤르미네도, 무도회도 모두 잊고 하루 종일 잠을 잤다. 저녁에 일어나 면도를 할 때야, 한 시간 후면 무도회가 시작되기 때문에 연미복을 찾아야 한다는 생각이 떠올랐다. 좋은 기분으로 준비를 마치고 우선 식사부터 하기 위해 집을 나섰다.

그것은 내가 처음 참석한 가장무도회였다. 전에도 그런 축제에 몇 번 가 보았고 가끔은 재미있다고 생각한 적도 있었지만 춤을 춰 본 적은 한 번도 없었다. 그저 구경꾼일 뿐이었다. 다른 사람들이 가장무도회에 대해 흥분해서 이야기하고 들뜬 마음으로 고대하는 모습을 볼 때마다 늘 우습다고 생각했다.

그런데 오늘 무도회는 나 또한 흥분과 얼마간의 두려움 속에서 기다려 온 행사였다. 여자와 함께 갈 필요가 없었기 때문에 나는 조금 늦게 가기로 했다. 헤르미네도 그렇게 하라고 권했던 것이다.

한때 나의 피난처였던 카페 '슈탈헬름'은 세상에 실망한 사람들이 저녁마다 죽치고 앉아 포도주를 마시면서 젊은이의 기분으로 돌아가는 그런 곳이었다. 지난 얼마 동안은 그곳에 간 적도 아주 드물었다. 더 이상 지금의 생활 방식과 맞지 않았기 때문이다. 그러나 오늘 저녁 내 발길은 저절로 그곳으로 향했다. 현재 나를 지배하고 있는 저 두려우면서도 행복한 운명과 이별의 분위기 속에서 내 인생이 지나쳐 온 모든 단계와 모든 장소가 다시 한번 고통스러우리만치 아름다운 과거의 광채를 얻은 것이다. 담배 연기가 자욱한 이 작은 주점도 그런 곳이었다. 얼마 전까지만 해도 나는 그곳의 단골손님이었고, 그곳에서 한 병의 시골 포도주를 마시면 이 원시적인 마취 수단이 나를 또 하룻밤 고독한 잠자리로 돌아가게 했고, 또 하루의 삶을 견딜 수 있게 해 주었던 것이다. 그 후로 나는 다른 수단을, 더 강력한 자극을 맛보았고, 더 달콤한 독을 들이마셨다. 나는 웃으면서 이 오래된 술집에 들어갔다. 여주인이 인사했고, 단골손님들이 말없이 고갯짓으로 나를 맞았다. 여주인이 권한 닭구이가 나왔고, 촌스럽고 두툼한 잔에는 최근 생산된 맑은 알자스산 포도주가 채워졌다. 깨끗한 흰 나무 식탁과 오래된 누런 빛의 벽판지가 상냥하게 나를 바라보았다. 식사하는 동안 마음속에서는 조락과 작별의 감정이 강해졌다.

그건 내 예전의 삶이 거쳐 온 모든 무대와 사물을 나와 묶어 주던 어떤 것이, 완전히 떼어 낼 수 없는 어떤 것이 이제 막 떨어져 나가려고 한다는 느낌, 그런 감미롭고도 고통스러운 느낌이었다. '현대인'은 이를 감상이라고 부른다. 그들은 더 이상 사물을 사랑하지 않는다. 그들은 자기들이 가장 소중하게 아끼는 자동차조차도 가능하면 빨리 더 좋은 것으로 바꾸고 싶어 한다. 이런 현대인은 맺고 끊는 것이 분명하고, 유능하고, 건강하고, 냉정하고, 엄격하고, 우수한 타입의 인간이다. 그들은 다음 전쟁에서 자신의 엄청난 재주를 실증해 보일 것이다. 나는 그런 것과 아무 상관이 없다. 나는 현대적인 인간도 구식의 인간도 아니다. 나는 시대의 흐름에서 떨어져 나와 죽음을 원하면서 죽음 쪽으로 달려갔다. 나는 감상을 조금도 반대하지 않으며, 이 다 타 버린 마음에 어떤 감정 같은 것을 느끼기만 해도 기쁘고 감사할 따름이다. 그래서 나는 이 오래된 주점에 대한 추억을 간직하고, 그 낡고 투박한 의자에 애착을 느꼈던 것이고, 담배 연기와 포도주 내음과 이 모든 것이 나에게 주었던 습관, 온기, 고향 같은 분위기에 몸을 맡겼던 것이다. 나는 딱딱한 내 자리와 촌스러운 술잔이 좋았고, 알자스 포도주의 과일 내 나는 서늘한 맛도 좋았고, 이 집의 어느 것 하나도 친숙해지지 않은 것이 없어서 좋았고, 꿈꾸듯이 몸을 움츠리고 있는 술꾼들, 오랫동안 나의 형제였던 이 실망한 자들의 얼굴도 보기 좋았다. 내가 여기서 느낀 건 시민적인 감상이었다. 술집, 포도주, 시가 따위가 아직 낯선 금단의 열매처럼 대단한 것으로 여겨졌던 소년 시절의 구식 술집의 낭만적인 향기가 이곳에는 여전히 감돌고 있었다. 그러나 오늘 저녁 황야의 이리는 조용히 있었다. 이빨을 드러내지도 않았고, 나의 감상을 갈기갈기 찢어 놓지도 않았다. 나는 거기에 평화롭게 앉아 있었다. 과거가 눈부시게 작열했고, 어느새 져 버린 별 하나가 희미한 빛줄기를 발하고 있었다.

행상인 하나가 군밤을 가지고 들어왔다. 나는 그것을 한 주먹이나 샀다. 꽃 파는 노파가 들어왔을 때 나는 카네이션을 몇 송이 사서 여주인에게 선사했다. 돈을 치르려고 늘 하던 대로 웃옷 주머니를 더듬거리다가 비로소 연미복을 입고 있다는 것을 깨달았다. 그렇다. 가장무도회다! 헤르미네다!

그러나 아직은 이른 시간이었다. 나는 지금 그냥 글로부스 홀로 가야 할지 마음을 결정할 수 없었다. 나는 또한, 최근 이런 향락을 즐길 때면 으레 일어난 일이지만, 얼마간의 저항감과 주저 같은 것을 느꼈다. 그것은 사람들로 들끓는, 떠들썩한 큰 홀에 들어가는 데 대한 혐오감, 미지의 분위기, 한량들의 세계, 춤에 대한 초심자의 수줍음이었다.

나는 영화관 앞을 어슬렁거리며 지나갔다. 광고등과 커다란 천연색 포스터가 빛나고 있었다. 나는 서너 걸음 지나가다가 돌아서서 영화관 안으로 들어갔다. 거기서라면 11시경까지 조용히 어둠 속에서 앉아 있을 수 있었다. 손전등을 든 소년의 안내를 받으며 커튼을 젖히고 어두운 홀로 들어가 자리를 찾아 앉았다. 나는 갑자기 구약 세계의 한가운데로 들어와 있었다. 이 영화는 돈벌이 때문이 아니라 고상하고 성스러운 목적을 위해 엄청난 비용과 세심한 정성을 들여 만들었다고 소문난 영화라서, 이날 오후에는 학생들까지도 종교 담당 교사들의 손에 이끌려 보러 왔을 정도였다. 이집트에서의 모세와 이스라엘 사람들을 다룬 이야기였는데, 엄청나게 많은 수의 사람과 말과 낙타와 궁전을 등장시켜 파라오의 영광과 모래사막에서 유대인이 겪은 시련을 그리고 있었다. 모세는 월트 휘트먼을 본뜬 머리 모양을 하고 있었는데, 긴 지팡이를 짚고 오딘 신처럼 걸으며 약간 우울한 듯하면서도 정열에 불타는 표정으로 유대인의 선두에 서서 사막을 방랑하는 연기는 훌륭했다. 그가 홍해에서 신에게 기도를 올리자, 바다가 갈라지고 산같이 높은 바닷물 사이로 좁은 길이 생겼다. (어떤 식으로 이 장면이 촬영되었는지에 대해 신부 인솔하에 이 종교 영화를 보러 온 콘피르만트[19]들이 오랫동안 서로 야단법석이었다.) 예언자 모세와 겁에 질린 백성들이 바다를 뚫고 지나가고, 그들 뒤로 파라오의 전차(戰車)가 나타났다. 이집트인들은 바닷가에서 깜짝 놀라 멈추어 서서 주저하다가 용기를 내어 바닷길에 뛰어들었고, 황금빛 갑옷을 입은 화려한 파라오와 그의 전차와 병사들의 머리 위로 산처럼 거대한 바닷물이 덮쳤다. 나는 그때 이 사건을 소재로 헨델이 지은, 두 명의 베이스를 위한 멋진 이중창이 생각났다. 뒤이어 모세는 시나이산을 올라갔다. 음울한 황야의 바위산에 선 우울한 영웅의 모습이었다. 거기서 여호와는 그에게 폭풍과 뇌우와 번갯불로 십계명을 일러 주고, 그러는 사이 그의 비천한 백성들은 산기슭에서 금송아지를 세

---

19) 견진 성사를 받은 소년.

위 놓고 지독스러운 향락에 빠진다. 이 모든 것을 눈으로 본다는 것이 내게는 놀랍고 믿기지 않았다. 옛날 어린 시절에 다른 세계에 대한, 초인간적인 것에 대한 최초의 어렴풋한 예감을 불러일으켰던 그 성스러운 이야기와 그 영웅들과 기적들이, 입장료를 내고 들어와, 가져온 빵을 조용히 먹고 있는 관객들 앞에서 상영되다니 말이다. 이것은 이 시대에 볼 수 있는 문화의 엄청난 싸구려 덤핑 판매의 작은 단편이었다. 염병할, 이런 추잡한 짓을 못 하게 하기 위해서라도, 그때 이집트 사람들뿐 아니라 유대인과 다른 모든 사람도 차라리 다 죽어 멸망하는 편이 나았을 것이다. 오늘날 우리처럼 끔찍한 가사(假死) 상태와 반죽음 상태에 신음하느니, 차라리 그렇게 죽는 편이 장렬하고 격조 있는 죽음이었을 것이다.

가장무도회에 대한 나의 은근한 주저와 내면의 혐오감은 영화를 재미있게 보고 나서도 줄어들기는커녕 오히려 불쾌하게 커져서, 헤르미네를 생각하며 자신을 부추기고 나서야 글로부스 홀로 차를 타고 가서 입장할 수 있었다. 시간이 상당히 지난 터라 무도회는 오래전에 이미 시작되어 있었다. 얼떨떨하면서도 마음은 냉정한 상태였지만 나는 겉옷을 벗기도 전에 가장무도회의 소용돌이에 휩쓸리고 말았다. 사람들은 악의 없이 툭툭 치고 지나갔고, 어떤 아가씨는 샴페인 방으로 오라고 권하는가 하면 광대들이 어깨를 두드렸고, 누구나 '자네'라며 친근하게 말을 건넸다. 나는 이런 것에 개의치 않고, 사람들로 들끓는 방을 뚫고 어렵게 옷 맡기는 곳까지 왔다. 소지품 예치표를 받았을 때 나는 그것을 각별히 신경 써서 주머니에 넣었다. 이 혼잡에 싫증이 나면 곧 다시 그것이 필요할 테니까.

그 큰 건물의 방이란 방마다 축제가 벌어지고 있었다. 모든 홀에서 무도회가 열렸고, 지하층도 예외가 아니었다. 복도고 계단이고 할 것 없이 가면과 춤과 음악과 웃음소리와 쫓고 쫓기는 무리가 홍수를 이루었다. 나는 답답한 마음으로 이 혼란 속에 끼어들었다. 나는 흑인 악단에서 전원 음악으로, 환하게 불을 밝힌 커다란 홀에서 통로와 계단으로, 바로, 뷔페로, 샴페인 주점으로 돌아다녔다. 벽에는 대개 젊은 예술가들의 거칠고 우스꽝스러운 그림들이 걸려 있었다. 거의 모든 부류의 사람들이 와 있었다. 예술가, 기자, 학자, 기업가, 거기다 당연히 이 도시의 온갖 한량들이 다 모여 있었다. 한 오케스트라에 파블로가 앉아, 파도 모양으로 휘어진 관악기를 정신없이 불어 대고 있었다. 나를 알아보더니 악기를 더욱 세게 불어 내게 인사를 보냈다. 사람들에 떠밀려 나는 이 방 저 방으로 쏠려 갔고, 계단을 오르락내리락해야 했다. 지하층으로 가는 통로는 예술가들에 의해 '지옥'으로 꾸며져 있었다. 거기서는 악마의 악단이 미친 듯이 악기를 두드려 대고 있었다. 나는 서서히 헤르미네와 마리아를 찾기 시작했다. 그래서 홀에 가보려고 했으나 그때마다 길을 잘못 들거나 밀려드는 사람들과 부딪쳤다. 자정까지 나는 아무도 찾지 못했다. 아직 춤 한번 추지 않았는데도 벌써 몸이 화끈거리고 현기증이 났다. 나는 가까이에 있는 의자에 앉았다. 옆에선 모르는 사람들이 큰 소리로 떠들고 있었다. 나는 포도주를 한 잔 청했다. 이런 소란한 축제에 낀다는 것은 나 같은 늙은이에게는 맞지 않는다는 생각이 들었다. 나는 의기소침하여 포도주를 마시면서 여자들의 노출된 팔과 등을 쳐다보았고 그로테스크한 가면을 쓴 여러 사람이 지나가는 것을 보았다. 사람들이 툭툭 치고 지나가도 괘념치 않았고, 내 무릎에 앉거나 나에게 춤을 추자고 청하는 아가씨 서넛을 말없이 돌려보냈다. '무뚝뚝한 늙은이'라고 누군가가 놀려 댔다. 옳은 말이었다. 나는 좀 기운을 내기 위해 술을 마셔야겠다고 생각했다. 그러나 포도주도 맛이 없어서 두 잔째도 넘기지 못했다. 나는 차츰 황야의 이리가 내 뒤에 서서 혀를 날름거리는 것을 느꼈다. 나는 여기서 아무것도 할 수 없고, 이곳은 와서는 안 될 곳이었다. 나는 물론 선의에서 이곳에 왔지만 유쾌해질 수가 없었다. 요란하게 끓어오르는 주위의 환희도, 웃음소리도, 미친 짓들도 억지로 꾸며 낸 멍청이 짓거리 같았다.

그래서 새벽 1시가 되었을 때 나는 실망스럽고 불쾌한 기분으로 다시 옷 맡기는 곳으로 가서 옷을 입고 나가려 했다. 이것은 실패였으며, 황야의 이리로의 전락이었다. 헤르미네는 이것을 용서해 주지 않을 것이다. 그러나 나로선 달리 도리가 없었다. 나는 힘겹게 사람들 틈을 비집고 옷 맡기는 곳까지 오면서 주위를 열심히 돌아보며 여자 친구들을 찾았다. 헛일이었다. 나는 접수구에 섰다. 카운터 뒤에 선 공손한 남자가 표를 달라고 손을 내밀고 있었다. 나는 조끼의 주머니를 뒤졌다. 그런데 표가 없었다. 제기랄, 잃어버린 것이다. 쓸쓸하게 홀을 돌아다니면서도, 맛없는 포도주를 마시며 앉아 있는 동안에도 나는 떠나야겠다는 마음과 싸우면서 몇 번이나 주머니를 뒤졌고, 그때마다 그곳에서 둥글고 평평한 예치표를 만졌었다. 그런데 지금 그게 없어진 것이다. 되는 일이 아무것도 없었다.

"번호표를 잃어버렸나?" 내 옆에서 붉고 노란 작은 악마가 째지는 소리로 물었다. "그렇다면, 친구, 내 것을 갖게." 벌써 그는 자기 것을 내밀고 있었다. 내가 그것을 기계적으로 받아 손가락 사이에 끼고 돌리고 있는 동안 그 재빠른 녀석은 벌써 사라져 버렸다.

그러나 내가 그 작은 둥근 마분지 표를 집어 들고 번호를 찾았을 때, 거기엔 아무런 번호도 적혀 있지 않았고, 서투르게 쓴 작은 글씨가 보였다. 나는 카운터의 남자에게 기다려 달라 말하고 옆의 전등 밑으로 가서 읽어 보았다. 거기엔 읽기 어려울 만큼 작고 흔들리는 글자로 무언가가 서투르게 적혀 있었다.

오늘밤 4시 마술 극장으로 올 것.
— 미친 사람만 입장 가능
입장료로 이성을 지불할 것.
아무나 들어갈 수는 없음. 헤르미네는 지옥에 있음.

인형 요술사가 잠깐 줄을 놓친 꼭두각시가 잠깐 빳빳하게 죽어 있다가 다시 살아나 아까 하던 연기를 계속하면서 춤추고 움직이듯이, 나도 마술의 줄에 이끌려, 조금 전 기분도 기운도 쇠잔해져 피곤한 몸으로 빠져나왔던 소용돌이 속으로 젊은 사람처럼 활기차게 돌아갔다. 어떤 죄인도 지옥에 들어가려고 그렇게 서둘지는 않을 것이다. 조금 전까지도 에나멜 구두에 밟히고, 짙은 향수 냄새에 구역질하고, 더위에 녹초가 되어 있던 터인데, 이제는 발에 날개라도 달린 듯 활기차게 원 스텝을 밟으며 지옥을 향해 모든 홀을 마구 내달렸다. 그리하여 매혹적인 향기를 느꼈고, 방 안의 온기, 끓어오르는 음악, 황홀한 색채, 여자들 어깨의 향기, 수백 명의 도취, 춤의 박자, 불타는 눈빛들의 광채에 빠져들었다. 한 스페인 계통의 무희가 날쌔게 내 팔을 낚아챘다. "나와 한번 춰요." "안 돼, 난 지옥으로 가야 해. 그러나 키스쯤은 할 수 있지." 가면 아래의 붉은 입술이 내게 다가왔다. 키스를 하면서야 비로소 나는 그게 마리아임을 알았다. 나는 그녀를 꼭 껴안았다. 그녀의 팽팽한 입술은 난숙한 여름 장미처럼 피어났다. 어느새 우리는 춤을 추고 있었다. 여전히 입술을 맞댄 채였다. 우리는 춤을 추며 파블로 곁을 스쳐 지나갔다. 그는 부드럽게 울부짖는 악기에 취한 듯 매달려 있었다. 그의 아름다운 짐승의 눈이 번쩍번쩍 빛을 내며, 반쯤은 실성한 듯 우리를 쳐다보고 있었다. 우리가 스무 스텝도 밟기 전에 음악이 끝났다. 나는 마지못해 마리아를 껴안고 있던 팔을 풀었다.

"너와 한 번 더 추고 싶었는데." 나는 그녀의 온기에 취해서 말했다. "몇 스텝 더 추자. 마리아, 나는 너의 아름다운 팔에 흠뻑 빠져 버렸거든. 네 팔을 잠깐만 빌려줘. 아차 그런데 헤르미네가 나를 불렀어. 그녀는 '지옥'에 있다는군."

"그럴 거라고 생각했어. 잘 가, 하리. 나는 당신을 사랑하고

있어." 그녀와 헤어졌다. 난숙하게 만발한 여름 장미의 향기가
환기시킨 것은 이별이었고, 가을이었고, 운명이었다.

　나는 사람들이 꽉 들어찬 긴 복도를 지나고 계단을 내려
가 계속 지옥으로 내달렸다. 그곳에선 시커먼 벽 옆에 보잘것
없는 램프가 켜져 있고, 악마의 악단이 열광적으로 연주하고
있었다. 높은 바용 의자에는 마스크를 쓰지 않은 잘생긴 젊
은 사내가 앉아 있었다. 그는 비웃는 듯한 시선으로 잠시 나
를 살폈다. 나는 춤의 소용돌이에 벽 쪽으로 밀렸다. 몹시 좁
은 그 방에서 스무 쌍 정도가 춤을 추고 있었던 것이다. 나는
타오르면서도 불안한 시선으로 여자들을 하나하나 살펴보았
다. 대부분 가면을 쓰고 있었고, 서너 명은 내게 웃음을 보냈
지만, 그중 누구도 헤르미네는 아니었다. 높은 바용 의자의 그
아름다운 청년이 조롱하듯이 내려다보았다. 휴식 시간이 되
면 헤르미네가 와서 나를 부르겠지, 하고 나는 생각했다. 춤은
끝났다. 그러나 아무도 오지 않았다.

　나는 그 작고 천장이 낮은 방 한구석에 처박혀 있는 바로
갔다. 그리고 그 젊은이가 앉은 의자 옆에 서서 위스키를 달라
고 했다. 술을 마시는 동안 나는 이 젊은 남자의 옆모습을 보
았다. 어딘가 낯익으면서도 매혹적인 모습이었다. 그건 먼 옛
날의 어떤 이미지, 고요한 과거의 장막을 통과함으로써 더욱
멋져 보이는 어떤 형상과 같았다. 오오, 하고 외치면서 나는
온몸에 경련을 일으켰다. 그는 바로 내 젊은 날의 친구 헤르만
이었다!

　"헤르만!" 나는 머뭇거리면서 말했다.

그는 미소를 지었다. "하리? 날 찾아낸 거야?"

헤르미네였다. 머리 모양을 조금 바꾸고, 가볍게 화장을 한 것 뿐이었다. 요즘 유행하는, 깃을 세운 칼라에서 솟아난 듯한 총명한 얼굴은 비범하면서도 창백하다는 인상을 주었다. 폭이 넓은 검은 연미복 소매와 흰 소맷부리 밖으로 아주 자그마한 그녀의 손이 나와 있었다. 긴 검은색 바지 아래로는 검은색과 흰색 줄무늬의 실크 양말을 신은 그녀의 발이 너무나도 사랑스럽게 보였다.

"헤르미네, 이것이 내가 너를 사랑하게 만든다는 그 의상이야?"

그녀는 고개를 끄덕이며 말했다. "지금까지는 몇몇 부인을 사랑하게 만들었지. 그러나 지금은 당신 차례야. 우선 샴페인부터 한잔해."

우리는 높은 바용 의자에 웅크리고 앉아 샴페인을 마셨다. 옆에선 다들 여전히 춤을 추었고, 현악기는 격렬하게 울어 댔다. 헤르미네가 특별히 애를 쓴 것도 아닌데 나는 금방 그녀에게 반해 버렸다. 그녀가 남장을 하고 있어서 그녀와 춤을 출 수 없었고, 애정을 나타내거나 적극적인 태도를 보일 수도 없었다. 남장을 한 그녀는 한편으론 아득하고 중성적인 느낌을 주었지만, 그녀의 시선과 말과 태도는 여성스러운 매력으로 나를 감쌌다. 그녀에게 손도 대지 않았는데도 나는 이미 그녀의 마술에 걸려 있었다. 그 마술이란 지금 그녀가 하고 있는 역할 안에 있었다. 그것은 남녀 양성적인 매력이었다. 그녀는 나와 헤르만에 대해 이야기했다. 나와 그녀의 어린 시절에 대해, 성적으로 성숙하기 이전의 그 시절에 대해 이야기했다. 청년기의 사랑의 능력은 남녀라는 성뿐만 아니라 감각적인 것이건 정신적인 것이건 모든 것을 껴안고, 선택된 자 혹은 시인에게나 늘그막에 이따금 나타나곤 하는 저 동화 같은 변신 능력과 사랑의 마술을 천부적으로 지니고 있는 것이다. 헤르미네는 철두철미하게 청년 행세를 했다. 그녀는 담배를 피웠고, 가벼우면서도 생각이 깊고 그러면서도 어딘가 비웃는 듯한 농담조로 말했다. 그러나 그 모든 것에선 에로스의 빛이 비쳐 나왔고, 모든 것이 내 감각으로 오는 길에 부드러운 유혹으로 변했다.

내가 지금껏 헤르미네를 정확하게 잘 알고 있다고 생각한 건 착각이었다. 그날 밤 그녀는 나에게 완전히 새로운 모습을 보여 주었던 것이다. 그녀는 내 주위에 나도 모르게 살그머니 그리움의 덫을 쳐 놓고, 요정처럼 장난을 치면서 내게 감미로운 독을 마시게 한 것이다.

우리는 앉아서 떠들어 대며 샴페인을 마셨다. 우리는 천천히 걸으며 모험적인 발견자처럼 홀의 여기저기를 구경하면서, 사랑놀이를 하고 있는 쌍을 찾아내어 그들의 사랑놀이를 엿보았다. 헤르미네는 나에게 여자들을 가리키면서 그들과 춤을 추라고 했고, 이런저런 여자에게 써먹을 수 있는 유혹의 기술을 그때그때 충고해 주었다. 우리는 서로 연적인 것처럼 굴었다. 둘이서 한 여자를 쫓아가서 그녀와 번갈아 춤을 추었고 서로 그녀를 차지하려고 다투었다. 그러나 이 모든 것은 가면놀이에 불과했다. 우리 두 사람을 위한 놀이일 뿐이었다. 그건 우리를 더 가깝게 엮어 주었고, 서로에 대한 사랑에 불을 붙였다. 모든 것이 동화였고, 모든 것이 한 차원 더 풍성하고, 의미가 한 길 더 깊어졌다. 그것은 유희이면서 상징이었다. 우리는 매우 아름답고 젊은 부인을 보았다. 그녀는 무언가 언짢고 괴로워하는 것처럼 보였다. 헤르만은 그녀와 춤을 추며 그녀를 쾌활하게 만든 후 같이 샴페인 홀로 사라졌다. 나중에 설명해 준 바에 따르면 그녀는 이 부인을 남자로서가 아니라 여자로서, 레즈비언의 마술로 정복했다고 했다. 춤으로 부글부글 끓는 홀들로 가득 찬 이 시끄러운 집 전체가, 그리고 가면을 쓴 채 취해 돌아가는 사람들 모두가 서서히 멋진 꿈의 낙원으로 변해 갔다. 꽃과 꽃이 향기를 뿜으며 서로 구애했고, 나는 익었는지 보려고 과일마다 손가락으로 만지작거린다. 뱀은 초록빛 나무 그늘 속에서 나를 유혹하듯 쳐다보고, 연꽃은 거무스레한 늪 위에 떠다니고, 마법의 새가 가지 사이에서 나를 꼬드긴다. 이 모든 것이 하나의 바라던 목표로 나를 이끌었고, 다시금 이 하나뿐인 여인에 대한 동경으로 나를 채웠다. 한번은 모르는 소녀와 춤을 추었다. 눈부시게, 구애하는 몸짓으로 그녀를 흥분과 도취에 몰아넣었다. 우리가 꿈같은 상태에 빠졌을 때 그녀가 갑자기 웃으면서 말했다. "당신은 못 알아보게 변했네. 아까 저녁때는 아주 멍청하고 무뚝뚝했잖아." 그제야 나는 그녀를 알아보았다. 몇 시간 전 나에게 '무뚝뚝한 늙은이'라고 말했던 그 소녀였다. 그녀는 이제 나를 자기 손아귀에 넣었다고 생각했지만, 다음 춤을 출 때 나는 이미 다른 소녀의 손을 잡고 있었다. 나는 두 시간가량 춤을 추었다. 모든 춤을 따라 추었고, 한 번도 배운 적이 없는 춤도 추었다. 매번 헤르만이 내 곁에 나타났다. 그는 웃으면서 나에게 고개를 끄덕이고는 다시 소용돌이 속으로 사라졌다.

이날 밤 무도회에서 내가 겪은 것은, 처녀나 학생이면 누구나 다 해 본 것일 테지만, 나에겐 오십 평생에 처음 겪은 체험이었다. 그건 축제의 체험이었고, 축제에 모인 사람들의 도취였으며, 무리 속에 낀 개체의 몰락의 비밀, 환희의 신비스러운 합일의 비밀이었다. 나는 종종 이런 것에 대한 이야기를 들었고(그건 하녀들도 다 아는 얘기였다.) 이런 이야기를 하는 사람들의 빛나는 눈을 보았으며, 그럴 때면 언제나 반은 우월감에서 또 반은 부러움에서 미소를 지었다. 황홀경에 빠진 사람, 자기 자신으로부터 해방된 사람의 취한 듯한 눈에서 나오는 저 광채, 모임의 도취 속으로 사라져 가는 사람의 저 미소와 반쯤 미친 듯한 몰락을, 나는 숭고한 혹은 비루한 실례를 통해 수없이 보아 왔다. 술 취한 신병과 선원들에게서, 위대한 예술가에게서, 축제 공연의 열광 속에서, 전쟁터로 나가는 젊은 군인들에게서 보았던 것이다. 그런데 최근에는 행복하게 황홀경에 빠진 자의 이 광채와 미소를 내 친구 파블로에게서 보았다. 그는 오케스트라 속에서 행복하게 연주에 도취해 색소폰을 불어 대거나, 지휘자, 드럼 연주자, 밴조 연주자를 넋이 빠진 듯한, 취한 듯한 눈으로 바라보고 있었는데, 나는 이런 그를 이상하게 여기면서도 사랑하고, 비웃으면서도 부러워했다. 그런 미소, 그런 어린애 같은 눈의 광채는 아주 젊은 사람들에게나, 혹은 개인의 개성화나 세분화가 아직 그렇게 강하게 진행되지 않은 종족에게나 있을 수 있는 거라고 생각해 온 터였다. 그런데 오늘 이 축복받은 밤에 바로 내가, 이 황야의 이리가 이와 같은 미소를 지었고, 다름 아닌 내가 동화 속의 어린애같이 이 깊은 행복 속을 헤엄쳐 다녔고, 공동체와 음악과 리듬과 술과 성적 쾌락의 이 달콤한 꿈과 도취를 호흡했다. 지금까지 학생들이 무도회의 그런 분위기에 감탄할 때면 그저 조소와 우월감을 갖고 듣던 내가 말이다. 나는 더 이상 내가 아니었다. 나의 개성은 축제의 도취 속에서 물속의 소금처럼 해체되어 버렸다. 나는 이 여자 저 여자와 춤을 추었다. 그러나 내가 팔에 안고, 머리카락 스치는 소리를 듣고, 향기로운 내음을 들이마신 건 그 한 여자만이 아니라, 다른 모든 여자들, 내가 헤엄치는 그 홀, 그 춤, 그 음악 속에서 환하게 빛나는 얼굴이 환상적인 꽃처럼 내 앞을 떠다니던 그 모든 여자들이었다. 나는 그 모든 여자들의 것이었고, 그 모든 여자들은 나의 것이었다. 우리 모두는 서로를 공유하고 있었다. 남자들도 마찬가지였다. 나는 그들 속에 있었고, 그들은 내게 낯설지 않았다. 그들의 미소는 나의 미소였다. 그들의 구애는 나의 구애였고, 나의 구애는 그들의 구애였다.

그해 겨울에는 새로 나온 춤, 「여닝」이라는 이름의 폭스트롯이 세계를 휩쓸었다. 이 곡은 연신 연주되었고, 사람들은 번번이 이 곡을 청했다. 우리는 이 곡에 함빡 빠져서 누구나 입속으로 그 멜로디를 흥얼거렸다. 나는 부딪쳐 오는 어떤 여자든 가리지 않고 쉴 새 없이 춤을 추었다. 아주 어린 소녀나, 피어나는 젊은 여성이나, 여름처럼 활짝 만개한 여성이나, 쓸쓸하게 지고 있는 부인이나 가리지 않았다. 어느 여자에게건 넋을 잃었고, 행복한 웃음을 짓는 얼굴은 환하게 빛났다. 나를 지지리도 불쌍한 인간이라 생각하고 있던 파블로가 나의 환한 얼굴을 보았을 때, 눈빛을 반짝이며 기뻐했다. 그는 흥분해서 오케스트라석에서 일어나, 의자에 올라서서 볼이 불룩해질 정도로 정열적으로 색소폰을 불어 댔다. 「여닝」의 박자에 맞추어 몸과 악기를 거칠면서도 기분 좋게 흔들었다. 나와 나의 춤 파트너는 그에게 손키스를 보내며, 큰 소리로 노래를 따라 불렀다. 그때 나는 생각했다. '아! 이제 나에게 무슨 일이 일어나도 좋다. 나도 한번 행복해 보았다. 나 자신의 구속에서 벗어나 환희에 빛나면서, 파블로의 형제가 되어 보았다, 어린 아이가 되어 보았다.'라고.

시간 감각이 사라졌다. 나는 이 도취적인 행복이 몇 시간이나, 얼마 동안이나 계속되었는지 모른다. 분위기가 무르익어 감에 따라 축제가 점점 더 좁은 공간으로 집중되어 갔다는 것도 알아채지 못했다. 대부분의 사람들은 이미 가 버린 후였다. 복도는 조용해졌다. 전등도 대부분 꺼졌고, 계단은 쥐 죽은 듯 조용했다. 위층 홀에서도 악단이 차례로 음악을 끝내고 가 버렸다. 중앙 홀과 지하의 '지옥'에서만 계속 열기가 고조되면서 온갖 축제의 도취가 여전히 지속되고 있었다. 나는 청년으로 남장한 헤르미네와는 춤을 출 수 없었기 때문에 쉬는 시간에만 잠시 다시 만나서 눈인사를 했는데, 마침내 그녀가 내게서 완전히 사라져 버렸다. 내 눈에서만이 아니라 생각에서도 사라진 것이다. 나는 더 이상 그녀를 생각하지 않았다. 나라는 존재는 용해되어 만취한 무도의 소용돌이 속을 헤엄쳐 다녔다. 향기가 소리와 한숨과 말소리에 부딪히며, 모르는 사람들의 눈에서 인사와 격려를 받았고, 모르는 얼굴, 입술, 뺨, 팔, 가슴, 무릎에 둘러싸인 채 음악의 박자에 맞춰 파도처럼 이리저리 물결쳤다.

그때 순간적으로 정신이 들면서 아직도 음악이 울리고 있는 이 작은 홀을 가득 메우고 있는 마지막 남은 손님들 가운데 퍼뜩 내 눈에 띈 것은 얼굴을 하얗게 칠하고 검은 옷을 입은 피에로였다. 아름답고 젊은 여자로, 유일하게 얼굴에 마스크를 쓰고 있었다. 그녀는 그날 밤 내가 본 여자 중에서 가장 매력적이었다. 다른 사람들은 벌겋게 상기된 얼굴, 구겨진 옷, 처진 옷깃과 옷주름에서 밤이 꽤 깊었음을 알 수 있었지만, 이 검은 옷의 피에로는 가면 뒤의 하얀 얼굴, 주름 하나 없는 옷, 말끔한 깃 장식, 새하얀 레이스의 소맷부리, 새로 손질한 머리로 산뜻하게 나타난 것이다. 나는 그녀에게 끌렸다. 그녀를 안고 춤을 추었다. 그녀의 깃 장식이 향기로운 내음을 뿜으면서 내 턱을 간지럽혔고, 그녀의 머리카락이 내 뺨을 스쳤다. 그녀의 팽팽하고 젊은 몸은 그날 밤 함께 춤춘 어떤 여자보다도 더 부드럽고 내밀하게 나의 움직임에 응했고, 살짝 물러섰다가는 다시 장난치듯이 새로운 접촉으로 나를 유혹했다. 내가 춤을 추면서 몸을 굽혀 그녀의 입술에 입을 맞추려고 했을 때 갑자기 그녀의 입술에서 자신에 찬 친근한 웃음이 새어 나왔다. 그제야 나는 그 반듯한 턱, 어깨, 팔꿈치, 손을 알아보았다. 행복했다. 헤르미네였다. 그녀는 더 이상 헤르만이 아니었다. 옷을 갈아입고, 새로 가볍게 향수를 뿌리고, 분을 바르고 온 것이다. 우리는 타오르듯 뜨거운 입술을 비벼 댔다. 얼마 동안 그녀의 온몸이 욕정에 불타 저 무르팍까지 내 몸에 착 달라붙었다. 잠시 후 그녀는 입술을 떼고는 수줍어 도망치는 듯한 태도로 춤을 추었다. 음악이 끝났을 때 우리는 부둥켜안고 있었다. 우리 주위의 열에 들뜬 커플들이 박수를 쳤다. 발을 구르며 소리를 질렀고, 기진맥진한 악단을 부추겨 「여닝」을 또 연주하게 했다. 우리는 갑자기 아침이 왔음을 느꼈다. 커튼 뒤에서 희미한 불빛이 새어 들었다. 우리는 환희가 서서히 끝나 가는 것을, 피로가 엄습하는 것을 느꼈지만 다시 한번 맹목적으로, 절망적으로 웃음을 터뜨리면서 춤 속에, 음악 속에, 빛의 홍수 속에 빠져들었다. 박자에 맞춰 미친 듯이 스텝을 밟았고, 쌍쌍이 밀고 밀리면서, 거대한 환희가 파도처럼 우리 위로 덮쳐 오는 것을 느꼈다. 이 춤을 추면서 헤르미네는 그녀의 우월감에 찬 냉소적이고 침착한 태도를 잃었다. 그녀는 나를 사로잡기 위해 더 이상 무언가를 할 필요가 없다는 것을 알았다. 나는 그녀의 것이었다. 그녀는 춤에, 눈초리에, 키스에, 미소에 자신을 다 바치고 있었다. 열에 들뜬 이 날 밤의 모든 여자들, 나와 함께 춤을 춘 모든 여자들, 내가 타오르게 한 모든 여자들, 나를 타오르게 한 모든 여자들, 내가 구애했던 모든 여자들, 내가 정욕에 불타 부둥켜안았던 모든 여자들, 내가 사랑의 동경을 품고 바라보았던 모든 여자들이 고스란히 녹아들어 하나의 여인이 되었다. 바로 그녀가 내 팔에 안겨 피어나고 있었던 것이다.

이 결혼식 춤은 오래 계속되었다. 음악은 두 번, 세 번 반복되면서 축 늘어졌다. 관악기 연주자는 악기를 내려놓았고, 피아노 연주자는 일어섰고, 제1바이올리니스트는 머리를 흔들었다. 그들은 매번 도취에 빠져 애원하는 듯한 마지막 춤꾼들의 모습에 힘을 내어 다시 연주했다. 더 빠르게, 더 거칠게 연주했다. 그러고 나서 우리가 아직도 부둥켜안은 채 정열적인 마지막 춤 때문에·숨을 몰아쉬고 있을 때 꽝 소리와 함께 피아노 뚜껑이 닫혔고, 우리는 관악기 연주자, 바이올린 연주자와 마찬가지로 지친 팔을 내렸다. 플루트 연주자는 눈을 깜빡이면서 플루트를 케이스에 집어넣었다. 문이 모두 열렸고, 차가운 공기가 밀려 들어왔다. 급사가 외투를 가지고 왔고, 바 종업원이 불을 껐다. 모두가 덜덜 떨면서 유령처럼 뿔뿔이 사라졌다. 조금 전까지만 해도 타오르듯 정열적으로 춤을 추던 사람들이 오싹한 한기를 느끼면서 급히 외투를 입고 옷깃을 세웠다. 헤르미네는 창백해져 있었다. 그런데도 미소를 지었다. 그녀는 천천히 손을 들어 머리를 고쳤다. 그녀의 겨드랑이가 불빛을 받아 빛났다. 너무나 부드러운 옅은 그림자가 거기서부터 그녀의 가려진 가슴으로 이어졌다. 흔들리는 작은 그림자의 선은 그녀의 모든 매력, 그녀의 아름다운 육체의 모든 유희와 가능성을 종합하는 것 같았다. 그것은 미소와 같았다.

우리는 마주 서서 얼굴을 쳐다보았다. 우리는 홀에 남은 마지막 사람이었고, 이 집을 통틀어 마지막 사람이었다. 아래 어딘가에서 문 두드리는 소리, 유리잔이 박살 나는 소리가 들렸다. 낄낄거리는 소리가 점점 멀어졌다. 이 소리들은 바삐 자동차 시동을 거는 기분 나쁜 소음과 뒤섞였다. 어딘가 거리도, 높이도 딱히 알 수 없는 곳에서 웃음소리가 들려왔다. 그것은 무척 밝고 명랑하면서도 소름이 돋게 하는 낯선 웃음, 환하게 빛나면서도 차갑고 무자비한, 크리스탈과 유리에서 나는 것 같은 웃음소리였다. 그런데 어째서 이 이상한 웃음이 내게 친근하게 들리는 것인가? 나는 그 이유를 몰랐다.

우리는 여전히 서로 마주 보고 있었다. 나는 잠깐 정신이 들어 냉정해졌지만 엄청난 피로가 뒤에서 덮쳐 오는 것을 느꼈다. 온통 땀에 젖은 옷이 축축하고 미적지근하게 온몸에 달라붙어 있는 것이 영 못마땅했다. 굵은 핏줄을 드러낸 벌건 내 손이 구겨지고 땀에 전 옷소매에 걸려 있는 게 보였다. 그러나 그건 지나가 버렸다. 헤르미네의 시선이 그것을 지워 버렸다. 나 자신의 영혼이 나를 바라보는 것처럼 보이는 그녀의 시선 앞에서는 모든 현실이, 그녀를 향한 내 관능적인 갈구의 현실까지도 무너졌다. 마술에 걸린 듯 우리는 꼼짝 않고 서로를 쳐다보았다. 내 불쌍한 영혼이 나를 쳐다보고 있었다.

"준비됐어?" 헤르미네가 물었다. 그녀의 얼굴에서 미소는 사라졌다. 그녀의 젖가슴 위에 드리워진 그림자가 사라진 것처럼. 멀리 높은 곳에서, 어딘지 알 수 없는 방에서 예의 그 낯선 웃음소리가 들려왔다.

나는 고개를 끄덕였다. 그렇다. 나는 준비가 되어 있었다.

그때 문을 열고 악사 파블로가 들어왔다. 그는 눈을 반짝이며 반가운 듯 우리를 쳐다보았다. 그것은 짐승의 눈이었다. 그러나 짐승의 눈은 언제나 진지한 데 반해 그의 눈은 항상 웃었다. 이 웃음이 그의 눈을 사람의 눈이 되게 했다. 그는 우리에게 아주 다정하게 눈짓을 보냈다. 그는 집에서 입는 알록달록한 실크 재킷을 입고 있었다. 재킷의 빨간 깃 위로 드러난 와이셔츠 깃은 축 늘어져 있었고, 피로에 지친 창백한 얼굴은 핏기 없이 시들어 있었다. 그러나 이글거리는 검은 눈은 이 모든 인상을 지워 버렸다. 이 눈은 현실감을 지워 버리는 마술적인 눈이었다.

우리는 그의 눈짓을 따라갔다. 문 아래에서 그는 내게 조용히 말했다. "하리 씨, 변변찮은 유흥이지만 그리로 당신을 모시겠습니다. 미친 사람들만 입장할 수 있는 곳입니다. 이성을 입장료로 지불해야 합니다. 괜찮겠어요?" 나는 다시 고개를 끄덕였다.

그는 멋진 사내였다. 그는 부드럽고 조심스럽게 우리의 팔을 잡았다. 헤르미네가 오른쪽에, 내가 왼쪽에 있었다. 그는 우리를 이끌고 계단을 올라 작고 둥근 방으로 들어갔다. 위로부터 파란색 조명이 비추고 있는 그 방은 거의 완전히 비어 있었다. 작고 둥근 테이블과 의자 세 개 이외에는 아무것도 없었다. 우리는 그 의자에 앉았다.

우리는 어디에 있는 것일까? 나는 자고 있는 것일까? 집에 있는 것일까? 차를 타고 달리고 있는 것일까? 아니다. 나는 푸른 조명을 받는 둥근 방에 앉아 있었다. 희박해진 공기 속에, 매우 엷어진 현실의 층위에 있었다. 도대체 왜 헤르미네는 이렇게 창백한 것일까? 왜 파블로는 그렇게 말이 많은 것일까? 그가 말을 하도록 만든 것은 나일까? 그의 까만 눈 속에서 나를 바라보고 있는 것은 길 잃은 새처럼 두려움에 떠는 나 자신의 영혼이 아닐까? 헤르미네의 잿빛 눈이 그런 것처럼.

약간 의례적이긴 하지만 선의에서 나온 다정한 태도로 파블로는 우리를 바라보면서 말했다. 그는 오랫동안 많은 이야기를 했다. 지금까지 한 번도 일관성 있는 이야기를 한 적 없는 그가, 토론이나 정리된 입장을 밝히는 데 관심이 없던 그가, 도대체 사색이란 것을 하지 않는 것처럼 보이던 그가 이제 말을 하는 것이다. 그는 따뜻하고 듣기 좋은 목소리로 한마디 실수도 없이 유창하게 말했다.

"나는 당신들을 재미있는 유희에 초대했습니다. 하리 씨가 오래전부터 바라고 꿈꾸던 것이지요. 그런데 시간이 꽤 늦었어요. 아마 모두 좀 피곤할 겁니다. 그러니 우선 조금 쉬면서 힘을 내도록 합시다."

그는 벽의 니치[20]에서 유리잔 세 개, 묘하게 생긴 작은 술병, 천연색 나무로 만든 이국풍의 작은 통을 꺼냈다. 술병을 기울여 유리잔을 가득 채우고 나서, 통에서 가느다랗고 긴 노란색 담배를 꺼내 주고는 실크 재킷에서 라이터를 꺼내 불을 붙여 주었다. 우리는 모두 의자에 비스듬히 기대어 천천히 담배를 피웠다. 담배 연기는 향연(香煙)처럼 굵게 피어올랐다. 우리는 쌉쌀하면서도 달콤한, 처음 보는 이상한 액체를 조금씩 천천히 마셨다. 이 액체는 정말로 엄청난 활기를 불어넣고 행

---

20) 꽃병 따위를 놓는 벽의 오목한 부분. 특히 성당의 니치는 성스러운 것을 안치하는 장소.

복한 기분에 젖게 해 주었다. 몸이 가스로 채워지고 몸의 무게가 사라지는 느낌이었다. 이렇게 조금씩 담배를 피우고 유리잔의 액체를 홀짝거리면서 우리는 즐겁고 가벼운 기분이 되었다. 파블로가 따뜻한 목소리로 나직이 말했다.

"하리 씨, 오늘 당신을 조금이나마 대접할 수 있어서 기쁩니다. 당신은 종종 삶에 몹시 염증을 느끼고, 삶에서 도망치려고 했습니다. 그렇지요? 당신은 이 시대, 이 세계, 이 현실을 떠나, 당신 마음과 보다 더 잘 맞는 다른 현실로 가기를 동경했습니다. 그건 시간이 없는 세계지요. 당신이 동경한 것을 오늘 한번 해 보세요. 그걸 해 보라고 당신을 초대한 겁니다. 당신은 이제 이 다른 세계가 어디에 있는지 알고, 당신이 찾는 것은 당신 자신의 정신세계라는 것도 압니다. 당신이 동경하는 저 다른 현실은 오직 당신 자신의 내면에만 있습니다. 나는 당신 속에 이미 존재하지 않는 것은 아무것도 당신에게 줄 수 없습니다. 내가 당신에게 열어 드릴 수 있는 건 오로지 당신 자신의 영혼의 화랑뿐입니다. 내가 당신에게 드릴 수 있는 건 기회와 자극과 열쇠일 뿐, 그 밖엔 아무것도 없습니다. 나는 당신이 당신 자신의 세계를 볼 수 있도록 도와드릴 뿐입니다."

그는 다시 알록달록한 재킷에 손을 넣더니 둥근 손거울을 꺼냈다.

"보세요! 당신은 지금까지 자신의 모습을 이렇게만 보아 온 것입니다."

그는 이 작은 거울을 내 눈앞에 갖다 댔다. ("거울, 거울, 손에 든 거울"이라는 동시 구절이 문득 떠올랐다.) 나는 약간 흐릿하고 얼룩진 거울에서 무시무시한 모습을 보았다. 그것은 자신 속으로 파고드는 자의 모습, 격렬하게 활동하면서 부글부글 끓어오르는 내면을 가진 자의 모습이었다. 그건 나였다. 하리 할러였다. 이 하리의 내면에 있는 황야의 이리였다. 아름답고 소심한, 그러나 길을 잃고 겁먹은 눈으로 쳐다보는 이리, 때론 악의에 찬, 때론 슬픔에 젖은 눈을 반짝거리는 이리였다. 이 이리의 모습이 그칠 새 없이 움직이면서 하리를 통해 흘러갔다. 그것은 마치 강물에 색깔이 다른 지류가 흘러들어 비통하게 다투면서 다른 지류를 잠식하면서도 자신의 모양을 이루려는 동경은 성취하지 못하는 것과 같았다. 절반의 모양뿐인 이리가 흘러가면서 아름답고 수줍은 눈으로 나를 처량하게 바라보고 있었다.

"이렇게 해서 당신은 자신의 모습을 본 겁니다." 파블로는 부드럽게 같은 말을 되풀이하고는 다시 거울을 주머니에 넣었다. 고마웠다. 나는 눈을 감고 그 영액(靈液)을 홀짝거렸다.

"자 이제 충분히 쉬었습니다." 파블로가 말했다. "기운도 차렸고, 조금 지껄였으니까, 피곤하지 않다면 이제 나의 파노라마로 모시고 가, 작은 극장을 보여 드리겠습니다. 어떠세요?"

우리는 일어섰다. 파블로가 웃으면서 앞장섰다. 문을 열었고, 장막을 걷었다. 우리는 극장의 둥근 말굽 모양의 복도 한가운데에 섰다. 양쪽 측면 쪽으로 난 곡선형 복도 앞에는 많은, 정말이지 믿을 수 없을 정도로 많은 작은 칸막이 관람실 문이 달려 있었다.

"이게 우리의 극장입니다." 파블로가 설명했다. "유쾌한 극장이지요. 여러분은 여러 가지 재미있는 것들을 보게 될 겁니다."이렇게 말하면서 그는 큰 소리로 웃었다. 그저 몇 개의 소리로 이루어진 짧은 웃음이었지만, 내겐 소름이 끼쳤다. 그건 내가 아까 위에서 들었던, 명랑하면서도 아주 낯선 바로 그 웃음이었던 것이다.

"나의 극장에는 관람실로 통하는 문은 얼마든지 있습니다. 열 개, 백 개, 천 개도 되지요. 어느 문이건 그 뒤에는 당신들이 찾고 있는 것이 기다리고 있습니다. 멋진 파노라마 상자지요. 그러나 하리 씨, 지금 당신과 같은 모양을 하고 돌아다녀서는 아무 소용이 없어요. 당신은 자신의 개성이라고 하는 것 때문에 방해받고 미혹될 거예요. 시간의 극복이든 현실로부터의 구원이든, 당신의 동경에 어떤 이름을 붙이든 간에, 그런 것은 이른바 '개성'이라고 하는 것에서 벗어나고자 하는 당신의 소망에 다름 아니라는 걸 당신도 익히 알고 계실 겁니다. 당신의 개성은 당신이 들어앉아 있는 감옥입니다. 당신이 지금 모습 그대로 극장에 들어간다면, 당신은 모든 것을 하리의 눈으로, 황야의 이리의 고리타분한 안경을 통해 볼 겁니다. 당신을 여기 초대한 건 이 안경을, 그리고 당신의 훌륭한 개성을 여기 의상실에 벗어 놓게 하기 위한 겁니다. 물론 원하시면 언제라도 다시 찾아갈 수 있습니다. 당신이 즐겼던 멋진 무도회의 밤, 황야의 이리의 소책자, 마지막으로 우리가 조금 전에 마신 소량의 흥분제, 이런 것들을 통해 당신은 충분히 준비가 돼 있을 겁니다. 하리 씨, 당신의 소중한 개성을 벗어 버리고 극장 왼쪽 아무데로나 가도 좋습니다. 헤르미네는 오른쪽으로 가고, 안에서는 서로 마음대로 만날 수 있습니다. 헤르미네, 잠깐만 장막 뒤로 가 줘. 우선 하리 씨를 안내해 주어야 하니까."

헤르미네는 바닥에서 궁륭형 천장까지 이르는 뒷벽 전체를 차지하는 엄청나게 큰 거울을 지나서 오른쪽으로 사라졌다.

"하리 씨, 이리로 오세요. 마음을 편안하게 가지세요. 당신을 기분 좋게 하고, 당신에게 웃음을 가르쳐 드리는 게 목적이니까요. 저를 고생시키지 말아 주세요. 기분이 괜찮으세요? 조금 두렵지 않으세요? 그럼 좋습니다. 아주 좋아요. 당신은 이제 아무런 두려움 없이 즐거운 마음으로 우리의 가상 세계로 들어가시는 겁니다. 그럼 관례에 따라 작은 가상의 자살로 당신을 인도하겠습니다."

그는 다시 그 작은 손거울을 꺼내 내 얼굴에 갖다 댔다. 다시 혼란스럽고 흐릿한, 몸부림치는 이리의 모습이 뒤섞인 하리가 나를 응시하고 있었다. 그건 내가 익히 알고 있는 모습이었다. 정말이지 내 마음에 들지 않는 모습이었다. 이 모습을 없앤다는데 내가 걱정할 이유는 없었다.

"더 이상 쓸모가 없어진 이 거울 속의 모습을 이제 지워 버리는 겁니다. 그게 다예요. 기분이 내키는 대로 이 모습을 보며 진솔하게 웃기만 하면 됩니다. 당신은 지금 유머의 학교에 와 있는 겁니다. 웃음을 배우셔야 합니다. 그리고 모든 고급 유머는 더 이상 자기 자신을 진지하게 여기지 않을 때 시작됩니다."

나는 손에 든 작은 거울을 응시했다. 거기에선 '이리 하리'

가 경련을 일으키고 있었다. 한순간 내 마음속 깊은 곳에서 경련이 일어났다. 그건 기억처럼, 향수(鄕愁)처럼, 회한처럼 잔잔하면서도 고통스러웠다. 가벼운 마비 상태가 지나자 새로운 느낌이 물결쳤다. 그건 턱을 코카인으로 마취시켜 놓고 앓던 이를 뽑을 때의 느낌, 마음이 가벼워져 깊은 안도의 한숨을 내쉴 때의 느낌, 신기하게도 전혀 아프지 않았다는 놀라움의 느낌 같은 것이었다. 이러한 느낌과 함께 어떤 상쾌한 기분과 웃고 싶은 마음이 생겨나서 나는 구원의 웃음을 터뜨렸다.

거울 속의 우울한 모습이 경련을 풀고 지워졌다. 작고 둥근 거울의 표면이 갑자기 불에 그을린 듯 잿빛으로 불투명해졌다. 파블로는 웃으면서 거울을 집어 던졌다. 거울은 데굴데굴 굴러 끝없이 긴 복도로 사라져 버렸다.

"잘 웃었어. 하리" 파블로가 말했다. "이제는 불멸의 존재들의 웃음을 배울 거야. 드디어 당신은 황야의 이리를 없애 버린 거야. 면도칼로는 어림도 없는 일이지. 그가 다시 살아나지 못하도록 주의해야 해. 당신은 이제 곧 이 멍청한 현실을 떠나 버릴 거야. 그리고 다음번엔 우린 형제의 잔을 나누게 될 거야. 당신이 오늘처럼 내 마음에 든 적은 없어. 우리는 또 음악에 대해, 모차르트, 글루크, 플라톤, 괴테에 대해 깊이 숙고해 보고, 얼마든지 서로 토론하고 이야기할 수도 있지. 당신이 아직도 그런 걸 소중히 여긴다면 말이야. 이제 당신은 왜 예전에는 그렇게 지내기가 힘들었는지 이해하게 될 거야. 잘되길 바라. 당신은 오늘만큼은 황야의 이리를 벗어났어. 이렇게 말하는 건 물론 당신의 자살이 최종적인 것이 아니기 때문이야.

우리는 지금 마술 극장에 있는 거야. 여기에 있는 것은 형상들일 뿐 현실은 아니지. 아름답고 명랑한 형상들을 찾아내 봐. 그래서 당신이 정말 더 이상 당신의 애매한 개성에 사로잡혀 있지 않다는 걸 보여 줘. 혹시 당신이 개성을 다시 찾고 싶다면, 내가 보여 줄 거울을 들여다보기만 하면 돼. 그렇지만 당신은 저 현명한 옛말을 알 거야. '손에 있는 하나의 거울이 벽에 걸린 두 개의 거울보다 낫다.'는 말 말이야. 하하! (그는 다시예의 그 아름답고도 소름 끼치는 웃음을 웃었다.) 자, 이제 아주작고 재미있는 의식을 치르는 일만 남았어. 당신은 이제 당신의 개성의 안경을 벗어던졌으니 이리 와서 진짜 거울을 한번봐! 재미있을 거야."

파블로는 웃으면서 장난스럽게 살짝 껴안더니 나를 돌려세웠다. 내 맞은편엔 엄청나게 큰 벽거울이 버티고 있었다. 그속에서 나는 자신의 모습을 보았다.

나는 아주 짧은 순간 동안 예전의 하리의 모습을 보았다. 그것도 얼굴엔 아주 기분 좋고 밝은 웃음을 띤 하리를 말이다. 그러나 내가 그를 알아보자마자 그는 해체되어 버리고, 그로부터 두 번째 인물이, 그러고 나선 세 번째, 열 번째, 스무번째 인물이 번갈아 나타났다. 거대한 거울 전체가 하리들로 가득 찼다. 온전한 하리든 하리의 조각들이든 무수한 하리가나타나서 나는 그 하나하나마다 그저 눈 깜짝하는 순간 정도만 볼 수 있었다. 이 많은 하리 중 몇몇은 나 정도 나이였고, 몇몇은 조금 더 나이를 먹었고, 또 몇몇은 폭삭 늙었고, 또 다른 하리는 아주 젊어서, 청년, 소년, 학생, 개구쟁이 어린아이의 모습이었다. 쉰 살 하리와 스무 살 하리가 달려 나와 뒤섞이고, 서른 살 하리와 다섯 살 하리가, 진지한 하리와 장난꾸러기 하리가, 위엄 있는 하리와 우스운 하리가, 성장한 하리와 누더기를 걸친 하리가, 또 완전히 발가벗은 하리, 머리털이 하나도 없는 하리, 긴 파마 머리의 하리, 이 모든 하리가 바로 나였다. 이들 하나하나가 섬광처럼 빨리 보였다가는 사라졌다. 하리의 형상들은 온 사방으로 움직였다. 때론 왼쪽으로, 때론 오른쪽으로 달아나는가 하면, 거울 속으로 달려 들어가고, 또 거울 밖으로 튀어나왔다. 그중 하나가, 젊고 세련된 녀석이었는데, 웃으면서 파블로의 가슴에 뛰어들어 그를 껴안고 함께 사라졌다. 또 열여섯이나 열일곱 살쯤 되어 보이는 예쁘장하고 매혹적인 아이가 내 마음에 쏙 들었는데, 그는 번개처럼 쏜살같이 복도 쪽으로 내달려 가 모든 문에 새겨진 글자를 열심히 읽었다. 나도 뒤따라 달려갔다. 그는 어떤 문 앞에 서 있었다. 나는 거기서 다음과 같은 글을 읽었다.

> 모든 소녀는 너의 것!
> 1마르크를 넣으시오.

그 사랑스러운 젊은이는 단번에 팔짝 뛰더니 머리를 내밀고 입장료 투입구 쪽으로 뛰어 들어가 문 뒤로 사라졌다.

파블로도 사라졌다. 거울도 사라진 것 같았다. 그리고 거울과 함께 그 무수한 하리의 형상들도 모두 사라졌다. 이제 혼자 이 극장에 내맡겨져 있다는 느낌이 들었다. 나는 호기심에서 이 문, 저 문 돌아다녔다. 문을 지날 때마다 거기에 쓰여 있는 것을 읽었다. 그것은 유혹이고 약속이었다.

> 즐거운 사냥을 위하여!
> 자동차 사냥

이 글귀가 나를 유혹했다. 나는 작은 문을 열고 들어갔다.

거기서 나는 소란하고 흥분된 세계에 빠져들었다. 길거리에서 자동차들이 일부는 무장을 한 채 질주하면서 보행자들을 몰아 댔다. 그들을 깔아뭉개 떡을 만들고, 남의 집 담으로 몰아붙여 박살을 냈다. 나는 곧바로 알아챘다. 이것은 인간과 기계 사이의 전쟁이다. 오랫동안 준비돼 온, 오래전부터 예견돼 온 무서운 전쟁이 마침내 터진 것이다. 도처에서 죽은 사람들과 몸이 갈기갈기 찢긴 사람들이 나뒹굴고, 부서지고 휘어지고 반쯤 불에 탄 자동차들이 사방에 널려 있었다. 이 황량한 혼돈 위에선 비행기들이 맴돌고 있었는데, 비행기를 향해서도 지붕과 창문에서 소총과 기관총이 불을 뿜었다. 벽에 붙은, 거칠지만 기막히게 선동적인 플래카드들은 횃불처럼 불타는 커다란 글자들로 국가를 향해 요구하고 있었다. 이제 기계에 맞서 인간을 위해 개입하라. 기계를 이용하여 다른 사람들의 고혈을 짜는, 저 살찌고 화려하게 차려입은, 향수 냄새를 풍기는 부자들을, 악마처럼 덜그럭거리면서 기침하듯 불평하며 달려가는 그들의 커다란 자동차와 함께 지체 없이 때려 부숴라. 공장에 불을 지르고, 더럽혀진 땅을 치우고 인구를 줄

여라. 그래서 다시 풀이 자라도록 하고, 먼지가 수북이 쌓인 시멘트의 세상이 다시 숲과 초원과 목장과 개울과 늪이 되게 하라. 이에 반해 다른 한쪽에선 더 부드럽고 세련된 색깔로 멋지게 그려져 있는, 화려하게 양식화되고 몹시 지적이고 정신적으로 쓰인 다른 플래카드들이 모든 유산자와 모든 분별 있는 사람들에게 무정부주의적 카오스의 위험을 감동적으로 경고하면서 질서, 노동, 소유, 문화, 법의 소중함을 실로 호소력 있게 묘사했고, 기계는 인간 최고의 궁극적인 발명품으로서 그것의 도움으로 인간은 신이 될 수 있을 거라며 기계를 칭송했다. 나는 생각에 잠겨 놀란 마음으로 붉은색 플래카드와 녹색 플래카드를 읽었다. 거기 쓰인 불을 뿜는 듯한 열변과 정연한 논리가 묘한 힘으로 나를 압도했다. 어느 쪽도 나름의 이유가 있었다. 나는 한 플래카드 앞에서 깊이 동감했다가 또 다른 플래카드 앞에서도 마찬가지로 동감을 느꼈다. 여전히 주위의 격렬한 총소리가 상당히 방해되었다. 어쨌든 요점은 분명했다. 전쟁이었다. 그건 황제나 공화국, 국경 따위나 깃발과 색깔, 그와 유사한 어떤 장식적이고 연극적인 사안 때문에 발생한 전쟁, 즉 근본적으로 쓸데없는 짓거리에 불과한 전쟁이 아니었다. 여기선 삶에 답답함을 느끼고 생활의 즐거움을 잃어버린 사람들 하나하나가 자신의 불만을 적절하게 표현하여, 창백해진 문명 세계를 완전히 파괴하는 길을 열어 놓으려고 하는 것이다. 나는 보았다. 모든 사람들의 눈에서 파괴욕과 살인욕이 얼마나 적나라하게 타오르는지를. 내 마음속에서도 이런 욕구의 거칠고 붉은 꽃이 탐스럽게 활짝 피어 웃음 짓고 있었다.

기쁜 마음으로 나는 이 전쟁에 뛰어들었다.

그런데 무엇보다도 기뻤던 것은 내 옆에 갑자기 학창 시절의 친구 구스타프가 나타난 거였다. 그는 수십 년 동안 소식이 끊겼던 친구로, 옛날 내 어린 시절의 친구들 가운데 가장 거칠고, 힘이 세고, 생활력이 강한 녀석이었다. 그의 파란 눈이 옛날과 똑같이 내게 눈짓을 했을 때, 내 마음은 흐뭇했다. 그가 손짓했다. 나는 곧 기쁜 마음으로 그를 따랐다.

"구스타프." 나는 행복에 겨워 소리쳤다. "맙소사, 너를 다시 만나게 되다니! 도대체 어떻게 지내 온 거야?"

그는 소년 시절과 똑같이 좀 화난 듯한 묘한 웃음을 지었다.

"이 멍청아, 만나자마자 질문이냐? 나는 신학 교수가 됐어. 이제 알겠지. 그런데 지금은 신학이고 뭐고 더 이상 소용없지. 전쟁이 전부지. 자 이리 와 봐!"

그는 우리 쪽으로 헐떡거리며 달려오는 작은 화물차의 운전사를 쏘아 떨어뜨리더니, 원숭이처럼 날쌔게 차 위로 뛰어올라 차를 세우고 나를 태웠다. 우리는 악마처럼 쏜살같이, 빗발치는 총탄과 뒤집힌 자동차들 사이를 뚫고, 시내로, 교외로 마구 달렸다.

"너는 공장주들 편이니?" 나는 친구에게 물었다.

"뭐라고, 그건 취향의 문제지. 그건 저 바깥으로 가서 천천히 생각해 보자. 그런데 기다려 봐. 근본적으로는 물론 어느 쪽이든 아무 상관이 없긴 하지만, 나는 오히려 우리가 그 반대편을 선택하길 바라지. 나는 신학자야. 나의 선배 루터는 당시 농민들에 맞서 영주와 부자들을 도왔지만, 우리는 지금 그것을 조금 수정하려고 하는 거야. 이런 고물차라니, 몇 킬로미터만이라도 더 달려 주면 좋겠는데!"

하늘의 아들인 바람처럼 빠르게 우리는 덜커덩거리며 그곳을 떠나 평화로운 녹색의 풍경 속으로 들어갔다. 여러 마일을 더 달려 넓은 평원을 통과하고 천천히 오르막길을 올라 거대한 산속으로 차를 몰았다. 우리는 그곳의 평탄하고 번쩍거리는 길 위에서 차를 세웠다. 그 길은 가파른 암벽과 급커브길에 세워 놓은 나지막한 방벽 사이로 뻗어 나갔다. 저 아래로 파랗게 빛나는 호수가 보이는 높은 곳이었다.

"아름다운 곳이야." 내가 말했다.

"참 멋진 경치야. 이 길을 '차축(車軸) 거리'라고 불러야겠어. 이제 여기서 여러 가지 차축들이 부러질 테니까 말이야. 하리, 저길 좀 봐!"

한 그루의 큰 삿갓소나무가 길옆에 서 있었다. 그 위에 판자로 만든 원두막 같은 것이 지어져 있었다. 망루였다. 구스타프는 파란 눈을 교활하게 깜빡거리면서 나에게 환한 웃음을 보냈다. 우리는 서둘러 차에서 내려 나무에 기어 올라가 깊은 숨을 몰아쉬며 망루에 몸을 숨겼다. 망루는 우리 마음에 들었다. 그곳에는 소총과 권총, 탄약이 든 상자가 있었다. 우리가 잠시 흥분을 식힌 후 사냥 자세를 취하자마자, 다음번 커브에서 커다란 고급 자동차가 거칠고 거만하게 경적을 울리며 평탄한 산길을 빠른 속도로 달려왔다. 우리는 이미 소총을 손에 쥐고 있었다. 엄청나게 긴장된 순간이었다.

"운전사를 겨눠!" 구스타프가 빠르게 명령했다. 그 육중한 자동차가 막 우리 밑으로 지나가는 참이었다. 나는 조준을 하고 운전사의 파란 모자를 향해 방아쇠를 당겼다. 그는 앞으로 거꾸러졌다. 차는 계속 달리다가 벽에 부딪혀 다시 튕겨 나오더니, 이번에는 성난 왕벌처럼 나지막한 방벽에 심하게 부딪혀 뒤집히더니 짧은 폭음을 내며 방벽을 넘어 저 아래로 쿵 하고 떨어졌다.

"잘 해치웠어!" 구스타프가 웃었다. "다음 차는 내가 맡지." 벌써 차 한 대가 달려오고 있었다. 서너 명이 쿠션에 파묻혀 앉아 있었다. 한 부인이 머리에 쓴 베일의 한쪽이 창밖으로 수평을 이루며 날리고 있었다. 연푸른색 베일이었다. 나는 이 베일 때문에 슬펐다. 가장 아름다운 여인의 얼굴이 그 속에서 웃고 있을지 누가 알겠는가. 우리가 강도 역을 맡고 있다 하더라도, 위대한 모범의 예를 좇아, 우리의 과감한 살인욕을 아름다운 부인들에게까지 확대하지 않는 것이 더 현명하고 멋졌을 것이다. 그러나 구스타프는 벌써 방아쇠를 당겨 버렸다. 운전사는 격렬한 발작을 일으키고는 그대로 쓰러졌고, 차는 깎아지른 암벽에 부딪혀 튀어 오르더니 거꾸로 떨어졌다. 바퀴를 위로 한 채 쿵 하고 길 위에 내려앉은 것이다. 우리는 기다렸다. 아무것도 움직이지 않았다. 사람들은 덫에 걸린 것처럼 아무 말 없이 자동차 아래 깔려 있었다. 차는 붕붕 소리를 내며 여전히 삐거덕거렸고, 바퀴는 우스꽝스럽게 허공에서 돌고 있었다. 그러다 갑자기 무서운 폭발음을 내며 불길에 휩싸였다.

"포드 자동차야." 구스타프가 말했다. "내려가서 길을 치워 놓고 와야겠어."

우리는 내려가서 불타고 있는 차체를 잠시 바라보았다. 아주 빠른 속도로 타들어 갔다. 우리는 단단한 나무로 지렛대를 만들어서 차를 옆으로 밀어 길가로 가져가서는 저 골짜기 아래로 굴려 버렸다. 관목 숲에서 오랫동안 폭발음이 들렸다. 죽은 사람 중 둘은 차가 구를 때 밖으로 튕겨 나와 바닥에 널브러졌다. 옷이 일부 불에 타 있었다. 한 사람의 옷은 아주 말짱했다. 나는 그가 누구인지 알아보려고 그의 주머니를 뒤져 보았다. 가죽 지갑이 나왔다. 거기엔 명함이 들어 있었다. 나는 하나를 집어 읽어 보았다. '탓 트왐 아시'라고 쓰여 있었다.

"무지 웃기는 이름이군." 구스타프가 말했다. "그렇지만 우리가 죽인 사람의 이름이 무엇이든 상관없어. 그들도 우리처럼 불쌍한 작자들이지. 이름 따위는 중요한 게 아니야. 이 세상은 망해 버려야 해. 우리와 함께 말이야. 세상을 십 분만 물속에 가라앉힌다면 아무런 고통도 없이 모든 문제가 해결될 텐데. 그건 그렇고, 자 또 일을 해야지!"

우리는 죽은 사람들을 차가 떨어진 쪽으로 던져 버렸다. 어느새 또 자동차 한 대가 경적을 울리며 달려왔다. 우리는 길에서 사격을 가했다. 그 차는 만취한 사람처럼 빙빙 돌면서 얼마간 앞으로 나가다가 벽에 부딪히더니 덜커덩거리며 멈춰 섰다. 차 안에 있던 한 사람은 미동도 없이 앉아 있었다. 또 귀엽게 생긴 한 아가씨는 얼굴이 창백해져 몹시 떨긴 했지만 다친데 하나 없이 차에서 빠져나왔다. 우리는 그녀에게 상냥하게 인사하고 도와주겠다고 했다. 그녀는 너무 놀란 나머지 아무런 말도 못 하고, 그저 얼마 동안 정신 나간 사람처럼 우리를 바라만 보았다.

"자, 우선 저 노인을 좀 보살펴야겠어." 구스타프는 이렇게 말하면서 죽은 운전자 뒤에 여전히 앉아 있는 사람 쪽으로 몸을 돌렸다. 그는 짧은 잿빛 머리를 한 신사였는데, 지적인 담회색 눈을 뜨고 있었지만 심한 부상을 입은 것 같았다. 그의 입에서는 피가 흘러나왔고, 목은 뻣뻣한 채로 완전히 젖혀져 있었다.

"죄송합니다, 노인장. 내 이름은 구스타프입니다. 우리가 당신의 운전사를 쏘았습니다. 실례지만 성함이 어떻게 되십니까?"

노인의 작은 잿빛 눈이 차갑고 처량하게 쳐다보았다.

"나는 부장 검사 뢰링이다." 그는 천천히 말했다. "너희는 내 불쌍한 운전사만 죽인 게 아니라 나도 죽인 거야. 이제 끝장이라고 느끼고 있어. 도대체 왜 우리를 쏘았나?"

"과속으로 달렸기 때문입니다."

"우리는 정상 속도로 달렸는데."

"어제 정상인 것이라고 오늘도 정상인 건 아닙니다, 부장 검사님. 우리가 보기엔 오늘 모든 자동차의 속도가 너무 빠릅니다. 우리는 지금 자동차를 부숴 버리고 있습니다. 모두 다 말입니다. 그리고 다른 기계들도 마찬가집니다."

"너희들의 소총도?"

"그것도 차례가 올 겁니다. 우리에게 그럴 시간이 있다면 말입니다. 아마도 내일이나 모레쯤이면 우리는 모두 죽게 될 겁니다. 당신도 알다시피 이 지구엔 사람이 끔찍할 정도로 많습니다. 그러니 이제 좀 빈 공간이 생겨야지요."

"그러면 아무한테나 쏘아 댄단 말인가, 무차별적으로?"

"당연하지요. 물론 많은 사람에게 그건 유감스러운 일입니다. 예를 들어 이 젊고 귀여운 아가씨의 경우는 참 가슴 아픈 일이지요. 당신의 따님이신가요?"

"아니. 내 속기사일세."

"그럼 더 좋군요. 이제 차에서 내리십시오. 아니면 우리가 내려 드릴까요? 이제 차를 없애 버려야 하니까요."

"나도 함께 없애 버리는 편이 좋겠네."

"당신이 원하신다면 그렇게 하지요. 실례지만 질문이 하나 더 있습니다. 당신은 검사입니다. 어떻게 인간이 검사가 될 수 있는지 나는 늘 이해할 수 없었습니다. 당신은 다른 사람들을, 대부분 가난한 사람들을 고발하고 처벌하는 일을 밥벌이로 삼고 있습니다. 그렇지 않나요?"

"그렇네. 나는 나의 의무를 수행하는 것이네. 그게 내 직무니까. 내가 구형한 자를 죽이는 것이 사형 집행인의 직무이듯이 말일세. 너희도 지금 사형 집행인과 같은 짓을 하고 있는 거야. 사람들을 죽이고 있으니 말이야."

"맞습니다. 단지 우리는 의무 때문에 사람을 죽이는 것이 아니라, 자기만족을 위해 죽인다는 점만 다르지요. 아니 오히려 불만 때문에, 세상에 대한 절망감 때문에 죽이는 거지요. 그래서 살인은 우리에겐 어느 정도 재미있는 일이지요. 당신에겐 살인이 한 번도 재미가 없었나요?"

"너희들의 얘기를 듣기 싫어졌다. 너희들의 일을 끝내 주기 바란다. 너희들이 의무라는 개념을 모른다면……."

그는 말을 그치고 침을 뱉으려는 듯이 입술을 찌푸렸다. 그러나 입에서 나온 건 약간의 피였다. 그 피는 턱에 달라붙어 버렸다.

"잠깐만!" 구스타프가 공손하게 말했다. "나는 물론 의무라는 개념을 모릅니다. 이제 더 이상 몰라요. 전에는 나도 직무상 여러 면에서 이 개념과 관계를 맺었지요. 나는 신학 교수였습니다. 그 밖에 나는 군인으로 참전한 적도 있습니다. 내가 의무라고 생각한 것이나, 권위자나 상관이 나에게 그때그때 명령한 것은 모두가 형편없는 것이었습니다. 나는 언제나 반대로 하고 싶었습니다. 그런데 의무라는 개념은 더 이상 모릅니다만, 죄라는 개념은 압니다. 아마도 이 둘은 같은 개념일 겁니다. 어머니가 나를 낳음으로써, 나는 죄를 짊어진 것입니다. 살아야 한다는 선고를 받고, 한 국가의 국민이 되어야 하고, 군인이 되어야 하고, 사람을 죽여야 하고, 군비를 위해 세금을 내야 하는 의무를 짊어진 겁니다. 지금 이 순간 삶이라는 죄가 다시 나를 살인을 하도록 이끌고 있습니다. 옛날 전쟁터에서처럼 말입니다. 이번에는 마지못해 살인하는 게 아니라, 스스로 죄에 몸을 던지는 겁니다. 이 맹꽁이처럼 꽉 막힌 세상이 박살 나는 데 반대할 이유가 내겐 전혀 없습니다. 나는 기꺼이 그것을 도울 것이고, 나 자신도 기꺼이 함께 몰락하려는 겁니다."

검사는 피 묻은 입술로 조금 웃어 보이려고 무진 애를 썼다. 별로 마음먹은 대로 되지는 않았지만, 그의 선의만큼은 알아볼 수 있었다.

"좋아." 그가 말했다. "그러면 우리는 동료일세. 자네들은 자네들의 의무를 다해 주게."

그동안 귀여운 아가씨는 정신을 잃고 길가에 쓰러져 있었다.

그때 또 차 한 대가 경적을 울리며 전속력으로 다가왔다. 우리는 그 처녀를 조금 옆으로 옮겨 놓고, 바위 옆으로 몸을 숨겼다. 다가오는 차는 앞서의 그 부서진 차를 향해 달렸다. 급히 브레이크를 밟았으나, 앞차를 타고 올라 말이 뒷발로 서 있는 모양이 되었다. 우리는 재빨리 총을 쥐고 새로 온 손님들을 겨누었다.

"내려!" 구스타프가 명령했다. "손 들어!"

차에서 내린 건 세 명의 남자였다. 그들은 손을 치켜들고 있었다.

"너희들 가운데 의사가 있나?" 구스타프가 물었다.

그들은 없다고 말했다.

"그러면 부탁이 있다. 여기 있는 이분을 조심해서 의자에서 내려라. 그는 중상을 입었다. 너희들 차에 태워 가까운 도시로 데리고 가라. 자 출발해."

곧 그 노인은 다른 차에 눕혀졌다. 구스타프가 명령하자 차는 바로 떠났다.

그 사이에 속기사인 아가씨는 정신이 들어 이 광경을 지켜보고 있었다. 이렇게 아름다운 노획물을 건지게 되어 나는 흡족했다.

"아가씨." 구스타프가 말했다. "당신은 고용주를 잃었습니다. 그 늙은 신사는 그저 고용주로서 당신을 곁에 두었겠지요. 그랬기를 바랍니다. 이제 당신은 내게 고용된 겁니다. 우리의 좋은 동료가 되어 주시오. 자 이제 좀 서두릅시다. 여기 있는 건 유쾌한 일이 아닐 겁니다. 기어오를 수 있어요, 아가씨? 그럼 올라갑시다. 우리가 양쪽에서 당신을 잡아 줄 테니."

우리 셋은 재빠르게 나무 위의 망루로 기어 올라갔다. 위에서도 아가씨는 상태가 좋지 않았다. 그러나 코냑을 한 잔 마시고 나자 곧 기운을 되찾아, 호수와 산이 바라다보이는 이 빼어난 경관을 칭찬하더니 자기 이름이 '도라'라고 밝혔다.

그녀의 말이 끝나자마자 저 아래에 또 차 한 대가 나타났다. 서지 않고 조심스럽게 전복된 차 옆을 지나서는 곧 속도를 높였다.

"비겁한 녀석!" 구스타프는 웃으면서 운전사를 조준해 쏘았다. 차는 잠깐 춤추듯 흔들거리다가 방벽을 향해 달려가 벽에 부딪히고 낭떠러지에 비스듬히 걸렸다.

"도라." 내가 말했다. "소총 다룰 줄 알아?"

그녀는 다룰 줄 몰랐다. 그녀는 우리에게 총 장전하는 법을 배웠다. 처음엔 서툴러서 손가락이 찢어져 피가 났다. 그녀는 울고불고하면서 영국 반창고를 달라고 야단이었다. 그러나 이것은 전쟁이며, 그녀는 씩씩하고 용감한 여자라는 걸 보여 주어야 한다고 구스타프가 타이르자 그녀는 잠잠해졌다.

"그런데 우리는 앞으로 어떻게 되는 거지요?" 조금 있다가 그녀가 물었다.

"나도 몰라." 구스타프가 말했다. "내 친구 하리는 아름다운 여자들을 좋아하니까, 그는 당신의 친구가 될 거야."

"그렇지만 아까 그 사람들이 경찰과 군인들을 데리고 와 우리를 죽일 거예요."

"더 이상 경찰 따윈 없어. 우리는 선택해야 해, 도라. 그냥 여기 나무 위에 있으면서 지나가는 차를 향해 총을 쏘든가, 아니면 우리도 차를 타고 이곳을 떠나 다른 사람들이 우리를 쏘게 하든가. 어느 편을 택하든 결국 마찬가지야. 나는 여기 머무르는 쪽이 좋아."

아래에선 차가 한 대 또 지나갔다. 경쾌한 경적이 울렸다. 이 차도 금방 해치웠다. 자동차는 바퀴를 위로 향한 채 널브러졌다.

"우습군." 내가 말했다. "총 쏘는 것이 이렇게 재미있다니 말이야! 예전엔 반전주의자였거든."

구스타프는 미소를 지었다. "그래, 세상에는 정말이지 사람들이 너무 많아. 예전에는 사람들이 그걸 느끼지 못했어. 그러나 이제 누구나 공기를 호흡하려고 할 뿐 아니라 자동차를 가지려고 하니까 그걸 느끼는 거야. 물론 지금 우리가 하는 짓은 이성적인 게 아니야. 어린애 장난이지. 전쟁이 거대한 어린애 장난이듯이 말이야. 언젠가 인류는 이성적인 수단을 통해 인구 증가를 억제하는 방법을 배워야 할 거야. 이 참을 수 없는 상황에 대해 우리가 우선은 지극히 비이성적으로 대응하고 있긴 하지만, 근본적으로 보면 옳은 일을 하는 거야. 사람 수를 줄이고 있는 거니까."

"맞는 말이야." 내가 말했다. "우리가 하는 일은 어쩌면 미친 짓일지도 몰라. 그렇지만 또한 옳은 일이고 꼭 필요한 일일 거야. 인류가 이성을 지나치게 혹사해 전혀 이성과 관계없는 일들까지 이성의 도움으로 해결하려고 하는 건 옳지 않아. 그러니까 미국인들이나 볼셰비키가 떠들어 대는 그따위 이상이 생겨나는 거야. 그 이상은 둘 다 지극히 이성적이긴 하지만, 삶을 너무나 소박하게 단순화시키기 때문에 결국은 삶 자체를 무섭게 폭행하고 약탈하는 거야. 한때는 높은 이상이었던 인간상이 이제 상투어가 되어 버릴 참이야. 우리 미친 자들이 이 인간상을 다시 고결하게 만들어 놓을 거야."

구스타프가 웃으면서 대답했다. "하리, 너는 참 현명한 말을 하는구나. 너의 샘솟는 지혜의 말에 귀 기울이는 건 즐겁고 유익한 일이야. 게다가 네 말은 얼마간 옳기도 해. 그러나 정신 차리고 총에 장전부터 해. 너는 내가 보기엔 너무 몽상적이야. 언제 차들이 몰려올지 몰라. 철학으로 그걸 쏘아 맞힐 순 없어. 우선은 총신에 탄약을 재어 놓아야 하는 거야.

차 한 대가 왔다가 곧장 나가떨어졌다. 길이 막혀 버렸다. 살아남은 통통한 빨간 머리의 사내가 폐허 더미 옆에서 거친 몸짓을 하며 이리저리 살펴보더니 우리가 숨어 있는 곳을 발견하고는 고함을 지르며 달려오면서 권총을 꺼내 우리를 향해 몇 방 쏘았다.

"돌아가시오, 그렇지 않으면 응사하겠소." 구스타프가 아래쪽으로 소리쳤다. 그 사내는 그를 향해 또 총을 쏘아 댔다. 우리는 단 두 방으로 그를 쏘아 거꾸러뜨렸다.

또 두 대의 차가 왔다. 이것도 모두 해치웠다. 그 후엔 오는 차가 없어 길은 다시 텅 비고 정적에 휩싸였다. 이 길이 위험하다는 소문이 퍼진 모양이었다. 이제야 아름다운 경치를 즐길 시간이 생겼다. 호수 너머로는 작은 도시가 깊숙이 묻혀 있었다. 거기서 연기가 피어올랐다. 곧 이 지붕 저 지붕에서 불길이 솟구치는 것이 보였다. 총소리도 들렸다. 도라는 조금 울었고, 나는 그녀의 젖은 뺨을 어루만져 주었다.

"우리는 모두 죽어야 하는 건가요?" 그녀가 물었다. 아무도 대답하지 않았다. 그때 저 아래에서 사람이 하나 걸어왔다. 그는 부서져 나뒹굴고 있는 자동차들을 보고, 무언가 찾고 있는 것처럼 그 주위를 돌아다녔다. 몸을 굽혀 어떤 차 안으로 들어가 알록달록한 양산, 여성용 가죽 지갑, 포도주 한 병을 들고나오더니, 방벽 위에 태평하게 걸터앉아 포도주를 병째로 마시고, 주머니에서 은종이에 싼 것을 꺼내어 먹고 나서 포도주를 끝까지 다 마시고는 양산을 팔에 끼고 흡족한 표정으로 계속 걸어갔다. 느긋하게 그는 저리로 사라졌다. 나는 구스타프에게 말했다. "너라면 저 괜찮은 친구에게 총을 쏘아 그의 대갈통에 구멍을 내 놓을 수 있겠어? 나는 그렇게는 못 할 거야."

"그럴 필요도 없지." 구스타프는 중얼거렸다. 그러나 그의 마음도 점점 편치 않았다. 아직도 이렇게 순진하고 태평하고 어린애같이 행동하고, 아직도 순진무구한 상태로 사는 한 인간의 얼굴을 보자마자, 우리가 필연적이라고 그렇게 칭송해 마지않던 모든 행위가 갑자기 어리석고 구역질 나는 것으로 느껴졌다. '제기랄, 이 많은 피가 다 뭐란 말인가!' 우리는 부끄러웠다. 그러나 전쟁터의 장군들도 가끔 그런 감정을 느낀다지 않는가.

"더 이상 여기 있지 말아요." 도라가 간절하게 애원했다. "내려가요. 차 안엔 틀림없이 먹을 게 좀 있을 거예요. 배고프지도 않으세요? 당신들은 볼셰비키인가요?"

저 아래 불타는 도시에서는 종이 울리기 시작했다. 흥분한 듯, 두려운 듯, 우리는 내려갔다. 도라가 난간을 넘는 걸 도와주면서 나는 그녀의 무릎에 키스했다. 그녀는 밝게 웃었다. 그때 널빤지가 무너졌다. 우리 둘은 허공 속으로 떨어졌다.

나는 다시 둥근 복도에 와 있었다. 모험적인 자동차 사냥의 흥분이 여전히 가시지 않았다. 사방의 수없이 많은 문에 적힌 글귀들이 나를 유혹했다.

무타보어[21]

어떤 동물, 어떤 식물로든 마음대로 변할 수 있음.

카마수트라[愛經]

인도 연애술 강의

초보자 코스: 42가지 연애 방법 연습

---

21) Mutabor, 독일 작가 빌헬름 하우프의 동화 『황새가 된 술탄』에 나오는 마법의 주문. '무타보어'를 외치면 원하는 무엇으로든 변신할 수 있다.

쾌락적 자살!

웃음으로 자신을 죽이기

당신은 정신적인 인간이 되기를 바랍니까?

동양의 지혜

오, 내게 천 개의 혀가 있다면!

신사들만 입장 가능

서구의 몰락

할인가로 모심. 여전히 최고 수준

예술의 정수

음악에 의한 시간에서 공간으로의 전화(轉化)

웃고 있는 눈물

유머를 위한 방

문의 글귀들은 끝이 없었다. 그중에는 이런 것도 있었다.

이 글귀가 나의 관심을 끌었다. 나는 문을 열고 들어갔다. 어둑어둑하고 조용한 방이었다. 방에는 의자 하나 없었고 한 남자가 동양식으로 바닥에 앉아 있었다. 그의 앞에는 커다란 체스판같이 보이는 것이 놓여 있었다. 첫눈에 나는 그가 파블로라고 생각했다. 그 남자도 파블로와 같은 알록달록한 재킷을 입었고, 눈도 검고 빛났으니까.

"당신 파블로가 맞지요?" 내가 물었다.

"나는 아무도 아니오." 그는 점잖게 설명했다. "여기선 이름이라는 건 없소. 여기서 우리는 개성을 가진 인간이 아닌 거요. 나는 체스를 두는 사람이오. 당신은 개성 형성에 대한 수업을 받고 싶은 거지요?"

"그렇습니다."

"그러면 당신의 체스 말들 중 여러 개를 내가 마음대로 이용할 수 있도록 맡겨 주시오."

"내 체스 말들이라니요?"

"당신은 소위 당신이 개성이라고 하는 것이 여러 모습으로 분열되어 있다고 생각하지 않소. 그것이 없으면 나는 체스를 둘 수가 없소."

그는 내 앞에 거울을 들이댔다. 거기서 나는 또다시 나라는 통일적인 인간이 수많은 자아로 분열해 있는 것을 보았다. 그 수는 그새 더 늘어난 것 같았다. 그러나 모양은 매우 작아서 손으로 잡을 수 있는 체스 말만 했다. 그 체스꾼은 조용하고 능숙한 손놀림으로 그중 두세 다스 정도를 골라 체스판 옆 바닥에 놓았다. 그러면서 그는 늘 하던 연설이나 수업을 하듯이 단조로운 어조로 말했다.

"인간이란 영속적인 통일체라는 견해는 당신도 알고 있을 것이오. 이것은 불행을 초래하는 잘못된 견해라오. 인간은 수많은 영혼, 수많은 자아로 되어 있다는 것도 당신은 익히 알고 있을 것이오. 통일체처럼 보이는 인간이 이렇게 수많은 모습으로 분열하는 경우를 사람들은 미쳤다고 하는 것이오. 과학은 거기에 정신분열증이라는 이름을 붙였소. 물론 다수의 인간은 지도, 질서, 집단화 없이는 통제될 수 없다는 점에서 과학의 이러한 입장은 옳다고 할 수 있소. 그러나 수많은 하부 자아의 질서라는 것이 평생에 걸쳐 구속력을 지니는, 하나밖에 없는 일회적 현상이라고 믿는다는 점에서 과학은 과오를 저질렀소. 과학의 이러한 오류는 많은 유쾌하지 못한 결과들을 가져왔소. 이 오류에 가치가 있다면 그건 국가가 고용한 교사와 교육자에게 일감을 줄여 주고 사고와 실험을 생략하게 해 주었다는 것밖에 없소. 이 오류 때문에 치유할 수 없을 정도로 미친 많은 사람이 '정상인'이라고, 더욱이 사회적으로 가치 있는 인간이라고 여겨지게 되었고, 거꾸로 많은 천재들이 미친 사람으로 간주되게 된 것이오. 그래서 우리는 이처럼 결함이 많은 과학의 정신 이론을, 우리가 '형성술'이라고 부르는 개념으로 보충하려는 것이오. 우리는 자아의 분열을 경험한 사람에게, 이 분열된 조각들을 어느 때나 자신이 원하는 질서로 조합하고 그럼으로써 삶의 유희의 무한한 다양성에 이를 수 있는 방법을 가르쳐 준다오. 작가가 한 줌의 인물들로 드라마를 만들듯이, 우리는 우리의 분열된 자아상들로부터, 영원히 새로운 상황 속에서 새로운 유희를 즐기고 새로운 활력을 지닌 끊임없이 새로운 무리를 형성해 가는 것이오. 자 보시오!"

침착하고 능란한 손놀림으로 그는 나의 체스 말들을 집어 들었다. 노인, 청년, 아이, 여자, 명랑한 것, 슬픈 것, 강한 것, 부드러운 것, 재빠른 것, 진솔한 것을 모두. 그리고서 그는 이 것들을 체스판 위에 민첩하게 배열하여 하나의 놀이를 만들었다. 거기서 이것들은 서로 얽혀 무리와 가족, 유희와 전쟁, 우정과 대결을 형성하면서 하나의 작은 세계를 이루었다. 그는 잠시 넋을 잃고 있는 내 눈앞에서, 질서 정연하면서도 활기찬 이 작은 세계가 움직이게 했다. 놀고, 다투고, 연합하고, 공격하고, 연애하고, 결혼하고, 아이를 낳도록 한 것이다. 그것은 사실 많은 인물이 등장하는 감동적이고 재미있는 드라마였다.

그런 다음 그는 명랑한 몸짓으로 체스판 위를 손으로 쓸어, 모든 말들을 살며시 눕혀서 한 무더기로 밀어 놓고는, 성미가 까다로운 예술가처럼 무언가 곰곰이 생각하더니 그 말들을 가지고 전혀 다른 조합, 관계, 연관으로 이루어진 아주 새로운 판을 짰다. 이 두 번째 판은 첫 번째 판과 비슷했다. 그것은 같은 세계였으며, 그 판을 구성하는 재료도 같았다. 그러나 음조가 변했고, 템포가 바뀌었으며, 모티프의 강세가 달랐고, 상황 설정도 달랐다.

이 능란한 체스꾼은 나 자신의 조각들로 이루어진 체스 말들로 계속 새로운 판을 짰다. 모든 판이 대체로 비슷하고, 모두가 같은 세계에 속하고, 같은 계통에서 나온 것처럼 보였지만, 또한 각각의 판이 매번 완전히 새로운 것이었다.

"이것이 삶의 기술이라오." 그가 강의하듯이 말했다. "당신 자신이 인생이라는 판을 마음대로 짜고, 생명을 불어넣을 수 있소. 헝클어뜨릴 수도, 풍요롭게 할 수도 있는 것이오. 그건 당신 손에 달렸소. 고차원적 의미에서 보면 광기가 모든 지혜의 출발점이듯이, 정신 분열은 모든 예술, 모든 환상의 출발점이오. 학자들조차도 이것을 희미하게나마 알고 있었소. 『왕자의 마술피리』를 예로 들 수 있을 것이오. 이 매력적인 책을 보면 한 학자의 성실한 작업은 정신병원에 수용된 수많은 미친 예술가들의 천재적인 도움을 받아 품격을 얻는 것이오. 자, 이제 당신의 체스 말들을 챙겨 가시오. 이 놀이는 재미있을 것이오. 오늘 끔찍한 괴물로 커져 버려 놀이를 망쳐 놓는 말은 내일은 대단치 않은 조연으로 강등시킬 수 있고, 잠시 곤경과 불행에 빠져 있는 것처럼 보이는 불쌍하고 사랑스러운 말은 다음 판에서는 공주로 만들 수도 있소. 재미있게 즐기기를 바라오."

나는 이 천부적인 체스꾼에게 깊이 허리를 숙여 감사의 인사를 하고, 작은 말들을 주머니에 집어넣고 작은 문을 통해 앞서 있던 곳으로 돌아왔다.

원래는 밖에 나오면 곧장 복도 바닥에 앉아 몇 시간이고, 영원히라도 이 말들을 가지고 체스를 둘 생각이었다. 그러나 다시 환한 원형 극장의 통로에 서자마자 새로운 흐름이 그런 생각보다도 더 강력하게 나를 끌어당겼다. 한 장의 플래카드가 내 눈앞에 번쩍번쩍 빛나고 있었던 것이다.

> 황야의 이리 조련의 기적

이 글귀는 내 마음속에 여러 가지 감정을 불러일으켰다. 지나온 삶과 떠나온 현실에 대한 갖가지 두려움과 압박감이 내 마음을 고통스럽게 위축시켰다. 덜덜 떨리는 손으로 문을 열고 대목장의 가설 막사 안으로 들어갔다. 안에는 쇠로 된 격자 창살이 있었다. 그것이 나와 초라한 무대 사이를 갈라놓았다. 무대 위엔 맹수 조련사가 서 있었다. 그는 좀 허풍스럽고 젠체하는 사내였는데, 큼지막한 콧수염, 근육질을 뽐내는 팔뚝, 바보스러운 서커스 의상 등에도 불구하고 기분 나쁘고 거슬릴 만큼 나와 닮은 데가 많았다. 이 힘센 사내는 덩치 크고 잘생겼지만, 지독스레 바싹 마른 데다 눈빛이 노예처럼 굴종적인 이리 한 마리를 개처럼 고삐에 묶어 데리고 나왔다. 그것은 참으로 비참한 광경이었다. 이 잔인한 조련사가 고귀하지만 아첨에 가깝게 굴종하는 맹수에게 몇 가지 재주와 멋진 연기를 시키는 것을 보고 있노라니 역겨우면서도 재미있고, 혐오스러우면서도 은밀한 쾌감이 느껴졌다.

일그러진 요술 거울에 비춰 보면 나와 불쾌할 정도로 닮았을 이 사나이는 물론 그의 이리를 기가 막히게 길들여 놓았다. 이리는 무슨 명령이건 잘 따랐고, 어떤 호령과 채찍에도 개처럼 반응했다. 무릎을 꿇기도 하고, 죽은 체하기도 하고, 뒷다리로 서기도 하고, 빵, 계란, 고기 조각, 바구니 따위를 시키는 대로 얌전히 입으로 물어 왔다. 게다가 그 조련사가 떨어뜨린 회초리를 입으로 물어다 주기까지 했는데, 그러면서 참을 수 없을 정도로 비굴하게 꼬리를 쳤다. 이리 앞에 토끼와 새하얀 양 한 마리씩을 데려다 놓자 이리는 이빨을 드러내고 탐욕에 떨며 침을 흘렸지만, 어느 짐승도 건드리지 않고 명령에 따라, 벌벌 떨면서 바닥에 웅크리고 있는 그들 위를 능숙하게 뛰어넘었다. 거기다가 토끼와 양 사이에 드러누워 앞발로 그들을 껴안고, 그들과 함께 감동적인 가족의 무리를 이루는 것이었다. 그러면서 그는 관객의 손에서 초콜릿을 받아먹었다. 그 이리가 자기 본성을 부정하는 법을 얼마나 철저하게 배웠는가를 곁에서 지켜보는 것도 고통스러웠다. 나는 머리가 산같이 곤두섰다.

그러나 공연이 후반부에 이르자 흥분한 관객인 나의 이러한 고통은 이리 자신의 고통과 마찬가지로 보상받았다. 세련된 조련 프로그램이 끝나고 조련사가 양과 이리의 무리 뒤에서서 자랑스럽고 부드러운 미소를 지으며 허리를 굽혀 인사를하고 나자, 이번엔 둘의 역할이 교대되었다. 하리와 닮은 동물조련사는 갑자기 허리를 깊숙이 구부리면서 회초리를 이리의 발에 내려놓았고, 조금 전에 이리가 그랬던 것과 똑같이 위축되어 덜덜 떨면서 비참한 모습을 보이기 시작했다. 반면에 이리는 웃으면서 혀를 날름거렸다. 초조하고 비겁한 모습은 사라졌다. 눈빛은 번쩍거렸고, 온몸엔 힘이 넘쳤고 다시 회복한 야성으로 활기를 띠었다.

이제 이리가 명령하고, 그 사내가 복종했다. 그는 명령대로 무릎을 꿇고 이리 흉내를 냈다. 혀를 늘어뜨리고 땜질한 이빨로 자기 옷을 찢어 댔다. 그는 '인간을 조련하는 이리'의 명령에 따라 두 발로 혹은 네 발로 걷기도 하고, 뒷발로 서기도 하고, 죽은 시늉을 하기도 하고, 이리를 등에 태우기도 하고, 회초리를 물어다 주기도 했다. 그는 어떤 모욕적이고 도착적인 요구에도 개처럼 기가 막히게 응했다. 한 소녀가 무대 위로 올라왔다. 그녀는 짐승처럼 조련받는 이 남자에게 가까이 가서 턱을 쓰다듬고, 뺨을 맞대고 비벼 댔다. 그러나 그는 여전히 네 발로 짐승의 모양을 하고 서서 머리를 흔들었고, 그 아름다운 소녀에게 이리처럼 위협적으로 이빨을 드러내 보였으므로 그녀는 달아나 버렸다. 그에게 초콜릿이 주어졌다. 그는 킁킁대며 냄새를 맡더니 걷어차 버렸다. 그리고 마지막으로 하얀 양과 얼룩무늬의 살찐 토끼가 다시 나왔다. 그 고분고분한 인간은 온 힘을 기울여 이리 역을 해냈다. 그것은 그에게 쾌감을 주었다. 손톱과 이빨로 절규하는 두 짐승을 낚아채더니 가죽과 살점을 사정없이 물어뜯고 이빨을 드러내면서 생살을 씹어 먹었고, 음미하듯이 눈을 감은 채 따끈따끈한 생피를 정신없이 빨아 먹었다.

나는 너무나 놀라 문밖으로 도망쳐 나왔다. 이 마술 극장이 순수한 낙원이 아님을 깨달았다. 그 아름다운 표면 아래엔 온갖 지옥들이 숨어 있었던 것이다. 아아! 여기에도 구원은 없단 말인가?

　겁에 질린 채 나는 이리저리 뛰어다녔다. 입에서는 생피와 초콜릿의 뒷맛 같은 것이 느껴지는 듯했다. 어느 것이나 끔찍한 맛이었다. 나는 이 어두운 물결에서 벗어나기를 간절히 바랐다. 마음속으로 좀 더 견딜 만하고 편안한 영상을 떠올려 보려고 무진 애를 썼다. '아 친구여, 이제는 다른 것을!' 나는 마음속으로 외쳤다. 경악 속에서 전쟁 중에 종종 보았던 저 끔찍한 전선의 사진들, 서로 뒤엉켜 있는 시체 더미들이 떠올랐다. 시체의 얼굴들은 방독면을 쓴 탓에 얼굴을 씰룩거리고 있는 악마의 캐리커처로 변했다. 당시까지도 인도주의적 사상을 가진 반전주의자로서 이러한 사진을 보고 경악했던 나는 참으로 어리석고 유치했던 것이다. 나는 오늘 비로소 알았다. 모든 동물 조련사, 모든 장관, 모든 장군, 모든 광인이 자신의 머릿속에서 착안해 낸, 혐오스럽고 거칠고 사악하고 조야하고 어리석은 모든 생각과 형상이 이미 내 마음속에 들어 있었다는 것을.

　숨을 돌리면서 나는 앞서 극장 초입에서 예의 미소년이 정신없이 뒤쫓아 들어간 문에 쓰인 글귀를 떠올렸다.

> 모든 소녀는 너의 것

뭐니뭐니 해도 지금 이것보다 더 바랄 것은 없다는 생각이 들었다. 저 저주받은 이리의 세계에서 다시 벗어날 수 있다는 생각에 기뻐하며 나는 문안으로 들어갔다.

놀랍게도——그것은 전설처럼 믿기지 않으면서도 동시에 아주 친숙한 것이어서 나는 온몸에 오싹 전율을 느꼈다.——여기서는 내 젊은 날의 향기가 확 밀려왔다. 소년과 청년 시절의 분위기였다. 내 가슴속엔 그 당시의 피가 용솟음쳤다. 내가 지금까지 해 왔던 것, 생각했던 것, 그리고 지금까지의 내가 아래로 가라앉았다. 나는 다시 젊어졌다. 한 시간 전만 해도, 바로 조금 전까지만 해도 사랑이, 욕망이, 동경이 무언지 잘 알고 있다고 생각했지만, 그건 한 늙은이의 사랑이요 동경에 불과했다. 이제 나는 다시 젊어진 것이다. 내가 마음속에서 느끼는 것, 이 활활 번져 가는 불길, 이 강렬하게 유인하는 동경, 오월의 봄바람처럼 온갖 것을 녹이는 정열은 젊고 새롭고 진지한 것이었다. 아! 잊힌 불길이 다시 타오르고, 예전의 음성이 힘차면서도 어둡게 울려 퍼지는 것이다. 피가 끓어오르고 영혼이 외쳐 대며 노래하는 것이다. 나는 열다섯이나 열여섯쯤 된 소년이었다. 내 머리는 라틴어와 그리스어와 아름다운 시구들로 가득 찼고, 내 생각은 죽음과 명예욕으로 가득했으며, 내 환상은 예술가의 꿈으로 넘쳤다. 그러나 내 마음속에서 활활 타오르는 이 모든 불꽃보다 훨씬 더 깊고 강렬하고 무시무시하게 불탔던 것은 사랑의 불꽃이었고, 성적인 허기였고, 가슴을 태우는 쾌락의 예감이었다.

나는 작은 고향 도시의 바위 언덕에 서 있었다. 봄바람 내

음과 갓 피어난 제비꽃 향기가 번져 왔다. 저 멀리 소도시의
강이며 우리 집 창들이 반짝거렸다. 이 모든 것들이, 옛날 그
풍요롭던 문학 소년 시절에 바라보았던 세상처럼, 황홀하고
새롭고 창조에 도취한 듯한 모습과 소리와 향기를 내뿜었고,
심원한 색채의 빛을 발했으며, 봄바람 속에서 초현실적으로
변용되었다. 나는 언덕에 서 있었다. 바람은 나의 긴 머리를
스쳐 갔다. 손을 이리저리 휘저으며 꿈결 같은 사랑의 동경에
빠진 채 나는 막 푸른 빛을 띠기 시작한 관목 숲에서 절반쯤
피어난 어린 잎의 눈을 따서 눈앞에 대 보고 냄새도 맡았다.
(그리고 바로 그 냄새를 맡았을 때 당시의 모든 일이 선명하게 떠올
랐다.) 그러고서 장난스럽게 이 작은 녹색의 새 움을 아직 어
떤 소녀와도 입맞춤한 적이 없는 입술에 물고 씹기 시작했다.
이 떫고 쓰쓰름한 맛을 보자 갑자기 지금 무엇을 체험하고 있
는지를 알았다. 모든 것이 그대로였던 것이다. 나는 내 마지막
소년 시절을 한 시간쯤 다시 체험했다. 초봄의 일요일 오후, 내
가 홀로 산책을 하다가 로자 크라이슬러를 만나 수줍게 인사
하고, 마취를 당한 듯 그녀에 대한 사랑에 빠져 버린 바로 그
날이었다.

그때 이 아름다운 소녀는 홀로 꿈을 꾸듯 산 위로 올라오면
서 나를 보지 못하고 있었다. 나는 기대감에 온몸을 떨며 이
소녀를 바라보았다. 두껍게 땋은 머리는 양쪽 뺨으로 두 줄로
흘러 내려와 바람 속에 노닐듯 흔들렸다. 나는 그 애가 얼마나
아름다운지 그때 처음 알았다. 그녀의 부드러운 머리카락을
흐트러뜨리는 바람의 유희가 얼마나 귀엽고 꿈결 같은지, 그

녀의 얇은 푸른색 옷이 그 어린 몸을 감싸고 있는 모양이 얼마나 아름답고 동경을 불러일으키는지 나는 보았다. 씹어 대던 새 움의 향기로운 쓴맛처럼 불안하고 감미로운 봄날의 기쁨과 두려움이 마음을 적셔 왔던 것과 마찬가지로, 그 소녀를 보았을 때 치명적인 사랑의 예감, 여성에 대한 느낌, 엄청난 가능성과 약속, 이루 말로 표현할 수 없는 환희와 혼돈, 공포와 번민, 내면의 구원과 심각한 죄에 대한 떨리는 예감이 내 마음을 채웠다. 오오, 이 봄날의 쓰디쓴 맛이 내 혀끝에서 얼마나 활활 타올랐던가! 오오, 장난스러운 바람은 그녀의 붉은 빰에 흩어진 머리카락을 얼마나 부풀렸던가! 그녀가 내 쪽으로 가까이 왔다. 고개를 들어 나를 알아본 순간 얼굴이 붉어지더니 눈길을 옆으로 돌렸다. 나는 견진성사 때 썼던 모자를 벗고 인사했다. 로자는 곧 마음을 가다듬어, 품위 있는 얼굴에 미소를 띠며 숙녀처럼 점잖게 인사를 받고는 천천히 그러나 안정된 걸음으로 의젓하게 가던 길을 갔다. 내가 그녀의 등 뒤로 보낸 수천 가지 사랑의 소망과 호소와 숭배에 감싸인 채.

그건 35년 전 어느 일요일의 일이었다. 그때의 일들이 지금 이 순간 모두 다시 돌아왔다. 언덕, 소도시, 3월의 봄바람, 새 움의 내음, 로자와 그녀의 갈색 머리, 부풀어 오르는 동경과 목을 조르는 듯한 감미로운 두려움, 모든 것이 그대로였다. 내 삶에서 그때 로자를 사랑했던 것보다 더 깊이 누군가를 사랑한 적은 없었다는 느낌이 들었다. 그러나 이번에는 그녀를 그때와는 다르게 만날 수 있는 기회가 주어진 것이다. 나는 그녀가 나를 알아보았을 때 그녀의 얼굴이 빨개지는 것을 보았고, 이것을 감추려고 애쓰는 것을 보았다. 나는 금방 알아챘다. 그녀가 나를 좋아하고, 이 만남은 그녀에게도 나와 같은 의미를 갖는다는 것을. 다시 모자를 벗고, 그녀가 지나갈 때까지 한 손에 모자를 든 채 엄숙하게 서 있는 대신, 이번에는 두렵고 두근거리긴 했지만 내 젊은 피가 시키는 대로 했다. 나는 그녀를 불렀다. "로자! 네가 와 주어서 나는 행복해. 너는 너무나도 아름다워. 나는 너를 정말 사랑해." 이 말은 물론 이런 경우에 할 수 있는 가장 재치 있는 말은 아니었지만, 여기서 필요한 것은 재치가 아니었다. 이것으로 충분했다. 로자는 숙녀의 얼굴을 거두고, 가던 길을 멈춰 서서 나를 쳐다보더니 전보다 더 빨개진 얼굴로 말했다. "안녕, 하리. 너 나를 정말로 좋아하니?" 그렇게 말하면서 그녀는 갈색 눈을 강렬하게 반짝였다. 나는 느꼈다. 과거 나의 모든 삶과 사랑은, 그 일요일 내가 로자를 지나가 버리게 한 그 순간부터 거짓이자 혼돈이었고, 어리석은 불행으로 가득 차 있었다는 것을. 그러나 이제 잘못은 고쳐졌다. 모든 것이 달라졌고, 모든 것이 좋아졌다.

우리는 서로 손을 내밀었다. 손을 잡고 우리는 천천히 걸었다. 말할 수 없는 행복 속에서 너무나 당황스러웠다. 우리는 무슨 말을 할지, 무엇을 해야 할지 몰랐으므로 무작정 내달리기 시작했다. 우리는 손을 꼭 잡고 숨이 가빠 멈추어 설 때까지 정신없이 달렸다. 우리는 둘 다 아직 유년의 나이여서, 무엇을 시작해야 할지 몰랐다. 우리는 그 일요일 날 최초의 입맞춤에는 이르지 못했지만 더할 나위 없이 행복했다. 우리는 서서 숨을 몰아쉬었다. 그러고 나서 풀 위에 앉았다. 나는 그녀의 손을 쓰다듬었고, 그녀는 수줍어하면서 또 다른 손으로 내 머리를 쓸어 주었다. 그러고는 다시 일어나서 누가 더 큰지 키를 재 보았다. 사실은 내가 손가락 하나 길이 정도 더 컸지만 그렇게 말하지 않고, 우리는 똑같다고 해 주었다. 하느님이 우리를 서로를 위해 점지해 주셨고, 우리는 나중에 결혼하게 될 거라고 말했다. 그러자 로자는 어디서 제비꽃 냄새가 난다고 말했다. 우리는 짧게 자란 봄의 풀밭에 무릎을 꿇고 앉아 제비꽃을 찾았다. 마침내 줄기가 짧은 제비꽃 몇 개를 찾아냈다. 우리는 서로에게 자기 것을 주었다. 바람이 쌀쌀해지고 해도 어느새 바위 너머로 기울어졌을 때 로자가 집에 가야 한다고 말했다. 그러자 우리 둘은 몹시 슬퍼졌다. 그녀를 바래다줄 수 없었기 때문이다. 그러나 우리는 이제 우리만의 비밀을 갖게 되었고, 이 비밀이야말로 우리가 가질 수 있는 가장 아름다운 것이었다. 나는 바위산 위에 홀로 남았다. 로자의 제비꽃 향기를 맡았고, 얼굴을 낭떠러지로 향하고 절벽 위에 드러누워 도시 쪽을 내려다보았다. 그녀의 작고 달콤한 모습이 저 아래 나타나서 연못을 지나 다리 위로 달려갈 때까지 그렇게 엎드려 있었다. 그리고 이제 나는 그녀가 자기 집에 도착한 것을 보았다. 거기서 그녀는 방으로 들어갔고, 나는 이 위에서 그녀와 멀리 떨어진 채 누워 있었다. 그러나 나와 그녀 사이에는 어떤 끈, 어떤 물결이 이어져 있었고, 비밀의 바람이 불고 있었다.

우리는 그 뒤에도 여기저기에서 다시 만났다. 바위 위에서, 정원의 울타리 옆에서 우리는 그 봄 내내 만났다. 우리는 라일락 꽃이 필 무렵 떨리는 첫 키스를 했다. 우리의 입맞춤은 아직 작열하는 불꽃도, 넘치는 포만감도 없었다. 나는 그녀의 풀어신 귀밑머리를 살짝 쓰다듬었을 뿐이었지만, 그러자 우리가 사랑하고 즐거워할 수 있는 모든 것이 우리의 것이 되었다. 수줍게 살짝 스치는 손길에서, 미숙한 사랑의 말 한마디에서, 가슴 졸이는 기다림의 순간순간에서 우리는 새로운 행복을 배웠고, 그때마다 사랑의 사다리를 한 계단씩 올라갔던 것이다.

이렇게 해서 나는 로자와 제비꽃으로 시작되는 내 인생의 전 연애 과정을 다시 한번, 예전보다 더 행복한 별빛 아래 경험하게 되었다. 이제 로자가 사라지고 이름가르트가 나타났다. 햇살은 더 뜨거웠고, 별은 더욱더 취해 있었지만 로자도 이름가르트도 나의 것은 아니었다. 나는 한 계단 한 계단 올라가며 많은 것을 경험하고 많은 것을 배워야 했다. 나는 이름가르트도, 또한 안나도 잃어버렸다. 나는 젊은 시절 한때 사랑했던 모든 여자를 다시 한번 사랑했다. 그러나 이번에는 누구에게건 사랑을 불러일으키고, 무언가를 주고받을 수 있었다. 옛날엔 오로지 내 환상 속에서만 존재했던 소망과 꿈과 가능성들이 이제 현실이 되었고, 체험되었다. 오오, 너희들 아름다운 꽃들이여, 이다여, 로레여, 내가 일찍이 한여름 내내, 한 달 내내, 온종일 사랑했던 너희들 나의 사랑아!

나는 그제야 조금 전 저 사랑의 문으로 서둘러 뛰어 들어간 잘생긴 작은 청년이 바로 나 자신이었다는 것을 알았다. 나는 이제야 내가 나의 이 부분, 십분의 일, 천분의 일밖에 채워지지 않은 내 존재와 삶의 이 부분을 다 체험하고 성장시켰음을 깨달았다. 내 자아의 어떤 다른 모습에도 구애받지 않고, 즉 사상가에게 방해받지도, 황야의 이리에게 괴롭힘을 당하지도, 시인, 몽상가, 도덕가에 의해 왜소해지지도 않고서 말이다. 아니다, 지금 나는 오직 사랑에 빠진 청년일 뿐이다. 사랑 이외에는 다른 어떤 행복도, 다른 어떤 고뇌도 호흡하지 않았다. 이미 이름가르트가 춤을 가르쳐 주었고, 이다가 키스를 가르쳐 주었다. 가장 아름다웠던 엠마는 저 가을밤 바람에 흔들리는 느릅나무 가지 아래에서 그녀의 가무잡잡한 유방에 키스하도록 허락해 주어 내게 쾌락의 잔을 마시게 한 최초의 여자였다.

파블로의 작은 극장에서 나는 많은 것을 체험했다. 그중 말로 표현할 수 있는 건 천분의 일도 되지 않는다. 내가 예전에 사랑했던 소녀들은 이제 모두가 나의 것이 되었고, 모든 소녀가 그녀만이 줄 수 있는 것을 내게 주었고, 그녀만이 받을 수 있는 것을 나에게서 받았다. 많은 사랑, 많은 행복, 많은 욕정, 많은 혼돈과 고통을 나는 맛보았다. 내 삶의 못다 한 사랑이 이 꿈같은 시간에 나의 정원에서 요술처럼 꽃피었다. 그건 부드러운 순결의 꽃이었고, 화려하게 불타오르는 꽃이었으며, 금세 지고 마는 어두운 꽃이었다. 내밀한 꿈이었고, 작열하는 우수였고, 무서운 죽음이었고, 빛나는 부활이었다. 나는 급류 속에서 서둘러 건져야 하는 여자들을 보았고, 오랫동안 세심하게 구애해야 행복해하는 여인들도 보았다. 내 인생의 흐릿한 구석들도 다시 하나하나 모습을 드러냈다. 거기서 한때 단 1분간일지라도 성적인 목소리가 나를 불렀고, 여자의 눈빛이 나를 마비시켰으며, 소녀의 하얀 살갗이 나를 유혹했다. 이 못다 한 사랑을 모두 되찾았다. 모든 여자가 나의 것이 되었던 것이다. 그것도 각자 나름의 독특한 방식으로. 옛날 급행열차의 창가에서 15분쯤 옆에 서 있던 여자, 그래서 그 후에 내 꿈속에 몇 번인가 나타났던 여자, 밝은 아마 빛 머리 아래 그윽한 갈색 눈이 인상적이던 그 여자가 나타났다. 그녀는 한마디도 말하지 않았지만, 내가 전혀 예감하지 못한 놀랍고 치명적인 사랑의 기술을 가르쳐 주었다. 그리고 마르세유 부두에서 본 말끔하고 조용한, 유리잔처럼 깨질 듯한 미소를 짓던 중국여인, 단정하게 손질한 까만 머리와 몽롱한 눈의 그 여인도 전대미문의 기술을 알고 있었다. 모든 여자가 자신의 비밀을 간직했고, 자신이 태어난 땅의 향기를 풍겼다. 자기 식으로 입맞췄고, 자기 식으로 웃었다. 나름대로 독특하게 수줍어했고, 나름대로 독특하게 대담했다. 여자들이 왔다가는 가 버렸다. 물결이 그녀들을 내 쪽으로 밀어 왔고, 나를 그녀들에게 밀고 갔다가는 또 떼어 놓았다. 그것은 매혹과 위험과 경이가 가득찬 성(性)의 물결 속에서 어린아이처럼 장난 삼아 헤엄을 치는 것이었다. 나의 삶이, 초라하고 사랑도 모르는 것처럼 보이던 황야의 이리의 인생이 이렇게 사랑과 기회와 유혹으로 충일한 것에 나는 놀랐다. 나는 이 모든 것을 거의 무시하고 회피했고, 비틀거리며 넘어서서는 서둘러 잊었던 것이다. 그러나 그들은 이곳에 모두 고스란히 보존되어 있었다. 그래서 이제 나는 그것들을 보고, 그것들에 나를 바치고, 가슴을 열어 놓고, 그 장밋빛으로 어두워지는 세계로 침잠했다. 또한 파블로가 전에 내게 제공했던 유혹도 되살아났고, 당시엔 내가 한번도 온전히 이해하지 못했던 또 다른 유혹도 다시 나타났다.

그것은 서넛이 벌이는 환상적인 유희였다. 그들은 웃으면서 나를 자기들의 윤무 속에 끌어들였다. 말로 표현할 수 없는 많은 일이 일어났고, 수많은 유희가 벌어졌다.

유혹과 악행과 탐닉의 끝없는 물결에서 나는 다시 조용히, 말없이 솟아 나왔다. 준비는 다 되었다. 지식에 싫증 났고, 깊은 경험을 통해 지혜로워졌다. 헤르미네를 감당할 만큼 성숙해진 것이다. 천 가지 모양을 한 나의 신화 속의 마지막 인물로서, 끝없이 이어지는 이름 중에서 마지막 이름으로 헤르미네가 떠올랐다. 그와 동시에 나의 의식도 다시 돌아와 사랑의 동화를 끝내 버렸다. 왜냐하면 그녀만은 여기 있는 이 요술 거울의 흐릿한 불빛 속에서 만나고 싶지 않았기 때문이다. 내 체스 판에서 단지 하나의 말만이 그녀에게 속한 것이 아니라, 하리라는 전 존재가 그녀에게 속하기 때문이다. 아아, 나는 이제 모든 것이 그녀와 연관되고, 모든 것이 그녀를 충족시키도록 체스 말을 새로 놓을 것이다.

물살에 밀려 다시 나는 육지에 닿았다. 나는 정적이 감도는 극장 복도에 서 있었다. 이제 무얼 하지? 나는 주머니 속에 있는 작은 체스 말들을 만져 보았다. 그러나 이 놀이는 벌써 시들해졌다. 문짝과 문패와 요술 거울들의 무궁무진한 세계가 나를 둘러싸고 있었다. 나는 무심코 다음 문패에 쓰인 것을 보고 전율했다.

> 사랑으로 죽이는 법

이렇게 쓰여 있었다. 순간 경련이 일듯이 마음속에서 하나의 기억이 떠올랐다. 헤르미네였다. 레스토랑 탁자에 앉아 포도주를 곁들인 식사를 하다가 갑자기 바닥 모를 대화에 빠진 그녀는 무서울 정도로 진지한 눈빛으로 내게 말했던 것이다. 그녀가 나를 유혹한 것은 오직 내 손에 의해 죽임을 당하기 위해서라고. 무겁게 짓누르는 공포와 암울함이 가슴에 물결쳐 왔다. 갑작스럽게 모든 것이 다시 내 앞에 나타났고, 나는 불현듯 마음 깊은 곳에서 필연과 운명을 느꼈다. 절망적인 심정으로 나는 주머니에 손을 집어넣었다. 체스 말들을 꺼내 요술을 좀 부려서 체스 판을 새로 놓기 위해서였다. 그러나 체스 말은 더 이상 거기에 없었다. 체스 말 대신 주머니에서 꺼낸 건 칼이었다. 까무러치듯 놀라 나는 복도를 내달렸다. 문들을 지나쳐 커다란 거울 앞에 멈춰 서서는 그 안을 들여다보았다. 거울 안에는 나만 한 키의 건강하고 잘생긴 이리가 서 있었다. 눈을 깜박거리며 나를 처다보면서 약간 웃어 보였는데, 잠깐 입을 벌리자 빨간 혀가 보였다.

파블로는 어디 있는가? 헤르미네는 어디 있는가? 개성의 형성에 대해 그렇게 멋지게 이야기하던 저 현명한 남자는 어디 있는가?

나는 한 번 더 거울을 보았다. 조금 전엔 제정신이 아니었던 모양이다. 높다란 거울 속엔 혀를 날름거리는 이리 따위는 없었다. 거울 속에 있는 건 나였다. 하리였다. 얼굴은 잿빛으로 질려 있고, 모든 유희를 떠난, 모든 악행에 지쳐 버린, 끔찍하리만치 창백한, 그러나 어쨌든 인간인, 함께 이야기를 나눌 수 있는 인간인 하리였다.

"하리, 거기서 무얼 하고 있는 거야?" 나는 말했다.

"아무것도 하지 않아. 그저 기다리고 있는 거야." 거울 속의 사내가 말했다. "나는 죽음을 기다리고 있어."

"도대체 죽음이 어디에 있다는 거야?" 나는 물었다.

"오고 있어." 그는 말했다. 극장 내부에 있는 빈방에서 음악이 들려왔다. 아름답고도 무서운 음악이었다. 「돈 조반니」에서 대리석상이 등장할 때 나오는 그 음악이었다. 싸늘한 음향이 유령이라도 튀어나올 듯한 집을 무시무시하게 울렸다. 그건 피안의 세계에서 온, 저 불멸하는 자들의 음향이었다.

'모차르트구나!'라고 생각하면서 나는 내 내면 생활에서 가장 좋아하는 최고의 영상들을 떠올렸다.

그때 뒤에서 웃음소리가 들렸다. 그건 인간들 사이에서 들어 본 적이 없는, 고난과 신들의 유머 저편에서 울려오는, 밝으면서도 얼음처럼 차가운 웃음소리였다. 나는 몸을 돌렸다. 이 웃음에 온몸이 얼어붙으면서도 행복한 기분이 들었다. 그때 모차르트가 걸어왔다. 웃으면서 내 곁을 지나쳐서는 태연하게 관람석 문 쪽으로 가서 문을 열고 들어갔다. 나는 내 젊은 날의 신, 평생 나의 사랑과 숭배의 대상이었던 그를 열심히 쫓아갔다. 음악은 계속 울렸다. 모차르트는 관람석 난간에 서 있었다. 무대에는 아무것도 보이지 않았다. 끝 모를 어둠이 공간을 채우고 있을 뿐이었다.

"보시오." 모차르트가 말했다. "색소폰 없이도 되지 않소. 물론 이 멋진 악기를 폄훼하고 싶진 않지만 말이오."

"지금 어느 대목을 하고 있는 거지요?" 내가 물었다.

"「돈 조반니」의 마지막 막이라네. 레포렐로는 벌써 무릎을 꿇고 있지. 멋진 장면이야. 음악도 들을 만하고. 물론 이 음악엔 여러 가지 매우 인간적인 면들이 담겨 있긴 하지만, 이쯤에서 벌써 피안을 느끼게 되지. 웃음을 말이야. 그렇지 않나?"

"이것은 사람 손으로 쓴 최후의 위대한 음악입니다." 나는 학교 선생처럼 엄숙하게 말했다. "물론 슈베르트도 나왔고, 후고 볼프도 나타났고, 저 탁월하고 불쌍한 쇼팽도 잊어서는 안 되겠죠. 선생님, 당신은 이맛살을 찌푸리시는군요. 그렇습니다. 베토벤도 있습니다. 그도 대단하지요. 그러나 이 모든 것은, 아무리 아름답다 해도, 벌써 어떤 파편, 어떤 해체의 편린을 지니고 있습니다. 「돈 조반니」 이후로는 인간에 의해 그렇게 완전한 작품이 만들어진 적이 없습니다."

"너무 긴장하지 말게."라고 말하면서 모차르트는 웃었다. 무섭게 냉소적인 웃음이었다. "자네도 아마 음악가인 모양이지? 이제 난 음악에는 손을 놓고 쉬고 있다네. 그저 재미 삼아 가끔 구경하는 정도지."

그는 지휘하듯 두 손을 치켜들었다. 그러자 달 아니면 희뿌연 별 같은 것이 어디선가 떠올랐다. 나는 관람석 난간 너머로 측량할 수 없이 깊은 공간 속을 들여다보았다. 안개와 구름이 흐르고 있었고, 산줄기와 해안이 아스라이 모습을 드러냈다. 우리 발밑에는 황무지 같은 평원이 천지에 광활하게 펼쳐졌다. 이 평원에서 우리는 수염을 길게 기른 성스러운 외관의 노인을 보았는데, 그 노인은 고통에 찬 얼굴로 검은 옷을 입은 엄청난 수의 남자들로 이루어진 거대한 행렬을 이끌고 있었다. 그의 얼굴은 초췌하고 낙담한 표정이었다. 모차르트는 말했다.

"보게나. 저 사람이 브람스라네. 그는 구원을 갈구하고 있어. 그러나 그러기엔 아직 멀었다네."

나는 그 검은 옷을 입은 수천 명의 사람들이 브람스의 작품 가운데서 신이 쓸모없다는 판단을 내린 선율이나 악보를 연주한 사람들이라는 것을 알았다.

"악기를 너무 많이 사용했어. 재료를 너무 많이 낭비한 거야." 모차르트가 고개를 끄덕이며 말했다.

그리고 바로 그에 이어서 우리는 똑같이 대규모 군중의 선두에 서서 리하르트 바그너가 행진해 오는 것을 보았다. 수천의 사람들이 그에게 매달려 젖이라도 빨고 있는 것처럼 보였다. 그는 고행자의 지친 걸음으로 다리를 끌다시피 하며 걸어왔다.

"제가 젊었을 때는 이 두 음악가가 서로 극명한 대립을 이룬다고 생각했습니다." 내가 슬픈 표정으로 말했다.

모차르트가 웃었다.

"그래, 언제나 그런 거야. 얼마간 떨어져서 보면 그런 대립이란 것도 서로 점차 비슷비슷해지는 법이지. 그건 그렇고 악기를 너무 많이 쓴 것은 바그너의 개인적인 잘못도, 브람스의 잘못도 아니야. 그건 그들이 살았던 시대의 과오지."

"네? 그럼 그 과오 때문에 저들이 저렇게 무서운 참회를 해야 하나요?" 나는 항의하듯이 소리쳤다.

"물론일세. 그것이 심판의 순서지. 그들이 먼저 시대의 죄를 다 씻고 난 후에야, 결산을 보아야 할 징도로 아직도 개성적인 것이 남아 있는지 여부가 밝혀질 거야."

"그러나 그건 그들의 탓이 아니잖아요!"

"물론 아니지. 아담이 사과를 따 먹은 것도 자네 탓은 아니지. 그런데도 자네는 그것 때문에 참회해야 하는 거야."

"그건 끔찍한 일이에요."

"물론이야. 삶이란 언제나 끔찍한 거라네. 그건 우리 탓은 아니지만 그래도 우리가 책임을 져야 하네. 태어난 것 자체가 죄란 말이야. 자네가 여태까지 그것을 몰랐다면, 자네는 지금 아주 훌륭한 종교 수업을 받은 셈이지."

나는 참으로 참담한 심정이었다. 나는 나 자신을 돌아보았다. 피안의 황야를 헤매는 녹초가 된 순례자의 모습이었다. 내가 쓴 쓸데없이 많은 책, 논문, 평론에 짓눌려 있었다. 그것들을 만들어 낸 수많은 식자공, 그 모든 것을 받아 삼킨 수많은 독자가 그 뒤를 따르고 있었다. 맙소사! 그 밖에 또 아담과 사과, 그리고 그 외의 원죄가 모두 아직 거기에 있었다. 이 모든 것이 속죄되어야 하고, 정죄(淨罪)의 불길이 끝없이 타올라야 한다. 그런 후에야 비로소 물을 수 있을 것이다. 이 모든 것 뒤에 아직 어떤 개성적인 것, 어떤 고유한 것이 남아 있는지, 아니면, 나의 행위와 그 결과는 그저 바다 위의 공허한 거품, 사건의 흐름 속의 의미 없는 유희에 불과한 것이었는지를 말이다.

모차르트는 나의 언짢은 얼굴을 보고 큰 소리로 웃기 시작했다. 너무 웃는 통에 그는 발을 헛디뎌 넘어지면서 트릴을 연주하듯 다리를 떨었다. 그러면서 나를 향해 소리쳤다. "여보게, 젊은이, 혀가 깨무는가, 허파가 꼬집는가? 자네의 독자, 망나니, 가난한 대식가를 생각하는가? 자네의 식자공, 이교도, 저주받은 선동가, 칼 가는 자를 생각하는가? 정말이지 웃기는 일이군. 크게 웃을 일이야. 포복절도할 일이지. 바지에 오줌 쌀 일이라고. 아, 자네는 믿음이 깊구먼. 자네의 검은 인쇄 잉크와 영혼의 고통을 가지고 자네를 위해 양초를 만들겠네. 그저 농담으로 한 말일세. 훌쩍거리고, 딱딱 소리를 내고, 소동을 일으키고, 짓궂게 장난치고, 꼬리를 흔드는 양초 말이야. 불꽃이 오래 나불거리지는 않아. 안녕히. 자네의 글과 진부한 이야기 때문에 악마가 자네를 데리고 가서 늘씬하게 패 줄 거야. 자네는 모든 걸 표절했으니까 말이야."

이 말은 너무 심했다. 화가 치밀어 더 이상 슬픔에 잠겨 있을 수 없었다. 나는 모차르트의 가발을 붙잡았다. 그는 빠져나갔다. 가발은 혜성의 꼬리처럼 길어졌다. 나는 그 끝에 매달려 세상을 빙빙 돌았다. 제기랄, 이 세상은 참으로 차가운 곳이었다. 이 불멸의 인물들은 끔찍하게 희박하고, 얼음처럼 차가운 공기 속에서 견디며 살아가고 있었다. 그래도 이 싸늘한 공기는 왠지 쾌감을 주었다. 나는 정신을 잃기 전 짧은 순간 동안 이것을 느낄 수 있었다. 쓰라리게 예리하고, 쇠처럼 번쩍거리는 차가운 명랑함이 온몸을 뚫고 지나갔다. 모차르트가 그랬듯이 밝고 거친 탈속(脫俗)의 웃음을 터뜨리고 싶다는 욕망이 생긴 것이다. 그러나 그때 나의 숨도, 의식도 끊겼다.

다시 의식이 돌아왔을 때 나는 정신이 혼미하고 완전히 기진맥진한 상태였다. 복도의 하얀 불빛이 번들거리는 바닥에 반사되고 있었다. 나는 불멸의 인물 속에 있는 게 아니었다. 아직은. 나는 아직은 여전히 수수께끼와 고뇌와 황야의 이리와 괴로운 혼란이 가득한 이 세상에 있었다. 결코 좋은 곳도, 그럭저럭 견딜 만한 체류지도 아니었다. 이제 끝장을 보아야 했다.

커다란 벽거울 속에서 하리는 나와 마주 서 있었다. 그는 건강이 좋아 보이지 않았다. 저 교수 집 방문과 술집 '검은 독수리'에서의 무도회가 있던 그날 밤의 모습과 별로 다르지 않았다. 그러나 그건 오래전 일이었다. 몇 년 전, 아니 몇백 년 전 일이었다. 하리는 늙어 버린 것이다. 그는 춤을 배웠고, 마술 극장에 가 보았고, 모차르트가 웃는 것을 들었던 것이다. 그는 춤도, 여자도, 칼도 더 이상 두려워하지 않았다. 별로 재주가 없는 사람도 몇백 년 떠돌아다니다 보면 성숙하는 법이다. 나는 오래도록 거울 속의 하리를 응시했다. 아직은 그를 알 것도 같았다. 그는 3월의 어느 일요일 바위산에서 만난 로자 앞에서 견진성사용 모자를 벗던 열다섯 살의 하리와 여전히 조금 닮은 구석이 있었다. 그렇지만 그사이 그는 몇백 살은 더 늙어 버렸다. 음악과 철학을 했고, 실컷 논쟁도 했다. 술집 '슈탈헬름'에서 알자스 포도주를 들이켰고, 고루한 학자들과 크리슈나 신에 대해 토론을 벌였다. 에리카와 마리아를 사랑했고, 헤르미네의 친구가 되었고, 자동차를 향해 총을 쏘았고, 미끈한 중국 여자와 동침했다. 괴테와 모차르트를 만나, 그가

여전히 사로잡혀 있던 시간과 가상 현실의 그물에 몇 군데 구
멍을 냈다. 예쁜 체스 말들을 잃어버리긴 했어도, 그의 호주
머니에는 아직 멋진 주머니칼이 있었다. 나아가라, 늙은 하리,
피곤한 하리여!

제기랄, 인생은 왜 이리도 쓰디쓴 맛인가! 나는 거울 속의
하리에게 침을 뱉었다. 나는 그를 발로 걷어차서 산산조각으
로 만들어 버렸다. 소리가 메아리쳐 울리는 복도를 천천히 걸
어갔다. 그렇게 많은 멋진 약속을 던져 주던 문짝들을 자세히
보았다. 어느 문에도 문패가 달려 있지 않았다. 나는 사열하듯
이 천천히 마술 극장의 백 개의 문 모두를 지나쳤다. 오늘 난
가장무도회에 가지 않았던가? 그사이에 백 년이 흘러가 버렸
다. 오래지 않아 더 이상 세월은 존재하지 않겠지. 아직 할 일
이 남아 있었다. 헤르미네가 기다리고 있는 것이다. 이건 아주
이상한 결혼식이 될 거야. 탁한 물결 속에서 나는 저편으로
헤엄쳐 갔다. 나는 우울하게 끌려가는 노예였다. 황야의 이리
였다. 제기랄, 악마여!

나는 마지막 문 앞에 서 있었다. 그 탁한 물결이 나를 그리
로 끌고 온 것이다. 오오 로자여, 오오 아득한 청춘이여, 오오
괴테여, 모차르트여!

나는 문을 열었다. 내가 문 뒤에서 본 것은 단순하면서도
아름다운 광경이었다. 바닥의 카펫 위에 벌거벗은 두 사람이
누워 있었다. 아름다운 헤르미네와 아름다운 파블로였다. 나
란히 누워 깊은 잠에 빠져 있었다. 만족이란 없을 것 같으면
서도 곧 싫증 나게 하는 사랑의 유희에 지친 것이다. 아름답디

아름다운 인간, 황홀한 모습, 경탄할 만한 몸이었다. 헤르미네의 왼쪽 유방 아래에는 거무스름한 둥근 얼룩이 보였다. 파블로가 반짝반짝 빛나는 아름다운 이빨로 물어 놓은 사랑의 자국이었다. 얼룩이 있는 그곳을 나는 주머니칼로 날이 파묻힐 정도로 깊숙이 찔렀다. 헤르미네의 희고 부드러운 살갗 위로 피가 흘러내렸다. 만약 다른 경우에 이런 일이 있었다면 나는 이 피를 말끔히 핥아 먹었을 것이다. 그러나 이번에는 그렇게 하지 않았다. 나는 피가 흐르는 것을 그저 지켜보았을 뿐이다. 그녀가 아주 짧은 순간 고통스럽게, 무척 놀란 듯이 눈을 뜨는 것을 보았다. '그녀는 왜 놀라는 것일까?' 하고 나는 생각했다. 나는 그녀의 눈을 감겨 주어야겠다고 생각했다. 그러나 눈은 다시 저절로 감겼다. 일이 끝난 것이다. 그녀는 몸을 조금 옆으로 돌렸다. 어깻죽지에서 유방 쪽으로 섬세하고 부드러운 그림자가 흔들렸다. 그것은 무언가를 생각나게 했다. 잊어라! 그러자 그녀는 잠잠해졌다.

나는 오랫동안 그녀를 내려다보았다. 그러다 마침내 잠에서 깨어난 것처럼 온몸에 전율을 느끼고 도망치려 했다. 그때 나는 파블로가 몸을 돌리는 것을 보았다. 그가 눈을 뜨고 사지를 펴는 것을 보았고, 아름다운 시신 위로 몸을 굽히더니 빙긋이 미소 짓는 것을 보았다. 절대로 진지해지는 법이 없는 친구라고 나는 생각했다. 그는 무슨 일이든 웃음거리로 삼는 것이다. 파블로는 카펫의 가장자리를 정성스럽게 접어서 상처가 보이지 않도록 헤르미네의 몸을 가슴팍까지 덮어 주더니 소리 없이 나가 버렸다. 그는 어디로 갔을까? 모두가 나를 홀로 남겨 두는 것일까? 나는 홀로 남았다. 내가 사랑하고 부러워하던 여인의 반나체의 시신과 함께. 그녀의 창백한 이마 위로는 사내아이의 곱슬머리 같은 머리카락이 늘어져 있었다. 완전히 창백해진 얼굴에서 살짝 벌어진 입술이 붉게 번쩍거렸다. 머리에서 향긋한 향기가 퍼져 나왔고, 작고 두툼한 귀는 머리카락 아래 반쯤 드러나 보였다.

이제 그녀의 소망이 이루어졌다. 그녀가 완전히 나의 것이 되기 전에 나는 내 연인을 죽인 것이다. 나는 상상할 수도 없는 일을 저지른 것이다. 나는 무릎을 꿇고 앉아 그녀를 응시하면서도, 이 행위가 무엇을 의미하는지, 그것이 올바르고 정당한 것이었는지, 그 반대인지 전혀 알지 못했다. 저 현명한 체스꾼은 그녀에 대해 무어라 말할까? 파블로라면 무어라 말할까? 나는 알지 못했고, 생각할 수도 없었다. 립스틱을 바른 입술은 핏기가 사라진 얼굴에서 점점 더 붉게 타올랐다. 내 인생 전체가, 내 보잘것없는 행복과 사랑이 바로 이 굳어 버린 입술과 같았다. 죽은 자의 얼굴 위에 그려진 약간의 빨간색 립스틱 같은 것이었다.

죽은 얼굴, 죽은 흰 어깨, 죽은 흰 팔에서 시나브로 스며드는 전율이, 한겨울의 황량함과 고독이, 서서히 도를 더해 가는 냉기가 숨을 내쉬었다. 그 속에서 내 손과 입술이 얼어붙기 시작했다. 내가 태양빛을 꺼 버린 것인가? 모든 생명의 심장을 찔러 버린 것인가? 우주의 싸늘한 죽음이 엄습한 것인가?

덜덜 떨면서 나는 돌처럼 굳어 버린 이마를, 뻣뻣해진 곱슬머리를, 싸늘하게 식어 가는 창백한 귓바퀴의 미광을 뚫어져라 바라보았다. 거기서 물결쳐 나오는 냉기는 죽음을 불러오는 것이면서도 아름다웠다. 그 냉기에는 울림이 있었고 놀라운 비약이 있었다. 그것은 음악이었다!

지난날 나는 행복감 같은 것이기도 한 이 전율을 한 번도 느끼지 못했단 말인가? 언젠가 이 음악을 들어 보지 않았던가? 그렇다, 모차르트에게서, 저 불멸하는 사람들에게서 들었다.

지난날 어디선가 한번 보았던 시구가 떠올랐다.

그렇지만 우리는
별빛이 스며든 에테르의 얼음 속에 있었다.
시시때때를 완전히 잊은 채
남자도 여자도 아닌, 젊지도 늙지도 않은 우리
우리의 영원한 존재는 싸늘하게 변치 않고
우리의 영원한 웃음은 싸늘하게 별 되어 빛나리.

그때 문이 열렸다. 다시 한번 눈여겨 바라보고 나서야 나는 그가 모차르트라는 걸 알았다. 짧은 바지도, 버클 달린 구두도, 가발도 걸치지 않은 현대적인 복장이었다. 그는 내 옆에 딱 붙어 앉았다. 헤르미네의 가슴에서 바닥으로 흘러내린 피를 묻힐까 봐 나는 그를 잡아당기려고 했다. 그는 앉더니 거기 널려 있는 작은 장치들과 도구들을 열심히 만지작거렸다. 그는 그것을 매우 소중하게 여기는 것 같았다. 이리저리 밀쳐 보기도 하고 나사를 죄어 보기도 했다. 나는 감탄하며 그의 재빠르고 재주 있는 손가락을 바라보았다. 예전에 나는 그 손가락이 피아노를 치는 모습을 얼마나 보고 싶어 했던가. 이런저런 생각에 잠겨 나는 그가 하는 일을 구경했다. 아니 사실 생각에 잠긴 것이 아니라 꿈을 꾸는 듯한 기분이었다. 그의 아름답고 재주 많은 손에 넋을 잃었고, 그와 가까이 있다는 느낌에 흥분도 되었고, 또 약간은 두렵기도 했다. 사실 그가 거기서 무엇을 하는지, 그가 어디에 나사를 조이고 무슨 일에 그렇게 분주한지 따위에는 전혀 관심이 없었다.

그가 조립해서 만든 것은 라디오였다. 스피커를 켜면서 그가 말했다. "뮌헨 방송, 헨델의 F장조 콘체르토 그로소."

나는 말로 표현할 수 없을 정도로 놀라고 경악했다. 그 끔찍한 함석 깔때기는 축음기의 소유자나 라디오 가입자들이 음악이라고 부르는 것, 저 기관지 염증의 가래와 단물이 다 빠질 때까지 씹은 껌의 혼합물을 뱉어 냈다. 그 탁한 가래와 깍깍거리는 쉰 소리는 대가의 그림 위에 두껍게 쌓인 먼지와 같아서, 그것을 벗겨내야만 예전의 훌륭한 모습, 즉 이 성스러운 음악의 뛰어난 구조, 당당한 구성, 냉정하고 긴 호흡, 풍부하고 폭넓은 현악기의 울림을 인식할 수 있었다.

"맙소사, 무얼 하시는 겁니까, 모차르트 씨?" 나는 놀라서 외쳤다. "당신은 제정신으로 당신 자신에게 그리고 저에게 이런 추잡한 짓을 하시는 겁니까? 당신이 이 혐오스러운 기계를 우리에게 틀어 주다니요. 그건 우리 시대의 전리품이요, 이 시대가 예술을 절멸시키려는 전투에서 사용하는 최후의 효과적인 무기가 아닌가요? 그래야만 하는 겁니까, 모차르트 씨?"

오오, 이 괴상한 사내는 어떻게 웃었던가! 그의 웃음은 차갑고 신비로웠고, 소리를 내지 않으면서도 모든 것을 폐허로 만드는 웃음이었다. 그는 은근히 즐기는 듯이 나의 고통을 지켜보면서 빌어먹을 나사를 계속 돌려 댔고, 라디오의 함석 깔때기를 이리저리 밀었다. 미소를 지은 채 그는 기형화되고 영혼이 없는 음악, 독을 품고 있는 음악이 방 안에 새어 들어오도록 내버려 두었다. 그는 웃으면서 나에게 대답했다.

"여보게, 너무 열을 내지는 말게. 그런데 자네는 리타르단도를 주의해서 들었는가? 훌륭한 착상이야! 자네는 성미가 급한 사람이니 이제 한번 이 리타르단도의 사상을 자네 마음속으로 음미해 보게. 베이스가 들리나? 마치 신들이 행진하는 것 같군. 그리고 늙은 헨델의 이 착상을 자네의 불안한 마음에 받아들여 마음을 진정시키게. 페이소스도 비웃음도 그만두고, 이 우스꽝스러운 기계의 실로 가망 없이 어리석은 장막 뒤에서 이 신들의 음악의 아득한 형상이 변화해 가는 걸 한번 들어 보게. 주의해서 듣게나, 거기서도 배울 게 있을 걸세. 이 터무니없는 소리통은 세상에서 가장 멍청하고, 쓸데없고, 금지된 짓거리를 하는 것처럼 보이고, 어디선가 연주된 음악을 무차별로, 어리석고 거칠게, 게다가 조잡하게 왜곡시켜서, 어떤 낯설고 어울리지도 않는 공간에 퍼뜨린다네. 그렇긴 해도 그것이 이 음악의 본래 정신을 파괴하지는 못하지. 오히려 그 훌륭한 음악에 비춰 기술이란 것이 얼마나 당황스럽고, 그 기술이 하는 짓들이라는 게 얼마나 정신을 결여한 것인지를 증명하는 셈이지. 잘 들어 보게, 자네에게 꼭 필요한 것일세! 귀를 기울여 듣게. 그래 그렇게. 자네는 지금 라디오에 의해 못 쓰게 된 헨델을 듣는 것만은 아닐세. 헨델은 이 끔찍스러운 표현 방식에서도 여전히 거룩한 면을 지니고 있다네. 자네는 또 동시에 모든 삶에 대한 뛰어난 비유를 듣고 보고 있는 것이네. 자네가 라디오를 들을 때 듣고 보는 것은 이상과 현상, 영원과 시간, 신성과 인간성 간의 원초적인 투쟁이라네. 라디오가 이 세상에서 가장 훌륭한 음악을 10분쯤 시민들의 살롱이나 다락방, 잡담하는 사람, 음식을 먹는 사람, 하품하는 사람, 잠자는 사람들 사이에 무차별적으로 퍼뜨린다 해도, 그것이 이 음악의 감각적인 아름다움을 빼앗고, 망가뜨리고, 할퀴고, 더럽힐 수는 있지만, 그 정신을 완전히 죽일 수는 없다네. 그와 마찬가지로 인생, 다시 말하면 이른바 현실이라는 것도 세상의 멋진 가상의 유희를 주위에 뿌리는 것이라네. 헨델에 이어 중소기업의 총결산 장부 허위 기재 요령에 대한 강연이 방송되고, 매혹적인 오케스트라의 음악이 식욕을 떨구는 가래침 뱉는 소리로 변하는 것이네. 삶은 기술과 정신없는 활동, 추한 욕구와 허영심을 이념과 현실 사이에, 오케스트라와 귀 사이에 어디에고 밀어 넣는 것이라네. 인생이란 그런 거라네. 우리는 그걸 있는 그대로 놓아두어야 한다네. 그러니 당나귀가 아닌 이상 우리가 웃지 않을 수 있겠나. 자네 같은 사람들에겐 라디오나 인생에 대해 비판할 권리가 없다네. 우선 듣는 법부터 배우게! 진지하게 여길 만한 가치가 있는 것을 진지하게 여기는 법을 배우게. 그리고 그 외의 것들은 비웃어 버리게나! 아니면 자네 자신은 좀 더 멋지고 고상하고 현명하고 기품 있게 해 왔다는 건가? 아닐세, 하리. 자네는 그러지 않았네. 자네는 자신의 인생을 끔찍스러운 병자의 이력으로 만들어 버렸고, 자신의 재능 때문에 불행해졌다네. 게다가 자네는 내가 본 바로는 그렇게 예쁘고 매력적인 아가씨를 제대로 이용할 줄 몰랐네. 그저 그녀의 몸을 칼로 찔러 죽인 것 말고는 말이야! 자네는 그것이 정당하다고 생각하나?"

"정당하다고요? 오, 아닙니다!" 나는 절망적으로 소리쳤다. "정말이지, 모든 것이 거짓이었어요. 모든 것이 참으로 어리석고 졸렬했습니다. 저는 짐승이에요. 모차르트 씨. 어리석고 못된 짐승입니다. 병적이고 타락한 짐승이에요. 당신 말이 천 번 만 번 옳습니다. 그러나 그 소녀의 일은, 그것은 그녀가 원했던 겁니다. 저는 단지 그녀 자신의 소망을 이루어 준 것뿐입니다."

모차르트는 소리 없이 웃었다. 그러나 이번에는 대단한 호의를 보여서 라디오를 꺼 주었다.

나의 변명은 여전히 그녀의 말을 충실하게 믿고 있던 나 자신에게조차도 어느새 몹시 멍청한 소리로 들렸다. 문득 기억 하나가 떠올랐다. 예전에 헤르미네가 시간과 영원에 대해 이야기했을 때, 나는 곧바로 그녀의 생각이 나 자신의 생각을 거울에 비춰 놓은 모습이라고 여겼다. 그러나 내 손에 의해 죽고 싶다는 생각은 전적으로 헤르미네 자신의 발상이요 소망이었지, 조금도 나의 영향을 받은 것은 아니었다고, 나는 마치 당연한 것처럼 생각했던 것이다. 그러나 그렇다면 왜 당시에 나는 이 끔찍하고 황당한 생각을 받아들이고 믿었을 뿐 아니라, 심지어 미리 예감하고 있었단 말인가? 그것이 나의 생각이었기 때문에 그런 건 아닐까? 그리고 나는 왜 그녀가 벗은 몸으로 다른 남자의 팔에 안겨 있던 바로 그 순간에 그녀를 죽였던가? 모든 것을 다 안다는 듯이 한껏 조롱하는 투로 모차르트는 소리 없이 웃었다.

"하리, 자네는 익살꾼이군그래." 모차르트가 말했다. "정말로 이 아름다운 소녀는 자네의 주머니칼에 찔려 죽는 것 외에는 자네에게 바랄 것이 없다고 생각했단 말인가? 그런 말에 넘어갈 줄 아나! 어쨌거나 자네는 멋지게 찔렀어. 그 불쌍한 소녀는 쥐새끼처럼 죽어 버렸으니 말이야. 이제 자네가 그 여성에게 보인 예의의 결과가 어떤 것인지를 알아야 할 때가 된 것 같네. 아니면 자네는 그 결과를 회피할 생각인가?"

"아닙니다." 나는 외쳤다. "제 말뜻을 전혀 이해하지 못하시겠어요? 결과를 회피하다니요! 제가 바라는 건 속죄하고 속죄하고 또 속죄하는 것, 도끼 아래 모가지를 내밀어 벌을 받고 처형당하는 것밖에 없습니다."

참을 수 없을 정도로 비웃는 표정으로 모차르트는 나를 쏘아보았다.

"자네는 언제나 너무 비장해! 그러나 곧 유머를 배우게 될 걸세, 하리. 진정한 유머는 모름지기 교수대에서의 유머지. 필요한 경우엔 교수대에서도 배울 수 있어. 준비가 되었는가? 다 되었어? 좋네. 그럼 검사에게 가게. 가서 유머를 모르는 법원 관리들이 선고를 내리게 하게. 이른 아침 감옥에서 목을 치라는 선고 말일세. 그러니까 그럴 준비가 다 되었단 말이지?"

불현듯 눈앞에 게시문 하나가 번쩍였다.

나는 고개를 끄덕여 동의를 표했다. 격자 창살이 있는 작은 창문들이 붙은 담으로 둘러싸인 황량한 뜰, 말끔하게 설치된 교수대, 법관복과 프록코트를 입은 열두 명의 신사들, 그 한가운데에 내가 서 있었다. 잿빛이 감도는 새벽 공기에 오싹 한기를 느꼈고 가슴은 참담한 두려움으로 죄어들었지만 나는 준비와 각오가 되어 있었다. 명령에 따라 나는 앞으로 나갔고, 명령에 따라 무릎을 꿇었다. 검사는 모자를 벗고 헛기침을 했다. 그러자 다른 모든 신사도 헛기침을 했다. 그는 엄숙하게 종이를 펴 들고 읽어 내려갔다.

"신사 여러분, 여러분 앞에 서 있는 자는 하리 할러라는 자로서 우리 마술 극장의 고의적인 오용으로 기소되어 유죄 언도를 받을 자입니다. 그는 우리의 아름다운 가상의 홀을 이른바 '현실'이라고 하는 것과 혼동하여 거울 속의 소녀를 거울 속의 주머니 칼로 찔러 죽임으로써 숭고한 예술을 모독했을 뿐만 아니라, 나아가 유머를 이해하지 못하고 우리의 마술 극장을 자살 장치로 이용하려는 의도를 보였습니다. 이로써 우리는 하리에게 영생(永生)의 벌과 우리 극장의 입장 허가를 열두 시간 동안 박탈할 것을 선고합니다. 아울러 피고에 대한 철저한 조롱의 벌도 면할 수 없습니다. 신사 여러분, 소리를 맞추어 하나, 둘, 셋!"

셋! 하자마자 거기에 있던 사람들 전원이 함께 웃기 시작했다. 그것은 차원 높은 합창 형태의 웃음이었다. 인간이 참기 어려운, 무시무시한 저승의 웃음소리였다.

내가 다시 제정신으로 돌아와 보니, 아까처럼 모차르트가 내 곁에 앉아 있었다. 그는 내 어깨를 툭툭 치며 말했다. "판결을 들었겠지. 이제는 인생의 라디오 음악을 듣는 데 익숙해져야 할 거야. 그게 자네에게도 좋은 일이야. 이 어리석은 친구야, 자네는 참으로 재주가 없어. 그렇지만 차차 자네가 요구받고 있는 것이 무엇인지 파악하게 될 걸세. 자네는 웃는 법을 배워야 하네. 그걸 요구받고 있지. 인생의 유머, 이 세상의 교수대 위에서의 유머도 이해해야 하네. 물론 자네는 이 세상 모든 일에 각오가 되어 있지만, 다만 우리가 요구하는 일만은 준비가 되어 있지 않아! 자네는 소녀를 찔러 죽일 각오가 돼 있고, 엄숙하게 처형될 각오도 돼 있단 말이야. 아마 백 년간의 고행과 회초리라도 달게 받을 각오가 되어 있을 걸세. 그렇지 않은가?"

"아 그래요, 마음속 깊이 각오하고 있습니다." 나는 비참한 심정으로 말했다.

"물론 그럴 테지! 자네는 어리석고 유머도 없는 모든 행사를 좋아하니까. 자네는 참으로 대단해. 비장하고 위트도 없는 것들에 그리 관심이 많으니. 그러나 나는 그런 데는 관심이 없어. 자네의 로맨틱한 속죄에 동전 한 닢 던져 줄 생각도 없네. 자네는 처형되기를 원하고, 머리가 잘리길 바라고 있어. 자네는 만용을 부리고 있는 거야. 이 터무니없는 소망을 이루려면 열 명은 더 죽여야 할 거야. 자네는 죽기를 바라는 겁쟁이야. 살기를 바라지 않으니. 그러나 자네는 바로 그 삶을 살아야 한다네. 자네가 아무리 엄중한 벌을 받더라도, 그건 자네가 당연히 받아야 할 벌이라네."

"오오, 그게 어떤 벌일까요?"

"예를 들면 우리는 그 소녀를 다시 살려 내서 자네와 결혼시킬 수도 있네."

"안 돼요. 그럴 마음은 생기지 않을 겁니다. 그러면 불행해질 거예요."

"자네가 저지른 짓이 아직 충분한 불행이 아니기라도 한 것처럼 말하는군! 그러나 이제 그런 비장함이나 살인은 끝내야 하네. 이제 좀 정신을 차리게나! 자네는 살아야 하고 웃음을 배워야 하네. 자네는 인생의 라디오 음악에 귀를 기울일 줄 알아야 하고, 그 뒤에 숨은 정신을 존중해야 하고, 거기서 야단법석을 떠는 걸 비웃을 줄 알아야 하네. 이상이네. 더 이상 자네에게 요구할 건 없네."

나는 이를 악물고 조용히 물었다. "제가 요구를 받아들이길 거부한다면 어쩌겠습니까? 모차르트 씨, 황야의 이리에게 지시하고 그의 운명에 개입할 권리가 당신에게 없다고 말한다면 어떻게 하시겠습니까?"

"그렇다면 말일세." 모차르트가 친근하게 말했다. "내 기가 막힌 담배나 한 대 피우라고 청하겠네." 이렇게 말하면서 그가 요술을 부리듯 조끼 주머니에서 담배를 꺼내어 내게 건네주는 동안 그는 어느새 더 이상 모차르트가 아니었다. 그의 검고 이국적인 눈이 따스하게 빛났다. 그는 내 친구 파블로였다.

그는 또한 나에게 체스 말 놀이를 가르쳐 준 그 사내와 쌍둥이 형제처럼 닮아 보였다.

"파블로!" 나는 벌떡 일어서면서 소리쳤다. "파블로, 우리는 어디에 있는 건가?"

파블로는 내게 담배와 불을 주었다.

"나의 마술 극장에 와 있는 겁니다." 그는 빙긋이 웃었다. "당신이 탱고를 배우고 싶든, 장군이 되고 싶든, 아니면 알렉산더 대왕과 이야기를 나누고 싶든, 그것은 우선은 모두 당신 마음대로 됩니다. 그러나 솔직히 말해서, 하리 씨, 당신은 나를 적잖게 실망시켰습니다. 당신은 당신 자신을 까맣게 잊었어요. 당신은 내 작은 극장의 유머를 깨뜨리고 추한 짓을 했습니다. 칼로 사람을 찔러 우리의 멋진 가상 세계를 현실의 얼룩으로 더럽혔습니다. 당신은 잘못을 저질렀어요. 당신이 헤르미네와 내가 거기 누워 있는 걸 보고 그렇게 한 것이 질투에서 나온 행동이기를 바랄 뿐입니다. 유감스럽게도 당신은 이 체스 말 다루는 법을 이해하지 못했어요. 나는 당신이 그 놀이를 잘 배웠다고 믿었습니다. 이제 잘못을 바로잡아야 합니다."

그는 어느새 손가락 사이에서 체스 말로 작아져 있는 헤르미네를 집어 들고 조금 전에 담배를 꺼냈던 그 조끼 주머니에 집어넣었다.

달콤하고 짙은 담배 연기가 좋은 냄새를 풍겼다. 나는 온몸이 텅 비어 버린 느낌이었다. 1년쯤 푹 자고 싶은 마음뿐이었다.

오오, 나는 모든 것을 이해했다. 파블로를 이해했고, 모차르트를 이해했다. 나는 어딘가 등 뒤에서 그의 무서운 웃음소리를 들었다. 인생이라는 유희의 수십만 개의 체스 말이 모두 내 주머니에 들어 있다는 것을 알았고, 충격 속에서 그 의미를 어렴풋이 깨달았다. 다시 한번 그 유희를 시작해 보고, 다시 한번 그 고통을 맛보고, 다시 한번 그 무의미 앞에서 전율하고, 다시 한번 더 내 마음속의 지옥을 이리저리 헤매고 싶었다.

언젠가는 체스 말 놀이를 더 잘할 수 있겠지. 언젠가는 웃음을 배우게 되겠지. 파블로가 나를 기다리고 있었다. 모차르트가 나를 기다리고 있었다.

작품 해설

집요한 자아 성찰과 냉철한 문명 비판

1

베트남전쟁이 한창이던 1960년대 말 미국의 대학 도시 샌프란시스코의 서점가엔 참으로 기이한 일이 벌어졌다. 한동안 도시 전체를 통틀어 헤세의 책을 구할 수 있는 서점이 없었다. 책이 서가에 꽂히기가 무섭게 동이 나 버린 것이다. 실로 느닷없이 휘몰아친 헤세 선풍은 삽시간에 미국 대륙 전체를 휩쓸었다. 일반 독자들의 관심은 말할 것도 없고, 고등학교와 대학에서도 앞다투어 헤세의 작품을 교재로 다루면서 토론의 주제로 삼았다. 질풍같이 번져 간 헤세 붐을 선도한 작품은 단연 『황야의 이리』와 『싯다르타』였다. 특히 문고판 출간 한 달 만에 36만 부가 팔리는 진기록을 남긴 『황야의 이리』는 미국과 유럽을 뒤흔든 68학생운동 세대와 히피들에게 성경처럼 읽혔다. 하버드대학 강사로서 히피 운동의 이론적 지도자였던 티모시 리어리는 「내면 여행의 시인」이라는 글에서 "환각 모임을 하기 전에 『싯다르타』와 『황야의 이리』를 읽어야 한다. 『황야의 이리』의 마지막 부분은 더없이 소중한 교과서이다."라고 쓸 정도였다. '황야의 이리'라는 록 그룹이 생겨난 것도 그 무렵이었다.

『황야의 이리』가 '히피의 성경'이 된 데에는 여러 가지 이유가 있다. 휴머니즘의 입장에서 나온 반전 사상, 교양 속물들에 대한 신랄한 비판, 서양 문명의 몰락에 대한 묵시록적 경고, 기존의 위선적인 생활 방식에 대한 저항, 환각이라는 신비로운 세계의 형상화 등과 같은 요소가 기만적인 전쟁과 쇠잔해진 문명과 권위주의적인 기성 질서에 반기를 든 젊은이들의 의식과 호응했던 것이다. 그러나 이 소설의 근본적인 문제의식은 이 젊은이들에게는 아직 온전히 인식되지 못했다.

2

헤세의 작품이, 발표된 지 수십 년이 지난 후, 그것도 대서양 너머에서 다시 부활한 것은 단순한 우연이 아니다. 그의 작품에는 시대와 공간의 제약을 뛰어넘는 보편성이 내재해 있기 때문이다. 물질문명의 발전이 초래한 인간성 상실과 소외, 인간 실존의 고독과 방황, 자아의 정체성을 회복하려는 의지가 그의 문학세계를 이루는 주요 인자들이다. 그의 작품은 잃어버린 자아를 찾아가는 도정이고, 참된 인간성을 그리워하는 동경이다. 그러나 헤세가 인간 실존의 상황을 탐구하는 세계는 사회나 역사나 정치의 세계가 아니다. 그것은 내면의 세계이다. 그는 정신의 심연 깊숙한 곳에서 전인미답의 내적 공간을 집요하게 넓혀 갔다. 그는 의식과 무의식의 세계를 넘나들며 인간의 신비를 캐내려는 위태로운 탐험을 감행했다. '인간'이라는 심연이 그의 영원한 주제였고, 고뇌의 원천이었고, 경외의 신전이었다.

정결하면서도 대담하고, 몽환적이면서도 이지적인 헤세의 작품은 전통과 애정과 기억과 비밀로 가득하다. 에피고넨적 구석이라곤 찾아볼 수 없다. 그의 작품은 상쾌함을 새로운 정신적인 단계, 실로 혁명적인 단계로 고양시킨다. 여기서 혁명적이라 함은 정치적, 사회적 의미에서가 아니라 정신적, 문학적 의미에서 하는 말이다. 그의 작품은 실로 참되게 미래를 내다보고 미래를 느낀다.

토마스 만은 헤세의 70세 생일을 축하하는 연설에서 헤세의 문학을 이렇게 평했다. 토마스 만의 평가는 헤세 문학의 특색을 탁월하게 집약하고 있다. 헤세의 초기 작품은 대체로 '정결하고 몽환적'이며, 후기 작품은 보다 '대담하고 이지적'이다. 『페터 카멘친트』(1904), 『수레바퀴 아래서』(1906), 『게르트루트』(1910), 『크눌프』(1915) 등 초기 작품에서는 서정적이고 낭만적인 정조가 두드러지고, 『데미안』(1919)을 기점으로 『싯다르타』(1922), 『황야의 이리』(1927), 『나르치스와 골드문트』

(1930), 『유리알 유희』(1943) 등 후기 작품에서는 숨 막힐 정도로 집요한 자아 성찰과 냉철한 문명 비판이 주조를 이룬다. 이때 분수령이 된 것은 제1차 세계대전(1914~1918)이었다. 헤세 문학이 제1차 세계대전이라는 거대한 시대사를 거치며 질적 변신을 겪었다는 점은 주목을 요한다. 낭만적 서정성이 풍부하고 내면 탐구에 몰입하고 초역사적인 유토피아를 구상하고 실존의 종교적 구원을 갈구하는 것처럼 보이는, 또한 그렇게 해석되어 온 헤세의 문학도 시대사의 변화에 완전히 초연할 수는 없었고, 나아가 급변하는 시대 상황에 대한 나름의 대응 양식이었음을 보여 주기 때문이다.

헤세가 살았던 19세기 말에서 20세기 중반까지의 기간은 세계사적 격변기였다. 이 격변기의 시대상이 그의 작품 곳곳에 투사되어 나타난다. 빌헬름 제국, 제1차 세계대전, 1920년대 바이마르 공화국의 정치적인 동요와 위기, 나치즘, 제2차 세계대전이 그것이다. 그중에서도 제1차 세계대전이 헤세 문학의 분수령을 이룬 데는 중요한 이유가 있다. 인류 역사상 초유의 사건이라 할 이 세계적 차원의 전쟁은 계몽주의 이후 유럽의 정신사를 지배해 온 낙관적 세계관 전체의 거대한 붕괴를 의미했다. 위기의 징후는 이미 반세기 전부터 싹트기 시작했다. 경제학에서 애덤 스미스에 의해 주창된 '보이지 않는 손'에 의한 자본주의 시장의 자율 조정이라는 신화는 역사를 계급 투쟁 과정으로 보는 마르크스의 사적 유물론에 의해 크게 동요되었고, 헤겔로 대표되는 독일 관념론의 목적론적, 직선적 역사 발전론은 니체의 염세론적 순환적 역사관에 의해 의

문시되었으며, 계몽주의 이래 지속된 이성에 대한 절대적 신뢰는 베르그송의 생철학과 무엇보다도 프로이트에 의한 무의식의 '발견', 나아가 융의 집단 무의식의 강조에 의해 뿌리째 흔들리게 되었다. 제1차 세계대전을 겪으며 실존주의의 싹이 움트는 가운데 니체의 르네상스가 도래하고, 정신병리학과 심리학이 인문학의 중심으로 육박해 온 것은 이러한 배경 때문이다. 1918년 슈펭글러가 역사 염세주의적 시각에서 '서양의 몰락'을 예언한 것은 이 시대의 징후를 상징적으로 보여 준다. 『황야의 이리』에는 염세적 역사관, 비극적 인생관, 허무주의적 문명 비판, 이성보다는 직관을 우위에 두는 태도 등 당시를 풍미했던 정신적 경향들이 고스란히 드러난다.

3

헤세가 쉰 살이 되던 해인 1927년에 발표된 『황야의 이리』는 앞서 토마스 만이 말했듯이 헤세의 '대담한' 작품 중에서도 가장 대담한 작품이다. 이 소설의 대담성은 정신 분열, 마약, 동성애, 그룹 섹스, 고급 창녀 등 당시로써는 충격적인 소재를 다루었다는 점뿐만 아니라 작가의식의 치열성, 그리고 무엇보다도 다채로운 형식 실험에서 살필 수 있다.

이 소설이 지닌 형식상의 새로움은 토마스 만에 의해 제임스 조이스와 앙드레 지드의 그것에 비견되었다.("『황야의 이리』는 그 대담한 실험 정신에서 『율리시스』나 『위폐범들』 못지않은 소

설이다.") 실제로 이 작품에선 현실과 비현실, 의식과 무의식의
대위법적 결합, 화자의 시점의 노련한 전환, 심미적 거리를 조
성하는 메타 픽션적 서술 등 다채로운 현대소설적 기법이 실
험되고 있다. 그래서 이 소설이 독자에게 주는 첫인상은 몹시
혼란스러운 카오스의 모습이다.

그러나 이러한 변화무쌍한 형식에도 불구하고 전체적으로
개관할 수 있는 외적인 단락에 의해 이 소설은 크게 세 부분
으로 나뉘어진다. '황야의 이리' 하리 할러가 세 들어 살던 집
조카가 쓴 허구적인 '편집자 서문', 신비스러운 광채에 싸인 행
상인이 건네준 작가 미상의 『황야의 이리론』, 그리고 하리 할
러가 쓴 '수기'가 그것이다. '편집자 서문'은 도입부를 이루고,
'수기'는 전개부를 이루며, 『황야의 이리론』은 소설의 전반부
를 요약하면서 후반부를 암시하는 일종의 '간주곡' 역할을 한
다. 헤세 자신은 이러한 구성을 서구의 전통적인 시 형식인 소
네트에서 착안했다고 밝힌 바 있다.

언뜻 혼란스러워 보이는 이 소설의 구성은 기실 작가의 치
밀한 의도에 의해 정교하게 짜여져 있다. '편집자 서문'은 평범
한 시민의 시각을 통해 '황야의 이리'를 묘사하고 분석함으로
써 다음에 올 '기인의 수기'가 독자에게 줄 수 있는 거리감, 이
질감을 상대화시켜 독자의 동일화 가능성을 높여 주고, '수기'
에 대한 호기심을 일깨우면서 '수기'의 전체 틀을 예시해 주는
기능을 한다.

할러의 수기는 병적이면서도 아름답고 깊은 성찰이 담긴 환

상적인 글이다. 만약 내가 이 원고 뭉치를 누가 썼는지 모르는 채 우연히 손에 넣게 되었다면 틀림없이 버럭 화를 내며 집어 던졌을 것이다. (······) 내가 이 수기에서 발견한 것이 감정이 병든 불쌍한 한 인간의 병적인 환상뿐이었다면 이 글을 다른 사람에게 보이기를 주저했을 것이다.

'편집자 서문'이 하리 할러의 외적인 모습에 대한 인상을 주관적으로 묘사하는 반면 『황야의 이리론』은 '황야의 이리의 내면의 초상'으로서 그의 내면 생활에 대한 객관적, 심리학적 분석을 가한다. 나아가 '수기'에서 전개될 사건이 복선을 통해 의미심장하게 암시되고, 특히 그 후반부는 앞서의 분석을 뒤집는 분석과 주석이 추가됨으로써 일종의 '메타 메타 픽션적' 특성을 보인다. 이러한 정치한 구성은 '황야의 이리'의 전체 상을 개연성 있게 그려 내기 위한 심미적 장치이다.

4

'황야의 이리' 하리 할러는 오십 줄의 지식인이다. 그는 시민 사회를 경멸하면서도 시민 사회에 대해 감상적인 동경에 사로잡혀 있다. 고립된 채 자신의 다락방에서 은둔자처럼 외톨이로 살아가는 그는 마음속으로 정신적 사부인 괴테와 대화를 나누기도 하고, 밤에는 싸구려 술집에서 홀로 술을 마시기도 하는 고독한 이상주의자이다. 그는 또한 "니체가 말한 의미에서 무서운 고통의 능력을 길러 온 고통의 천재"이다. 그는 주변의 세계뿐 아니라 자기 자신과도 조화를 이루지 못한다. 그의 자아는 분열되어 있다.

황야의 이리도 복합적인 존재가 다 그렇듯이 때론 이리의 감정으로 때론 인간의 감정으로 살았지만, 그가 이리일 때는 그의 내면에 있는 인간이 항상 바라보고 판단하고 조종하면서 잠복해 있었고, 그가 인간일 때는 이리가 똑같이 그런 짓을 했다.

하리 할러의 내면에는 인간과 이리, 즉 '사상과 감정과 문화와 잘 길들여진 승화된 본성의 세계'와 '충동과 야성과 잔인함의 어두운 세계, 승화되지 않은 거친 본능의 세계'가 동거하고 있다. 『황야의 이리론』은 할러의 이러한 자기 해석이 소박한 이원론에 지나지 않는다고 하면서 모든 인간의 심리는 무한한 다원성을, '천개의 영혼'을 지니고 있다고 반박한다.

하리는 두 개의 존재로 이루어져 있는 것이 아니라 수백 수천의 존재로 이루어져 있다. 그의 삶은 이를테면 본능과 정신 같은 두 개의 극단 사이에서 흔들리는 것이 아니라 수천의, 무수한 쌍의 극단 사이에서 진동하는 것이다.

『황야의 이리론』은 하리의 이러한 내면적 갈등을 해결해 줄 두 가지 대안을 제시한다. 그것은 "더욱 많은 세계를, 결국은 이 세계 전체를 고통스럽게 확장된 자신의 영혼에 받아들인" '불멸의 존재'의 본보기를 좇아 내면의 본원적인 다원성으로 돌파해 들어가거나, 아니면 유머를 통해 시민 세계와 '계약 결혼'을 하는 것이다.

『황야의 이리론』에 이어지는 '수기' 부분에서는 위에서 말한 두 가지 해결책이 주도 모티프가 된다. 할러는 여러 인물을 만나게 되는데, 이 인물들은 카를 구스타프 융의 심리학에서 말하는 억압되어 있는 할러의 집단 무의식의 소인(素因)의 원형들을 대표한다.(헤세는 당시에 『데미안』을 집필하던 때와 마찬가지로 융의 제자인 심리학자 랑 박사에게서 정신과 치료를 받고 있었다.) 이들은 할러가 내면적 다원성을 발견하도록 도와준다. 할러는 절망의 정점에서 자살을 목전에 두고 고급 창녀 헤르미네를 만난다. 그녀를 통해 대도시의 또 다른 반쪽 세계, 즉 향락적인 삶과 접하게 된다. 헤르미네는 할러를 어머니처럼 돌보며 당시 유행했던 춤을 가르치고 그녀의 친구인 파블로와 마리아를 소개해 준다. 할러는 관능적인 마리아와 에로틱한 사랑의 행복을 맛보고, 시간이 지남에 따라 멍청한 한량처럼 보이던 파블로의 정신적, 심리적 섬세함을 발견한다. 그러나 그는 여전히 자신의 지식인 의식, 생활상의 무능, 이원론적, 정신분열적 자기 해석을 극복하지 못한다. 그래서 『황야의 이리론』에서 제시된 해결책은 소설의 결말부에서 의식(儀式)의 형태를 빌려 실현된다. 가면무도회가 그것이다. 할러는 여기서 중요한 주변 인물들을 모두 다시 만나고, 처음으로 '다중 속에서 개성이 함몰하는' 황홀한 체험을 한다.

환각제를 먹고 지금까지의 이원론적 자기 해석을 상징적

으로 비웃은 후 마침내 그는 파블로의 '마술 극장'에서 자아
가 다양한 원형적 심리 소인으로 분열되는 것을 체험한다. 그
의 무의식 속에 잠재해 있는 심리적 소인들을 보여 주는 일련
의 연상이 떠오른다. 그는 지나가는 연상들——자동차 대사
냥, 개성 형성 지도, 황야의 이리 조련의 기적, 모든 소녀는 너
의 것——속에서 차례로 잠재적 살인자, 유희적으로 실현된 내
면적 다양성의 이상, 신경증적 기본 성향, 충족되지 못한 성적
욕구를 인식한다. 그런 후에 할러는 헤르미네를 정복하고자
하는데, 이 자기중심적인 욕망 때문에 심리적 형상들은 더 이
상 자유롭게 전개되지 못한다. '불멸의 존재'의 상징인 모차르
트가 나타나 할러의 잘못을 꼬집어 주지만 아무 소용이 없다.
'마술 극장'을 '유머의 학교'로 이해하고 내면의 연상의 자유로
운 흐름에 몸을 맡기라는 파블로의 말을 따르지 않고, 할러는
헤르미네와 파블로가 벗은 몸으로 잠들어 있는 모습을 보자
헤르미네를 칼로 찔러 죽인다. 모차르트가 다시 한번 나타나
이상과 현실의 영원한 차이를 설명하면서 할러를 깨우쳐 주려
고 한다.

마침내 할러는 모차르트와 괴테가 체현하고 있고, 파블로
가 아무도 모르게 전범을 보인 저 '불멸의 존재'의 비밀을 깨
닫는다. 그것은 유머를 통해 경험적 세계와 자기 자신의 하릴
없는 부족함을 태연하게 인정하는 것이고, 개성적 인간이 지
닌 심리적인 다양성을 유희적으로 실현하는 것이다. 유머를
택할 것인가, 아니면 '불멸의 존재'의 본보기를 따를 것인가 하
는 것은 『황야의 이리론』에서 말하는 것처럼 엄격하고 양자택

일해야 할 사안이 아니라는 것을 할러는 깨닫는다. 불멸의 존재들은 유머의 천성을 지닌 자들이고, 그들이 아무리 예민하다 해도 자아와 세계의 유한성에 대해 화해적인 관계를 맺고 있다는 것을 알게 된 것이다. 할러가 자신의 고통을 해결할 수 있으리라는 암시와 함께 소설은 끝난다. "언젠가는 체스 말놀이를 더 잘할 수 있겠지. 언젠가는 웃음을 배우게 되겠지. 파블로가 나를 기다리고 있었다. 모차르트가 나를 기다리고 있었다."

5

『황야의 이리』는 자전적 색채가 강한 혜세의 작품 중에서도 단연 자전적이고 고백적인 작품이다. 이 소설의 기본 줄거리와 주요 모티프들은 대부분 혜세 자신이 실존적 위기의 시절에 겪었던 체험들에서 건져 올린 것들이다. 이 작품이 지닌 자전적 성격은 당시 혜세의 행적을 보면 자명하다.

1924년 1월, 혜세는 바젤에서 두 살 연하의 루트 벵거와 두 번째 결혼을 한다. 그러나 이 결혼 또한 성격 차이 때문에 오래 가지 못한다. 결혼한 지 몇 주도 안 되어 혜세는 신부를 남겨 두고 몬타뇰라로 떠난다. 그해 11월 다시 바젤로 돌아오지만, 그 후에도 그는 가구가 딸린 다락방 하나를 빌려 혼자 지낸다. 『황야의 이리』의 일부분은 이 다락방에서 쓰인다.(혜세는 그 집과 주인 아주머니에게서 받은 인상을 이 소설에서 자세하게 그리고 있다.) 그는 그해 겨울을 대학 도서관에 처박혀 보낸다. 이 시기에 이미 헤세는 심각한 우울증에 빠져 이따금 자살을 생각하기도 한다. 그 이유는 무엇보다도 그의 두 번째 결혼(결국 1927년 5월 2일 공식적으로 이혼한다.)도 실패했음이 분명해졌기 때문이다. 1926년 초부터 그는 취리히에서 겨울을 보내게 된다. 그해 겨울 헤세는 한 고급 호텔의 가장무도회에서 『황야의 이리』에 묘사된 그런 에로틱하고 관능적인 환락의 도취경을 경험한다. 그것은 고독을 돌파하려는 노년 아웃사이더의 절망적인 시도였다. 헤세는 1926년 초부터 융의 제자인 랑 박사에게서 다시 심리 치료를 받는다. 『황야의 이리』는 취리히에서 보낸 두 번째 겨울, 그러니까 1927년 1월 그의 쉰 살 생일을 얼마 앞두고 완성된다.

애인과의 별거, 낯선 도시의 다락방에 처박힌 은둔자, 우울증과 자살 기도, 가면무도회의 관능적 환락, 정신분열 증상 등 헤세의 실존적인 위기 체험이 하리 할러라는 인물의 모습을 통해 이 소설 도처에 배어 있다. 소설의 결말부에서 할러가 유머를 통해 자기 분열을 극복할 가능성을 보는 것처럼 헤세는 이 소설을 집필하면서 자기 자신을 대상화함으로써 자신의 정신적 위기를 극복했다.

이처럼 『황야의 이리』는 허구적인 줄거리와 융의 심층심리학의 기본 사상을 빌려 헤세의 자전적인 체험을 가공한 것이다. 헤세는 자신의 삶에서 이 작품이 갖는 의미를 '카타르시스'라는 말로 요약한다. 이 소설은 자신과 세상에 대해 불가능한 이상을 기대했기 때문에 심각한 심리적 동요를 겪는 한 이상주의자가 원형적인 상징 인물과의 대결을 통해 자기 자신을 인식하고, 새로운 정신적 통일성과 자아 정체성을 찾아가는 도정을 그리고 있다. 이 소설을 통해 헤세는 정신적 위기의 시기에 가졌던 비극적 세계관을 극복하고 처음으로 최고의 인간성과 생활 능력 사이에 화해가 가능하다는 생각에 이른다. 할러의 정신적 발전의 종착점인 파블로와 모차르트와 괴테는 모두 유머를 긍정하는 인물들이고 동시에 극도의 섬세함, 변신 능력, 내면적 조화를 지닌 인물들이다. 인간이 된다는 먼 가능성은 '고통'을 통해서가 아니라 '진지함'을 상대화함으로써, 즉 '유머'를 통해서 이루어진다.

6

하리 할러는 유머를 통해, 즉 웃는 법을 배움으로써 자아의 분열을 극복하고 '인간'이 될 수 있는 전망을 얻는다. 이 고통의 천재는 '자신을 진지하게 대하지 않는 법을 배우라'는 괴테와 모차르트의 충고를 듣고, 파블로의 '유머의 학교'를 거치면서 비로소 진정한 인간인 '불멸의 존재'에 접근한다. 그렇다면 이 소설에서 하리 할러의 실존적 위기의 해결책으로 제시되는 '유머'의 의미는 무엇일까?

유머는 개성이 고도로 발달함에 따라 더 이상 '거짓 인간'인 시민이 될 수 없고, 그렇다고 성자(聖者)들처럼 절대의 경지로 나아가지도 못하는 인간에게 남은 제3의 길이다. 유머는

"위대한 일을 행하라는 소명을 받았으나 이를 저지당한 비극적인 사람들의 탁월한 발명품"인 것이다. 그런 사람들은 "시민사회라는 지옥의 카오스 속에서 구원을 받으려면" 유머라는 '마법의 물약'을 마셔야 한다.

그러면 그가 비록 영원히 시민적인 것에 머물게 되더라도, 동시에 고통을 견딜 수 있고 결실을 맺게 될 테니까. 그가 애증의 감정 속에서 시민 세계와 맺는 관계에는 감상이 사라질 것이고, 이 세계에 얽매어 있다는 것을 더 이상 괴로운 치욕으로 느끼지 않을 것이다.

『황야의 이리』에 나오는 이 예언대로, 시민 사회의 이방인 '황야의 이리'는 '마술 극장'에서 유머의 세계를 접하면서 자살 충동을 이겨 내고 다시 시민 사회로 돌아간다.

주로 예술가로 대표되는 개성적 인간이 시민 사회와 갈등한다는 모티프는 사실 새로운 것은 아니다. 그것은 오히려 18세기 이래 독일 문학의 가장 중요한 모티프 가운데 하나라고 할 수 있다. 특히 토마스 만의 경우에는 거의 모든 작품이 바로 이 모티프 주위를 맴돌고 있을 정도다. 또한 소외된 국외자인 예술가와 시민 사회 사이의 모순을 지양하는 매체로서 유머가 등장하는 것도 그다지 새로운 시각은 아니다. 그것은 19세기 중반 이후 이른바 비더마이어 시대의 시적 사실주의 계열의 작가들이 즐겨 사용한 방식이기 때문이다.

그렇지만 반세기가 훨씬 지난 뒤 헤세가 이러한 비더마이어적 해결책을 다시 받아들이고 있다는 것은 작가 헤세의 문학적 발전 과정에서는 결정적인 의미를 지닌다. 왜냐하면 유머의 세계를 거치면서 초기 작품을 특징짓던 낭만주의적인 감상이 사라지고, 말기 작품으로 갈수록 고전주의적 조화가 두드러지기 때문이다. 헤세는 유머의 다리를 건너 낭만주의적 세계관에서 고전주의적 세계관으로 이행한 셈이다.

『데미안』이래로 걸어온 내면으로의 길이 마침내 막다른 곳에 이르렀을 때, 『황야의 이리』가 간신히 찾아낸 탈출구가 유머이다. 그러나 이 탈출구 밖에서도 존재의 문제는 여전히 풀리지 않는다. 유머는 존재의 위기를 체념적으로 비껴가는 비상 출구일 뿐, 그 최종적인 해결책일 수는 없기 때문이다. 헤세는 『유리알 유희』에서 카스탈리엔이라는 미래의 이상향을 통해 궁극적인 해결의 전망을 모색하게 된다.

7

'황야의 이리' 하리 할러가 오늘날 우리에게 주는 의미는 무엇일까? 그것은 우선 할러의 정신적 위기가 단순히 한 기인의 개인적인 위기가 아니라는 사실에서 찾아야 한다. "할러가 앓았던 영혼의 병은 한 인간의 괴팍한 생각이 아니라, 시대의 병리 그 자체"이고 "할러가 속한 저 세대의 노이로제"이기 때문이다. 그것은 "두 시대 사이에 낀 자들"의 정신적 상처이다.

인간의 삶이 정말로 고통으로 변하는 건 두 시대, 두 문화, 두 종교가 교차할 때뿐입니다. (……) 지금은 한 세대 전체가 두 시대 사이에, 두 개의 생활 양식 사이에 끼어, 어떤 자명한 이치도, 도덕도, 안정감이나 순수함도 상실해 버린 시대입니다.

여기서 헤세가 이야기하고자 하는 것은 물론 20세기 초 '모든 가치의 전도'(니체)를 특징으로 하는 혼돈의 시대를 살아야 했던 서구의 고전적 인문주의자의 위기의식이지만, 이는 20세기 말 '새로운 개관 불능'(하버마스)의 세계에서 방황하는 우리 자신의 모습일 수도 있다.

나아가 '황야의 이리'는 정신분열을 앓는 한 미치광이 지식인의 처량한 몰골이 아니라, '테크노피아'라는 허상을 맹신하며 기실 정신적으로 무섭게 황폐해져만 가는 '미국식 인간'을 거부하는 사람들 모두의 내면 풍경일 수도 있다.

사실 세상이 옳다면, 다시 말해 카페의 음악이나 대중의 향락이나 값싼 만족에 길든 이런 미국식 인간들이 옳다면, 내가 틀렸고 내가 미친 것이다. 그렇다면 나는 정말 말 그대로 황야의 이리인 것이다. 나야말로 고향도, 공기도, 양식도 찾지 못하는 짐승, 낯설고 알 수 없는 세상에 잘못 들어선 짐승인 것이다.

감각적이고 향락적인 소비문화가 인문학적 감수성과 비판적 성찰에 뿌리를 둔 정신문화를 급속도로 잠식해 가는, 헤세식으로 말하면 정신없이 '미국화'되어 가는 한국의 현실에서 이 소설이 우리에게 던지는 물음은 어쩌면 무척 절실한 것일 수도 있다. 이 광풍의 소용돌이 속에서 '인간'으로 살아가기를 고집하는 자는 '황야의 이리'가 될 수밖에 없지 않을까?

김누리

작가 연보

1877년   7월 2일 독일 남부 뷔르템베르크주의 칼프에서 선교
사의 아들로 태어났다. 외조부는 유명한 인도학자이자
선교사인 헤르만 군데르트이다.

1881년   1886년까지 부모와 함께 스위스 바젤에 거주, 1883년
에는 스위스 국적을 취득했다. (그 전에는 러시아 국적이
었다.)

1886년   칼프로 되돌아와 학교에 입학했다.

1890년   괴핑엔에 있는 라틴어 학교에 다녔다. 뷔르템베르크 시
민권(독일 국적)을 취득했다.

1891년   마울브론 수도원 학교에 입학하지만 일곱 달 뒤 도망쳤
다. ("시인 이외에는 아무것도 되지 않고자 했기 때문에.")

1892년   자살 기도(6월), 슈테텐 신경과 병원 입원(6~8월), 칸슈

타트 김나지움에 입학했다.

1894년 칼프의 시계 공장에서 실습을 시작했다.

1895년 튀빙엔 헤켄하우어 서점에서 책거래 견습. 『낭만적인 노래들(Romantische Lieder)』을 출간했다.

1899년 소설 『고슴도치(Schweinigel)』 집필 시작(원고 미발견). 『자정 이후의 한 시간(Eine Stunde hinter Mitternacht)』을 출간했다.

1901년 첫 이탈리아 여행(피렌체, 제노바, 피사, 베네치아).

1902년 『시집(Gedichte)』을 출간했다.

1903년 두 번째 이탈리아 여행(피렌체, 베네치아).

1904년 『페터 카멘친트(Peter Camenzind)』를 출간했다. 마리아 베르누이(Maria Bernoulli)와 결혼했다. 연구서 『보카치오(Boccaccio)』와 『프란츠 폰 아시시(Franz von Assisi)』를 출간했다.

1905년 큰아들 브루노(Bruno)가 태어났다.

1906년 『수레바퀴 아래서(Unterm Rad)』를 출간했다. 잡지 《삼월(März)》을 창간했다.

1907년 중단편집 『이 세상에(Diesseits)』를 출간했다.

1908년 중단편집 『이웃들(Nachbarn)』을 출간했다.

1909년 둘째아들 하이너(Heiner)가 태어났다.

1910년 장편 『게르트루트(Gertrud)』를 출간했다.

1911년 시집 『도중에(Unterwegs)』를 출간했다. 셋째아들 마르틴(Martin)이 태어났다. 인도 여행.

1912년 단편집 『우회로들(Umwege)』을 출간했다. 스위스 베른으로 이주했다.

1913년　　『인도에서. 인도 여행의 기록(Aus Indien. Aufzeichnungen einer indischen Reise)』을 출간했다.

1914년　　장편 『로스할데(Roßhalde)』를 출간했다. 전쟁 초에 군 입대를 자원했으나 복무 부적격 판정을 받아, 베른에 서 '독일 포로 구호' 기구에 복무하며 전쟁 포로들과 억류자들을 위한 잡지를 발행했다. 자신의 출판사를 만들어 1918년에서 1919년까지 스물두 권의 소책자를 펴냈다. 수많은 정치적 논문, 경고 호소문, 공개서한 등 을 독일, 스위스, 오스트리아 신문 잡지들에 발표했다.

1915년　　『크눌프. 크눌프 삶의 세 가지 이야기(Knulp. Drei Geschichten aus dem Leben Knulps)』, 단편집 『길가 (Am Weg)』, 신작 시집 『고독한 사람의 음악(Musik des Einsamen)』, 단편집 『청춘은 아름다워라(Schön ist die Jugend)』를 출간했다.

1916년　　부친 사망, 아내와 셋째아들의 병으로 신경쇠약 발병, 첫 심리 치료를 받았다.

1919년　　정치적 유인물 『차라투스트라의 귀환. 어느 독일인 이 독일 젊은이들에게 보내는 한마디(Zarathustras Wiederkehr. Ein Wort an die deutsche Jugend von einem Deutchen)』를 익명으로 출간, 이듬해 베를린에서 실명 으로 출간했다. 스위스 테신주의 몬타뇰라로 이주하여 1931년까지 거주한다.

『데미안. 한 젊음의 이야기(Demian. Die Geschichte

einer Jugend)』를 에밀 싱클레어라는 가명으로 출간했다. 『동화(Märchen)』를 출간했다. 잡지 《새로운 독일적인 것을 위하여(Vivos voco)》 창간호를 발행했다.

1920년   색채 소묘를 곁들인 열 편의 시 『화가의 시들(Gedichte des Malers)』, 『방랑(Wanderung)』, 단편집 『클링조어의 마지막 여름(Klingsors letzter Sommer)』을 출간했다. 도스토옙스키에 대한 에세이 『혼돈을 들여다보기(Blick ins Chaos)』를 출간했다.

1921년   『시선집(Ausgewählte Gedichte)』을 출간했다. 창작 위기. C. G. 융의 정신 상담을 받았다. 『테신에서 그린 수채화 열한 점(Elf Aquarelle aus dem Tessin)』을 출간했다.

1922년   『싯다르타(Siddhartha)』를 출간했다.

1923년   『싱클레어의 수첩(Sinclairs Notizbuch)』을 출간하고, 마리아 베르누이와 이혼했다.

1924년   스위스 국적 재취득. 루트 벵어(Ruth Wenger)와 재혼했다.

1925년   『요양객(Kurgast)』을 출간했다.

1926년   『그림책(Bilderbuch)』을 출간했다. 프로이센 예술원 문학분과의 국제위원으로 선출되었다.

1927년   『뉘른베르크 여행(Die Nürnberger Reise)』, 『황야의 이리(Der Steppenwolf)』를 출간했다. 50회 생일. 후고 발이 쓴 헤세의 전기가 출간되었다. 루트 벵어와 이혼했다.

1928년   『관찰(Betrachtungen)』과 『위기. 일기 한 토막(Krisis. Ein Stück Tagebuch)』을 출간했다.

1929년	신작 시집 『밤의 위로(Trost der Nacht)』를 출간했다.
1930년	『나르치스와 골드문트(Narziß und Goldmund)』를 출간했다.
1931년	니논 돌빈(Ninon Dolbin)과 재혼하고, 몬타뇰라에 거주했다.
	『내면으로의 길(Weg nach innen)』을 출간했다.
1932년	『동방순례(Die Morgenlandfahrt)』를 출간했다. 이후 십년간 『유리알 유희(Das Glasperlenspiel)』의 집필에 몰두했다.
1933년	『작은 세계(Kleine Welt)』를 출간했다.
1934년	시선집 『생명의 나무에서(Vom Baum des Lebens)』를 출간했다.
1935년	『우화집(Fabulierbuch)』 출간했다.
1936년	『정원에서 보낸 시간(Stunden im Garten)』을 출간했다.
1937년	『기념첩(Gedenkblätter)』, 『신 시집(Neue Gedichte)』, 『마비된 소년(Der lahme Knabe)』을 출간했다.
1939년	헤세의 작품이 독일에서 불온하다고 간주되어 『수레바퀴 아래서』, 『황야의 이리』, 『관찰』, 『나르치스와 골드문트』가 더 이상 인쇄되지 못하고, 히틀러 집권 기간인 1933~1945년 사이 독일에는 총 스무 권의 헤세 저서가 나와 있었는데 십이 년 동안 총 481권의 문고본밖에 팔리지 않았다. 그런 이유로 전집은 스위스 프레츠 운트 바스무트 출판사에서 펴냈다.
1942년	『시집(Gedichte)』이 헤세의 첫 시전집으로 나왔다(취리

히).

1943년 『유리알 유희』가 출간되었다.

1945년 시선집 『꽃 핀 가지(Der Blütenzweig)』, 미완성 소설 『베르톨트(Berthold)』, 『꿈의 여행(Traumfährte)』이 출간되었다.

1946년 『전쟁과 평화(Krieg und Frieden)』가 출간되었다. 헤세의 작품이 다시 독일에서 출간되기 시작했으며, 프랑크푸르트시가 수여하는 괴테상을 수상했다. 같은 해 노벨 문학상을 받았다.

1951년 『후기 산문(Späte Prosa)』과 『서간집(Briefe)』을 출간했다.

1952년 75회 생일 기념으로 선집이 발간되었다.

1954년 동화 『픽토르의 변신(Piktors Verwandlungen)』을 출간했다. 『헤르만 헤세-로망 롤랑 서한집(Briefwechsel: Hermann Hesse-Romain Rolland)』을 출간했다.

1956년 후기 산문 『마법(Beschwörungen)』을 출간했다. 독일 서적상의 평화상을 수상했다.

1956년 헤르만 헤세상 재단이 설립되었다(바덴-뷔르템베르크 독일 예술후원회).

1962년 바이블러의 헤르만 헤세 전기 『헤르만 헤세. 한 편의 전기』가 출간되었다. 8월 9일 몬타뇰라에서 사망했다. 이후 독일에서 헤세의 작품들에 관한 연구서들이 연이어 출간되었다.

세계문학전집 **67**

황야의 이리

1판 1쇄 펴냄 1997년 8월 5일
1판 2쇄 펴냄 1997년 8월 18일
2판 1쇄 펴냄 2002년 7월 30일
2판 53쇄 펴냄 2024년 8월 26일

지은이 헤르만 헤세
옮긴이 김누리
발행인 박근섭, 박상준
펴낸곳 (주)민음사

출판등록 1966. 5. 19. (제 16-490호)
서울특별시 강남구 도산대로1길 62(신사동) 강남출판문화센터 5층 (우편번호 06027)
대표전화 02-515-2000 팩시밀리 02-515-2007
www.minumsa.com

ISBN 978-89-374-6067-8 04800
ISBN 978-89-374-6000-5 (세트)

* 잘못 만들어진 책은 구입처에서 교환해 드립니다.

세계문학전집 목록

세계문학전집은 계속 간행됩니다.